KB271445

판타지 문학의 이해

판타지 문학의 이해

이 유 선

19세기 사진 발명과 무성영화에서 시작된 영상문화는 21세기 디지털 다매체 시대에 이르러서는 문자 중심적 소통문화를 다각도로 침식해가고 있다. 미메시스라는 범주를 통한 현실/허구, 본질/가상 같은 이분법이 아날로그 적이라면, 21세기 디지털시대의 현실 개념은 가상현실이라는 새로운 지평을 열었다. 영상문화와 가상현실은 우리의 인지방식과 글쓰기방식을 변화시키고 있다. 변화된 현실 인지방식과 가상현실을 창출하는 시뮬라시옹의 본질적 요소는 판타지이다. 대중적이며 대안적인 문학형식으로 우리의 관심을 끌고 있는 판타지 문학은 게임, 애니메이션, 영화 등 다매체적 문화생산품 속에서 문자텍스트의 힘을 보여주고 있다. 판타지문학은 타매체물의 기본 시나리오로서 경쟁적인 관계보다 상호영향관계에 있다고 볼 수 있다. 새로운 방식으로 문자텍스트의 반역을 보여주고 있는 판타지문학이 매개하는 상상적 세계는 인류 역사 이전의 태고적인 요소와 미래적인 첨단기술이 혼합된 새로운 신화적인 세계상이다. 판타지소설은 고유한 세계상의 창출을 전제하기에 그 이야기란 단순히 탈의미화된 이미지 세계이거나 탈현실화된 자기응집적 스토리이다. 이런 판타지 문학은 21세기적 현실인식을 매개해주지 못하며, 또 현실과 허구 그리고 가상현실의 상관관계에 대한 통찰도 보여주지 못하고 있다. 그러나 아직까지 유아적이며 흥미위주의 오락여흥물로 간주되는 판타지소설에는 문학성뿐만 아니라 문화상품으로서 무한한 잠재력이 숨어있음을 감지할 수 있다. 판타지문학을 포함한 판타지 일반에 대한 나의 관심은 그리하여 1999년 가을 열린사이버대학 (OCU)의 교양강좌인 "판타지문학의 이해"에서 성찰의 기회를 가지게 되었다. 강의는 전국의 14개 컨소시엄 대학의 학생들과 인터넷 네트워크에서 온라인으로 진행되었지만, 자유토론과 게시판의 열기는 여느 강의실보다도 뜨거웠었다. 거의 밤을 새며 써 내려간 강의텍스트와 사진과 그림의 스캔 그리고 인터넷 정보탐색 등 나는 새로운 열정으로 탐닉했다. 강의록은 단지 출발점이며, 여전히 생성과정에 있는 "판타지문학"을 함께 구체화하는 것이 우리 모두의 과제였다. 시·공간 그리고 시청각의 제한 없이 문자로 메일로 토론하고 대화하면서 나는 학생들에게서 많은 것을 배웠다. 학생들과 함께 했던 자유토론, 정성스럽게 작성해서 제출한 리포트 등 모두 판타지이해를 위한 강의 내용을 풍부하게 해주었다. 그 동안의 강의록을 정리해서 책으로 엮었다. 판타지와 환상문학 일반에 대한 개념정리, 환상문학 작가로 분류되는 작가들과 작품소개, 그 밖의 우리 시대의 판타지 문학 등 각장마다 주제를 달리하는 19강의 내용으로 이루어진다. 학생들에게 유용한 교재가 될 뿐만 아니라, 판타지를 사랑하는 이들이 함께 생각하고 토론할 수 있는 작은 지침서가 되기를 바란다.

2005년 8월

이유선

차 례

10

현대적 환상성: 프란츠 카프카

11

북유럽 신화와 판타지소설

12

바그너의 니벨룽의 반지

19

게임 속의 판타지

01

Fantasy Literature

1

판타지소설이란?

　　디지털 다매체 시대의 문화적 화두로서 호황을 누리는 것 중 하나는 판타지이다. 판타지소설은 일반 대중들이 픽션으로 읽고 있는 문학작품의 대종을 이루고 있으며, 출판시장에서의 점유율은 더욱 증대되고 있다. 만화, 게임 그리고 영화 등 시각적이며 영상적인 매체물들은 문자매체로서 책 형태의 문학작품보다도 사실상 우리의 여흥매체로서 우위를 차지하고 있다. 한때 어린 시절 만화방에서의 일시적인 독서 대상 품목이 아니라 이제는 우리생활 구석구석에서 만화매체로 소통하고 있다. 만화를 많이 접하고 자라난 세대들이 늘어나면서 허구적 작품뿐만 아니라 일반적인 사실 설명적 저서 역시 만화적 방법을 통해서 쉽게 대화하고자 한다. 술래잡기, 구슬치기, 땅 따먹기 등 골목마다 모여서 놀던 식의 동네놀이는 이제 사라지고 거의 혼자서 방에서 하는 놀이, 다시 말해서 레고 맞추기, 공작 그리고 게임이 주종을 이룬다. 교양을 쌓고 다른 삶의 모습들을 간접적으로 체험하기 위해서 세계문학전집을 섭렵하던 시절은 이미 옛날이야기가 되었으며, 일상에서 벗어나 허구적 세계로의 여행을 떠나고자 할 때는 대개는 영화관에 가든지 혹은 손쉽게 비디오를 보면서 영화의 세계로 침잠한다. 특히 게임은 컴퓨터와 멀티미디어 기술이 획기적으로 발전되면서 기존의 예술형식과 매체속성을 종합하여 독자적인 영역으로 자리 잡고 있다. 그렇게 우리의 일상생활

속에서 여가나 여흥을 즐기는 도구와 방법이 현격하게 변해 버렸다. 그런데 다매체 시대의 급격한 변화 속에서도 문자매체적 수단으로서 시대적 욕구에 부합하고 있는 영역이라면 우리는 판타지소설을 들 수 있을 것이다.

판타지소설은 PC통신의 특성에 따라 아직 기성문단에 데뷔하지 않은 아마추어 작가들에 의해서 쓰여지기 시작했고, 문단 등단방식과는 다르기 때문에 기존의 규범에서 자유로울 수 있는 장점도 있지만 다분히 아마추어적이고 문체면에서 수준미달의 작품이 나올 수 있다. 정식의 문어체보다는 너무나 일상적이고 평범한 아니 비속하기까지 한 언어구사가 많았다. 내용과 소재에 있어서도 국적불명의, 즉 소속이 불분명한 종족들의 단선적인 영웅담 혹은 모험담으로 이어지는 일종의 공상적인 무협지적인 요소가 많다. 그러나 중요한 것은 이러한 문체적으로 미완성적이고 내용적으로 통속적이기까지 한 속칭 판타지소설들이 왜 또한 어떻게 그렇게 많은 독자를 확보할 수 있느냐 하는 문제일 것이다. 그것은 뉴미디어시대를 살아가는 신세대들의 독서 욕구를 잘 보여 주는 것이다. 중세적인 분위기, 고대 아니면 북구신화를 바탕으로 한 환상세계 속에서 펼쳐지는 모험이야기에 수십, 수백만 네티즌 독자들이 열광하고 있다는 것이다. 만화와 게임에 익숙해지고 복잡하고 난해한 것을 회피하며, 단순하면서도 상상의 즐거움을 맛볼 수 있는 비현실적인 황당무계한 이야기를 좋아하는 것이다. 시공간과 국적을 초월하고, 영웅적이고 모험적인 전사들이 무한한 상상의 세계 속에서 종횡무진 하는 신세대형 무협지인 판타지소설에서 공통되는 것은 바로 <판타지>인 것이다. 판타지소설의 부상이 단순히 한때의 유행으로 그칠지 아니면 더욱 발전 전개되어 확고한 시대적 장르로 자리 잡을지 아직은 불확실하고 미정적이다. 그러나 현재 소위 본격문학, 순수문학이라고 말할 수 있는 영역에 하나의 대안적 내지는 대항적 세력으로 급속히 확장되고 있는 것이 판타지소설인 것만은 틀림없는 사실이다. 또한 현재 시대적 욕구로서 두드러진 것은 흑백논리처럼 확실한 대비를 이루면서도 기존의 제한 적인 것을 초월하는 무한한 상상의 세계, 즉 환상성에 대한 열망이라는 것은 부정할 수 없다. 그렇기에 판타지소설을 단순히 일시적인 유행으로 폄하하기 이전에 오히려 환상문학의 전통선상에서 그 원천을 찾아보면서 발전시켜 새로운 문학적 영역을 확대하는 동시에 새로운 독자를 포괄하여야 한다고 본다.

2. 기술발전에 따른 예술의 변화

구텐베르크의 인쇄술발명으로 손으로 쓰여져서 전수되던 것이 책으로 인쇄되어 한꺼번에 많은 사람들에게 유포될 수 있어서 지식정보 전달에 혁신이 일어났고, 이후 정신사나 문학사에 있어서도 획기적인 변화가 있었듯이 이제 컴퓨터의 발명과 통신기술의 발전 또한 인간 지식정보소통에 있어서 비교할 수 없는 변화를 예고한다. 19세기 사진술이 발명되고 여러 가지 복제기술이 발명발전되면서 예술작품을 생산하고 향유하는 데에 있어서도 가히 혁명적인 변화가 있었다. 다시 말해서 극소수만을 위해서 만들어지던 예술작품은 점점 대중을 의식하게 되었고, 극소수만이 향유할 수 있었던 예술작품들을 계층에 관계없이 언제 어디서나 적은 비용으로 감상할 수 있게 되었

판타지 문학의 이해

다. 기술발전을 통해서 예술생산과 향유의 진정한 민주화가 이루어졌던 것이다. 사진을 통해서 우리는 꼭 북경에 가지 않아도 얼마든지 만리장성이라는 인류 최대 건축물을 볼 수 있고, 이집트의 피라미드 역시 더욱 세밀하게 감상할 수 있는 것이다. 프랑스의 루브르박물관에 가지 않아도 화집으로 다빈치의 모나리자를 감상할 수 있다. 민주적 장르로서 대표적인 것으로 영화를 들 수 있는데 부와 계층의 구분 없이 함께 웃고 울 수 있는 예술 감상의 장이 바로 극장인 것이다. 이렇게 해서 예술의 개념에 있어서도 많은 변화가 있었고, 새로운 대중예술이 생성되었으며 또한 이에 따른 부정적인 요소들, 예를 들어서 대중을 선동하기 위해서 영화의 정치선전 도구화 등이 수반되었던 것이다. 뿐만 아니라 텔레비전이나 위성중계기술을 통해서 이제는 세계 각 국에서 일어나는 사건들을 지구촌 구석구석에서 동시에 함께 볼 수 있다. 2002년 9월11일 뉴욕의 무역센터 빌딩이 파괴되는 과정을 보여주는 생생한 현장영상은 오히려 허구적 영화에 익숙해져서 현실에 무디어진 우리의 감각을 재인식하게 했다. 지금 어디서나 일어나고 있는 사건들을 시청각적으로 접할 수 있는 정보전달의 동시성이 도입된 것이다. 그러나 이제는 그것을 훨씬 뛰어 넘어서 인터넷으로 시공간을 초월하여서 개인상호 간에 지식정보를 문자, 음향, 사진, 동영상 등으로 교환하며, 그것도 필요에 따라 저장해서 반복 재생할 수 있는 것이다. 유일하고도 신비스러움을 간직한 예술작품은 이제 여러 가지 복제기술을 통해서 다양하게—다시 말해서 사진, 동영상, 비디오 혹은 컴퓨터그래픽을 이용한 합성으로—전달되고 패러디 되는 시대에 우리는 살게 된 것이다. 20세기 초 급격한 변화에 따른 예술과 인간지각에 대해서 새롭게 정의되고, 실험적인 예술작품들이 쏟아져 나왔다. 사실적인 구상화는 그 형태가 붕괴되어 선이나 점으로 기하학적으로 도형화되거나 오직 색깔로 나타나는 추상화가 되었다. 다각적인 관점에서 바라본 입체적인 큐비즘 등 절대적인 기준의 상실로 상대화된 가치관을 표현하고 있는 것이다. 21세기를 맞이하여 포스트모더니즘적인 대중예술이 오히려 고급문화를 선도하고 있는 지금 앞으로 어떤 형태의 예술작품들이 생성될지 자못 흥미롭기까지 하다.

3

21세기적 예술적 화법은?

지식정보화, 문화, 다매체 시대인 21세기를 맞이한 우리는 또 다시 커다란 변화를 경험하고 있다. 디지털 기술에 의해서 직장과 가정에서 그리고 우리들의 인식과 삶의 형태가 급격하게 변하고 있다. 우리는 이제 문자, 음향 혹은 영상 등의 단일매체가 아닌 이 모든 것이 어우러진 멀티미디어적인 매체로 지식을 전달하고 소통하고 있다. 그것도 화상단말기 앞에서 전 지구촌과 연결되어 자기의 언어능력과 기술능력에 따라 1 : 1 대화를 하고 있는 것이다. 우리의 소통환경은 인터넷 네트워크를 통해서 거대하게 조직화되었으며, 사람들은 실제현실공간보다도 가상현실공간에 더 오랫동안 머물고 있다. 이제 지구촌에는 뉴미디어 시대의 네티즌들이 각자 가상적 자기 집에 기존의 세계와는 전혀 다른 세계를 구축해놓는다. 20세기 초 인간의 인식세계는 프로이트에 의해서 의식세계에 무의식 세계가 추가되는 확대를 경험했다면, 이제 21세기에

판타지 문학의 이해

는 실제현실공간과 더불어 우리의 상상력을 뛰어넘는 가상현실공간이 펼쳐질 것이다. 가상현실공간 속에서는 현실적 사물들을 바탕으로 하여 기계적인 편집과 조작을 통해서 우리의 현실논리를 초월하는 세계들이 만들어지고 있다. 화상단말기 위에는 여러 세계들이 겹겹이 동시에 출현가능하며 또한 각각 다른 멀티미디어적 텍스트가 하이퍼 연결로 무한대로 이어진다.

우리의 문화적 체험은 이제 이러한 가상현실적 화법이 주도하게 되었고, 그 화법은 <환상성>이라는 개념으로 포괄될 수 있다. 현실과는 전혀 다른 대조를 이루는 경험세계의 발현이야말로 환상성의 가장 기본적인 특질이기 때문이다. 환상성은 문학뿐만 아니라 조형예술, 건축, 음악 등 모든 예술분야에 적용된다. 그러나 <환상성>의 개념구축을 위해서 우선 문학에서 출발하고자 한다. 야후 백과사전에 따르면 "환상문학이란 초자연적인 가공세계에서 일어난 사건이나 현실에 있을 수 없는 사건을 소재로 한 문학작품"을 일컫는다. 서양문학사에 있어서 환상문학은 19세기에 낭만주의 사조와 함께 등장하면서 활발하게 전개되었던 문학형태였으나 통속문학이나 키치 등으로 간주되면서 그 진정한 문학성을 인정받지 못했다. 환상문학에 있어서 독자에게 미치는 영향 미학적인 요소가 강조되었으며, 미학적 관점에서보다는 정신분석학적 해석의 대상으로 공포, 괴기, 흡혈귀, 공상과학소설 등이 망라되었다. 그러나 1970년대부터 환상문학의 새로운 학문적 이해가 요구되었고 더 이상 폄하된 통속문학 장르로서가 아니라 19세기 리얼리즘문학에 대항하는 또 다른 대안문학으로 새롭게 평가되기 시작한다. 호프만(E. T. A. Hoffmann), 보들레르(Ch. Baudelaire), 포우(E. A. Poe), 캐롤(L. Caroll)의 작품 등이 있으며, 그러한 전통을 이어서 20세기에는 제임스(H. James), 브레통(A. Breton), 마이링크(G. Meyrink), 쿠빈(A. Kubin), 카프카(F. Kafka), 엔데(Michael Ende) 등으로 이어진다.

4

판타지소설의 이해를 위해서 〈환상문학〉을 연구하자

　　고대 신화적 세계는 언제나 사실적이면서도 환상적이고 자연적이면서도 초자연적인 혼합적인 상상의 세계였다. 그리스 로마신화, 북구 게르만신화 그리고 우리나라 단군신화 등이 그것이며, 기독교 성서이야기나 그 밖의 종교적인 기적 그리고 토속적인 전설 등 인류와 함께 상상적 세계는 존재해왔다. 각 민족마다 구전된 동화와 전설 등이 이를 증명해주고 있다. 우리는 판타지문학을 이해하기 앞서 우선 19세기적 환상문학을 심도 있게 분석하여 환상성의 개념정의를 도출한다. "어두운 인간 본능적 충동의 표출", "사회적 금기의 파기매체" 혹은 "급진적인 변혁기의 상실감의 발현" 등으로 논의되는 환상문학의 사회적 기능성 또한 심도 있게 고찰하고 환상성에 대한 체계적인 분석을 수행한다. 작품을 읽으면서 이러한 이론적인 정의를 확인해 갈 것이다. 이슬람세계의 영원한 이야기인 『천일야화』와 독일의 『그림동화집』를 읽어보면서 인류의 꿈과 소망이 어떻게 상상력을 발동시켰는가를 본다. 그리고 나서 본격적으로 19세기 이후의 환상문학의 대표적인 작품들을 차례로 읽어보기로 한다. 예술동화라고 볼 수 있는 호프만의 「호두까기 인형」혹은 「모래사나이」를 읽으면서 현실세계와 환상세계가 어떻게 혼합되며 우리의 인식세계 속에서 어떻게 작용하는지 살펴본다. 이어서 공포/괴기소설로서 포우의 작품 혹은 메리의 『프랑켄스타인』을 읽고 다양한 관점에서 비교해본다. 환상 세계로의 여행인 루이스 캐롤의 「이상한 나라의 앨리스」에서 일상생활에서 공상적 세계로 변환되는 과정을 살펴

판타지 문학의 이해

본다. 과학공상소설로서 『화성연대기』를 읽어본다.

20세기 현대적 환상성과 정신분석학적인 심리분석을 위해서 카프카의 「변신」 혹은 제임스의 「나사의 회전」을 읽는다. 이론적으로 고찰하고 실제로 여러 작품을 읽은 후 우리시대 판타지문학의 본보기라 볼 수 있는 톨킨의 『반지의 제왕』, 이영도의 『드래곤 라자』 그리고 신세대적 동화인 『해리포터』와 엔데의 『끝없는 이야기』, 『모모』 등을 읽어보면서 아동문학과 판타지와의 상관성에 대해서 생각해본다. <배트맨>, 초현실적인 세계의 <비틀주스> 그리고 테크놀로지동화라고 볼 수 있는 <가위손> 등 팀 버튼의 영화세계에 대해서 알아본다. 더 나아가 가상세계와 현실 세계를 넘나드는 <매트릭스>, <아바론>, <파이널판타지> 등의 SF영화의 환상적 영화세계 연구는 흥미로울 것이다. 게임과 판타지의 상호관련성은 대단히 중요하면서도 새로운 주제로 많은 관심을 모을 것으로 생각된다. 강의는 우선 간단히 줄거리와 작가를 소개하고 여러 가지 다양한 관점에서 그 이야기를 읽을 수 있는 가능성을 이야기한다. 그리고 본 강의의 주제인 <판타지>와 관련하여 분석 해본다. 그리고 현재 우리 신세대들이 즐겨 읽고 있는 판타지소설에 대한 현황 분석을 해보면서, 앞서 서양문학과 문화 중심으로 서술되어온 판타지에 대한 보완으로 동양적 판타지에 대해서도 생각해보도록 한다. 이밖에도 새로운 판타지소설과 게임과 관련된 주제를 가지고 활발하게 자유토론하기로 한다.

판타지

(환상성/환상문학)란 무엇인가?

Fantasy Literature

1

환상문학 또는 환상성의 정의현황

우리는 환상성, 환상문학 더 나아가 우리시대의 판타지문학을 이해하기 위한 첫걸음으로서 이제 서구문학에서 논의되었던 환상문학에 대한 담론들을 간략하게나마 알아보기로 한다.

메츨러사전에서 "환상 Phantasie(그리스어로 phantasia＝상상 Vorstellung, 현상Erscheinung)은 원래 그리스어에서 유래된 말로 현실에는 존재하지 않는 대상을 마음속에서 감각적으로 만들어 내는 것을 의미했다. 예술이나 문학에서 이전에 감각적으로 지각했던 것들, 다시 말해서 내적 체험과 이미지들을 새롭고 현실과는 전혀 다른 관계로 형상화할 수 있는 능력으로서의 상상력이다. 이렇게 새롭게 형상화된 세계는 매우 구체적이어서 추상적인 사변과는 구분된다. 이 환상의 상상력은 어린아이들의 모방력이나 신화에 나오는 자연종족들의 수동적인 상상력과 작가나 예술가들의 창조적인 상상력과는 구분된다"라고 기술했다.

야후 백과사전은 "환상문학이란 초자연적인 가공세계에서 일어난 사건이나 현실에 있을 수 없는 사건을 소재로 한 문학작품. 환상문학은 18, 19세기 유럽문학의 주류였다고 여겨지는 리얼리즘문학이 일단 고갈 점에 이르고, 그 이전의 환상성이 풍부한 문학이 재평가되면서 나타나기 시작하였다. 1920년대에는 모더니즘문학 이후 기법상의 환상성과 인간의 세계인식의 상징적 허구에 대한 인식이 깊어짐에 따라 종래의 리얼리즘에 대한 환상문학이라는 장르의 정립이 성립되었다."라고 기술하고 있다. 환상문학을 소재적 측면과 생성과정의 역사적 측면에서 규정한 것이다.

고대 신화로부터 20세기 환상성 짙은 문학작품에 이르기까지 소위 환상문학의 범주에 넣을 수 있는 작품들의 실례가 많았음에도 불구하고 환상성은 대개는 문학적 상상력과 동일시되기에 특별히 환상문학이라고 명할 수 있는 문학 범주의 성립도 늦어졌고 내용적으로 왜곡되기도 했다. 환상문학에 대한 연구가 부진했던 것은 19세기에 소위 환상문학으로 간주될 수 있었던 작품들은 대개 고전주의적 미학기준에 미달하는 반고전주의적이며 대중적인 통속소설이나 키치로 평가절하 되는 경향이 있었기 때문이다. 20세기 초에도 환상적인 문학에 대해서 많은 평론가들은 문학적 가치를 인정하지 않았다. 또 다른 한편으로는 환상문학을 이해하고 포괄할 수 있는 개념을 정리하고 그 미학적 기준들을 도출하는 데에는 상당한 어려움이 따랐기 때문이다. 환상성이나 환상문학에 대한 이론전개에 있어서 여러 가지 다양한 정의와 설명들은 이 개념들의 복합적인 함축성을 증명하는 것이다. 그러다가 '70년대에 들어서서 갑자기 환상성에 대한 이론적 논쟁이 많아졌고 조형예술과 영화에도 동일한 붐이 형성되었으며 환상문학 장르들의 작품들이 새롭게 출판되는 등 활성화되었다.

환상문학은 장르 개념적 단서를 잡기도 힘들고 내용적으로 환상성역시 독립된 범주규정보다는 대개는 괴기성(그로테스크), 매너리즘(반고전주의적 성향), 부조리, 무시무시함 그리고 경이로움과 연관되어 고찰되었다. 프랑스에서 독일작가 호프만의 작품이 수용된 뒤인 19세기에 환상문학이라는 말이 처음 나왔으며, 그밖에는 명백한 문학사적 범주로나타나지 않는다. 대개는 유럽 낭만주의 작가들, 특히 호프만, 포우, 고골 그리고 19세기 후반부에 캐롤, 제임스, 스티븐슨, 와일드, 모파상, 로트레몽, 베르느, 20세기에는 마이링크, 카프카, 쿠빈, 웰즈, 오웰, 러브크래프트, 보르헤스, 렘 등의 작품을 칭했다. 내용적으로도 통속적인 것에서 고상한 문학, 넌센스에서 형이상학적 사고의 저변까지, 그리고 공포스럽고 어린 아이 같은 유희에서 의도적인 사회비평까지를 포괄한다. 카스테, 카이유, 박스, 토도로프, 베시르 등의 환상문학 연구가들의 이론에서 나타나는 환상문학의 핵심은 환상적인 것은 합리적인 관점으로는 도저히 연결될 수 없는 질서 혹은 논리들 사이의 갈등으로, 다시 말해서 경험적인 것과 영적인 것의 갈등이다. 이때 한 질서가 다른 질서를 지배하고 자기 속으로 다른 질서를 들여오고 있는 지 애써 인식하려는 긴장이 전 작품에 관통해야 한다는 것이다.

2

문학외적인 연구경향

환상문학에 대한 연구는 텍스트 내재적 표현보다는 '그 텍스트가 독자에게 어떻게 작용하는가' 하는 영향미학적인 결정이 주를 이룬다. 텍스트 수용자를 당황케 하고 불안감을 불러일으키는 것이 환상성의 영향력의 주요 요소로 결정되었다. 러브크래프트(H. P. Lovecraft, 1945)에게는 작품이 독자에게 깊은 공포심을 불러일으키는지 아닌지의 여부가 주요 관건이 되었다. 물론 그는 직접적으로 환상성 개념을 말하지 않고 불안을 유발하는 영향동기로 규정되는 문학을 "무시무시한(weird)"이라고 부연 명명했다. 그러나 그가 말하는 무시무시함은 토도로프식으로는 환상성의 개념 아래로 수렴된다.

판타지 문학의 이해

박스(L. Vax, 1963)는 환상성에 문학외적인 기준을 적용하여 심층심리학적인 독서와 유사하게 설명했다. 이런 방향으로의 선구자인 프로이트(S. Freud, 1910)는 비슷한 개념으로서 '섬뜩함(das Unheimliche)'을 들어 설명했다. 섬뜩함은 영혼의 영역에서 아주 옛날부터 잘 알고 있는 것이지만 억압과정을 통해서 소외된 것이 다시금 불러일으키는 감정이다. 이 개념 정의로 프로이트는 호프만의 작품을 정신분석학적 측면에서 분석을 했는데, 결과적으로는 호프만의 모래사나이라는 작품을 아주 멋있게 해석했다. 이와 관련해서는 구체적으로 작품 「모래사나이」와 「호두까기 인형」에 대해서는 제 6 주 차 강의에서 다룰 예정이다.

존더겔트(R. A. Zondergeld, 1975)는 환상문학의 과제는 어두운 본능적 충동의 표현으로, 환상성에서는 성적 소망을 명백히 인식할 수 있다고 했다. 그는 환상성이 가지는 성애적 소망의 표현 속에서 점점 치명적이 되어 가는 현실원리에 지배받는 자본주의의 사물화 된 세계에 대항하는 억압받은 충동의 반항을 보았던 것이다. 다시 말해서 사회적인 측면이 고려되어서 환상문학은 사회적으로 금기시 되는 것을 일탈하는 것으로 이해된 것이다.

사회역사적인 관점에서 연구한 프로인트(W. Freund, 1979)는 환상문학이라는 장르가 생성되는 과정 속에 역사적·사회적인 발전이 직접적으로 반영된 것으로 보았다. 급격한 문화사적인 전환기 그리고 질서의 상실과 사회적 영역에서의 좌표의 상실은 환상문학의 꽃을 피우게 했다는 것이다. 그는 여기서 진지한 환상문학과 통속적인 환상문학을 구분하였는데, 전자는 구체적인 현실생활을 반영하는 의식에 관심을 두는 반면 후자는 현재의 현실이 야기 시키는 의식에만 관심을 가진다는 것이다.

구스타프손(L. Gustafsson, 1968)은 이 세계를 인간의 자연스러운 환경으로 바라보지 않는 것으로 환상적인 것을 정의 내리면서 이 세계

속에서 개인의 이질성을 서술한 것이라고 했다. 개인과 세계와의 관계
는 불투명하고 이성으로 이해할 수 없는 것으로 상상하는 것이 환상문
학이라고 했다.

3

문학내적인 연구경향

캬이유(R. Caillois, 1965)와 그라드만(E. Gradmann, 1957)은 환상문학
의 장르에 특징적인 속성과 모티브의 목록을 "해골, 부패, 유기체의 무
기질화, 허깨비, 악마, 유령, 괴물(머리는 사자, 몸은 산양 그리고 꼬리
는 뱀을 한 괴물), 요괴, 가면, 거지, 하녀, 곡예사, 자웅동체, 난쟁이,
거인, 폐허, 동굴, 미로" 등으로 규정했다. 이러한 모티브들은 유령이야
기나 흡혈귀 이야기에도 적용될 수 있다. 여기서 개별적인 모티브가 장
르의 구성요소가 되는데, 기준들은 역사적인 차별성을 고려하지 않을
때만 적용될 수 있다. 모티브들은 여러 가지 상이한 텍스트나 역사 속
에서 각각 다르게 각인되었기 때문이다.

카이유는 환상문학을 설명하면서 "환상문학은 현실과 다른 경험세
계를 구현한 것이다"라고 강조했는데 이것은 환상문학의 가장 중요한
구성요소가 된다. 그에 따르면 환상성은 일상적인 세계 질서의 파괴이
며 습관적인 세계로부터 일탈이라는 것이다. 그러므로 이점에서 환상문
학과 동화가 확연히 구분된다는 것이다. 동화에서는 실제 현실과 갑자
기 돌출한 이질적인 세계와의 갈등이 없다는 것이다.

프로이트에게서도 역시 환상성의 영향력은 실제와 친숙한 것에 대한 의식이 대단히 중요한데, 경이로움이 자연스럽게 일어나는 동화의 세계는 환상적이 아니라 동화적이라는 것이다.

베시르(I. Bessiere, 1974)는 "환상성은 18세기에 전성기를 구가했던 동화와 사실주의적인 소설의 두 가지 관습의 혼성이다"라고 했다. 동화의 경이로움은 처음부터 줄거리를 통합하는 요소로 내적인 응집력을 통해서 독자에게 그 어떤 불안감도 야기하지 않는다. 전래동화에는 게다가 구원적인 세계를 보장하는 윤리적인 결정론도 작용한다. 그에 따르면 환상적 이야기 속에서 질서의 갈등이 영적으로 해석되면 동화적이고, 처음에는 이상한 사건이 합리적인 해명으로 설명되면 탐정소설이 된다. 호프만의 작품이 이를 보여준다는 것이다. 「모래사나이」에서는 이 두 질서가 동등하게 팽팽히 맞서는 긴장이 끝까지 유지되고 호프만은 그것을 밤의 문학이라고 칭했고, 「황금단지」는 동화에 가깝고 「스쿠델리양」은 현대적 탐정소설의 효시라는 것이다.

토도로프(T. Todorov, 1970)는 환상문학을 구조주의적인 입장에서 본격적으로 연구하였다. 그러나 앞 선 여러 가지 연구결과를 종합해서 나온 것으로 볼 수 있다. 그의 환상성 개념에서 중요한 것은 미정성(주저함, 망설임)이다. 다시 말해서 서술된 현상이나 사건이 실제로 관찰자와는 무관한 초자연적인 세계인가 아니면 이 사건은 단지 꿈으로 광기나 환영 등을 위장한 것이기에 환상적 형상으로서 설명되는 것인지 여부가 결정될 수 없는 망설임이 환상성의 중요한 기준이 되는 것이다. 따라서 환상문학은 근본적으로 독자가 사건의 성격을 정하지 못하고 머뭇거리고 주저하게 한다는 사실 위에 기초한다는 것이다. 이것 또한 두 개의 서로 다른 현실차원에 대한 개념이 없이는 생각할 수 없는 것으로, 카이유에서와 마찬가지로 자연스러운 세계의 배경이 없이는 초자연적인 현상이 불러들여질 수 없는 것이다.

이 환상적인 망설임은 주인공뿐만 아니라 독자에게서 체험된다는 것이다. 이런 중첩은 환상문학의 서술체가 일인칭소설이라는 점에서도 알 수 있다. 일인칭소설에서는 주인공과 시점인물이 동일하다. 서술되는 세계 속에서 기술되는 주인공의 의식지평은 독자에게 이 세계를 중개해주는 시계와 일치한다는 것이다. 전시점적 혹은 전지전능한 화자가 없기 때문에 독자는 체험하는 주인공의 경험 이상을 알 수 없다는 것이다. 그래서 주인공의 망설임이 내포독자[1]인 수용자에게로 전이된다는 것이다. 이로써 그는 환상문학과 환상성을 정의하는데 텍스트 구조에 기초하고 실제독자에 관련짓지 않음으로써 지금까지 연구의 심리주의를 극복했던 것이다.

그는 자연과학적인 정확함으로 이론 정립을 시도하여 개혁적인 면모를 보여주기도 했지만 환상성의 구조에 집착하였기에 방법론적으로 독단적인 면도 많았다. 한 예로 환상문학, 경이문학 그리고 미스터리문학을 구분한 점이다. 자연적 또는 초자연적 설명 사이에서 주저함을 잣대로 하여 그는 유사장르들을 구분하였다. 텍스트가 제시한 초자연적인 사건이 자연적 방식으로 설명되면 미스터리문학이고, 초자연적으로 설명되면 경이문학이라는 것이다. 예로 귀신이 등장했는데 그것이 장난이었던 것으로 판명되면 미스터리문학이고 정말로 도깨비적으로만 설명될 수 있다면 경이문학이라는 것이다. 그는 환상문학은 철저히 서사적인 것으로 알레고리와 시를 배제시킨다. 알레고리는 말하는 것으로 다른 것을 의미한다는 것이다. 우화는 순수한 알레고리로, 만일 우화에서 동물이 말한다 해도 독자는 아무런 의심도 하지 않고 그대로 받아들인

---

1) 영향미학적인 개념으로 텍스트구조 내에 이미 고려해서 설계된 독자의 상상적인 유희공간으로 볼 수 있음. 이저의 『독서행위』 참조

판타지 문학의 이해

다는 것이다. 텍스트의 속뜻은 다른 것임을 이미 독자가 상정하고 있기 때문이다. 시적 이미지는 재현적이 아니고 순수하게 언어적 연쇄의 관점에서 읽는 것이다. 시에서는 재현 형식이 불가능하기에 작품 속의 사건에 대해서 일어나는 독자의 반응을 기준으로 하는 환상문학은 성립될 수 없다는 것이다. 그래서 환상문학은 소설에 한정되며 또한 알레고리적인 구조를 지녀서는 안 된다는 것이다. 독자는 그 사건을 우의적(알레고리)이거나 시적으로 파악해서는 안 되고 초자연적인 돌발을 작품에 세워진 가상세계 속에서 사실로 받아들여야 한다는 것이다. 제3의 조건으로 초자연적인 사건이 합리적으로 해명될 수 있는 지 혹은 그가 모든 사건에 새로운 응집력을 줄 수 있는 영적인 질서를 믿어야만 하는지에 대한 독자의 망설임이 작품의 주인공에서는 반복되어서는 안 된다는 것이다. 주인공은 경험원리의 파괴를 아주 자연스럽게 보아야 한다는 것이다. 단지 꿈, 광기, 환영이었을 뿐이라는 독자의 가정은 합리성에 유리하게 이끌어낸 해결책이라는 것이다. 환상문학에 있어서도 기이한 체험이 나름대로 객관성 내지는 상호주관성에 기반을 두어야한다는 것이다. 출발은 우리에게 친숙한 차원에서 이루어져야하며, 그 다음 단계에서 이질화되어야 한다. 환상적인 사건은 처음부터 일어나는 것이 아니라 사실적으로 기술된 세계가 없어지면서 나타난다고 했다.

톨킨은 긴 에세이 "On Fairy-Stories"(1964)에서 그의 거대한 동화 서사시인 『반지의 제왕』에서 중요하게 작용했던 원리에 대해서 말했다. 톨킨은 여기서 어떤 장르가 환상문학인가에 대해서 논했는데 그는 물론 환상적인 것을 장르로 보기를 원하지 않았다. 그의 테제는 다음과 같다. 문학만이, 그의 소재가 단어(언어로)된 진정한 문학만이 환상을 불러내는 데에 적합하다. 문학만이 독자의 환상을 작동시키며 개인적인 이미지를 불러와서 그에게 필요한 유희공간을 부여하고 환상작업이 잘 일어나도록 자극한다. 예를 들어서 연극은 배우, 무대장치, 의상, 조명 등의 해석을 통해서 완벽하게 해설하기 때문에 환상성을 불러일으키기에 적당하지 못하다. 요약하면, 환상성은 사물, 형상, 상황, 세계를 우리들의 일상적이고 일차원적이고 이미 주어진 현재 잘 알고 있는 자연법칙과는 일치하지 않게, 완전히 다르게까지도 만들어낼 수 있는 가능성이다. 이 다름이 너무나 자세하게 묘사되거나 그림으로 주어지면 독자의 환상에 대한 호소력이 약화되고 구체적인 이미지를 형성하는 공간이 사라진다. 환상성의 표현으로서 그림을 거부하게 된 것은 환상문학에 있어서 이미지에 대한 평가가 너무나 높았기 때문이다.

4

환상성과 환상문학 개념정리

1960, 1970년대에 활발하게 수행되었던 환상성과 환상문학에 대한 연구와 개념정리는 환상문학이라는 특별한 장르를 전제로 한 것이었다. 이러한 것에 대해 반론을 제기한 이론이 있다. 흄(K. Hume, 1984)으로 그녀는 환상을 모방(미메시스)과 더불어 문학을 구성하는 2대요소로 본다. 아리스토텔레스의 전통을 이어받은 현대이론가들은 문학적 본질적 충동은 모방이고 환상은 주변적이고 이차적 충동이라고 본다는 것이다. 그녀는 그러나 환상 역시 문학적 충동이라고 규정한다. 환상은 "일반적으로 인정하고 있는 합의된 리얼리티로부터 벗어나고자 하는 충동"으로, 창조에 대한 욕망 때문에 문학은 환상성을 가지게 된다는 것이다.

그래서 모방과 환상은 하나의 동전의 양면과도 같다는 것이다. 이처럼 환상이 문학의 본질중 하나라면 장르로서의 환상문학은 존재할 수 없다는 것이다. 장르로서의 환상문학의 등장은 환상을 주변적이고 이차적인 속성으로 보기 때문이라는 것이다. 그러나 우리는 환상성 내지는 환상문학을 좀 더 구체적이고 제한적인 특수범주로 보려고 하는 것이다. 위에서 본 바와 같이 여러 가지 연구결과를 토대로 하여 환상성내지 환상문학의 원리를 정리해보자.

- 환상성이 특수한 문학적 속성이고 이러한 속성이 어떤 작품의 중심적 구도에 있다면 그런 작품들을 환상문학이라고 한다.
- 환상이란 일반적으로 합의되고 인정된 현실적 원리들을 벗어나는 것으로 초현실적이고 초자연적인 수준으로의 전도가 이루어져야한다. 환상문학은 현실과 다른 경험세계의 구현이다.
- 이렇게 해서 생성된 허구적 세계는 그 안에서의 내적 현실성을 가져야 한다.
- 환상문학 속에서의 기이한 체험 역시 나름대로 객관적이어야 하며 상호 주관성에 기반을 두어야 한다. 친숙한 것에서 출발하여 다음단계에서 낯설게 되어야 하는 것이다. 환상성은 처음부터 주어지는 것이 아니라 사실적으로 기술된 세계가 갑자기 사라지면서 생성된다. 여기서의 현실은 역사적 문화적으로 합의된 현실이다. 작품 속에서의 돌발은 외부적 기준이 아니라 작품 안에서의 허구적 논리에서 출발하여야 한다.
- 환상적 세계를 가진 작품이라도 경이, 환상, 미스터리는 구분되어야 한다. 경이는 화자-작중인물-독자가 주어진 초자연적, 비현실적 이야기를 단순히 초현실적으로 받아들이는 것이다. 환상이란 그것을 초자연적으로 받아들일 것이지를 화자-작중인물-독자가 망설임을 표명하는 것이다. 미스터리 경험적 현실에서 가능하다.
- 토도로프에서처럼 환상은 소설에서만 있는 것이 아니라 시나 희곡에서

도 존재한다. 알레고리 역시 환상성을 만들 수 있다.

- 초자연, 비현실, 비정상적인 것에 대한 진술이 설명적, 해석적이 아닌 묘사적 직접적일 때 더욱 생생하게 발생한다.
- 환상은 기존의 인식 지평을 일탈하기에 일상적인 고정관념을 깨뜨리는 반동적인 힘을 가지며 실제로 사회적 변화를 야기할 수도 있다.

벨기에 태생의 화가 마그리떼(R. Magritte)의 상처점(1955)

03

환상의 기능성 및 사전적 정리

Fantasy Literature

환상문학의 역사성

　계몽주의 시대로서 18세기는 자신과 반대되는 것, 다시 말해서 인식론적으로서 심령주의와 신비주의 그리고 모든 비합리성을 동원하여 감정을 강조한 문학적 감상주의를 탄생시켰다. 환상성을 과도한 합리성에 대한 반발로 간주한다면 18세기 후반에 새로운 장르의 출현과 19세기 후반부에 철학적 실증주의에 대한 반대운동으로 볼 수 있다. 그에 비해 20세기의 환상문학은 다른 관점에서 해명되어야 한다. 당시 반합리주의적인 사조와 문화운동이 충분히 존재했기 때문이다. 환상적인 프라하 독일문학이나 프랑스에서의 초현실주의 등 비논리적이고 반합리주의적인 예술사조가 있었고 20세기 문학과 예술에는 표현 양식에도 변화가 많아서 예술양식의 대변혁기였다고 볼 수 있다. 뿐만 아니라 공상과학문학이나 과학적 환상 등 지금까지의 환상문학의 기능을 담당하는 장르들도 새롭게 등장했다. 철학적으로는 언어적 사변을 수행한 언어철학이, 또한 실험적 설화형식 등 다양한 양식들이 실험되고 있었기 때문이다. 토도로프는 20세기에서는 환상-현실의 대립적 도식이 들어맞지 않는다고 했다. 카프카는 더 이상 초자연적인 존재를 내보낼 필요가 없다는 것이다. 현대인간은 그 자체로서 이미 '환상적'이라는 것이다. 토도로프처럼 20세기에서 '환상의 사망'을 얘기하고 싶지 않은 사람은 보르헤스에서 새로운 점을 찾아낸다. 렌너(R. G. Renner)는 카프카 해석에서 환상성이란 다만 제2의 잠재성을 가진 반질서로 이미 변형된 현실을 폭로하기 위한 것이라고 했다.

판타지 문학의 이해

환상문학은 흔히 주변문학 혹은 반문학으로 간주되었다. 환상문학은
무제한을 요구한다. 그러나 환상문학이 아무리 고삐가 풀린 것 같아도
제한된 모티브를 가지고 작업한다. 그러므로 모티브가 아니라 한 모티
브의 기능과 의미에 대해서는 사회적·역사적·문화적 콘텍스트가 결
정한다. 그러나 동화, 전설, 성담 등으로부터 차용된 환상적 존재들은
우의적 성격을 상실하고는 이제는 완전히 세속화된 속성을 가진다. 여
기서 초자연적인 현상은 더 이상 종교적이지 않고 정신분석학적 문제
가 된다. 그래서 동물은 충동의 주머니가 되고자 이전의 종교적 상징성
을 상실한다. 환상문학은 철학적으로 보면 세계의 세속화의 분열된 자손
이라는 것이다. 문학 내적인 과정에서 그것은 18세기 말 고전적 장르의
붕괴로부터 또한 악(혹은 추함)의 미학으로부터 생성되었다. 추함의 미학
은 예술적 경계를 무너뜨렸을 뿐만 아니라 기독교와 귀족으로 지탱된
가치체계의 붕괴를 보여준다. 공포소설의 등장은 프랑스혁명의 공포와
연관될 수 있으며, 18세기 문학을 이해하기 위해서는 새로운 교양독자층
의 출현을 염두에 두어야한다. 그들은 허구성을 의식했고 더 이상 나이
브한 모방이나 희한한 이야기에 만족할 수 없었다. 환상문학은 모든 형
이상학적 문제제기와 함께 현대 독자들의 허구적 의식을 위한 유희였다
는 것이다.

환상문학의 기능성

환상문학의 역사성에서 살펴보았듯이 그것이 암시하고 있는 기능성, 다시 말해서 환상문학은 일반적인 반합리적인 경향을 넘어서 현실 속에서 존재하는 틈으로 해석될 수 있는가에 대해서 질문해야 한다. 램(S. Lem)은 환상문학에서 얻어지는 '놀라움' 역시 그 어떤 규칙을 가지는데, 그것이 문화적인 약호라는 것이다. 영적인 질서를 가정하는 것이 존재론적으로 완전히 방향을 전환시키는 것보다는 안심이 된다는 것이다. 허구적인 일탈은 안전한 유희적인 일탈, 즉 장난에 불과하기 때문이다. 귀신을 믿는 것은 시대를 초월한 인과원리로 자기의 질서기능을 충족한다는 것이다. 질서의 갈등은 환상성 기능에 기초가 되는 확장적 동기를 낳는다. 그것은 인식론적으로 현실을 탈출하여 가능한 세계로 가는 것이며, 실제적으로 문화적으로 구속된 가치에서, 금기시 되고 금지된 영역으로 들어가는 것이다. 이러한 확장은 서술적으로만 가능하다. 이런 확장을 판단하는 데에는 두 가지 해석방법이 있다.

1) 정신분석학적인 근거

환상문학은 실제로 독자의 불안과의 유희라고 보는 작가들이 있다. 러브크래프트 등이 그러하다. 토도로프는 그러나 독자의 반응을 객관화할 수 없기에 그러한 기준이 될 수 없다고 반대했다. 그러나 심층심리학적으로 불안에 대해서 살펴보면 사정은 다르다. 알러윈(R. Alewyn)은

18세기 합리적인 세계상의 승리는 인간을 자연에 대한 공포에서 벗어나게 했지만, 심리적으로 깊이 뿌리내린 불안감은 잠재적으로 남아서 더욱 인공적으로 영양분을 받고 있었다는 것이다. 그 예로 공포문학을 들 수 있는데, 공포문학에서의 불안은 독자의 실존에는 아무런 영향을 미치지 않기 때문에 유희적으로 즐길 수 있는 것이다. 독자의 불안은 독자의 완벽한 환영화 능력을 상정하고 있다. 그래서 별 생각 없고 단순한 독자를 염두에 둔 것이다. 그러나 20세기의 독자는 그렇지 않다. 그 옛날의 환영화 능력은 오히려 영화에서 발견할 수 있다. 영화는 시각적 청각적의 두 가지를 조합할 수 있는 능력이 있고, 공연되는 그 순간에 시간을 돌이킬 수 없으므로 고도의 직접성과 암시효과를 얻을 수 있기 때문이다.

2) 사회학적 근거

환상문학은 체제순응적인지 혹은 체제저항적으로 진취적인지, 또는 어떤 점에 그 비판적이 기능이 있는지 여부를 물어야 한다. 구스타프손은 환상문학 근저에는 보수적이며 도덕적인 태도가 있다고 했다. 환상문학은 인간이 타인에 의해 결정된다는 것을 꿰뚫어볼 수 없는 힘으로 표현하기 때문이라는 것이다. 그는 반역사적인 불안을 가지고 유희하는 작품에 대해서만 얘기한 것이다. 또 다른 보수적인 태도는 견디기 힘든 현실에서 도피하기 위한 가능성을 환상문학에서 찾을 수 있다는 것이다. 여기서는 꿈에서와 같은 소망성취 기능을 얻는다. 그러나 베르호프스타트와 존더겔트 같은 학자는 환상문학이 "해방"을 지적(知的)이며 윤리적으로 표현한 것이라며 진취적이고 이데올로기 비판적인 측면을 강조했다. 두 사람은 환상성에 詩化라는 문학의 압축적 성격을 부여했다. 환상문학에서는 보통 현실로 인식되는 것이 비본래적이라고 밝혀지면서 동시에 그 현실자체는 사람에 의해서 만들어진 것으로 통찰될 수 있다. 환상성으로 표출되는 현실의 틈새는 부정적이 아니라 현실에 대한 심오한 인식으로 긍정적으로 보아야 한다고 했다.

프로인트는 지금까지 환상문학의 상이한 형태인 '비판적-해방적' 그리고 '체념적인' 환상문학을 모델화하여 사회적 맥락에서 그 근거를 마련했다. 그는 환상문학은 개인의 자기실현이 시민성과 합리성으로 축소되면서 낭만주의와 함께 생성되었다고 본다. 첫 단계에서는 제한적인 환경에 대해서 공격적이고 비판적으로 대항한다. 티크의 「금발의 에크베르트」는 '동화적인 전원으로의 도피'가 아니라 개인화에 대항하는 세계를 환영적이며 허구적으로 파괴하는 것이다. 외부로 향했던 환상문학은 1815년경 보수반동적 압력이 점점 강해지면서 내부지향적 환상문학으로 바뀌었다. 호프만의 「모래사나이」에서 주인공의 정체성위기는 사회적 갈등이 내면화된 것이다. 외부로 향했던 공격이 내적인 자기파괴에 대한 불안으로 바뀐 것이다.

환상문학의 기능을 정의하는 데에는 사회적 맥락을 빠뜨릴 수 없다. 환상적-현실적이라는 개념 쌍은 개연성에 대한 우리들의 관습만큼이나 상대적이다. 특히 심리적인 영역으로까지 확대해보면 더욱 그러하다. 문화적으로 보장된 현실의 모든 가치를 확장, 확대한다는 점에서 환상문학은 확실히 진지한 면을 가진다. 환상문학은 그 내면성과 초현실성으로 모든 주관적인 형태의 경계체험을 문제시한다. 문학작품 속에서 신빙성과의 유희로 생성되는 재미를 오인해서는 안 된다. 포우는 상상력과 분석적인 오성의 밀접한 결합을 요구했다. 허구를 현실로 되돌리려는 것이 아니고 자의적인 것을 법칙으로 해명하는 것이다. 환상문학의 해석은 언제나 외견상의 반질서 속에서 질서를 증명하는 것이다.

3

환상문학에 수렴될 수 있는 장르들의 사전적 정리

환상문학, 과학공상소설, 그리고 유토피아/이상향 소설의 세 개념은 조금씩 다르지만 구분하기에도 모호하다. 그러나 위의 세 장르는 각각 다른 시대에 발생했으며 어떤 맥락속에서 생성되었는가가 비교적 명백하게 드러난다. 그러나 이들은 그동안 시대를 초월한 일반적인 개념범주로 변화하여, 각각 의미하는 바의 예리한 구분을 상실하였고 서로간의 근접하여 상응되는 영역구분이 어려워졌다. 더욱이 국제적인 논의가 있을 때면 더욱 그러하다. 왜냐하면 세 장르는 시대적 차이뿐만 아니라 국가적 차이가 있기 때문이다.

1) 환상문학

이미 제 2 장에서 살펴 보았듯이 이 개념이 가장 문제점이 많고 복잡하다. 그리고 그동안 이루어진 의미확대도 국가나 민족을 넘어서지는 못했다. 프랑스 백과사전에 이미 19세기말부터 판타지(fantastique)라는 용어가 나오는데, 좁은 의미에서 19세기에 생성된 작품들(포토키, 노디르, 호프만, 포우, 제임스 등)과 관련된다. '환상적인'이라는 표시는 경이로움의 현대적이고 정신분석학적으로 기초한 형식으로서 판타지개념의 고전적 속성에 속한다. 여기서 단순히 장르를 표시하는 것이 아니라 일반적인 미학적 개념이 된 것이다. 이후에는 SF나 유토피아소설을 포함하게 된다. 영국이나 독일에서는 판타지라는 특정한 장르표시가 없었고, 상이한 장르나 개념으로 대신했다. 예를 들면. 공포소설, 유령소설, 고딕소설, 로맨스 등 판타지나 환상문학을 넓은 의미에서 폄하하는 뜻으로 사용되었다. 이후 프랑스에서는 시대를 초월한 환상성의 개념을 정립하기 위해서 연구되었지만, 그 밖의 곳에서는 다른 관점이 지배적이어서 그렇지 못했다. 최근에서야 그동안 프랑스비평가에 의해서 주도되어 오던 환상성 연구에 대해서 독일과 미국작가들의 강력한 관여로 새로운 전환이 이루어졌다. 웹스터 사전 3판에 판타지픽션의 단어가 삽입되었으며, 이것은 이제 판타지나 판타스틱이 문학적 범주로 확고해졌음을 의미한다. 웹스터[1]의 개념은 프랑스 대백과사전보다 구체적이고 SF를 포괄할 수 있을 만큼 일반적이다. 환상문학과 SF가 동일하게 취급된 것은 독일과 미국학자들에게서도 나타난다. 힝거(J. Hienger)는 SF를 미래의 환상문학이라고 칭했고 랩킨(S. Rabkin)과 마찬가지로 SF를 환상문학 아래에 두었다. 랩킨은 환상문학은 완전히 다른 세계이어야 하고 SF는 적어도 우리 세계로부터 떨어진 곳이어야 한다고 했다.

2) 유토피아/이상향소설

이상향소설은 훨씬 오랜 전통을 가지며, 환상문학이나 SF보다 안정된 개념이다. 이상향의 뜻을 가지는 유토피아는 모루스가 『유토피아』(1516)에서 만든 조어로 우토포스왕 치하의 이상국가라는 가상적 섬을 가리킨다. 시공간적으로 멀리 떨어진 이상적인 국가와 사회체제의 문학적 표현을 총칭한다. 현재 존속하는 모순점들에 대항되는 최적이며 행복한 삶을 가능케 하는 공동체 제도를 그린 문학작품을 말한다. 현실적

---

1) imaginative fiction, dependent for effect on strangeness of setting(as other worlds and times) and of characters(as supernatural or unnatural beings); sometimes: Science Fiction(웹스터 1966)

인 제한을 의식적으로 뛰어넘는 가능한 세계를 설계한다. 선호되는 장르는 이상향 소설인데 거기서 작가는 일반적으로 당대의 사회, 정치 그리고 경제상황에 대하여 이상적인 반대 상을 설계한다. 그런데 이 설계는 머릿속의 실험이긴 하지만 단순히 장난이 아니라, 그럴 수 있다는 개연성이 강한 구속성이 있어야한다. 불특정 지역이나 불확실한 시대의 설정은 그러한 이상적 공동체의 가능성을 보여주기 위해서거나, 현재상황에 대한 직·간접적 비판을 그렇게 포장함으로써 정치권력과의 불필요한 마찰을 피하기 위해서이다. 허구소설 속에 나온 섬의 고유명사가 의미가 확장되어서 장르와 철학적 구상인 언어로 구체화되는 일반적인 사고모형을 표시하는 명칭이 되었다. 개념 '이상향'이 19세기에 폄하적으로 언급되었다는 것(엥겔스의 『이상향에서 학문으로의 사회주의 발전』, 런던, 1882)과 일상적인 언어에서 '이상향적인'이라는 형용사가 '현실과 동떨어진', '실현키 어려운' 등과 같은 형용사의 동의어로 쓰이는 것처럼 부정적 의미를 지닌다는 것을 제외한다면 문학과 철학에서 이상향은 더 나은 삶과 국가의 형태를 논증적으로나 허구적으로 설계하는 비판적 이성의 예견적 투사로서 이해된다.

이상향은 정치적 변혁기, 특히 시대의 전환기에 출현한다. 견지된 옛것을 지키고 새로운 요구를 고려하려고 애쓴다. 이상향은 이미 고대에 크세노폰의 『Kyrupaideia』에서 실질적인 군주감으로서 나타나는가 하면 다른 한편 플라톤의 이상적 『정치론』에 나타난다. 그밖에도 고대의 도피세계는 목가적 이상향, 행복의 나라에 나타나며, 퇴행적 이상향은 황금시대라는 고정 이미지에 그리고 기독교에서는 천국이라는 개념으로 나타난다. 이상향은 르네상스에 점점 현세성을 띠게 되는데, 그 두가지 양상인 마키아벨리의 『원리』(1513)와 모루스의 『유토피아』(1516)에 나타나는 귀족성과 공산주의가 통합된다. 18세기에 와서 이상향은 당대 인기소설과 융합되었다. 스위프트의 소설 『걸리버 여행』(1726)은 이상향적 특성을 예리한 정치적 풍자와 연결시켰다. 지구에 대한 연구가 증대되면서 지구 밖 우주공간과 지구 내핵적인 공간이 이상향적 무대가 되기도 했다. 여기서 초래된 여행의 문제점은 18, 19세기 산업혁명 시대에 전폭적으로 신뢰되는 기술과 자연과학적 가능성을 기반으로 해결되었다. 이로써 공상과학소설로의 길이 열리게 된다. 밝은 미래에 대한 믿음의 반대급부로 소위 반-이상향이 나타나며, 여기서는 기술과 자연과학의 과잉강조가 초래할 위험이 완전한 산업화 및 총체적 지배로 요약되는 대중사회라는 공포적 환영의 세계에서 환기된다. 예를 들어 헉슬리의 『훌륭한 신세계』(1932), 오웰의 『1984』(1949) 등이 그것이다. 헤세의 『유리알유희』(1943)는 특히 부정적인 이상향을 그렸다.

3) SF

인류의 미래상을 다룬 모든 장르인 소설, 단편소설, 방송극, 만화 등을 말한다. 우주여행, 미래와 과거로의 여행, 우주천체의 발견과 이주, 외계인과의 만남, 침공, 지구상의 생활조건의 변화 등을 소재로 하면서 기술이나 과학이 커다란 역할을 하지만 그 다루는 방식이 과학과는 다르기 때문에 개념상 문제도 많다. 이 장르의 전 단계는 환상적인 여행문학인데 그 원조를 따라가면 고대 호머의 오디세이에까지 이를 수 있다. 르네상스와 계몽주의시대의 유토피아, 모험과 여행은 은하계간의 차원에서 이루어졌다. 공포소설, 고딕소설은 좁은 영역의 SF에 비합리적인 요소를 가미하여 확대시켰다. 그밖에도 모험, 탐정, 전쟁, 연애, 환상소설 등의 요소가 많이 유입되었다.

비교적 명확한 개념으로서 SF는 1929년 미국에서 생성되었다. 특별한 여행, 과학소설, 기술 유토피아 등 여러 가지 명칭을 통합했다. 건스백(Hugo Gernsback)은 SF잡지 <Amazing Stories> 1호에서 비교적 명확한 개념을 제시했다. "sciencefiction으로 나는 베르느(Jule Verne), 웰즈(H. G. Wells) 그리고 애드가 알랜 포우 같은 작품을, 즉 과학적 사실과 예언적 비전이 혼합된 멋진 소설을 생각한다." SF는 오랫동안 상업적 장르로 간주되어 왔으며 미국에서는 2차대전 후에 그리고 유럽에서는 '50년대에 비로소 학문적으로 연구되기 시작했다. 프랑스에서는 환상문학과 연관되어 연구되었고, 독일에서는 SF와 유토피아와 더욱 긴밀한 관계가 된 반면에 미국에서는 SF-팬 덕분에 완전히 새로운 장르로 부상되어 일반 문학으로 유입되었다. 미국에서는 이제 SF를 일반적인 범주로 확대하여 프랑스의 환상성 개념이 포괄했던 것까지를 포함한다.

4) 판타지(Fantasy)

환상문학의 현대적인 변형으로, 영웅서사시, 기사모험담, 기사소설, 의적소설, 고딕소설, 동화, 전설, 환상적 내용의 문학 등 모험, 초자연적인 것, 신화적인 문학적 요소를 포함한다. 시공간설정에 있어서 판타지는 과학공상소설과 공통점을 가지지만, 그 상상적인 세계가 자연과학이나 기술 없이도 존재할 수 있다는 점에서 구별된다. 판타지에 나오는 인물들은 창, 칼, 가마솥, 포도주포대, 말, 돛단배 등 태고적이며 원시적인 무기와 도구를 사용할 뿐만 아니라 군주국, 독재국, 신정 일치국 등 이미 지나간 모든 정치사회형태 속에서도 생활한다. 현실과 마술적인 세계와의 경계가 모호하다. 주인공들은 정령들, 요정, 거인, 난쟁이, 동물군, 선녀들, 악령 그리고 유령들과 교류하고 스스로도 초자연적인 힘을 가진다. 주제는 대개는 선과 악의 대결이며, 논쟁의 특이한 수단은 폭력이다. 검과 마법소설에서 위에서 언급한 순수한 판타지에서 잔인함에 이르기까지의 폭력이다. 미국 작가 로버트 E. 하워드의 「코난」, 톨킨의 「호비트모험」 그리고 엔데의 『모모』와 『끝없는 이야기』가 있다.

● 공포문학(Horrorliteratur)

특정한 영향력을 미치려는 의도를 가지고 무시무시함, 잔악한 범죄 그리고 놀라움이나 역겨움을 자극하는 행위, 사건 상태를 형상화한 작품을 총칭한다. 대개는 오직 소비자들의 선정성을 충족시키는 저속소설로 공포소설, 만화, 잔인 모험소설, 전쟁소설, 탐정소설, 판타지, 과학공상소설 등이 있다.

5) 환상-현실

환상과 대립되는 개념인 현실은 인식론적으로 절대적으로 파악될 수 없으며 상대적이고 점층적인 개념이다. 특정한 시대에 현실로 받아들여지고 실제라고 인정되는 것에 따라 결정된다. 모티브나 주제에 중점을 두고 환상성의 근거를 우선적으로 비현실적인 존재들과 반경험적인 사건, 예를 들면 화성인간, 다시 살아난 시체 그리고 100년 동안의 수면 등에서 찾아보려고 한다. 일반적이고 문학, 예술 그리고 다른 매체를 포괄하는 미적 범주로서 환상성을 규정할 때에는 실제로 이것이 유일한 단초점이 된다. 그러나 모티브만을 가지고 구분하는 것은 불충분하다. 다시 살아난 존재 등은 사실적인 작품(『로미오와 줄리엣』, 괴테의 『빌헬름 마이스터』 등)에서도 나올 수 있고 100년 간의 수면 역시 비현실적이지만은 않다. 그리고 SF나 환상적인 단편소설은 그러한 비현실적인 존재 없이도 줄거리를 잘 이끌어 갈 수 있다. 그러므로 그러한 요소들의 환상성보다는 그것들이 어떻게 투입되며, 사실적인 서술세계를 어떤 식으로 방해하는가 혹은 현실적 경계를 근본적으로 넘어섰는지가 중요하다. 이런 물음에서 출발한다면 화성인, 다시 깨어난 죽은 자 그리고 오랜 수면 등은 실제로 현실을 일탈하고 있다. 웰즈의 화성인은 우주로부터 와서는 암울한 미래를 공지한다. 포우의 무덤에서 나온 죽은 자는 금지된 소망과 마술적인 사고방식의 영역인 '영적인 지하세계'에 속하는 것이다. 이런 것들은 합리적인 세계관으로는 경험되거나 기술할 수 없는 영역들이다.

합리주의와 실증주의는 무의식과 잠재의식을 비실제적인 것으로 우리 생활에서 몰아냈을 뿐만 아니라 사실주의적인 문학에서도 내몰았다. 환상문학은 그것을 새롭게 발견했는데 무엇보다도 억압된 성적 충동에 눈을 돌렸다. 그것은 금지된 것이기에 현실적이 될 수 없고, 무시무시하고 다른 질서로서 서술되고 낯설게 표현되고 영화(靈化)되었던 것이다. 그러나 일반적인 환상문학으로 분류되는 작품들의 공통된 속성을 얘기하기는 어렵다. 카프카나 보르헤스의 20세기 환상에는 19세기적인 것은 적용되지 않는다. 또한 고대의 환상성 역시 통일적이지 않다. 고딕소설에서 순진무구한 처녀를 좇는 잔인한 드라마는 19세기에는 남아있지 않다. 또한 거기에서 닫힌 체계로서 다른 세계로 발현되고 감각적으로도 구체적으로 불량한 악당, 어둡고 미로의 성들 그리고 방탕한 수도원으로 나타난 반면에 환상문학에서는 당대적이고 보통 현실과 혼합되고 다만 금지된 다른 차원과 질서로서 암시적으로만 나타난다. 그럼에도 포괄적인 환상문학의 정의를 원한다면 토도로프를 참조하라. 그는 자주 인용된 카이유와 카스테와는 달리 비현실

마그리떼의 기억(1948)

적인 사건에 초점을 둔 것이 아니라 하나의 지속적이고 일관된 경계초월이 있어야만 한다고 했다. 그에 대한 조건으로 내포독자가 서술된 사건이 자연적인 혹은 초자연적인 해명이 필요한지에 대한 물음에서 결정하지 못한 채 망설이게 해야 하는 텍스트신호가 중요했다. 이것은 여러 가지 환상문학의 공통성을 이해하기에 충분하고 SF와 구분 짓기에 충분히 구체적이다. 토도로프가 말하는 '양가적 관점'은 실제로 포우에게만 적용된다. 그러나 웰즈의 화성인간에게는 적용되지 않는다. 화성인간들이 무섭고 공포스럽기는 해도 망설임과는 무관하다. 작품 초기에 이미 그들의 출원과 의도에 대해서 과학적으로 해명되었기 때문이다. 이야기가 진행될수록 전체는 더욱 명백해진다. 포우의 화자는 마지막에 가서 아무리해도 해명될 수 없어서 놀라는데, 웰즈는 화자로 하여금 화성인간과 인류가 대결을 통해서 얻은 교훈을 정리하도록 한다. 그것은 포우에서와는 달리 다른 질서가 합리적으로 설명되어야 하기 때문이다. 환상문학에서는 망설임이 생성되어야 하지만, SF에서는 과학적인 확실함의 분위기를 만들어주어야 하기 때문이다.

04

민속설화 속의 판타지

Fantasy Literature

1

들어가면서

　　인간에게서 가장 오염되지 않아 순수하고 무한한 상상력을 발휘할 수 있었던 시기가 어린아이 시절인 것처럼 인류에게 있어서도 이성과 오성이라는 도구를 통해서 이 세계를 해석 분석하기 이전에 스스로 자연과 우주의 일부로서 우주만물을 신비스러워 하는 눈으로 바라보았던 순수한 시절은 신화적인 동화적인 시절이 아니었을까. 인간이 점차 교육을 통해서 사회화되고 기존의 제도 문화권으로 유입되면서 생존의 안정성을 얻었는지는 모르겠지만, 영혼이나 정신적으로는 많은 부분들이, 특히 풍부한 상상력은 많이 상실되었다고 본다. 옛 사람들이 자신을 둘러싸고 있는 자연환경과 사회환경을 파악하던 방식은 이성과 오성이라는 장비를 갖추고 있는 우리들에게는 정말로 '환상적' 방법이다. 그리스인들에게는 올림푸스산의 신들이 있고 게르만족은 오딘을 비롯한 북구 신들의 신화적 세계로 자신들의 가려진 신비로운 원천을 찾고, 우리들은 우리 방식대로 단군신화라는 방법을 통해서 우리의 뿌리를 찾으려고 상상력을 동원한다. 문자가 발명되기 이전 또한 문자를 깨우치지 못한 대다수의 민중들 사이에서 회자되는 이야기들은 인간의 원초적인 기쁨, 슬픔, 욕망, 소망 등이 어떤 형식적, 인식론적 틀의 제약 없이 표현하고 있다. 특정한 작가도 없이 떠도는 이야기들은 그 떠돌음으로 인해서 어디에도 구속되지 않고 자유분방한 상상력을 표현할 수 있다. 그렇다면 <이야기>는 어떤 의미를 가지는가. 여기서 이야기는 말하자면 실제 현실생활이 아닌 다른 세계를 의미하지 않았을까? '지금

판타지 문학의 이해

여기서'의 제약을 벗어나 자신의 기억이나 머리 속에서 세울 수 있는 다른 세상이 아니었을까? 그리고 이야기를 들어줄 타인이 있어야 하기에 그들에게 어필할 수 있는 재미와 감동을 가져야 했다. 재미와 감동을 위해서 삶과 직결되는 내용을 무한한 상상적 그림으로 표현하는 전략을 썼을 것이다. 이것은 그 어떤 문학적 형식은 갖추지 못했지만 그야말로 판타지의 효시인 것이다. 우리는 아라비안나이트와 그림동화가 환상문학인지 아닌지를 따진다기보다는 바로 이런 예로부터(물론 요즈음의 판타지소설들은 인류 이전의 세계를 그리고 있지만) 구전되어 내려오던 이야기들의 모음집인 천일야화와 그림동화 속에서 환상성 그리고 당시 인간들의 판타지에 대해서 생각하는 기회를 가져보는 것이다. 아라비안나이트라는 제목으로 우리에게 알려진 이슬람 이야기모음집은 천 하룻밤에 이야기되는 천일야화로서 이슬람세계 즉 중동지방 오리엔트 적인 문화를 대표하는 이야기모음집이며, 그림동화는 유럽대륙의 전래동화모음집이다. 앞의 이론적 담론에서도 잠깐 보았지만 전래동화나 신화는 환상이나 환상문학이라는 방법적 도구를 가지고 현실과 다른 차원의 상상적 세계를 표현하려고 했다기보다는 당시 사람들이 세상을 바라보는 세계관이 그대로 반영된 것으로 볼 수 있다.

2

천일야화(아라비안 나이트)

1) 천일야화의 생성배경

유대인의 이야기가 성서라면 아랍어로 쓰여진 이슬람세계 설화의

집대성은 아라비안나이트이다. 흔히 아라비안나이트, 천일야화라고 번역되지만 정확한 설화 모음집 명칭은 '천하루의 밤'이다. 그 기원에 대해서 학설이 분분하지만 6세기경 페르시아 사산 왕조 때의 고대 설화집에서 비롯되는 것으로 본다. 이것은 원래 인도에서 페르시아어로 번역된 것이었는데, 또 다시 아랍어로 번안된 뒤에 바그다드와 이집트 카이로에서 전승되어 내려오던 이야기가 추가되고 개작, 윤색되어 13～15세기경에 현존하는 형태로 완성되었다. 여기에서는 인도뿐만 아니라 그리스 아프리카 등지의 이야기가 페르시아 지역으로 들어와 모두 아랍어로 기술되었고 이슬람사상을 밑바탕으로 하게 되었다. 그러므로 인도에서 아프리카에 이르기까지 여러 지역의 민중구비문학을 집대성한 이야기이다.

2) 이야기 구성

이야기는 소위 액자소설형식(액자소설이란 간단히 설명하면 그림에 액자를 끼우듯 이야기들이 하나의 큰 틀의 이야기 속에 들어 있는 것이다)이다. 틀 이야기의 줄거리는 페르시아의 왕 샤흐르야르가 어느 날 사냥을 나간 사이에 왕비가 흑인노예와 정을 통하고 있는 것을 알고는 격분하여 그 둘을 죽여 버린다. 그 후 세상의 모든 여자를 증오하여 온 나라의 처녀들을 신부로 맞이하여 첫날밤을 치른 뒤 다음날 아침이면 그 신부를 처형해버린다. 이윽고 나라 안의 신붓감 처녀들이 모두 죽거나 피신을 하여 대신이 고민하던 중 대신의 딸인 샤흐르자드가 자

판타지 문학의 이해

진하여 왕비가 되겠다고 아버지를 조른다. 물론 왕은 이미 이 대신에게 대신의 딸만은 제외 시켜주겠다고 약속했었다. 딸은 아버지에게도 이야기로 자기주장을 하고 설득한다. 결국 대신은 자신의 딸을 왕비로 만든다. 샤흐르자드는 왕과 첫날밤을 치른 뒤 다음날 목숨을 잃게 되는 것을 막기 위해서 교묘한 말솜씨로 재미있는 이야기를 들려주겠다고 한다. 그리고 그 이야기는 계속되는 연속물로서 왕은 그 다음 이야기가 궁금해져서 샤흐르자드를 하루하루 살려두게 되고 왕비는 매일 밤 이야기를 계속하게 되어 상인과 마신 이야기, 어부와 마신의 이야기, 짐꾼과 세 여인이야기, 3개의 사과 이야기, 알라딘과 램프이야기, 알리바바와 도적이야기, 신밧드의 모험이야기 등등 이야기는 일천하고도 하루밤이 계속되고 드디어 왕은 샤흐르자드의 재주와 이야기 솜씨에 감탄하여 자신의 잘못을 뉘우치고 그녀를 왕비로 맞아들여 어진 정치를 베풀고 잘 살았다는 이야기이다.

안 이야기 속에는 환상적인 형상들이 많이 등장한다. 요술 램프, 병 속에 갇힌 마신, 말하는 새, 노래하는 나무, 황금의 강, 나르는 양탄자, 상상을 초월한 거대한 새, 바다괴물 등 그러나 실제로 은유적이고 비유적이며, 개념적인 이 이야기들 속에서는 이슬람문화가 승인하고 허가한 현실법칙을 의식적이며 체계적으로 위반하려는 시도는 조금도 보이지 않는다. 우리는 앞에서 환상성의 중요한 요소로 현실법칙의 의식적 일탈을 얘기했었다. 오히려 그 시대의 윤리적이고 미적이며 인식론적인 현실관을 그대로 이어받고 있다. 그런데 천일야화에서의 환상성은 바로 이러한 오리엔트식 세계관 체제를 철저하게 긍정하는 데에서 나온다고도 볼 수 있다. 예로 신밧드의 모험 처음 도입부에서 짐꾼 신밧드가 자신의 운명을 한탄하면서 하는 노래가 그러하며 이 노래로 해서 부유한 상인인 신밧드를 만나고 그의 모험담을 듣게 된다―철저히 체제 긍정적인 체념—은 오히려 인간존재의 허무함을 더해주며 이 허무함이야말로 판타지의 원천이 된다. 이야기 속의 인물들의 운명은 미리 알라신의 주권으로 정해져 있고, 그 운명의 지도에 따라 만남, 이별, 기쁨, 슬픔 그리고 성공의 행복한 결말로의 우여곡절을 경험하는 것이다. 이런 이야기 속에서 환상적인 아름다움을 느끼게 되는 것은 기이한 형상들의 등장보다는 오히려 최고의 선남선녀들로 승화된 주인공들, 그들이 겪어가는 사건들의 필연적인 우연성 그리고 해피 엔드로 단순화된 이야기 구조들이 너무나 '비현실적'(환상적)이기 때문일 것이다. 아라비안나이트는 동화가 아니라 성인들을 위한 이야기로 진한 성애묘사가 주류를 이루는데, 그렇게 세밀하고 감각적으로 그려지고 있는 첫날밤 사랑의 구체성도 15번씩이나 계속되었다는 과장과 허풍으로 그만 환상적(허구적)이 되어버린다. 사건의 전개에서도 인과성이라는 논리로 설명되기보다는 정해진 운명이라는 비논리성이 우선한다. 이 세상에서 존재하는 것은 그 어떤 합리적인 근거를 가진다기보다는 절대적인 힘인 알라신의 뜻이다. 그들의 운명은 스스로가 바꿀 수 있는 것이 아니라 그대로 받아들여야 하는 것이다. 신의 뜻은 어떤 합리성으로 설명될 수 없으며, 자의적이다. 논리와 합리성의 관점에서 볼 때는 그것은 우연의 장난이고 초자연적이거나 미지의 힘이 작용하는 것으로 밖에는 설명되지 않는 것이다.

아라비안나이트의 커다란 틀이 되는 바깥이야기는 이 시대의 오리엔트 특유의 종교관과 철학관을 반영하고 있다. 셀 수 없이 많은 동화, 소설, 단편, 사랑과 악한과 뱃사람들의 이야기, 교훈적 이야기, 전설, 성담, 유머레스크, 일화 등은 역설적으로 아주 짧은 시간 동안에 이야기로 꾸미고, 상상하고 여러 가지로 고안된 것이다. 끝없는 이미지, 꿈, 소망들, 인물, 모험들은 다시 말해서 화자인 샤흐르쟈드 왕비의 제한된

시한부 인생을 배경으로 펼쳐지고 있다. 여자라는 종족에게 복수하기 위해서 매일 밤 여자와 결혼하여 첫날밤을 지낸 뒤 그 다음날 아침 죽여 버리는 왕 샤흐르야르의 왕비인 샤흐르쟈드는 수천 번 반복하여 흥미진진한 연속이야기를 말함으로써 그 운명의 시간을 연기시키며, 매번 이야기에 감동 받은 여자혐오자인 왕이 드디어 그녀에게 생명을 선사하게 되었던 것이다. 그렇게 해서 우리는 여러 가지로 짜여진 이 세상 이야기 속에서 생명이 위협받고 있는 상황들의 모델들을 본다. 계속되는 이야기에서 속박 받는 존재인 왕비와 막강한 독재자인 왕의 의지가 대립 충돌되며, 특히 여성의 대표로서 왕비와 가부장 적이고 봉건적인 사회질서의 표상인 왕으로 그려지고 있는 오리엔트적인 세계상이 두드러져 보인다. 틀 이야기에서뿐만 아니라 안 이야기에서도 언제나 공포, 주인과 종복관계 혹은 일반적으로 말해서 막강한 권력자의 의지에 그대로 맡겨져 처분될 개인들이 느끼는 공포가 다루어진다. 대추씨를 잘못 뱉어서 마신에게 목숨을 내 놓을 수밖에 없는 상인, 왕비가 될 노예와 사랑을 했기에 죽을 목숨인 철부지아들, 언니들의 모함으로 세 자녀도 잃고 동물밖에 낳지 못했다는 누명으로 감금당한 왕비 등 모두가 생명이 위협받고 있는 극한 상황의 모델들이다. 여기서 마신이건 군주이건 간에 절대적인 권력자의 손에 달린 죽음의 공포와 위협에서 벗어날 수 있었던 것은 사랑, 지혜, 모험 등의 이야기인 판타지를 통해서 그들을 감동시켰기 때문이다.

신밧드의 모험에서는 상상적 형상들이 모험여행기마다 등장한다. 첫 번째 여행에서 파선하여 표류하다가 겨우 닿은 섬은 알고 보니 무지무지 커다란 바다 동물 레비아탄이었다. 하늘을 날며 태양을 덮는 거대한 새 루흐, 코끼리도 한 입에 삼켜버리는 구렁이, 거인 등, 과장법으로 그려지고 있는 환상적 형상들은 사실상 두 가지 상반되는 것을 함축한

다. 결코 이해될 수 없는 상상적인 허구를 아주 구체적이며 감각적으로 그려내고 있는 것이다. 이러한 환상성은 외견상 모든 현실을 지배하고 있는 오성적 문화와 추상성과 일반성이라는 지배논리를 거부하는 것이다. 이 존재형상들은 그 어떤 것으로도 잴 수 없도록 거대하고 강하며 외양도 기이하게 보인다. 그리고 그것들을 묘사하는 데에는 시간적인 계승과 공간적인 확장의 문법으로 나타난다. 이것은 주관적인 자의로서 유한한 것의 확장이며, 무대의 확대이고 동시에 갑작스러운 사건이 시간적으로 연속해서 일어나는 것이다. 평범한 것을 열정적으로 과장 확대하는 관점에서 보면 그것은 대상세계를 그대로 답습하는 긍정성을 보인다. 모험담에서는 목적지가 아닌 출발의 모티브가 중요하듯, 모험장르에서는 주제와는 상관없이 위험, 산, 바다, 신대륙 등 이야기 외적 모티브가 새롭고 다르면서 돌연히 출현하는 것으로 개인에게는 매력적으로 느껴진다. 이런 모티브들이 여러 가지 형형색색의 이미지들의 구별도 없이 일어나고, 비록 이상한 사물과 사람들이 함께 자연스러운 관계로 나타날지라도 이 모든 사건과 줄거리의 모험담들은 동일한 틀로 수렴된다. 다시 말해서 서로서로 좇고 쫓기는 형상들, 모티브. 이야기들인 이 복잡한 것들을 바로 철저하게 인위적으로 (환상으로) 꾸며낸 이야기, 즉 판타지인 것이다.

결론적으로 말하자면 아라비안나이트에서 환상성은 분명히 이야기 속에서의 초자연적이고 우연적인 사건 그리고 기이한 형상들의 등장에 기초하고 있다. 그러나 이성과 오성적 인식으로 바라보고 있는 우리들의 그러한 도식적인 환상성의 발굴보다는 오히려 인간의 주어진 운명

판타지 문학의 이해

적 상황을 벗어나 모든 굴레에서 벗어날 수 있는 자유를 바로 환상 속에서 찾았다는 것을 강조하고 싶다. 샤흐르자드가 죽음의 공포에서 벗어나기 위해서 그리고 샤흐르야르 왕은 배반의 분노로부터 벗어나는 것은 바로 솜씨 좋게 꾸며진 이야기, 판타지를 통해서였다. 샤흐르야르 왕뿐만 아니라 우리들을 사로잡아 독서 삼매경에 빠지게 한 것도 바로 결코 현실에서는 일어날 수 없는 이야기의 허황됨(=환상성)이 아니었을까? 사하라사막은 알라신의 정원이며, 이 세상에서 그 어떤 인공적인 미로보다도 더 뛰어난 최고의 미로는 그 속에서 헤매다 굶어 죽을 수밖에 없는 드넓은 황야라고 생각한 아랍인들의 환상적인 '반전'의 판타지를 자연적-인공적, 자연적-초자연 등으로 구분하기에는 역부족인 듯하다. 끝없이 펼쳐지는 오묘한 무늬의 연속인 아라베스크처럼 수 겹의 양파껍질처럼 이야기에 이야기가 꼬리를 물며 끝없는 이어지는 천일야화는 끝없는 사막의 현실을 감내할 수 있는 오아시스요, 덧없고 허망한 신기루가 아니었을까?

3. 그림동화

1) 그림동화의 성립

아라비안나이트가 성인들의 이야기라면 그림동화는 그림(Grimm)형제가 전래동화, 민담 등을 수집하여 설화 모음집을 만든 뒤 붙인 이름

그림형제

『어린이와 가정을 위한 동화집』에서 보듯 아동문학적 동화이다. 그 깊이를 알 수 없는 삶의 나락을 탐구하다가 뭔가 손에 잡히고 구체적인 것에서 낭만성을 찾고자 했던 독일 후기낭만주의를 대표하는 그림형제는 인간영혼의 끝없는 심연에서 눈을 돌려 독일어와 독일 민속전래 이야기에서 민족적 그리고 인간 영혼의 뿌리를 찾고자 했다. 그래서 만들어진 것이 방대한 그림 독일어사전과 어린이와 가정을 위한 동화집을 위시한 민담 모음집들이다. 그가 수집한 것은 잊혀져 가는 민속적인 서정과 상상력이 넘치는 민담, 민요, 성담, 전설, 우화, 소담 등 민중들 사이에서 전해져 내려오던 이야기였다.

동화집 표지

동화집은 1812년 처음으로 1권이 출판되었으며 1815년 2권이 나왔다. 처음 이야기를 수집할 무렵 그림형제는 독일 헤센주 카셀 지방의 사람들과 베스트 팔렌의 뵈켄도르프 모임에 속한 사람들에게서 도움을 받았다. 그곳의 젊은이들로부터 수많은 이야기를 듣기도 했지만 대부분 구전과 문헌자료들을 중산층과 귀족층의 교육을 받은 사람들로부터 입수했다. 정보제공자는 대부분 여성이었고 그림형제가 여행을 다니면서 수집한 것은 아니었다.

2) 이야기의 구성요소

그림형제는 동화를 신화에서 추론하고자 했다. 인도 게르만 신화가 침몰하면서, 다시 말해서 원시사회의 신화가 무너지면서 동화가 생겨났다는 것이다. 용과 용퇴치자, 곰의 아들, 거인, 난쟁이, 요정, 기이한 출생, 죽은 자의 소생 등등 신화와 동화가 가지는 공통적 요소이다. 그러나 신화는 사물을 이해하는 세계상을 대변한다고 한다면 동화는 현실 생활에서 기반을 두고는 그것을 미화하는 데에 차이가 있다. 동화는 사회 비판적이고 이상향적인 요소를 가지게 된다. 동화와 전설은 초자연적이고 신비스러운 사물, 인물, 사건 등 그리고 유령, 난쟁이, 마녀와 마법사 등 유사한 등장형상들을 가진다. 그러나 동화 자체 내의 시공간을 설정하고 있는 반면에 전설은 지리적으로 확정된 장소와 역사적으로 알려진 사건의 일부로 펼쳐진다. 그림형제는 두 장르의 차이를 전자는 좀 더 시적이고 후자는 더 역사적이라고 말했다. 전설은 기적을 현실로 믿으려 하는 반면, 동화 속의 기적은 단지 동화 안에서만 유효하며, 독자에게 강요하지 않는다. 성담은 전설에 가까워 종교적 성인들의 전설이라고 할 수 있어서 사실로 간주되길 바란다. 우화도 말하는 동식물이 등장하는 등 초자연적이나, 교훈적 의도를 분명히 드러낸다. 우화가 전달하려는 진실은 비유 속에 함축된 교훈적 진실이지 그것의 겉모양인 초자연적이고 비현실적인 것이 아니다.

천일야화와 같이 성인들의 이야기로서 비극의 발단이 주로 부인의 배반 등의 치정관계에서 시작되는 것과는 달리 그림동화는 제목이 암시하듯 주로 어린이와 가정을 위한 이야기모음으로 구체적인 성애 적인 요소는 거의 찾아 볼 수 없으며, 주로 가정불화와 비극이 계모, 배다른 형제 등의 가족관계에서 비롯된다. 신데렐라(재투성이 부엌데기), 백설공주, 헨젤과 그레텔에서의 사건의 발단이 모두 계모의 질투와 음모에서 시작된다. 이야기 속의 주인공들은 비록 왕자, 공주인 경우도 있지만 대부분 외롭고 가난하고 천대받지만 심성이 착한 아이들이다. 그리고 그들은 사회적으로, 가정에서 소외되기에 흔히 꿈꾸며 공상하기를 좋아한다. 자의든 타의든 가출하여 위험한 여로 속에서 온갖 시험을 거친 뒤 집으로 돌아온다. 시련과 위험의 공간은 그러나 대개는 숲으로 마녀나 악마와 대립하게 된다. 그들은 지혜를 짜내어 시련을 극복하며 그 모든 것이 인과 응보적으로 해결된다. 그리고 대개 가난한 사람과 약한 자 편에서 이야기된다.

동화의 일반적인 특징은 시간과 공간적 제약을 초월하며 자연법칙과 인과법칙이 적용되지 않는다. 인간이 동물로 변신하며 동물로 변신하고 동물, 식물, 사물들이 사람처럼 말한다. 거인, 난쟁이, 마녀 등 상상적인 인물들이 등장한다. 줄거리와 사건의 진행에 있어서도 거의 틀에 박힌 줄거리로 일관한다. 주인공이 집을 나가거나 길을 떠난다. 그리고 온갖 멸시를 받으면서 주어진 과제를 해결하거나 수수께끼 등을 해결하여 그의 능력을 검증 받는다. 결말 역시 정의와 선의 승리로 끝나며 모든 질서는 조화를 이루게 된다는 것이다. 이러한 사건의 무대와 배경이 되는 것으로는 성, 작은 집, 동굴, 숲, 샘물 등이며, 상징적인 숫자를 사용한 구조도 특이하다. 동화의 모든 사건은 3회적 반복 과정을 거친다. 혹은 일곱 난쟁이나 7년이라는 기간처럼 7의 숫자도 유용하게 사용된다. 동화에는 왕, 공주, 사악한 여형제, 남형제, 계모에게서 박해받는 주인공 등 유형화된 인물들이 등장하며, 대부분 이름이 없거나 한스 같은 흔한 이름들이다. 인물들을 규정하는 데에도 가난함-부유함, 착함-악함, 아름다움-추함 등 이분법적이며 긍정적인 속성은 대개는 사회적으로 지위가 낮은 사람들의 몫이다. 가난한자가 착하고 아름답고 용감하다. 이렇게 틀에 박히고 도식적인 이야기 전개에도 불구하고 동화 속에는 무한한 상상력이 동원되고 있다. 현실적 시공간을 뛰어넘어 불가능한 세계가 구현된 동화는 그러나 언제나 민중들의 삶과 연관되어 있다. 도식적인 이야기 줄거리와 비

헨젤과 그레텔의 과자집

판타지 문학의 이해

현실적인 세계는 우리의 경험세계를 초월하여 이야기(판타지) 속에 유토피아를 정립하려는 시도이다. 가난하고 힘없는 사람들이 현실적으로는 불가능한 사회정의를 이야기를 통해서 엮어내며, 자신들의 억울함을 보상받는 것이다. 재투성이 부엌데기가 마술의 힘을 빌어서 왕자님 잔치에 가게 되고 아름다운 미모와 착한 심성으로 왕비가 되는 것이나, 계모에게 쫓겨난 헨젤과 그레텔이 깊은 숲 속 마녀에게서 죽을 고비를 지혜롭게 넘기고 오히려 보물을 가지고 집으로 돌아오는 것이나, 어린 소녀가 할머니를 삼켜버린 늑대의 배를 갈라 할머니를 구하는 등 모두 막강한 힘의 억압에 대한 보상의 표현이다.

3) 동화 몇 편의 간단한 줄거리

● 개구리 왕자(Der Froschkönig)

아주 옛날, 한 왕이 살았는데, 그에게는 여러 명의 딸들이 있었죠. 그 중 막내딸은 유독 아름다웠습니다. 그 막내공주는 날이 더울 때면 성 부근의 숲에 가서 보리수 밑의 샘가에 앉아서, 황금공을 가지고 노는 것을 좋아했습니다. 공놀이하던 어느 날 공이 공주의 손을 맞고 튕겨 나가 샘물에 빠졌습니다. 샘은 바닥이 보이지 않을 정도로 깊었고, 너무 속상한 공주는 울기 시작했습니다. 그때, 샘 속에서 개구리 한 마리가 나와 서 공을 찾아 줄 테니, 자기를 항상 곁에 두고 친구로 대해달라고 소원을 말했습니다. 너무나 공을 되찾고 싶었던 공주는 약속을 했고, 개구리가 샘 속에 들어가서 공을 찾아주자마자, 그 공을 집어들고 곧바로 쏜살같이 달려가 버렸습니다. 이튿날, 공주는 왕과 신하들과 식사하는데, 계단 올라오는 소리가 들려서 문을 열어보니 개구리가 와있자, 너무 놀랐습니다. 놀란 공주를 보고, 왕이 왜 그러냐고 물어보자 공주는 그간 있었던 얘기를 하자 왕은 약속을 지키라고 명했습니다. 공주는 어쩔 수 없이 같이 식사를 하고, 같이 잘 수밖에 없었습니다. 참다못한 공주가 화가 나서 개구리를 집어 들어서 벽에 던지자, 개구리는 너무나 멋진 왕자가 되었습니다. 왕자는 자신이 못된 마녀의 마법에 걸려 있었고 그것을 공주만이 깰 수 있었다는 얘기를 했습니다. 그리하여 공주는 아버지의 지시대로 친구요, 남편으로 그 왕자를 맞이하였습니다. 이 사실을 안 왕자의 충신은 너무나 기뻐했습니다.

● 라푼첼(Rapunzel)

옛날, 아이가 없어서 아이 있기를 소망하는 한 부부에게 아기가 생기게 되었습니다. 그 집 뒤쪽엔 작은 창이 있었는데, 아내는 그 창을 통해 아주 탐스런 상추밭을 발견했습니다. 너무 먹고 싶었지만 그 상추밭의 주인은 모두가 두려워하는 마법사라서 아내는 참느라고 점점 쇠약해졌습니다. 남편은 아내를 위해 몰래 상추를 따 왔고, 그 상추를 먹은 아내는 다음날 더 먹고 싶어졌습니다. 다시 상추를 따러간 남편은 마법사에게 들켜서 자초지종을 말하지만, 마법사는 태어날 아기의 이름을 라푼첼(상추를 뜻하는 독일어)이라고 이름짓고, 아이가 태어나자 데려가 버립니다. 12살의 아름다운 소녀가 된 라푼첼을 마법사는 문도 없고 계단도 없는 높은 탑 꼭대기에 가둡니다. 마법사가 "라푼첼, 라푼첼, 네 머리채를 늘어뜨리렴" 하고 소리를 지르면 길고 탐스러운 라푼첼의 머리가 탑에서 내려와 그것을 타고 올라갑니다. 몇 년이 흐리고, 탑 곁을 지나던 왕자가 아름다운 라푼첼의 노래 소리를 듣고서 탑에 올라가려 하나, 문도 계단도 없자, 나무 뒤에 서있는데, 마법사의 모습을 보게됩니다. 마법사처럼 소리소리 치고서, 내려온 머리카락을 타고 올라간 왕자는 라푼첼과 결혼을 약속한다. 눈치 못 채 던 마법사에게 라푼첼은 말실수를 하여 들키게 되고, 화난 마법사는 라푼첼의 머리카락을 자르고 황량한 땅으로 추방해버립니다. 마법사가 라푼첼의 머리카락을 내려주자, 아무것도 모르는 왕자는 다른 날과 다름없이 탑 위에 올라오나 마법사를 보고 절망에 빠져 탑에서 뛰어내립니다. 다행히 목숨은 건졌으나, 가시에 눈을 찔려 장님이 되고 말았습니다. 여러 해 떠돌아다니던 왕자는 라푼첼이 있는 황량한 땅에 도달하게 돼서 노랫소리를 듣고, 라푼첼을 찾아내서 자신의 왕국에 데려와서 행복하게 살았습니다.

● 룸펠슈틸츠헨(Rumpelstilzchen)

옛날에 가난한 방앗간 주인이 살았는데 그에게는 예쁜 딸이 있었습니다. 그는 우연히 왕과 이야기를 하다가 자신의 딸이 짚을 금실로 만든다고 으시댔습니다. 이에 놀란 왕은 다음날 그 처녀를 불러 짚이 가득 쌓인 방으로 데려가서 물레를 주며 다음날 아침까지 그 짚을 금으로 바꾸지 못하면 죽을 줄 알라고 말했습니다. 방앗간 주인의 불쌍한 딸은 사실 그런 재주 따윈 없었기 때문에 눈앞이 캄캄했습니다. 처녀가 울기 시작하자 갑자기 문이 열리면서 난쟁이가 들어와서는 자기가 금실을 자아주면 무엇을 주겠냐고 물었습니다. 처녀는 목걸이를 주기로 하고 이에 난쟁이는 금실을 만들어 주었습니다. 왕은 깜짝 놀라면서 흐뭇해했고 그러면서도 더욱 욕심이 생겨 방앗간 딸을 전 보다 훨씬 큰방에 가둔 뒤 목숨이 아깝거든 그 안에 있는 짚을 모두 금으로 바꾸라고 명령했습니다. 처녀가 훌쩍거리자 난쟁이가 또 나타났고 난쟁이는 처녀의 반지를 받는 대신 방안의 짚을 금실로 자아주었습니다. 아침이 되자 이번에도 왕은 크게 놀랐지만 금에 대한 욕심은 그칠 줄을 몰랐고 그래서 더 큰 방에 짚을 가득 채운 다음 처녀를 가두면서 비록 미천한 방앗간 집 딸이기는 하지만 이번에도 성공하면 아내로 맞아들이겠다고 했습니다. 세 번째로 난쟁이가 나타나서 이젠 줄 것이 아무것도 없다는 처녀에게 왕비가 되어서 낳은 첫 아이를 줄 것을 약속 받았습니다. 왕은 방앗간 처녀와 결혼식을 올렸고 일년 뒤 왕비는 예쁜 아기를 낳았습니다. 그런데 그 동안 까맣게 잊고 지냈던 난쟁이가 불쑥 나타났습니다. 그러나 왕비가 너무 애처롭게 울자 난쟁이는 가여운 생각이 들어서 사흘 간의 시간을 주고 그 동안 자신의 이름을 알아맞히면 아기를 달라고 하지 않겠다고 약속했습니다. 왕비는 온갖 기묘한 이름들을 신하들을 시켜 알아냈지만 모두 허사였습니다. 그러다가 셋째 날에 신하가 와서 말하기를 숲 가장자리의 높은 산 오두막에서 우스꽝스럽게 생긴 난쟁이가 모닥불 주위에서 한 쪽 다리로 홀딱홀딱 춤을 추며 소리를 빽빽 지르면서 자신의 이름이 룸펠슈틸츠헨이라고 했다고 전해주었습니다. 왕비는 신하의 이야기를 듣고 너무나 기뻐했으며 다음날 나타난 난쟁이의 이름(룸펠슈틸츠헨)을 알아맞혔습니다. 그러자 난쟁이는 소리를 지르며 오른발을 쿵쿵거

렸는데 그 바람에 다리가 땅 속으로 들어가 파묻혔고 그는 두 손으로 왼쪽 다리를 미친 듯이 잡아당겨 난쟁이의 몸은 둘로 찢어졌습니다.

● 헨젤과 그레텔(Hänsel und Gretel)

가난한 나무꾼이 아내와 두 아이, 헨젤과 그레텔을 데리고 살았습니다. 아이들의 계모인 아내가 집안형편이 너무 어려워지자, 아이들을 숲에 내다 버리라고 했습니다. 그 얘기를 몰래들은 아이들은 자갈돌을 몰래 주워 와서, 다음 날 숲에 갈 때 하나씩 떨어뜨려서 아빠. 엄마가 돌아간 뒤에, 다시 집으로 올 수 있었습니다. 그러던 어느 날, 다시 온 나라에 기근이 닥치자, 계모는 아이들을 다시 버리려고 했고, 이번에도 엿들은 아이들은 자갈을 또 주우려고 했으나, 계모가 방밖에서 문을 잠가서 나갈 수 없었습니다. 다음날, 가져간 빵을 조금씩 떼 어서 길에다 표시를 했으나 새들이 주워 먹어서 길을 잃게 되었습니다. 숲을 헤매다 과자로 만든 집을 발견한 헨젤과 그레텔은 과자를 떼먹다가 집주인인 나쁜 마귀할멈한테 붙잡혔습니다. 마귀할멈은 헨젤을 우리에 가두고, 살을 찌워서 잡아먹으려고 했습니다. 영리한 헨젤은 시력이 안 좋은 마귀할멈에게 조그마한 뼈를 계속 내 밀었고, 살이 찌지 않아서 초조해진 마귀할멈은 그냥 잡아먹기로 했습니다. 그레텔은 마귀할멈에게 오븐온도를 어떻게 조절하는지 모른다고 하자, 마귀할멈은 가르쳐주려고 오븐에 들어가고, 그레텔은 밖에서 문을 닫아서 할멈을 태워 죽였습니다. 그레텔은 헨젤을 구해내서 죽은 마귀할멈 집을 돌아다니며, 진주와 보석들을 주머니와 앞치마에 가득 담았습니다. 그리고 숲을 헤매다가 아버지가 있는 집을 찾았습니다. 그동안 계모는 죽고, 혼자서 죄책감에 시달리던 아버지는 돌아온 아이들을 보고 너무나 기뻐했습니다. 아이들은 가져온 진주와 보석들을 내밀었고, 이로 인해 그들을 괴롭히던 온갖 걱정 근심이 사라지고 더할 수 없이 행복하게 살았습니다.

● 늑대와 7마리의 새끼염소(Der Wolf und die sieben Geisslein)

옛날에 엄마염소 한 마리가 7마리의 새끼를 데리고 평화롭게 살고 있었습니다. 어느 날 엄마염소는 먹을 것을 구하러 숲으로 가야했습니다. 엄마염소는 숲으로 가 있는 동안 늑대가 집안에 들어와 새끼염소들을 잡아먹게 될 것을 걱정했습니다. 그래서 늑대의 쉰 목소리와 검은 발을 보고 새끼염소들이 늑대를 알아볼 수 있도록 가르치고는 길을 떠났습니다. 그런데 엄마염소가 떠난 지 얼마 되지 않아 늑대가 찾아와서는 문을 두드리며 쉰 목소리로 엄마염소 흉내를 내었습니다. 새끼염소들은 쉰 목소리를 듣고는 그것이 늑대인줄 바로 알아차렸습니다. 그래서 문을 열어주지 않았습니다. 그러자 늑대는 가게로 가서 큼직한 분필 한 토막을 먹고 고와진 목소리로 다시 문을 두드리며 엄마염소 목소리를 흉내내었습니다. 하지만 새끼염소들은 창턱에 걸쳐놓은 늑대의 검은 발을 보고 문을 열어주지 않았습니다. 그러자 늑대는 빵 가게로 달려가 주인에게 다리가 다쳤다고 거짓말을 하며 발에 밀가루 반죽을 발라달라고 했습니다. 그리고는 방앗간으로 달려가 하얀 밀가루를 뿌려달라고 했습니다. 방앗간 주인은 늑대가 누군가를 속이려 한다는 것을 눈치채고 거절했습니다. 하지만 늑대가 잡아먹겠다고 협박을 하자, 할 수없이 늑대의 발에 밀가루를 뿌려주었습니다. 늑대는 세 번째로 새끼염소들이 사는 집으로 가서 문을 두드리며 다시 엄마염소 흉내를 내었습니다. 새끼염소 들은 늑대의 하얀 발을 보고는 엄마 염소인줄 알고 문을 열어주었습니다. 그제야 늑대인 것을 알게 된 새끼염소들은 겁에 질려 허겁지겁 숨었습니다. 첫째는 식탁 밑으로, 둘째는 침대 밑으로, 셋째는 오븐 속으로, 넷째는 부엌 안으로, 다섯째는 찬장 속으로, 여섯째는 세면기 속으로, 일곱째는 시계 상자 속으로 각각 들어갔습니다. 그러나 늑대는 새끼염소들을 하나하나 찾아내어 그 자리에서 통째로 삼켜 버렸습니다. 그러나 시계 상자 속에 숨은 막내만은 찾아내지 못했습니다. 배가 부른 늑대는 풀밭의 나무 밑으로 걸어가 그 밑에서 잠이 들었습니다. 잠시 후 숲에서 집으로 돌아온 엄마염소는 집안이 난장판이 되어 있고 새끼염소들이 사라진 것을 보고 깜짝 놀랐습니다. 그런데 막내가 시계상자 속에서 엄마를 부르는 소리를 듣고 꺼내주었습니다. 막내로부터 얘기를 들은 엄마염소는 슬피 울었습니다. 그러다가 풀밭에서 늑대가 자고 있는 것을 발견했습니다. 늑대의 뱃속에서 뭔가가 꿈틀거리고 있는 것을 본 엄마염소는 가위로 늑대의 배를 가르고 6마리의 새끼염소들을 구했습니다. 그리고는 늑대의 뱃속에 돌을 잔뜩 채워 넣고 다시 실로 배를 꿰맸습니다. 잠에서 깨어난 늑대는 목이 말라 샘 가로 가서 물을 마시려고 몸을 앞으로 기울이자 무거운 뱃속의 돌멩이들이 앞으로 몰리는 바람에 물 속에 처박혀 죽고 말았습니다. 그 광경을 본 7마리의 새끼염소들은 엄마와 함께 춤을 추며 기뻐하였습니다.

4

우리나라 전래동화

판타지소설의 등장과 함께 동양적 혹은 한국적 판타지에 대해서도 관심이 증대되었다. 실제로 우리가 많이 읽고 좋아했던 판타지소설들은 주로 일본식으로 각색된 서양적 이야기나 북구신화나 유럽 중세 영웅담에서의 형상들이 등장하는 서양식 판타지였다. 귀신 잡는 퇴마록을 한국적 판타지라고도 할 수 있다. 김지하씨는 몇 년 전 개천절을 기념하는 자리에서 우리의 「환단고기」 등을 이야기하면서 우리 젊은이들의 상상력이 일본이나 서양 아류적인 판타지에 머무르지 않기 위해서 우리나라 고대 역사의 발굴과 연구를 통해서 한국적 상상력과 판타지를 무한대화 시켜야 한다고 했다. 물론 판타지에 민족적 국경을 이야기하는 것이 우습지만 그렇다고 서양, 그것도 우리에게 여전히 이질적인 북구 신화나 설화적 형상들이나 일본식 화된 몬스터의 영역이 판타지의 본령이라고 생각하는 것이 잘못이다. 용(드래곤)은 상상적 동물형상이지만 동양적 사고와 서양적 사고 속에서 용의 역할은 구별된다. 서양에서의 악마, 마녀, 마신과 우리의 귀신과는 전혀 다르다. 그들은 선의 영역과 대치되는 악의 영역에 군림하는 권력자이지만, 우리의 귀신은 선악의 이분법적 구분보다는 저마다 한을 품어 황천길로 들어서지 못한 한 맺힌 귀신들이다. 마술에 걸려서 개구리로 변한 왕자나 마법으로 변신을 시도하는 서양적 사고와는 달리 우리는 구렁이나 곰 그리고 구미호 등은 정신적 수양과 구도를 통해서 인간화를 꾀한다. 나무꾼과 선녀, 칠월 칠석 오작교에서 만나는 견우와 직녀, 아사달과 아사녀의 사랑이야기는 서양과 아라비안나이트에서의 사랑이야기와는 분명히 다르다. 그렇다고 한국적 인물들과 귀신들이 등장해야 한국적 판타지가 되는 것은 아니다. 기독교의 순교자적 구도자의 길을 그린 많은 중세 성담과 영웅담들을 우리는 주몽이나 신라 화랑도들의 구도자적인 수양기보다 더 먼저 그리고 더 많이 접했기에 친숙할 뿐이다. 우리 일상생활 속에서 양복보다는 한복이 더 이질적이고 낯설어 보이는 것처럼. 그러나 천국과 지옥, 아담과 이브의 낙원의 서양식 판타지 상보다는 극락세계와 염라대왕의 지옥 그리고 신선들의 무릉도원이라는 동양적 판타지가 적어도 내게는 더 체감도가 높고 유효한 것 같다. 이렇게 자생적이며 유전적인 판타지를 복원하는 것이 우리의 판타지에 이르는 길이 될 것이다.

05

동양적 판타지

Fantasy Literature

들어가면서

우리가 읽고 있는 대부분의 판타지소설은 주로 북구신화를 중심으로 파생된 유럽 중세 영웅담, 기사담 혹은 그것을 일본식으로 각색한 서양적인 판타지가 주류를 이루고 있다. 그리고 이러한 판타지소설이 판타지의 정석인 양 알려졌고, 실제로 그렇게 믿고 있는 독자들도 많다. 이에, 판타지의 개념을 넓혀서 한국적 판타지를 만들어내고자 하는 시도로 익숙하지만 낯설기도 한 한국의 고대문화를 배경으로 한국적 판타지가 많이 쓰여지고 있다. 「단군신화」나 「환단고기」 등의 한국 신화와 설화에 대한 호기심으로 시작하여, 이미 출간되어 많은 호평을 받은 『퇴마록』, 『은의 왕국』 등과 같이 현재 판타지 열풍을 타고 나오기 시작한 몇몇의 한국적인 요소가 가미된 작품들이 그것이다. 서양의 판타지가 서양의 북구신화에서 출발했다는 것에 착안하여, 한국적 판타지를 추구하는 자들도 그 시작을 한국의 고대 신화에 두고 있는 것이다. 여기서 동양문화의 중심인 중국문화와 문학에서 판타지를 고찰하는 것이 매우 중요할 것이다. 실제로, 중국의 사대기서(四大奇書)로 알려진 『삼국지연의(三國志演義)』, 『서유기(西遊記)』, 『수호전(水滸傳)』, 『금병매(金瓶梅)』와 같은 중국의 고전 작품들이 고전 문학으로서 뿐만 아니라 판타지로서의 가치도 인정받고 있다.

2

중국의 신화·설화 그리고 고전문학

중국에도 서양의 그리스신화나 북구신화처럼 신들의 이야기를 담은 신화가 존재한다. 중국은 불교, 도교, 유교의 영향으로 인해, 신화적인 면이 문화나 생활에서 강하게 드러났으며, 지금까지도 신화적인 고사(故事) 등이 생활화되어 신으로 섬기는 경우가 많다. 천지창조 신화에서 여와보천(女媧補天)[1], 후예사일(后羿射日)[2] 등과 같은 신화 이야기가 지금까지 전해지고 있다. 동양 특히 중국에서는 만물에는 의식이 있고 성격과 감정이 있다고 여겨왔기에, 자연 현상을 형상화하고 인격화시키는 경우가 많았다. 예를 들어, 천신(天神), 풍백(風伯), 우사(雨師), 뇌공(雷公), 전모(電母)와 산과 강, 바다의 자연신 등이 그것이다. 여기서 풍백(風伯), 우사(雨師), 뇌공(雷公)은 단군신화에서도 등장하고 있다.

구전된 이야기인 전래설화가 후에 체계적으로 기록되면 소설이 되는 것이다. 중국 소설은 크게 문언소설(文言小說)과 백화소설(白話小說)로 나뉘어 지는데, 백화소설은 설화를 바탕으로 변모된 장르로. 즉 구

---

1) 여와보천(女媧補天): 上古時代 때, 여와(진흙으로 인간을 만들어낸 神)라는 여신이 있었는데, 어느 날 수신(水神)인 공공(共工)과 화신(化神)인 축융(祝融)이 큰 싸움을 한 끝에 하늘에 구멍이 뚫리게 되어, 하늘로부터는 큰비가 쉴새없이 쏟아지게 되었다. 이 때문에 하천이 홍수로 범람하여 산림에 서식하고 맹수와 흉조들이 발악을 하며 뛰쳐나와 인간을 마구 잡아먹으려는 등 큰 소동이 벌어졌다고 한다. 그래서, 그것을 본 여와가 강속에서 오색 돌을 따서 불에 녹여 반죽을 한 다음, 하늘에 뚫린 큰 구멍을 막았다는 이야기이다.
2) 후예사일(后羿射日): 옛날, 중국의 삼황오제(三皇五帝)때, 열 개의 해가 하늘에 떠올라 가뭄이 들었다고 한다. 그때 명궁(名弓)으로 유명한 후예(后羿)가 9개의 태양을 쏴서 떨어뜨리고, 하나만 남겨두었다는 이야기이다.

어체의 문장으로 쓴 소설인 것이다. 설화가 백화소설이라는 장르로 형식화되어 성행하게 된 것은 중국 송대(宋代)의 일이다. 송대에 이르러 전통적 소설과 달리 강창(講唱)의 형식으로 민간에 나타났는데, 설화인(說話人)이라 하여, 중세의 음유시인과 같은 역할을 했다. 『서유기(西遊記)』, 『수호전(水滸傳)』, 『금병매(金瓶梅)』 등이 그것이다.

중국 고대소설의 시작은 신화나 고사로부터 찾을 수 있다. 중국 소설의 기원을 선진 시대 신화나 전설에 두는 것도 이 때문이다. 중국에는 기서(奇書), 혹은 괴서(怪書)라 하여, 기이한 일이나, 신비스럽고 환상적인 사건과 고사를 묶어서 내놓은 책도 있었다. 그 중 가장 유명한 것이 앞에서 언급한 바 있는 사대기서(四大奇書)이다. 이 외에 사대기서에서 『금병매』를 빼고, 『봉신연의(封神演義)』를 집어넣어, 사대괴기서(四大怪奇書)라 부르기도 한다는 것이다. 4대기서나 괴서 모두 그 작품들의 소재는 민간 설화에서 따오고 있다. 『삼국지연의(三國志演義)』와 같이 역사를 근거로 하여, 역사서 『삼국지(三國志)』에서 살을 붙여서 소설을 만들어 내는 경우도 있고, 민간 설화 고사에 환상성을 부여하여 더욱 기이하고 신비롭게 만들어낸 것도 있다는 것이다. 위진 남북조시대의 지괴(志怪) 소설에서 시작한 중국 고대 소설은 당대(唐代)에 전기(傳記)소설에서 틀을 잡아 후에 송대(宋代)의 백화소설, 명대(明代)의 신마(神魔)소설에 이르게 된다.

지괴라 함은, '괴상한 이야기의 기록'을 뜻한다. 한 말엽부터 도교나 불교가 민간에 유행하여 기문일사(奇聞逸事)를 내용으로 하는 이야기들이 민간에서 유행하였다. 이러한 것들이 위진 이래로 더욱 성행하여 초현실적인 신기한 이야기들을 통틀어 지괴라고 부르게 된 것이다. 산천의 이물을 위주로 하고 신선 도술(道術)을 가미한 내용을 가진 장화(張華)의 『박물지(博物志)』, 어느 인물의 고사에 신괴(神怪)를 더한 내용을 한 『한무제고사(漢武帝故事)』, 『습유기(拾遺記)』[3], 그리고 귀신들의 괴담을 내용으로 한 간보(干寶)의 『수신기(搜神記)』[4]가 있다. 내용상으로 보았을 때 지괴는 충분히 판타지소설이라 할 수 있다. 또, 문학적으로도 지괴는 민간고사나 전설이 당대 '전기(傳記)'로 넘어가 소설로 넘어가는 데 중요한 역할을 하였으며, 후대에도 환상적이고 신기한 이야기를 소재로 하는 소설들이 계속 나올 수 있게 소재를 제공해주어 전기 뿐만이 아니라, '신마(神魔)소설'에 이르기까지 환상소설로서의 가치를 인정받을 수도 있다. 전기(傳記)는 당대(唐代) 소설로서, 기이한 이야기를 소재로 하고 있다. 그러나, 지괴에 비해서는 현실 생활에서 제재를 취했기에, 신괴함은 좀 떨어지나, 애정, 풍자 등 내용은 더욱 풍부해지고 소설적이어서 환상적인 면은 더하다고 볼 수 있다. '애정류'에서 귀신과 사람이 사랑을 하는 얘기도 등장하는데, 이것은 현실 생활에서는 이룰 수 없는 것을 꿈이나 환상세계에서나마 이루어 대리만족을 하고 보상을 받으려는 경향에서 기인했다고 보고 있다.

1) 명대(明代)의 소설

명대(明代)에는 소설이 장편이나 단편을 막론하고 찬란한 성과를 거두었다. 『삼국연의』, 『수호전』, 『서유기』, 『금병매』의 출현은 명대 소설 성행에 큰 영향을 미쳤고, 또 사대기서의 영향 하에서 『신열국지』, 『양가부연의』, 『봉신연의』, 『옥교리』 등의 장편소설이 쓰여졌다.

---

3) 『습유기』는 동진(東晉)의 왕가(王嘉)가 신선(神仙)과 방술(方術)을 선전하는 내용을 10권으로 엮은 책이며, <왕자년습유기(王子年拾遺記)>이라고도 한다.
4) 『수신기』는 동진(東晉: 317-420)의 사학자(史學者) 간보(干寶)가 신령하고 괴이한 고사를 모아 20권으로 펴낸 책이다.

(1)『삼국연의(三國演義)』

『삼국연의』는 나관중(羅貫中)이 지어 중국 명대(明代)에 간행된 장편 역사 소설이다. 그러므로, 진나라 때 진주(陳壽, 232~297)가 지은 '삼국지(正史)'와는 구별해야 할 것이다. 역사 소설 『삼국연의』는 정사 『삼국지』를 바탕으로 하였기 때문에 이야기 줄거리는 거의 같으나, 민간 설화가 더 많이 들어가서 실제 사실과 틀린 것도 있다. 작가인 나관중(羅貫中, 1330~1400)은 이름이 본(本)이고 관중은 자(字)이다. 호는 호해산인(湖海散人)으로 산서 태원 사람이다. 대체로 원나라 순제와 명나라 태조가 통치하던 시기에 생존하였다. 전해지는 바에 따르면 그는 반원투쟁에 참가하기도 하였고, 농민봉기군 장사성의 막료가 되기도 하였다. 명나라가 서고 나서 '패사(稗史)'를 써내는 데 힘을 기울였다. 『수당사전(隨唐史傳)』, 『잔당오대사연의(殘唐五代史演義)』 등을 썼으며, 일설로는 『수호전(水滸傳)』 완성에도 참가했다고 한다. 『삼국연의』는 삼국시대 위촉오(魏蜀吳) 삼국의 분쟁과 흥망성쇠를 다룬 역사소설이다. 작품은 각 통치집단간의 정치와 군사 및 외교전쟁에 대한 묘사를 통하여 삼국시기 사회의 암흑과 격동을 광범위하게 반영하였고, 봉건통치자의 잔혹함과 추악함을 폭로하였으며 백성들이 겪은 재난과 고통을 표현하였다. 방대한 규모와 독특하고, 무수한 인물 등장으로 지금에까지도 많은 독자층을 형성하고 있다.

(2)『수호전(水滸傳)』

『수호전』은 『삼국연의』와 거의 동시대인 원말 명초(元末 明初)에 씌어진 장편소설이다. 작가에 대해서는 일반적으로 '시내암'이라고 하기도 하고, '시내암'이 쓰고 '나관중'이 고쳐 썼다는 설도 있다. 시내암 (施耐庵, 1296~1370)은 전당(지금의 절강) 항주 사람이라고도 하고 강 소 흥화 사람이라고도 한다. 『수호전』은 농민 봉기를 민중적 정서에서 반영한 탁월한 장편 역사 소설로 손꼽는데, 『삼국연의』가 70%의 사실 과 30%의 허구로 이루어졌다면, 『수호전』은 5%의 사실과 95%의 허구 로 이루어졌다고 말할 정도로 창작적 성격이 강하다. '송강(宋江)'이라 는 인물의 농민 봉기를 중심으로 이루어진 이 소설은, 역사에선 '송강' 과 36인의 봉기였다고 하지만, 소설에서는 108인으로 나타나있다. 이것 은 이 소설의 원 내용이 사람들의 입을 통해 전해지던 민간 소설에서 기인했기 때문에, 살이 더 붙여진 것으로 보여진다. 『수호전』이 후대 문학예술작품에 미친 영향은 지극히 크다. 예를 들어 『금병매』 같은 작품은 『수호전』 가운데 '서문경'과 '반금련'의 이야기를 늘려 창작된 것이다.

(3) 『금병매(金瓶梅)』

『금병매』는 대체로 16세기 말엽에 창작된 듯하고 작가는 난릉(蘭陵) 소소생(笑笑生)으로 되어 있는데, 그의 본명과 사적은 알 수 없다. 『수 호전』 가운데 '무송'이 형수를 죽이는 고사를 빌어온 것을 제외하면 대 부분의 이야기가 작가 자신이 처했던 시대의 사회생활에 근거하여 창 작된 것이다. 책이름은 '반금련(潘金蓮)'과 '이병아(李瓶兒)' 및 '춘매(春 梅)'의 이름에서 따온 것인데, 작품의 소재는 『수호전』의 제23회에서 27회까지의 내용, 즉 '무송'과 '무대', '반금련'과 '서문경(西門慶)' 사이 에서 벌어지는 갈등을 부연하여 100회로 늘려놓았다. 전체 작품은 '서 문경'을 중심으로 전개된다. '서문경'은 약재상을 경영하는 소상인으로 관급공사의 독점과 고리대금업을 통하여 부를 늘려 나가면서 돈으로 벼슬을 샀을 뿐만 아니라 갖은 방법으로 축첩(蓄妾)을 한다. 여섯 번째 첩인 '이병아'가 아들을 낳는 등, 그는 봉건사회에서 가치 있는 것으로 여겨졌던 것들을 모두 성취하는 기쁨을 맛보기도 하지만 그것은 일장춘몽에 불과하였다. 그의 사랑을 둘러싸고 첩들끼리 벌이는 암투로 인해 각종 살인극이 벌어지고 서문경도 수많은 처첩들과 음탕한 생활을 하다가 결국 병사하고 만다. 그가 죽은 후 첩들은 뿔뿔이 흩어지고 그의 본처인 오월랑(吳月娘)만이 남아 그의 영위를 지키다가 금나라가 침략하자 유복자인 효가(孝歌)를 데리고 피난하던 중에 중을 만나 효가가 인과를 깨닫고 출가하는 것으로 작품은 막을 내린다.『금병매』는 일상 가정생활을 제재로 한 소설로서 위로는 『수호전』을 계승하였고, 아래로는 『홍루몽』에 영향을 미친 작품이다. 이 작품은 사대기서로서 문학적인 가치를 인정받은 작품이기는 하나, 주인공의 애정행각이 상상을 초월한다는 점을 뺀다면, 그다지 환상성과 결부시킬만한 것은 없다.

(4)『서유기(西遊記)』

『서유기』는 『삼국연의』와 『수호전』에 뒤이어 출현한 낭만주의 색채를 띠는 신마소설(神魔小說)이다. 대체로 명대 만력(明代 萬曆) 연간에 쓰여져 『삼국연의』와 『수호전』에 비해 약 2세기 가량 늦다. 『삼국연의』와 『수호전』이 비록 일찍 쓰여지기는 했지만, 명대(明代) 후기에 가서 대량으로 간행된 점을 고려한다면 작품이 유포된 시기는 대체로 비슷하다. 『서유기』는 초당의 고승 현장(玄奘)이 천축(天竺, 인도)에서 불경을 가지고 온 고사에서 제재를 취하였다. 오승은(吳承恩, 1500~1581)은 자가 여충(汝忠)이고 호는 사양산인(射陽山人)으로 회안 산양 사람이다. 선비에서 소상인으로 몰락한 집안 출신으로 어려서부터 총명하고 시문에 능통하였지만, 벼슬길에서는 뜻을 얻지 못했다. 60여세 때에 장흥 현승이 되었으나, 시류에 맞지 않아 무고를 당하고 옥에 갇히기도 했다. 출옥 후 향리에 물러나 살다가 생을 마쳤다. 그는 어려서부터 신괴소설을 읽기를 좋아했고, 자라서는 지괴소설집 『우정지(禹鼎志)』를 쓰기도 했다. 그가 『서유기』를 쓴 것은 향리에 물러나 있을 때로서 자신의 감개를 기탁한 것이다. 『서유기』는 삼장법사 등 4명의 일행의 '취경(取經)'의 고사를 쓴 것으로, 서양의 그리스 신화에 비견될 수 있을 정도로 유명한 고대 신화 소설이다. 중국 당나라 때부터, 현장이 '천축국(인도)'에 가서 불경을 얻어온 이야기가 중국의 민간에 널리 퍼졌는데, 이것이 해를 거듭하며 신비롭고 기이한 색채까지 띠게 되었다. 작자 오승은은 날로 쇠멸되어 가는 봉건 왕조와 어둡고 부패한 사회 정치를 보고는, 그 사회에 대한 잠재된 불만을 그 당시 민간에 전승되어 회구되던 '삼장법사' 이야기와 '손오공' 전설에 빗대었던 것이다. 『서유기』는 신화에서 빌어 온 뼈대에 더 붙여진 풍자와 조소로 인해, 더욱 환상적이고 신기하게 변모하여 부패한 현실을 신랄하게 비판하였고, 동시에 현실을 벗어난 이상적인 세상에 대한 갈구가 잘 표현되어, 중국 고대의 대표적인 낭만주의 장편소설이 된 것이다. 비록 『서유기』는 『삼국연의』나 『수호전』처럼 현실생활을 그려낸 작품이 아니지만, 허구적이고 환상적인 방식을 이용하고 생활 속에 존재하지 않는 신마 고사를 통하여 명대(明代)의 사회현실을 완곡하게 그려낸 것이다.

(5) 『봉신연의(封神演義)』

『서유기』 이후 종교전설과 민간신화 고사를 부연한 신마소설이 많이 출현하였는데, 그 대표적인 작품이 은주(殷周) 투쟁과 무왕벌주(武王伐紂)의 역사고사를 다룬 『봉신연의』이다. 이 작품은 환상세계의 각종 현상을 통해 명말(明末)의 부패한 정치상황을 풍자한 풍자소설이라 할 수 있다. 『봉신연의(封神演義)』 또한 『서유기』처럼, 몇 세기에 걸쳐 중국 사회에서 입에서 입으로 전해져오던 이야기이다. 기원전 11세기 초엽, 세상은 조가(朝歌: 중국 하남성 기현의 동북쪽)에 도읍을 둔 은(殷)왕조의 제31대 임금인 주왕(紂王)이 다스리던 시기였는데, 문왕은 서기(西岐: 중국 섬서성)의 영주로 있던 이른바 사대 제후(諸侯) 가운데 한 사람이었다. 당시 천하는 요녀인 달기에 홀려, 주색잡기에 여념이 없는 폭군 주왕으로 인해, 피폐하기 그지없어 은 왕조는 붕괴의 조짐을 보이고 있었다. 이 때, '봉신방(封神榜)5)'이라는 계획아래, 인간계로 내려온 도사(道士) '강태공망(太公望)'이 문왕의 군사로 들어가서, '은주역성혁명(殷周易姓革命)6)'을 도와, 600여 년 동안 이어져 내려온 은 왕조를 붕괴시킨다.

『봉신연의(封神演義)』은 11세기 초엽 은나라의 마지막 왕조가 기울고 주나라가 성립되는 과정을 중국의 대중들이 도교적 신앙을 바탕으로 각색한 역사 이야기이다. 유교를 국시로 하는 중국의 지배계급은 도교적으로 채색되고 각색된 『봉신연의』를 어떠한 공식적 기록물로도 남기지 않았지만, 은나라 명망과 주나라 건립의 역사를 둘러싸고 신선계와 인간계가 함께 어우러져 벌이는 이 이야기는 끊기지 않고 중국 민중들의 입에서 입으로 전해져 소설에 이르게 되었다.

---

5) 봉신방(封神榜): 선계와 인간계로 나뉘어져 있던 시절, 선계의 신선들은 仙骨의 자질은 없으나, 범인을 초월하는 능력을 가지고 있는 인간들과 절교도(반대되는 세력) 도사들을 죽여 神으로 封하여, 神界에 두려는 생각을 하게되고, 선계의 원신천존이 자신의 제자 강자아(태공망)에게 이 계획을 실행하도록 명령한다.
6) 은주역성혁명(殷周易姓革命): 역성혁명이란, 지배자의 성이 바뀌는 혁명을 말하는데, 여기서는 은나라가 주나라로 바뀌게 되는 것을 의미한다.

판타지 문학의 이해

2) 종교와 중국 환상문학

중국문화를 받치고 있는 세 가지 커다란 기둥은 유교, 불교, 도교이다. 이 세 종교는 오랜 세월에 걸쳐 상호 연계되면서 독특한 중국 문화를 형성시켰다. 유교는 사회생활 속에서 자아 가치 실현에 치중하여, 이성적인 측면을 강조하였고, 불교는 사람들의 내재적인 정신생활의 심리적 만족의 측면에 치중하여 정신을 강조하였다. 따라서 두 종교는 사람의 생활에서 실질적인 면을 추구한 셈이다. 그러나 도교는 인간 생명의 영원함과 즐거움 등, 육체적인 쾌락에 중심을 두어, 금기되는 것에 대한 호기심을 가지게 했고, 현실을 회피하여 환상의 세계로 가는 길을 내주었다. 문학적으로도 도교 사상은 풍부한 상상력과 신기하고 화려한 소재거리를 제공하게 되었다. 중국의 고대 문학은 중국의 세 종교에게 영향을 많이 받고 있음을 알 수 있다. 불교의 영향을 받은 『서유기』와 도교의 영향을 받은 『봉신연의』가 대표적이라 할 수 있을 것이다. 특히 도교가 중국의 고대 작품에 가장 큰 영향을 미쳤다고 보는데, 중국 고대 문학에서 볼 수 있는 도교의 이미지는 다음과 같다.

첫째, 신선과 선경에 관한 이미지이다. 『봉신연의』에서 볼 수 있듯이 중국 고전 속에는 신선이나 도사가 많이 등장하며, 또 신선 세계나 천계에 대한 환상도 빠지지 않는 소재다. 어느 날, 낮잠을 자며 꿈꾸던 남자가 무릉도원에서 신선들을 만나 진귀한 경험을 한다는 것은 아주 흔한 얘기가 될 정도이다. 둘째는 도깨비나 요괴 등에 관한 이미지다. 중국문학에는 유난히 도깨비나 요괴들이 많이 등장한다. 지괴에서부터, 명의 신마소설에 이르기까지 인간이 아닌 요괴들의 등장이 심심치 않다는 것이다. 이에 따라서 그런 요괴들을 물리치고, 신을 불러내는 영험한 능력을 가진 무당이나 도사와 같은 기인(奇人)이 등장하는 것을 볼 수 있다. 마지막으로 각종 법술, 환술에 관한 이미지이다. 무당이나 방사를 비롯한 모든 도사들은 각기 나름대로 신을 청하고, 귀를 몰아내며, 삼계(三界: 人, 鬼, 神)를 자유롭게 교통하기 위해 법술을 지니고 있다. 예를 들면, 구름을 타고 다닌다거나, 비룡(飛龍)이나 백호(白虎)와 같은 영물(靈物)을 타기도 한다는 것이다. 또, 마른 하늘에 비를 부르고, 눈 깜짝할 사이에 천리(千里)를 오가고, 바람을 잠재우며, 고질병을 치료하고, 또한 그들은 부적이나, 약을 복용함으로서, 또는 요괴의 이름을 부른다거나, 도장, 검, 거울, 닭 피와 같은 것 등으로 요괴를 쫓고, 형체나 모양을 바꾸고, 구름을 일으키고 안개를 만들어내며, 나타났다 사라졌다 하는 온갖 법술 내지 환술을 부린다는 것이다. 당대에 들어서 의도적으로 쓰여진 소설에서 신선, 요괴에게 인성을 부여, 인간의 다정한 상대로 변화시킨다. 그리고 신선과 요괴에 대한 인간성 부여는 인간이 현실세계에서 이루기 힘든 갖가지 소망을 그러한 현실을 초월하는 형상을 통해서 이루어보고자 하는 의도를 표명하고 있는 것이다.

3

한국설화 속의 판타지

1) 민속설화에 나타난 판타지적 요소

'옛날 옛날에…' 이렇게 시작되는 할머니의 옛날이야기를 아이들은 할머니의 다리를 베개삼아 귀 기울여 듣다가 잠들곤 했다. 할머니의 이야기는 아이들의 흥미를 충분히 끌 수 있을 만큼의 힘이 있었다. 그 힘이 바로 '판타지'이다. 옛 이야기 속에서 무한히 펼쳐지던 판타지의 세계는 민중의 흥미를 돋우는 것에서부터 상상의 나래와 교훈까지 전해주었다. 우리나라는 무속의 영향을 깊이 받아왔던 터라 귀신에 대한 이야기도 많이 전해지고 있다. 귀신은 실로 존재하는 지의 여부를 떠나 신비롭고 경외나 두려움의 대상이 되기도 했다. 신화, 민담, 전설로 구분되는 설화를 판타지적 관점에서 다음과 같이 분류할 수 있다. 먼저 시간과 공간이 신비한 경우가 있다. 신비한 공간으로는 용왕이 산다는 용궁, 옥황상제와 선녀들이 있는 하늘나라(혹은 극락세계), 염라대왕이 지배하는 무시무시한 지옥, 신선들이 노니는 무릉도원 등이 있다. 「심청」, 「거북의 보은」 등 용궁이 배경으로 등장하는 이야기이다.

두 번째는 주인공의 신비한 출생이나 초인간적인 능력을 소유한 경우이다. 설화의 주인공이 스스로 신비한 능력을 가지고 사건을 해결하는 경우가 있다. 주인공의 신비한 태생은 우리나라의 건국신화 속에서 쉽게 찾아볼 수 있다. 당시는 나라가 세워진 이유를 왕의 신비한 탄생을 통해서 택함 받은 사람이라는 정당성을 부여하려고 하였다. 따라서 대부분의 건국신화에서 왕의 탄생은 예사롭지가 않다. 인간이 된 동물이 신과 결합하여 낳거나, 알에서 태어나기도 하고 아무리 내다 버려도 동물들이 보호하여 끝내 살아남는 사람도 있다. 세 번째는 기이한 동물이나 흔히 말하는 영혼 곧 귀신이 등장하는 경우가 있다. 설화에는 신비한 것들이 모티프로서 작용하는데 예를 들면 요정, 마술사, 용, 괴물, 악한 계모, 말하는 동물 등과 같은 것은 모티프가 될 수 있다. 또한 모티프는 신비스런 세계나 혹은 주보(呪寶, magic object), 신비스런 현상 등을 포함한다. 우리나라에는 옛날부터 토템신앙이 깊이 뿌리박고 있어서 민중은 흔히 영물이라고 하여 강하거나 오래 사는 동물들을 숭배하여왔다. 대표적으로 뱀(혹은 구렁이나 지렁이), 호랑이, 여우가 있다. 이 동물들은 인간처럼 말하거나 인간으로 변신을 하기도 한다. 우리나라에는 특히 이 변신 설화가 많은 비중을 차지하고 있다. 용, 귀신(혹은 도깨비), 사신도의 소재가 된 청룡, 주작, 백호, 현무의 경우 실제로 존재하지 않는 상상의 존재이다. 또 귀신이나 도깨비는 당시 무속신앙을 신봉했던 민중으로서는 실제 존재한다고 강하게 믿고 있는 것들이다. 따라서 이들은 설화 속에서 때로는 경외의 대상으로, 때로는 두려움의 대상으로 등장하고 있다.

2) 설화적 민담으로서 환상동화

우리나라에서는 신화, 전설을 제외한 모든 설화—민담·소화·동화·우화 등은 넓은 의미로 민담에 귀속시킨다. 이리하여 현실성이 짙은 생활세태 민담과 소화를 생활이야기라 부르고, 환상성이 풍부한 동물이야기, 마술이야기 등을 환상이야기라고 부르고 있다. 여기의 환상이야기가 바로 세계적으로 '동화'라고 부르는 장르에 해당된다. 동화는 환상적인 설화라는데 그 특징이 있다. 다시 말하여 동화가 다른 설화형식과 구별되는 가장 주요한 특징은 이야기에서 환상이 절대적 우세를 점한다는 것이다. 세태민담이나 소화에서도 환상적 요소가 삽입되지만 그것은 환상이 보조적 역할을 할 뿐 필수적인 것은 아니다. 그러나 동화에서 환상은 필수적 조건이다. 이것은 동화가 환상적 수법에 의하여 실현되는 설화양식이기 때문이다. 동화는 환상을 통하여 이상을 긍정하고 낭만적인 것을 추구할 뿐 아니라 '초인간적'인 힘을 표현한다. 현실에 존재하지 않는 것에 대한 탐구, 현실에서 실현할 수 없는 것에 대한 지향과 동경, 신기한 것에 대한 호기심, 이 모든 것의 실현은 자유분방한 환상을 요구하는 것이다.

환상동화는 환상적인 요소가 절대적 우세를 차지한 이야기들이다. 그러나 이야기의 주인공은 언제나 현실세계의 인간이다. 초자연적이며 초인간적 힘을 가진 신선이나 동물이 착하고 부지런하나 가난하고 시련을 당하는 주인공을 도와 그에게 행복을 가져다주는 것으로 되어있다. 이것은 불우한 처지에 있는 서민대중의 자기 생활에 대한 사실적 반영이며 그들의 자유와 행복을 갈망하는 열렬한 지향을 반영하고 있는 것이다. 환상동화는 여러 가지 형태로 표현되는데 대체로 아래의 세 가지 유형, 즉 둔갑동화 · 보물동화 · 동물보은동화 등으로 볼 수 있다.

(1) 둔갑동화

우리 민족 이야기로 널리 알려진 「우렁각시」라는 변신설화가 있다. 둔갑동화에서는 사람이 동물로(혹은 다른 물체로) 변하고 동물이 다시 사람으로 변하는 기이한 일들이 일어난다. 이 이야기에서의 진정한 현실은 처녀가 빚 때문에 맞아죽게 되는 등 힘없는 자의 가련한 운명일 것이다. 이야기에서 그들이 이렇게 저렇게 변하는 것은 가혹한 현실을 피하고 혹은 모종의 목적(복수 혹은 다른 사람의 구출)을 위해서이다. 그리하여 현실적으로 실현할 수 없는 일들이 서민들의 염원과 지향 속에서 환상의 힘을 얻어 실현되는 것이다. 이런 이야기에서는 미물을 업신여기지 않고 마음씨가 착하면 복을 받는다는 권선징악의 사상을 내포하고 있다. 둔갑동화의 최초의 염원은 원시인들의 토템관념이나 영혼관념으로부터 발생한 것이라고 볼 수 있다. 사람들의 의식수준이 높아짐에 따라 어른들은 둔갑을 믿지 않았으나 신비한 것을 즐기는 아이들

은 환상 속에서 그런 것들을 동경하였고 그것은 아이들에게 지혜와 이
상으로 전승되어왔다.

(2) 보물동화와 보은동화

보물동화와 보은동화는 국제적으로 마술동화라고도 부르며 동화 중
에서도 가장 신비한 색채를 띤 이야기들이다. 이 두 유형 이야기들에서
는 다 같이 보물이 주요한 위치에 놓이며 보물은 전적으로 가난한 사
람들에게만 속하게 된다. 보물동화에서는 가난한 주인공이 어떤 우연한
계기로 하여 보물을 얻게 된 후 그의 불우한 신세를 고치게 되고, 보
은동화는 마음씨 착한 주인공이 동물을 도와줌으로써 그 동물이 은혜
를 갚아 보물을 얻게 하던가 혹은 동물 자신이 직접 자기의 특이한 재
능으로 주인공에게 은혜를 갚는 것이다. 전래동화 「금방울 은방울」는
'양돼지'라고 불리는 지주와 나이 어린 머슴 복돌이의 갈등 이야기로
'금방울 은방울' 보물이 약자이고 피해자인 복돌이를 도와준 이야기다.
보은동화에서도 보물동화에서와 마찬가지로 동물의 보은이 주인공이
운명에 대하여 결정적인 작용을 한다. 우리 민간에 널리 전승되는『홍
부와 놀부』의 모체가 되는 은혜 갚은 제비를 비롯하여 보은동화가 매
우 많다. 그리고 까치가 종에 머리를 받아 구렁이에게 먹힐 뻔한 선비
를 구하는 감동적인 이야기도 널리 전해지고 있다.

(3) 인물동화: 「기이한 아이」 이야기

「기이한 아이」는 특이한 기능을 가진 아이의 운명에 대하여 예술적
과장을 통하여 반영한 동화의 한 형태이다. '기이한 아이'는 아이의 기

이한 탄생, 기이한 형상, 특이한 기능으로 하여 불려진 이름으로서 환상과 과장이 다분하지만 현실생활에 튼튼히 발을 붙인 특징을 갖고 있다. 이 유형의 동화와 환상동화의 다른 점은 이야기에서 환상이 결정적인 작용을 하거나 주인공이 수동적인 위치에 놓이는 것이 아니라 기이한 아이 자신의 슬기와 용맹으로 갖은 조난과 박해를 물리치고 승리자로 나타나는 것이다. 이야기에서는 또한 어디까지나 아이들의 인물형상을 부각한 것으로 동물동화나 환상동화와 구별된다.

일반적으로 한평생 고생한 늙은 부모가 아이를 점지해달라고 기원하여 아이를 낳게 되는데 그 아이는 기이하여 특별히 작거나 혹은 작은 동물모양의 아이로 태어난다. 그러나 그런 아이는 초인간적 기능과 재간이 있어 늙은 부모를 도와 사람의 힘으로는 절대 해결할 수 없는 일들을 해결함으로써 늙은 부모로 하여금 만년의 복을 누리게 하는 것이다. 이런 이야기는 한평생 고생한 어질고 부지런한 늙은이를 동정하여 사람들에게 업신여김을 받은 어린 주인공을 찬양하는 것이다. 이런 이야기는 어린이들에게 노인을 존중하고 기쁘게 해드려야 한다고 가르칠 뿐만 아니라 동시에 어린아이들도 용감하고 슬기로운 지혜를 가지고 싸워나가야 한다는 것을 보여준다.

(4) 변신설화

우리나라의 설화에서 판타지적인 요소를 찾으려면 절대 빼놓을 수 없는 것이 바로 '변신설화'이다. 우리나라의 변신 설화는 구렁이, 호랑이, 여우(구미호), 곰 등 동물이 변신하는 내용이 대부분이다. 인간이 꽃과 같은 자연물로 변하는 경우와 신체의 일부분(손톱이나 머리카락)이 변신을 가능케 하는 매개체로 사용될 때도 있다. 우리의 변신 설화

대부분이 동물의 변신인 것을 보면 우리 민족이 토템사상을 믿고 있었다는 것을 알 수 있다. 동물에 대한 원초적인 사유에 의하면 동물은 사람보다 더 신령적인 것에 가깝다. 그러므로 동물변신을 통해 권위나 품위가 손상될 수가 없고, 오히려 그 반대이기 때문에 동명왕이나 문무왕의 사후변신은 상위의 위계를 입증시키고 있다. 그러나 우리나라의 설화에서는 인간의 동물화보다 동물의 인간화가 더 많이 나타난다. 대체로 연륜에 따라 백년 천년 된 지네, 닭, 여우, 호랑이가 사람이 된다거나, 이무기나 잉어가 용화등천(龍化登天)한다는 신앙 등은 오래 묵은 것에 대한 변화의 믿음을 반영한다. 집념에 의한 변신은 감정, 의지의 형상화를 통해 가능하다. 우리나라의 변신 설화에 등장하는 동물 중에서도 단군신화에 등장하는 곰, 호랑이, 구렁이, 구미호 등은 스스로의 의지로 정신 수양과 구도를 통해 인간화를 꿈꾸고 있다는 점에서 매우 긍정적인 평가를 내릴 수 있겠다. 우리나라 변신설화에서 변신하는 것들을 모두 들어보면 동물류로 뱀, 여우, 호랑이, 용, 지렁이, 곰, 쥐, 지네, 소, 개, 닭, 알이 있고, 조류로는 새, 매, 청조(靑鳥), 참새가 있다. 또 어류에는 잉어가, 기타로는 나비, 모기, 꽃, 인삼, 돌, 별, 구슬 등이 있다. 변신설화의 대표적인 예로 단군신화를 들 수 있다.

하늘의 환인에게 서자가 있으니 이름하여 환웅이라고 했다. 그는 풍백, 우사, 운사와 더불어 무리 3천을 거느리고 이 땅에 내려왔다. 어느 날 곰과 호랑이는 환웅을 찾아가 사람되기를 청하였다. 쑥과 마늘을 먹으며 삼칠일을 굴속에서 몸을 사려, 마침내 곰은 아리따운 여인이 되었으나, 금기를 지키지 못한 호랑이는 별수 없이 변신을 기약할 수 없게 된다. 환웅은 곰이 변한 웅녀와 결혼하여 단군을 낳는다.

판타지 문학의 이해

(5) 귀신설화

우리의 고대설화나 소설에서는 귀신이 빠짐없이 등장하고 있다. 그것은 인간들이 살아오는 동안 뿌리내린 귀신관념이 문학작품을 통해 표현되는 것이라고 볼 수 있다. 상상의 세계에서나 존재하고 있는 이 귀신은 신비한 마력까지 지닌 것으로 생각되어 동양, 특히 우리나라와 중국 사람들의 인생관과 사생관을 결정짓는데 커다란 작용을 하고 있다. 뿐만 아니라 이 귀신은 초인간적인 능력을 가지고 있어 민간신앙이나 주술 등과도 깊은 관련을 맺는다. 귀신 존재자체가 실제 존재 여부를 알 수 없는 것이므로 그 자체로 충분히 판타지적이다. 그리고 도깨비의 경우는 판타지적 요소가 더욱 극명하게 드러난다. 도깨비가 사용하는 도깨비 방망이나 요술을 부리는 행동, 그리고 도깨비 역시 변신하는 귀신이라는 점에서 더욱 그러하다. 그럼 이제 우리나라의 귀신을 대표하는 원귀와 신비한 방망이로 더욱 널리 알려져 있는 도깨비를 살펴보겠다.

우리나라의 경우 귀신은 보통 '한'을 품어 저승길을 가지 못하고 스스로 초월도 승화도 거부한 채 공중을 배회하며 그와 인연 진 모든 사람들을 괴롭히는 원귀가 된다고 사람들은 보았다. 원귀는 원통하고 분하게 죽은 귀신, 원한을 품고 죽은 사람의 귀신이다. 몸은 비록 죽었지만 이승에 대한 미진과 탐착이 아직도 남은 귀신들이다. 원귀는 분별력이 강하는 것 같지만 그렇지 않다. 자기가 상처를 입고 해친 사람에게만 보복을 하는 것이 아니라 전혀 이유 없는 무연의 대상자를 희생시키는 경우도 있다. 원귀의 종류를 굳이 나누자면 죄 없이 죽은 원사원귀(冤死怨鬼), 인간의 가장 근원적 욕망인 정욕을 풀지 못하고 대부분 시집·장가 못 가고 죽은 정욕원귀(情欲怨鬼), 이성 간의 연연한 그리움의 정한을 줄지 못한 채 죽은 상사원귀(相思怨鬼), 잘못된 매장으로 유골이 노출되어 그것이 원망으로 굳어진 골출원귀(骨出怨鬼), 수명을 다하지 못하고 비명에 죽은 미명원귀(未命怨鬼) 등이 있다. 서양의 여타 귀신이야기가 약간의 에로티시즘을 표방하고 있는 것처럼 우리의 귀신 이야기 중에도 성적인 모티프가 바탕에 깔려있는 경우가 많다. 이 중에서는 정욕원귀가 등장하는 고대설화를 들어본다. 「처용이야기」가 그것이다. 처용이라는 인정받는 남자가 미모의 아내를 두었는데 그 미모가 뛰어나 귀신이 탐내다 못해 그녀를 범하였다. 처용이 밖에 나갔다 들어와 보니 이불 밖으로 다리가 넷이 보였다. 처용은 그러나 화를 내지 않고 노래(처용가)를 불렀다.

동경 밝은 달밤에 / 늦도록 노닐다가 /
들어와 자리를 보니 / 다리가 넷이로구나. /
둘은 내 것인데 / 둘은 뉘 것인고 /
본디 내 것이지만 / 빼앗긴 걸 어찌하리

그러자 귀신은 처용의 인성에 감복하고 뉘우치며 다시는 처용이 얼굴만 봐도 나타나지 않겠다고 하였다. 그 후로 사람들은 귀신을 막기 위해 처용의 얼굴을 그려 대문에 붙여놓았다.

도깨비이야기는 내륙지방에 비해 해안지방에 집중적으로 분포하는 특징을 보일 뿐만 아니라, 이야기 자체도 다양하게 나타난다. 도깨비이야기에는 대부분 '도깨비 감투'나 '도깨비 방망이' 등이 핵심적인 도구로 작용하였다. 도깨비는 위의 원귀와는 약간의 차이점이 있다. 원귀가 보통의 인간의 형상으로 나타나는 반면 도깨비는 완전한 인간의 형상이 아니라 변형된 모습이다. 보통은 머리에 뿔이 달리고 이빨은 크고 뾰족하며, 성격은 광폭하거나 장난을 좋아하는 귀신으로 그려지고 있다. 그리고 앞서 말했지만 원귀가 그저 원한을 풀면 되는 귀신인 데 비해 도깨비는 존재하는 이유가 그다지 분명하지 못한 귀신인 것이다. 게다가 도깨비가 사용하는 방망이는 현실에 존재하지 않는 서양의 마법사의 요술봉과도 같은 것으로 방망이를 통해 마음껏 요술을 부릴 수 있다. 그리고 가장 중요한 것으로 도깨비는 변신하는 귀신이다. 보통 도깨비는 낮에는 일상의 물건(빗자루) 등으로 변신한 상태로 인간과 가까이 있다가 밤에 도깨비불 등으로 나타나기도 한다. 이런 점에서 도깨비는 원귀보다 더 판타지성이 두드러진다고 볼 수 있겠다. 도깨비 이야기를 유형별로 나누어 보면 도깨비 방망이 얻기, 도깨비를 이용해 부자 되기, 도깨비와 대결하기, 도깨비에게 홀리기, 도깨비 불보기, 도깨비 은인되기, 도깨비가 암시하기, 기타유형 등 8가지 유형으로 나눌 수 있다.

06

낭만주의^적 환상성

Fantasy Literature

들어가면서

매년 크리스마스가 되면 공연무대나 텔레비전 프로그램에서 볼 수 있는 레퍼토리 중 하나는 「호두까기 인형」이다. 그런데 차이코프스키의 아름다운 발레 곡이나 어린이를 감동시키는 동화나 만화로서 친숙한 이 이야기의 작가인 호프만에 대해서는 별로 알려져 있지 않다. 프랑스 작곡가 오펜바하의 <호프만의 뱃노래>에서도 바로 호프만의 세계가 이야기되고 있다. 단순한 어린이 동화작가가 아닌 19세기 환상문학을 대표하는 작가로서 호프만에 대한 언급은 이제 200여 년이 지난 21세기적 상황에 어울릴 해답을 얻고자 함이다.

에른스트 테오도르 아마데우스 호프만(E. T. A. Hoffmann)은 문학사적으로 볼 때 낭만주의와 사실주의 경계선에 서 있는 작가이다. 독특한 문학적 면모를 가진 호프만은 당시 다른 낭만주의자들부터 배척 당했으며, 특히 괴테는 "건강한 심성을 해치는 병적인 문학"이라고 혹평했다. 그러나 베토벤은 그를 개성 있는 성품과 탁월한 재능이 있는 작가로 인정했다. 이렇게 그의 기괴한 작품들은 독일에서는 별로 인정받지 못했지만 프랑스 등 유럽에 많이 알려져 독일작가 중에서 몇 안 되는 세계화된 작가였다. 특히 보들레르, 포우, 도스토예프스키는 그를 매우 존경했다. 특히 러시아와 프랑스에서의 그의 명성은 대단하여, 차이코프스키가 그의 작품을 바탕으로 작곡한 것이나 제1장과 제2장의 이론 강의록에서 본 바와 같이 환상문학이라는 명칭이 프랑스에서 바로 호프만의 작품을 가리켜 생성된 것이 우연이 아니다. 호프만의 작품은 문

학사에 있어서 환상문학의 효시로 인정받고 있으며, 20세기 초현실주의
자, 카프카, 쿠빈, 마이링크, 호프만스탈 그리고 화가 클레에게도 지대
한 영향을 미쳤다. 평범한 일상의 표면 밑에서 마적이고 괴기하고 초감
각적인 것이 튀어나오는 곳이라면 어디에나 호프만의 영향력을 감지할
수 있는데, 통칭 "호프만네스크(hoffmannesque)"라 한다.

본 강의의 맥락에서 볼 때, 호프만은 환상문학이론의 핵심적 대상인
동시에 민속전래동화를 원형으로 하여 다중적인 인간 존재형식을 자유
롭게 표현할 수 있는 예술동화[1]로 완성시킨 작가이다. 낭만주의적 현
실도피로서가 아니라, 현실과 양립적인, 인간의 보이지 않는 어두운 내
면세계를 구현하는 환상으로서 의미를 가진다. 따라서 그의 주인공들은
환상이 곧바로 현실로 전환되고, 현실은 또 다시 환상으로 변환될 수
있는 변환적 경계에서 고뇌하는 인간상들이다. 호프만은 흔히 악령숭배
와 연관지어진다. 그가 예술적 작업을 하던 밤에 그에게 악령이 엄습해
왔다는 것이다. 그러한 예술가적 호프만을 귀신 호프만이라고도 불렀
다. 그러나 그가 환상문학의 대가로 간주되는 것은 작품 속에서 나오는
인물들을 마치 우리가 책을 읽을 때 실제로 눈앞에서 그들을 만나고
있는 듯 생생하게 그렸기 때문이다. 그가 그린 꿈의 세계는 사실상 그
자신의 이중 생활적 세계—일상과 환상적 영혼의 세계—를 그대로 그
린 것이다. 그런 이유에서 그는 사실주의자이기도 하다. 그렇기 때문에
독일문학사에서 그는 낭만주의와 사실주의의 경계선상에 서 있는 것이

---

1) 집단적 구전형식으로 생겨난 익명의 민속동화와는 달리 특정한 작가가 창작한 동화. 민속동화의 도식
에서 방향을 잡을 수도 있지만, 초자연적인 놀라운 것을 자유 환상 속에서 그려내어 철학적, 실존적 표
현에 대한 「클링소어 동화」, 브렌타노의 「라인강 동화」, 호프만의 「황금단지」(1814) 등의 독일 낭만
주의 예술동화와 안데르센의 예술동화(1835, 1848)는 이 장르의 전형적 유형으로 인정받는다. 20세기
예술동화의 특징은 형식개작, 동화적 요소를 풍자적, 기괴적(사회비판적 의도)으로 개작하여 독자의 기
대를 어긋나게 한다.

며, <현대적>인 것이다. 그는 낭만주의자로서 단순히 밤의 세계, 환상의 세계로 도피한 것이 아니라 다층 적으로 현실과 부딪히고 갈등을 겪은 것이다. 한 발은 현실세계를 다른 한 발은 환상적 세계를 딛고 서 있는 양가적[2]인 인간 존재의 실상을 호프만처럼 그렇게 환상적이면서도 사실적이게 그려낸 작가도 흔치 않다.

2

호프만은 누구인가?

호프만은 다양한 면모를 가진 인물이다. 그는 법률가였으며 동시에 예술가로 이중생활을 영위했다. 관료생활을 증오하면서 밤에는 예술가적 삶을 향유하고자 했다. 그는 작가, 작곡가, 화가, 오페라감독 그리고 연극연출가이기도 했다. "주중에 나는 법률가이며 일요일 낮에는 적어도 음악가이다. 그리고 저녁부터 아주 깊은 밤까지 나는 아주 괴상한 작가로 산다"라고 그는 말했다. 호프만은 관료와 예술가-작곡가, 화가, 작가 그리고 술고래 등 다양하게 불리워졌다. 호프만은 환각이 일어날 정도로 마셔댔다. "내 모든 신경은 술로 마비되고, 죽음에 대한 예감… 이중인간의 발작이 일어난다"라고 그의 일기에 쓰여있다. 그는 정말로

---

2) 의식과 잠재의식이 상반되는 결정을 내리는 경우, 두 가치들 사이에서 동요하는 현상. 2개의 반대되는 감정의 병존. 심리학 개념이었으나, 철학적으로 내용이 확대되었고, 문예학과 언어학에서는 상호모순되는 현상들을 명명하기 위해 양가성이란 개념을 쓴다.

환상력을 얻기 위해 술을 마셨고, 눈앞에서 망상, 유령, 요괴들이 어두운 방안에서 나뒹굴고, 자신도 자신의 분신과 마주 서서 은밀하고도 두려운 대화를 나누게 될 때까지 술을 마셨다. 그러나 그는 냉철해지고 자신의 오성이 환상을 제어할 수 있을 때 글을 썼다. 그렇기 때문에 악몽의 잔재가 그의 이야기 속에 남아 섬뜩함과 비현실이 그의 형상세계에 녹아들어 있는 것이다.

밤베르크 정경

　　그는 1776년 1월 24일 쾨니스베르크에서 태어났다. 그의 이름은 Ernst Theodor Wilhelm이었는데, 모차르트를 존경한 나머지 Wilhelm을 Amdeus로 바꿨다. 그의 아버지는 변호사로 별난 성격의 술고래였다. 그가 태어나자마자 아버지는 히스테리적이고 광신적인 어머니와 이혼을 했고 호프만은 어머니를 따라갔다. 그들은 할머니 집에서 살았다. 아주 커다란 집이었는데 맨 위층에서는 미친 사람의 광기 어린 소리가 들리곤 했다. 그의 삼촌은 현학적인 법률가였는데 그에게 음악을 가르쳐 주었고 그는 13세에 이미 작곡을 했다. 1792년 16세에 법률공부를 시작하여 1795년 사법관 시보 시험을 통과하여 쾨니스베르크에서 업무를 시작한다. 1798년 민나와 약혼하고 장인 덕으로 프로이센의 베를린으로 옮겨온다. 여기서 그는 새로운 세계를 펼칠 꿈을 꾸면서 연극을 관람하고 작곡하고 그림을 그리고 글을 쓴다. 1800년 배석판사에 합격하여 지금의 폴란드 포젠으로 온다. 민나와 파혼하고 마리아와 결혼하는데, 그녀는 착하고 따뜻한 여인으로 20년 간 냉정하고 담담하며 단순하게 그를 보필했다. 1802년 포젠의 사교계를 풍자하고 희화화한 그림으로 스캔들을 일으켜 호프만은 좌천된다. 그 후 빈곤과 싸우다가 친구들의 도움으로 다시 바르샤바로 가지만, 프랑스 점령

하에서 프로이센 관료인 호프만은 그곳을 떠나야 했다. 다시 베를린으로 온 그는 그림을 그려 팔고 작곡을 해서 출판하려고 했으나 모두가 허사였다. 1808년 밤베르크 극장의 음악 지휘자를 맡게 되지만 1년 뒤 극장은 도산한다. 하지만 그는 이곳에 머물면서 커다란 인생의 전환점을 맞이한다. 작가가 되고자 한다. 이즈음 「판타지작품」들이 쓰여지고 오페라 <운디네>가 쓰여진다. 1812년 드레스덴 교회 악단장으로 초빙되자 밤베르크를 떠난다. 1814년 베를린 법무관직으로 컴백한 뒤 낮에는 관료로서 밤에는 작가로서의 이중생활이 시작된다. 1814년부터 1816년까지 쓰여진 작품들을 모은 『밤의 이야기(Nachtstücke)』가 출간되는데 「모래사나이(Der Sandmann)」(1815), 「호두까기 인형과 생쥐왕(Nussknacker und Mauskönig)」(1816)이 여기에 속한다.

1822년 6월 25일 사망하며, 베를린 예루살렘 교회 묘지에 묻힌다.

3

작품소개

1) 모래사나이(Der Sandmann)

이 소설은 서간체3) 형식으로 쓰여졌는데, 젊은 학생 나타나엘이 약

---

3) 서간체 소설: 편지를 쓰는 사람이 여럿일 때에는 서술시점이 여러 인물로 배분되어, 다시점이 된다. 편지소설은 편지가 섬세한 뉘앙스를 표현할 수 있는 직접적인 자기진술의 형식이기에 미묘한 심리묘사의 수단이 된다. 또 편지 소설은 수신자에게 편지를 쓰는 상황의 특유의 어법 때문에 일기소설에 비하여 객관적이라는 인상을 준다. 모래사나이는 일인칭 서술시점에서 쓰여진 세 통의 편지와 삼인칭 서술시

아버지와 코펠리우스와의 실험장면을 나타나엘이 엿본다.
(호프만이 그린 그림)

혼자 클라라의 오빠 로타에게 쓴 기이한 편지로 시작된다. 편지 내용인즉, 나타나엘은 자기에게 청우계 등 여러 가지 물건을 팔러 온 남자를 그냥 내몰아버렸다는 것이다. 그런데 이 남자와의 만남이 왜 그렇게 두렵고, 무섭고 그리고 이상야릇한 것이었는지를 설명하기 위해서 자기 어린 시절 이야기를 꺼낸다. 애들을 싫어하는 변호사 코펠리우스는 때때로 그의 집으로 방문해서 점심을 함께 먹기도 했으며, 정규적으로 밤에 아버지를 방문해서 이상한 화학실험을 했다. 결국 아버지는 실험도중 폭발사고로 돌아가셨다. 그런데 변호사 코펠리우스는 어린 나타나엘에게는 이미 오래 전부터 잔인하고 공포스러운 존재였다. 왜냐하면 그가 방문하기 전에 엄마는 항상 애들을 자러가라고 독촉하며 내몰았기 때문이다. "얘들아, 어서 자러가라, 어서, 모래사나이가 온단다"라고 엄마는 말했다. 도대체 모래사나이가 누구냐는 질문에 유모는 "그 사람은 아주 사악한 사람이란다. 애들이 자러가지 않으면 애들한테 와서는 눈에 한줌의 모래를 뿌리면, 눈에서 피가 나고 빠지게 되는데, 그것을 망태기에 넣어 가지고는 자기애들 먹이를 주기 위해서 반(半)달로 간단다. 그 애들은 거기 새둥지에 앉아 있는데, 인간 아이들 눈을 쪼아먹기 위해서 부엉이 같이 뾰족한 주둥이를 하고 있단다"라고 말했다. 어린 나타나엘은 밤에 코펠리우스가 계단 올라오는 소리를 들을 때면 코펠리우스야 말로 바로 이 무서운 모래사나이란 생각이 너무나도 두렵게 마음 속 깊은 곳

____

점의 서술자의 서술로 구성되어 있다.

에서 스쳐지나갔다. 그리고 모래사나이는 더 이상 눈을 파 가는 귀신이 아니라 언제 어디서나 괴로움과 고통 그리고 파멸을 불러오는 추악한 요괴귀신으로 생각되었다. 그리고는 나타나엘은 아버지와 그 변호사와의 은밀한 행각에 대해서 상상의 나래를 폈던 것이다. 코펠리우스와 아버지와의 악마적인 연대에 대한 상상도 아버지 사망과 함께 사라졌다. 변호사 코펠리우스도 사라져 버려 나타나지 않았다

이제 성인이 된 나타나엘이 놀라워 한 것은 바로 그 청우계장사가 다름 아닌 코펠리우스였기 때문이다. 물론 잘못 볼 수도 있다지만 그의 마음 속 깊이 코펠리우스의 얼굴이 새겨져 있기에 잘못보기 힘들다는 것이다. 더욱이 그 안경장사는 자기 이름을 코폴라라고 했다는 것이다. 나타나엘이 실수로 그 편지를 약혼자 클라라에게 보냈는데, 그녀는 답장에서 모든 것은 나타나엘의 망상이었을 뿐이고 실제로는 아무 상관이 없다고 했다. 머릿속에 모래사나이 이야기로 가득한 어린아이 판타지가 작동하여 아주 평범하고 명백한 일이 기이하고 모험적인 사건으로 이질화된 것이라고 일축해 버렸다. 그녀는 모든 신비스러운 공상탐닉을 부정하며 약혼자를 다시 밝고 오성적인 세계로 되돌리려고 애썼다. 나타나엘도 마지막 편지에서 로타와 클라라의 이의가 정당하다고 인정했다. 이 모든 현상은 자기 내면 속에서 일어난 망상으로, 그가 그것을 인식하게 되면 산산이 부서질 것이라고 했다. 그러나 클라라 편지는 너무 매몰차고 파괴적으로 느껴져 서먹서먹해지는 계기가 되었다. 그것은 인형 올림피아와 괴기스럽고 우스꽝스러운 관계로 나타난다. 그는 자기 방에서 이웃집 방에 있는 입상을 아주 오랫동안 그리고 강렬

하게 바라보고 있는 자신에 대해 로타에게 편지를 쓴다. 나타나엘은 이웃인 물리학 교수 스팔란자니가 안경전문가 코폴라의 도움을 받아 아주 정교하고 아름다운 여자 자동인형을 만든 것을 몰랐다. 그는 모임에서 딸 올림피아라고 소개를 받았는데, 그녀가 자동인형4)이라는 것을 전혀 모른 채 "그녀는 천사와도 같은 얼굴을 한 아름다운 여인인데 다만 눈이 뭔가 경직되고 죽은 것 같으며 시력도 없는 것 같다"고 말했다. 그러면서도 자기가 정신착란증세인 것 같으며 여전히 클라라를 사랑한다고 했다. 이후 다시 둘은 가까워지지만 시에 대해 논쟁하다가 클라라에게 그만 "생기도 없고 바보 같은 인형"라고 말한다. 이 말은 바로 올림피아에게 더욱 적확했을 것이다. 나타나엘은 클라라와 로타에게 백 번 사죄하고 용서를 빌지만 여전히 그가 이 마적인 세계로 빠져드는 것을 어쩔 수 없었으며 이것이 자신을 파괴하고 죽음에 이르게 할 것이라는 것도 짐작하지 못했다. 그는 결국 코폴라에게서 망원경을 샀으며, 올림피아의 더욱 유혹적인 모습을 볼 수 있었다. 망원경을 통해서 올림피아는 감정이 살아있고 그를 동경에 차 바라보고 있는 형상으로 다가왔다. 그녀의 차가운 입술, 뻣뻣한 걸음걸이 그리고 "아-아-아" 밖에는 할 줄 모르는 어휘에도 불구하고 나타나엘의 불타는 사랑을 멈추게 할 수는 없었다.

그러나 코폴라와 스팔란자니가 서로 다투는 도중 올림피아의 눈은

---

4) 자동인형, 인조인간, 로봇(Automatenmenschen): 18세기에는 인조 인간적인 로봇을 만들어 내는 것이 유행이었다. 1738년 그레노블 출신의 기술자 쟈크 드 바캉송가 마련한 자리가 있었다. 한 젊은이가 입술, 손가락, 혀를 움직이며 플룻을 연주하고 있었는데, 그것은 소리가 나도록 공기를 만들어내는 관악기연주법으로 움직이게 하는 시계장치로 작동되었다. 또한 그 옆에는 살아있는 동물의 움직임을 그대로 재현할 뿐만 아니라 먹고, 소화하고 배설하는 기계오리가 있었다. 이러한 로봇의 생산은 사람들의 일자리를 많이 만들어 냈지만, 인간이 바로 로봇의 시중을 드는 로봇 신세가 되었다. 호프만은 이러한 19세기의 산업화로 인한 병폐보다는 엄격한 어린이교육, 억압된 충동본능, 로봇을 통해서 야기된 악몽, 광기에 대한 불안 등을 표현했다.

단지 코폴라가 유리로 만든 것이며, 올림피아는 죽은 밀랍인형으로 톱니바퀴와 풀무기로 만들어졌다는 것을 알게 되었다. 이에 나타나엘은 완전히 광기에 사로잡혀 미쳐 날뛰면서 스팔란자니를 죽이려하자 사람들이 말려서 정신병원으로 보냈던 것이다. 다시 클라라의 간호를 받고 다시 새로운 삶은 찾은 듯했지만… 둘이 산책을 하다가 시청 탑에 올라갔을 때 사건이 터졌던 것이다. 갑자기 저 멀리 코펠리우스가 나타났던 것이다. 나타나엘이 그의 도펠갱어인 코폴라에게서 산 망원경을 잡아서는 코펠리우스라는 형상으로 나타난 자신의 역겨움을 겨냥했던 것이다. 그때 갑자기 망원경 앞에 클라라가 나타나고 나타나엘은 마치 청천하늘에서 벼락이라도 맞은 듯 뻣뻣이 굳어지더니 쫓기는 동물인양 포효한다. 클라라를 탑아래로 밀치는 등 통제되지 않은 그의 돌발 행태는 극에 달한다. 로타가 겨우 누이를 구하는 사이 나타나엘은 탑 복도로 가서 코펠리우스를 보자 난간을 훌쩍 넘어서 수많은 군중 발 아래로 뛰어 내린다. 나타나엘은 머리가 깨어진 채 돌 바닥에 누워있고, 코펠리우스는 무리 속으로 사라진 지 오래였다. 이 모든 사건이 지난 뒤 클라라는 내면이 갈기갈기 찢겨진 나타나엘은 결코 줄 수 없었던 가정적인 행복을 얻었다는 해설로 이야기는 끝을 맺는다.

2) 호두까기 인형과 생쥐임금(Nussknacker und Mauskönig)

위생국 참사인 슈탈바움 씨 댁에서는 크리스마스 이브가 되면 아이들은 하루종일 가운데 방에 들어 갈 수 없다. 더욱이 호화롭게 장식된 옆방은 말할 것도 없다. 그러면 프릿츠와 7살 난 마리는 뒷방에 앉아서 크리스마스 선물이 무엇일까 한창 공상에 부푼다. 프릿츠는 벌써 대부 드로셀마이어 아저씨가 선물상자를 들고 온 것을 보았다고 했

호프만이 그린 삽화

다. 고등법원 판사인 드로셀마이어 씨는 전혀 멋있는 아저씨는 아니었다. 키는 작고 마르고 얼굴은 주름살 투성인 데다가 오른쪽 눈에는 검은 안대를 했다. 머리카락도 없어서 유리로 정교하게 만든 가발을 쓰고 다녔다. 아저씨는 시계에 대해서는 전문가적이어서 시계를 만들거나 고칠 수 있었다. 드디어 저녁 때 아이들은 방으로 들어가 너무나 아름답게 꾸며진 방을 보고 기뻐한다. 그리고 드로셀마이어 아저씨 선물을 보았다. 꽃들이 피어있는 잔디 위에 많은 집들과 탑이 있는 성의 모형이 있는데 작은 창문을 열면 예쁜 인형들이 들락거렸고, 풀밭 위에서는 음악에 맞춰 춤을 추는 인형도 있었다. 종소리도 울리고 많은 신사 숙녀들이 성안의 여러 방들에서 왔다 갔다 산책하고 있었으며, 가운데 홀에서는 짧은 조끼와 치마를 입은 아이들이 종소리에 맞춰서 춤을 주고 있었다. 프릿츠는 너무나 기뻐한 나머지 성안으로 들어가고 싶어했지만, 성 장난감은 그가 들어가기에는 너무나 작았다. 프릿츠는 점점 같은 움직임만을 반복하는 장난감에 싫증이 났다. 마리는 선물탁자를 떠나고 싶지 않았다. 탁자 위에는 아주 이상한 것이 있었기 때문이다. 프릿츠의 기병들이 떠난 자리 뒤에서 조용하고 수줍어하며 작은 남자인형이 차례를 기다리며 서 있었다. 건장한 상체는 가느다란 하체와는 어울리지 않았으며, 머리는 너무 컸다. 그는 자주 빛의 번쩍거리는 기병대 상의를 입고 있었고 달라붙는 바지에 멋진 장화를 신고 있었다. 그런데 우스꽝스럽게도 어울리지 않는 좁은 망토를 걸치고 산사람 모자를 쓰고 있었다. 드로셀마이어 아저씨와 조금 닮은 점이 있었다. 아버지는 이 호두까기 인형은 모두의 것이라고 말씀하시면서 그 우스꽝스러운 망토를 들어올리자 인형은 입을 크게 벌려 가지런한 이빨을 드러냈다.

호두까기 인형

프릿츠는 커다란 호두만을 골라 너무나 우악스럽게 인형을 다루었기에 벌써 이빨을 3개 부러뜨렸다. 아버지는 프릿츠를 나무라며 호두까기 인형을 잘 돌보라고 마리에게 맡겼다. 어린 마리에게 왜 그리 못생긴 호두까기 인형을 그렇게 예뻐하느냐는 드로셀마이어 아저씨 질문에 마리는 아저씨보다 잘생겼다고 퉁명스레 말한다.

밤이 깊어지자 아저씨는 집으로 돌아갔지만 마리는 성탄절 선물들과 인형들로 가득한 유리장을 떠나지 않았다. 혼자 남은 마리는 호두까기 인형에게 자기가 잘 돌보아줄 것이며 부러진 이는 아저씨에게 고쳐달라고 할 것이라고 속삭였다. 호두까기 인형을 유리장에 넣고 있는데 커다란 괘종 시계가 밤 12시를 알리자 주위가 소란해진다. 여기 저기서 생쥐가 많이 나오고 이것을 본 장난감과 과자들이 생쥐들에게 선전포고를 한다. 생쥐의 대군이 습격해 와서 장난감 병정들과 전투가 벌어진 것이다. 호두까기 인형이 장난감 병정들의 대장이 되어 일사분전 하지만 생쥐의 대군에 밀리기만 하고 마침내 부상을 입은 호두까기 인형이 위험하게 되자 곁에서 보고 있던 마리는 자기도 모르게 생쥐대왕에게 구두를 던지고는 쓰러진다.

마리가 마치 죽음과도 깊은 잠에서 깨어나자 의사선생님과 온 식구가 마리 곁에 앉아 있었다. 마리는 여전히 기병대 이야기와 생쥐 왕에 대해서 이야기를 하는데, 마리가 아파서 별 이상한 소리를 다한다고 일축해 버린다. 간밤에 부엉이귀신처럼 변해 생쥐들을 불러낸 아저씨를 원망하는 마리에게 드로셀마이어는 피릴리팟공주, 마녀 생쥐여왕 그리고 시계공의이야기를 들려준다.

옛날 임금이 맛있는 음식을 장만하여 잔치를 베풀고자 했다. 그런데 궁전 지하에 살고 있던 생쥐여왕이 음식을 나눠먹고 싶다해서 왕비가 마지못해 허락하자 그만 음식이 많이 모자라게 되었다. 임금은 화가 나

생쥐여왕

서 시계공에게 생쥐를 모두 잡으라고 명령했고, 생쥐여왕은 많은 가족을 잃게 되었다. 복수에 불탄 생쥐여왕은 예쁜 공주의 얼굴을 괴물처럼 만들어 놓았다. 임금은 시계공에게 공주의 얼굴을 원상 회복시키라고 명령했고, 백방으로 알아보던 시계공은 천문학자 친구와 수많은 책을 뒤지고 별자리를 관찰해서 공주가 특별한 호두를 먹으면 다시 예쁜 얼굴로 돌아온다는 것을 알게 되었다. 그런데 그 방법은 평생 수염을 깍지 않은 긴 장화를 신은 청년이 이빨로 호두를 깨어서 공주에게 건네주어야 했다. 호두와 청년을 찾아 15년을 돌아다녔건만 허사였던 시계공은 고향으로 돌아와 조카 집을 찾았다. 얘기를 들은 조카는 기뻐하며 자기가 그 호두를 가지고 있다고 했다. 시계공은 임금님께 호두를 바치고 호두를 잘 까는 조카를 데리고 갔다. 공주는 먼발치에서 마음이 설레어 "저분이 호두를 깬다면 저분에게 시집을 가겠어"라고 다짐을 했다. 조카가 그 단단한 호두를 깨서 공주에게 건네주자 공주의 얼굴은 다시 아름다워 졌는데, 호두를 건네준 조카가 뒤로 물러나다가 생쥐여왕을 밟게 되어서 넘어져 그만 못생긴 괴물로 변하게 되었다. 공주는 호두까기로 변한 시계공 조카가 너무 흉측스럽게 되자 마음이 변해서 그를 내쫓아 버렸다. 호두까기로 변한 조카가 제 모습을 찾으려면 우선 생쥐여왕의 7개 머리가 달린 아들생쥐를 죽여야 하고, 아름다운 아가씨로부터 사랑을 받아야 했던 것이다. 드로셀마이어 아저씨는 호두까기 인형이 못나게 된 경위를 이야기 해주었다.

마리가 1주일이 지나서야 침대에서 일어 날 수 있었다. 마리는 호두까기 인형을 들여다보다가 문득 드로셀마이어 아저씨가 시계공이 아닐까하는 생각을 했다. 아저씨에게 마리는 자기가 본 전쟁이야기를 했고 엄마와 언니는 터무니없는 소리라고 웃기만 했다. 그러나 아저씨는

"생쥐왕이 호두까기를 괴롭힌단다. 그리고 너만이 호두까기를 도와줄 수 있단다"고 했다. 어느 날밤 마리는 어디선가 찍찍거리는 소리에 깨어나 보니 일곱 머리를 한 생쥐 왕이 마리를 내려다보고 있었다. "네 아끼는 물건을 가질 것이다. 싫다면 호두까기를 먹어버릴 것이다." 하고는 사라졌다. 며칠 뒤 다시 그가 찾아와 인형과자를 마구 먹어치웠다. 마리는 호두까기 인형을 위해서라면 …하며 울면서 참았다. 아빠와 엄마는 다음날 아침 마리 방에서 쥐에게 물어뜯긴 물건을 보고 놀랐다.

다시 마리가 거실에 혼자 있게 되자 유리장으로 다가가 호두까기 인형에게 흐느끼면서 말했다. "사랑하는 드로셀마이어 이 가련한 내가 너를 위해 무엇을 해 줄 수 있을까? 내 모든 것을 다 주어도 생쥐 왕의 욕심은 끝이 없으니… 결국 나는 아무 것도 가진 것이 없게되고 너를 잡아먹을 텐데…" 마리는 언제부터인가 호두까기가 드로셀마이어 아저씨의 조카라고 생각되자 품에 안지도 입을 맞추지도 않았다. 그런데 어젯밤 전쟁에서 얻은 가슴 상처를 조심스럽게 닦아주자, 갑자기 호두까기 인형이 움직이기 시작했다. 칼을 달라고 하고는 다시 뻣뻣해졌다. 마리는 프리츠에게 부탁을 했고, 당장에 기병대의 칼 중에서 가장 좋은 칼을 가져다가 호두까기 인형 허리에 채워 주었다. 다음날 밤 마리는 거실에서의 소음으로 잠들 수가 없었다. 잠시 뒤 방문이 열리고 호두까기 인형이 들어와 승전보와 함께 생쥐 왕의 왕관을 마리에게 바쳤다. 그리고는 마리에게 멋있는 곳을 보여 주겠다고 따라오라고 했다. 호두까기 인형이 앞장을 서고 마리가 뒤따라가는데 복도 끝에 있는 거대한 옷장 앞으로 갔다. 평소에는 굳게 닫혀 있던 장문이 활짝 열려져 있었다. 아버지의 모피 옷깃을 잡고는 소매를 따라 내려가자 어느새 아름답고 향기로 가득한 초원이 펼쳐졌다. 인형 왕국에 온 것이다. 마리와 왕자는 거룻배를 타고 과자의 나라에 도착한다. 모래톱은 모두가 설탕이고 나라 전체는 과자로 되어있다. 두 사람은 과자의 성으로 들어가 마리를 환영하는 성대한 파티가 열린다. 호두까기 인형은 마리에게 떨리는 목소리로 필릴리팟 공주가 되어달라고 부탁한다. 왈츠에 맞춰 모두들 춤을 추고 마리도 흥겨워 춤을 추었는데 차츰 음악소리가 작아지면서 마리는 자신의 몸이 안개에 휘감겨 공중으로 붕붕 떠오르는 것을 느꼈다.

갑자기 쿵 하는 소리에 엄마가 달려왔다. 마리가 침대에서 떨어진 것이다. 여전히 호두까기 인형과 같이 다녀온 인형나라에 대해서 말하자 엄마는 "너는 아주 길고 긴 꿈을 꾼 것이란다"라며 타일렀다. 그러나 마리는 계속해서 자신은 꿈을 꾼 것이 아니라 정말로 그것을 보았다고 했다. "어떻게 뉘른베르크에서 만든 나무인형이 살아 움직일 수가 있겠니?" 하자 마리는 "엄마, 저 호두까기 인형은 뉘른베르크에서 온 드로셀마이어 씨예요, 아저씨 조카요!" 이 말에 엄마, 아빠는 박장 대소를 했다. 마리는 서랍에서 어제 밤에 받은 생쥐왕관을 가져와 엄마 아빠에게 보여주자, 둘은 너무나 놀래서 어안이 벙벙해졌다. 아빠는 오히려 마리의 말을 믿기보다는 어디서 훔친 것이냐며 바른 대로 대라고 하시며 거짓말쟁이라고 욕을 하시자 마리는 그만 엉엉 운다. 이때 드로셀마이어 아저씨가 그 왕관은 자기 시계 줄에 묶었던 것으로 2년 전 생일선물로 마리에게 준 것이라고 해명한다. 엄마와 아빠는 전혀 기억에 없다.

어느 날 아저씨가 시계를 고치러 온다는 말을 듣고 유리장 앞에서 꿈속에서와 같이 마리는 호두까기 인형을 보고 중얼거렸다. "만약 네가 살아 있다면 나는 필릴리팟 공주처럼 너를 박대하지 않을 텐데… 나 때문에 그렇게 괴물처럼 변했으니 말이야…" 그 순간 퍽 소리와 함께 마리는 기절해 버렸다. 잠시 후 엄마는 "아니 어떻게 의자에서 넘어지니. 여기 뉘른베르크에서 드로셀마이어 아저씨 조카와 왔다"고 하셨다. 멋진 소년이 아저씨 손을 잡고 들어 왔다. 소년은 왕자처럼 화려한 옷을 입고 허리에는 보석이 박힌 작은 칼을 차고 있었다. 소년은 아무리 딱딱한 호두라도 모두 이빨로 깨 주었다. 그리고 마리에게 유리장의 장난감을 보여달라고 했다. 둘이 남게 되자 소년은 무릎을 꿇고는 마리 덕분에 자신은 다시 모습을 되찾았고 다시 과자나라의 왕이 되었다고 하면서 마리에게 청혼을 했다. 마리도 기꺼이 승낙한다. 그 해가 지내고 금빛 은빛 말이 끄는 마차를 타고 둘은 과자나라로 갔다고 사람들이 말했다. 결혼식에는 수많은 인형들이 춤을 추었고 마리는 그 순간 이 나라의왕비가 되었다고 전했다. 이 나라에는 반짝거리는 숲, 투명한 마치판 과자성, 아무튼 모든 멋지고 아름답고 이상한 것들이 있는 나라였다. 물론 이 나라의 기이한 광경들은 그것을 볼 수 있는 사람에게만 보였다고 했다.

4

작품해석: 두 세계에 동시에 속한 양가적인 존재

1) 낭만주의작가로서 호프만

위의 작품들은 『밤의 이야기』라는 제목의 작품집에 들어 있다. 판타지라기보다는 밤이 주는 의미가 크다. 밝고, 가시적이고, 오성적이고, 합리적인 낮의 세계는 질서, 균형과 화해의 세계인데 비한다면 밤의 세계는 어둡고, 보이지 않고, 충동적이고, 카오스적이고 탐닉적인 면이 우선한다. 서양 문학사적으로 보더라도 인간의 존재기반을 이성에 두고 이성에 의한 합리주의화라는 근대화과정이 계몽주의부터 시작했다면 그 정신을 이어 받으면서 고전주의는 통일, 균형, 조화의 그리스, 로마 문화를 모범으로 하여 밝고 정돈된 빛의 세계를 추구했다. 그러나 동시대에 바로 이러한 고전주의에 반기를 든 것이 낭만주의다. 인간존재는 오성과 이성만으로는 파악될 수 없으며 오히려 인간 영혼은 보이지 않는 어둡고 끝없는 심연이기에 비이성적이고 의식으로 접근할 수 없다고 생각했다. 그렇기 때문에 이성은 영혼적 영역들과 매개되어야 하는데, 그것은 오직 자유로운 상상력을 통해서 이루어질 수 있다고 했다. 예술은 자신의 고유한 세계를 창출하여서 두 세계의 매개가능성을 보여주어야 한다고 했다. 현실생활에서는 꿈, 어린아이상태, 민속문학 등이 그 가능성을 보여주고 있으며, 특히 동화적 세계 속에서 두 세계의 통합이 실현될 수 있다고 보았다. 외부세계와 감정세계의 상호침투, 역사 속으로의 침잠, 예술분야의 상호융합, 예술과 학문의 상호융합, 자연을 무의식으로 봄, 자연적이고 감각적인 사랑과 정신적이고 자유로운 사랑과의 하나됨, 체험의 한계를 극복하기 위한 죽음의 찬양, 인간존재의 한계와 우연성의 실감 그리고 가치와 감정세계가 완벽했다는 중세에 대한 끝없는 동경 등이 낭만주의에서 두드러진 특징들이다. 작가 호프만은 예술동화라는 장르를 통해서 인간의 양가적인 실존을 표현하고 있다. 오성과 질서가 지배하는 현실원리로는 발견되지 않는 거대한 인간의 영혼의 세계를 그는 환상적인 수법을 통해서 그려내고 있다. 흔히 그의 작품이 악마적이거나 괴기하고 유령이야기로 폄하되기도 하지만 호프만의 환상세계는 언제나 현실세계에 확고하게 뿌리를 박고 있다. 그래서 외부와의 단절된 사랑, 죽음 등을 주제로 한 다른 낭만주의작가

들과는 구분된다. 오히려 호프만은 낭만주의와 뒤에 올 사실주의의 경
계선 상의 작가로 평가된다.

2) 환상의 도구로서 애니메이션

앞에서 환상문학의 중요한 기준으로서 흔히 독자에게 주는 문학외적
인 영향—다시 말해서 무시무시하다, 괴기스럽다, 불안하다, 섬뜩하다—
을 언급했었다. 그리고 텍스트 내재적인 기준에 따르면 오성과 이성의
도구로서 실재적이고 현실적이라고 합의된 것을 뛰어넘는, 초월적인 형
상과 사건들이 전개된다고 했다. 위에서 읽은 호프만의 두 작품은 모두
환상문학의 문학내적/문학외적인 조건을 충족시킨다. 감미로운 발레곡
이 깔리면서 성탄절이 올 때마다 아름다운 환상적인 동화로서 들먹거
려지는 호두까기 인형이 얼마나 무시무시한 이야기였는지는 위에서 보
고 알았을 것이다. 동화이야기는 곰곰이 따지고 보면 신비스럽고 환상
적이라기 보다는 잔인하고 엽기적인 섬뜩함이 더 많은 것이 사실이다.

애니메이션 하면 흔히 우리는 만화를 떠올린다. 더 나아가 인형이나
찰흙형상을 이용한 애니메이션(예를 들어 무민나라, 크리스마스의 악몽,
각종 광고 등)을 생각한다. 본래 애니메이트(animate)의 어원은 '살아 움
직이게 하다'이다. 그리고 원시적 사고의 한 형태인 애니미즘은 우리가
다루는 판타지의 기본이 된다고 볼 수 있다. 정신분석학자들은 이러한
무생물의 생동화(활성화)에서 기괴함이나 섬뜩함이라는 인간 정서를 설
명했고, 반대로 생명체의 기계화에서 희극성을 보기도 했다. 원시적 사
고와 마찬가지로 어린아이는 살아있는 것과 살아있지 않은 것을 엄격
하게 구분하지 않는다. 오히려 인형을 즐겨 살아있는 것처럼 다룬다.
그려진 인물들이나 만들어진 형상들이 만들어내는 세계를 어린아이들

판타지 문학의 이해

은 더 현실적으로 받아들인다. 자연원리와 현실적 제약을 초월하는 동화적 세계에 어린 아이적 사고는 아무런 저항감을 가지지 않는다.

어린이들을 위한 인형극은 서양에서 카스퍼 연극같이 인형몸통에 손을 넣어서 무대 밑에 있는 사람의 손놀림과 목소리 변형으로 극이 진행된다. 꼭두각시인형극에서는 인형자체도 여러 분절로 나누어 제작되고 많은 실로 연결시켜 아주 정교한 동작을 만들어 낸다. 이것 역시 인형과 동작 주체인 사람과 직접 연결되어 있다. 사람의 손이 직접 닿지 않은 채 인형 스스로가 움직이는 방법을 고안한다. 웬만한 서양 도시의 시청 건물에는 정각을 알리는 시계종소리와 함께 시계문을 열고 나와 동작을 연출하는 인형형상들이 있다. 크리스마스 장식품 중에 사랑받는 것이 날개 달린 천사 인형들이 촛불의 뜨거운 열기에너지로 빙빙 돌아가는 회전 천사이다. 단순한 정지상태의 장난감에서 스스로 움직이는 장난감을 바로 태엽장치를 고안해 냄으로써 실현시킨다. 아주 초보적 단계의 자동인형이다. 호두까기 인형에서 크리스마스 선물인 성과 그 속의 인형들은 당시 최고의 기술을 이용한 자동장치로 작동되는 성과 인물군들인 것이다. 시계 제작술은 당시 18세기 최첨단 기술이었다. 오늘날 영상기술이 발달하여 인간의 무한한 상상력을 더 자유롭게 표현할 수 있으며, 현대 애니메이션은 중요한 예술표현도구가 되었다. 컴퓨터 그래픽의 발전으로 단순한 애니메이션을 넘어서 무한한 가상현실을 생산 할 수 있을 것이다.

독일 에르츠지방의 특산품인 호두까기 인형들

　　호프만 작품에서 자주 나오는 모티브 중에 하나가 바로 자동인형, 목각인형의 애니메이션화이다. 호두까기 인형에서와 같이 장난감 병정이나 인형들이 밤의 세계 속에서 살아 움직인다. 자동인형은 밀랍과 유리등으로 만든 로봇으로서 아직 완벽하게 움직일 수 없는 기계이다. 그런데 호프만에서는 이렇게 무생물적인 나무, 쇠 그리고 박제물 등이 기계적인 장치를 통해 작동하기보다는 환상으로 가는 매개수단—시간적 계기, 도구적 계기, 감정적 계기 등—으로 생명을 불어넣어 살아 움직이게 된다. 시간적 계기라 함은 호두까기 인형에서와 같이 크리스마스 이브 밤 12시를 알리는 괘종소리와 함께 인형들이 움직인다. 도구적 계기는 모래사나이에서 자동인형 올림피아가 생기 있고 매력적인 처녀로 변한 것은 나타나엘이 코폴라에게서 산 망원경을 통해서 본 이후라는 점이다. 황금단지에서와 같이 술이나 사랑은 아주 일상적인 대상물들을 환상적으로 변화시킨다. 예를 들어 사랑에 취하고 술에 취한 주인공에게 모든 사물들은 환상적 형상들로 변신한다. 이 매개물이야말로 호프만적인 것이다. 이 매개물은 현실과 환상을 연결해주는 변환/전환

판타지 문학의 이해

점이 된다. 일상이 이 매개물로 경이로운 환상이 되는 것이다. 그렇기 때문에 한순간에 환상은 평범하고 우스꽝스러운 현실적 모습으로 폭로되어 드러나기도 한다. 아무런 매개물 없이 현실세계와 환상세계의 경계가 사라지는 동화적 세계관이 더 이상 호프만에서는 유효하지 못하다. 주관적 진실과 객관적 진실의 양가성을 이미 호프만은 인정한다는 것이다. 그 양가적 존재 실체를 꿰뚫어본 호프만은 낭만주의에서 사실주의로의 경계선상에 있는 것이다.

3) 섬뜩함

프로이트는 <섬뜩함>이라는 정서를 설명하기 위해서 그 어원적 설명과 더불어 호프만의 「모래사나이」를 분석한다. 그는 올림피아라는 자동인형의 섬뜩한 효과보다는 반복해서 나오는 모래사나이 모티브에 더 주목한다. 그는 이 분석을 통해서 바로 가장 친근한 것이 섬뜩함으로 변모되는 과정을 억압―무의식―재발견 등의 메카니즘을 통해서 보여주고 있다. 어원적으로 볼 때, 단어 '섬뜩한'은 '비밀의', '고향의', '친근한'과 대립된다. 그러나 프로이트는 섬뜩함은 친숙함의 분파임을 증명하려고 한다. 앞의 상세한 줄거리에서 보았듯이 나타나엘은 현재 행복하지만 사랑하는 아버지의 수수께끼 같은 무서운 죽음과 관련된 기억을 지울 수 없다. 성장하여 철이 든 나타나엘은 이미 모래사나이를 그처럼 무섭게 생각하지 않게 되지만 그에 대한 불안감은 여전하여 한 번 그를 직접 보고 싶어한다. 그는 아버지를 찾아온 코펠리우스를 모래사나이로 동일시한다. 그런데 여기서 작가 호프만은 이것이 소년 나타나엘의 망상인지 실제 사건의 보고서인지 불분명하게 다음과 같이 서술한다. '아버지와 손님은 화로에 불을 피우고 일을 시작하고, 코펠리우스의 "눈알을 내놔라, 눈알을 내놔라" 하는 코펠리우스 말에 너무 놀란 나머지 엿보는 것을 들켜버린 나타나엘을 잡아서 그는 나타나엘 눈을 빼 화로에 넣으려한다. 아버지가 용서해달라고 애원하는데… 나타나엘은 그만 실신한다.'

그런데 기억 속에서도 잊혀져 간 그 무서운 모습을 이탈리아 안경장사 코폴라에게서 불현듯 다시 보게 되었던 것이다. 나타나엘에게 사랑의 열정을 불러일으킨 매혹적인 올림피아가 아무런 생명도 없는 자동인형이었다는 것이 폭로되는 것도 눈알과 관련된다. 코폴라와 스팔란자니 교수가 다투는 도중에 자동인형 올림피아의 눈이 빠지는데, 그것도 피투성이가 된 두 눈을 스팔란자니 교수는 코펠리우스가 나타나엘에게서 빼앗은 것이라고 하자 그는 미쳐버린다.

여기서 섬뜩함은 모래사나이, 다시 말해서 '눈알을 빼앗긴다는 사실'과 관련된다는 것이다. 더욱이 이 사건들이 현실인지 아니면 단지 공상세계인지를 불확실하게 서술하며, 그 불확실성으로 더욱 섬뜩해진다는 것이다. 점점 그는 독자에게까지도 안경장사 코폴라의 망원경을 통해서 사물을 보게 한다. 그러나 소설의 결말은 안경장수 코폴라는 변호사 코펠리우스이고 따라서 모래사나이였음을 분명히 하기에 불확실성이 이 작품에서 섬뜩함의 원인이 되지 않는다고 프로이트는 단언하면서 정신분석적으로 설명한다. 프로이트에 따르면 정신분석학적으로 볼 때 눈을 다치거나 잃는 것은 어린이에게 무서운 불안이 된다. 이 불안한 심정은 많은 성인에게도 남아있어 그 어떤 육체적인 손상보다도 눈을 상하게 되는 것을 두려워한다. 꿈, 공상, 신화를 연구해보면 눈에 대한 불안은 종종 '거세 불안'으로 이어진다는 것이다.

모래사나이는 항상 사랑의 훼방군으로 등장한다. 그는 불행한 나타나엘과 약혼자 클라라 그리고 오빠 로타 사이를 갈라놓고, 제2의 애인인 올림피아를 망가뜨리고, 또 다시 클라라와 행복한 결혼생활로 들어가기 직전에 나타나 나타나엘을 자살로 몰고 간다. 위의 거세불안과 연관지어보면 모래사나이 대신 거세를 행하고싶었던 두려운 아버지를 바꿔놓으면 이해가 될 수 있다는 것이다. 프로이트는 모래사나이의 섬뜩함의 원인을 어린아이의 거세 콤플렉스에 대한 불안으로 소급하면서, 모래사내는 오래된 어린 시절의 불안을 일깨우는 반면에 살아있는 인형에 대한 불안보다는 오히려 어린아이의 소원을 표현했다고 지적한다.

프로이트의 이론에 따르면 억압으로 낮―여기서 낮이란 승인된 제도와 규범아래서의 생활이라고도 볼 수 있다―동안에 이루지 못한 잔재들이 그대로 무의식으로 내몰린다. 의식되지 못한 것들이 무의식 속에서 전이되거나 압축하여 다른 형태를 띤 채 꿈, 실수 등의 우연한 틈새로 나타난다. 그래서 프로이트는 꿈의 해석을 통해서 그 꿈의 원천을 억압된 본능적 충동으로 보았던 것이다. '섬뜩함'은 이렇게 억압되었던 것이 다시 되돌아온 친숙한 것이다. 섬뜩함이 느껴지려면 '친숙했었는데, 억압된 것으로 소급이 가능하다' 라는 조건을 충족시켜야 한다. 예를 들어 죽은 자의 소생을 원시조상들은 현실로 믿었다. 그러나 우리는 더 이상을 믿지 않는다. 확신이 서지 않고 낡은 사고 방식을 그대로 유지하기도 한다. 그래서 이런 일이 일어나면 당장 우리는 섬뜩함을 느낀다. 반대로 이런 애니미즘적 확신을 완전히 버린 사람들은 이런 섬뜩함은 일어나지 않는다. 유아적인 콤플렉스에서 생기는 섬뜩함은 억압된 유아적 콤플렉스가 어떤 인상에 의해서 다시 활동하기 시작하던가, 또는 이미 극복된 원시적 확신이 재확인될 때이다.

억압된 것과 극복된 것의 대립은 철저한 수정을 거치지 않고서는 문학 속의 섬뜩함으로 전이될 수 없다. 공상의 내용은 현실검증에 구속받지 않기 때문이다. 그래서 실생활에서 일어났더라면 섬뜩했을 것도 문학 속에서는 반듯이 섬뜩하지 않고, 또는 문학 속에서 실생활에 없는 섬뜩함을 유발할 수 있다. 동화의 세계는 처음부터 현실의 기반을 버리고 공공연히 애니미즘적인 확신을 수용할 것을 선언한다. 소원충족, 은밀한 힘들, 무생물의 생명화는 동화 속에서는 매우 일상적이다. 그리고 섬뜩한 인상도 주지 않는다. 이유는 섬뜩한 감정이 성립하기 위해서는 믿기 어렵다고 인정되는 것이 정말로 현실적으로 불가능한 것인지에 대한 판단의 갈등이 요구되는데 동화의 세계에서는 애초부터 이런 전제는 제거되어 있기 때문이다.

작가는 악령 내지 죽은 자의 영혼과 같은 초월적인 영적인 존재를 받아들임으로써 동화만큼 공상적은 아니지만 현실과 구별되는 세계를 만들어낼 수 있다. 그런데 우리판단을 작가가 설정한 현실의 조건을 순응시키면 영혼, 망령, 유령들은 실재물과 같아져 섬뜩하지 않다. 그러나 그것이 일반적인 현실을 토대로 한 것 같을 때에는 사정은 달라진다. 작가는 실생활에서 섬뜩한 감정을 일으키기에 필요한 모든 조건을 받아들이고, 실생활에서 섬뜩하게 작용하는 것은 작품 속에서도 같은 작용을 한다. 이때 아주 희귀한 사건을 일으켜 경험의 경계를 넘어서 섬뜩함의 효과가 배가시킨다. 작가는 우리를 배반하여 이미 우리가 극복했던 미신에게 우리를 넘겨주며, 우리를 속여 일반적인 현실이라고 약속해놓고는 잠시 후 결국 현실의 한계를 넘어선다는 것이다. 동화는 불안감과 섬뜩함을 일으켜서는 절대로 안되며, 이를 잘 알고 있는 우리는 그런 감정이 일어날 듯 할 때에도 무시한다. 실제로 많은 사람들이 느끼는 고독, 정적, 암흑에 관한 감정은 결코 소멸되지 않은 어린이의 불안과 연결되어 있다는 것이다.

판타지 문학의 이해

4) 양가적 존재

호프만이 그린 초상화

호프만의 소설서술의 특징은 지금 보고되거나 서술되고 있는 것이 실재이야기인지 아니면 단지 공상세계인지를 불확실하게 되도록이면 모호하게 표현하는 것이다. 토도로프가 환상성의 핵심수법으로 보았던 망설임, 불확실성과 동일하다. 호프만은 그러나 이렇게 현실세계와 환상세계가 경계 없이 서로 뒤엉켜 병존하듯이 바로 인간영혼의 세계는 의식되는 현실세계뿐만 아니라 불쑥 찾아오는 괴기한/불안한/신비로운/공포스러운… 환상적 세계를 포괄하고 있다는 것을 보여주려는 것이다. 앞서 강조했듯이 호프만의 공상/환상세계는 모두가 현실의 세계와 일 대 일로 대응된다. 예를 들어서 코펠리우스—코폴라—모래사나이, 올림피아—아름다운 천사의 미녀, 호두까기 인형—드로셀마이어의 조카, 드로셀마이어 아저씨—시계공, 장난감성—과자나라 성 등등 보는 관점, 다시 말해서 오성의 눈으로 혹은 환상적 상상적 직관에 따라서 이렇게 서로 다른 세계에 속하게 되는 것이다. 호프만은 이 현실과 환상의 경계를 넘나들 수 있는 도구와 방법을 명시함으로서 주관적/객관적 진실의 양가성을 극명하게 보여주고 있다. 그는 현실과 환상의 세계에 양쪽 발을 걸친 양가적이며 분열적이고 불안한 인간존재를 총체적으로 파악하고 싶었던 것이다.

07

애드가
알렌 포우의 환상공포

Fantasy Literature

1

들어가면서

애드가 알렌 포우는 미국작가로서 문학적 배경은 영국문학의 전통에 있다고 볼 수 있다. 매우 파격적인 내용을 가진 그의 작품이지만 여전히 그의 소설에는 영국적인 고딕 소설풍이나 공포소설을 엿볼 수 있기 때문이다. 포우 역시 프랑스의 보들레르가 격찬한 작가로서 프랑스 문학에도 많은 영향을 끼쳤다. 포우는 평생 동안 시와 단편 소설만을 쓴 작가로서 70여 편에 이르는 단편은 여러 가지 다양한 면모를 보이고 있는데, 괴기스러움이나 공포스러움으로 가득 찬 분위기 위주의 작품이 있는 반면 아주 논리적으로 따져 들어가는 탐정소설들도 있다. 밑도 끝도 알 수 없는 인간 정서의 심연을 헤매는 듯 하다가도 아주 합리적이고 논리적인 수리의 힘을 믿는 듯 모든 사건을 조목조목 그 원인과 결과에 연관시키는 치밀한 계산적 탐색도 있다. 우리는 여기서 19세기적 환상성과 연관지어 그의 공포소설만을 다루도록 한다.

2

인간/문필가 애드가 알랜 포우

애드가 알랜 포우(Edgar Allan Poe)는 1809년 1월 19일 보스턴에서

포우

영국 태생의 여배우 엘리자베스 아널드 포우와 볼티모어 출신의 배우 데이비드 포우 2세의 둘째 아들로 태어났다. 1811년 어머니가 버지니아주 리치먼드에서 죽은 뒤 자식이 없는 리치먼드의 상인인 존 앨런(아마 포의 대부였을 것으로 생각됨) 부부의 집으로 보내졌다. 3살도 되기 전에 양친을 잃고 거리를 헤메는 고아 포우는 존 앨런이라는 담뱃잎 수출상의 양자가 되어 리치먼드에서 성장하게 된다. 그는 1815년 양부를 따라 영국으로 오게된다. 스코틀랜드와 잉글랜드로 다니다가 런던에서 5년(1815~1820) 간 교육을 받았다. 거기서 주로 고전적인 교육을 받았다. 이후 1826년 미국으로 다시 돌아와 버지니아대학에 입학했다. 처음에는 우등생이었으나 그 후 1년도 되지 않아서 도박 등으로 2,500달러의 빚을 지었다. 이에 격노한 양부는 그를 퇴학시키고 자기 상점에서 일을 보게 했다. 그러나 그는 집에서 도망 나와서 육군사관학교에 입학하게 되지만 젊어서 배운 술과 도박의 나쁜 습관 때문에 퇴학 처분을 받게된다. 이때 양부모와도 의절하게된다. 그 후부터 그는 호구지책도 곤란하게되었다. 그가 문필에 손을 대기 시작한 것도 바로 이때부터였다. 1827년, 29년, 31년에 시집을 발표하였고 소설은 그가 25세가 되던 1833년에 볼티모어의 문예지 현상모집에서 당선된 처녀작 「병 속의 원고(MS. Found in a Bottle)」가 처음이다. 1849년 사망할 때까지 73편의 단편을 발표한다.

1836년 사촌인 버지니아 클렘과 결혼하는데 그때 클렘의 나이는 겨우 13세였다. 그의 나쁜 습관은 결혼 후에도 고쳐지지 않았으며 그 때문에 그가 얻은 사회적 지위도 모두 상실한다. 포우는 술 때문에 리치먼드의 직장에서 해고되어 뉴욕으로 갔다. 술은 사실 그에게 파멸의 원인이 되었다. 많은 사람들과의 교제에서 그는 대화를 잘하기 위해 약간의 흥분제를

클렘

필요로 했지만 셰리주 한 잔만 마셔도 발동이 걸려 계속 술을 마셔댔다. 만취하는 경우는 거의 없었지만 사람들 앞에서 술을 마시는 경우가 자주 발견되었다. 이것은 포우가 마약중독자라는 억측을 불러일으켰으며, 의사의 증언에 따르면 그는 뇌장애가 있었다는 것이다. 1838년 뉴욕에 있는 동안 그는 긴 이야기체 산문인 「아서 고든 핌의 이야기(The Narrative of Arthur Gordon Pym)」를 출간했는데, 이것은 그의 이야기들에서 자주 그러하듯이 아주 엉뚱한 공상과 많은 사실적인 소재들을 결합하고 있다. 그것은 멜빌이 「백경(Moby Dick)」을 쓰는 데 영감을 준 작품으로 간주된다. 1839년 그는 필라델피아에 있는 <버튼스 젠틀맨스 매거진>의 공동 편집자가 되었다. 거기에서 그는 월간 특집기사에 대한 계약을 맺어 초자연적인 공포에 관한 이야기인 「윌리엄 윌슨(William Wilson)」과 「어셔가(家)의 몰락(The Fall of the House of Usher)」을 썼다. 「어셔가의 몰락」에는 포우 자신이 아니라 포우의 친지였던 것으로 알려진 신경증 환자에 관한 연구가 들어 있다. 1839년 말에 『그로테스크와 아라베스크에 관한 이야기들』이 출간되었다(1840년으로 연대가 기록되어 있음). 1840년 6월경에 <버튼스 젠틀맨스 매거진>을 그만두었지만, 1841년 다시 그 잡지를 이어받은 <그레이엄스 레이디스 앤드 젠틀맨스 매거진>의 편집자가 되어 거기에 최초의 탐정소설인 「모르그가의 살인사건」을 발표했다. 1843년 「황금벌레」를 필라델피아의 <달러 뉴스페이퍼>지에 투고, 상금 100달러를 받아 널리 알려지게 되었다. 1844년 뉴욕으로 돌아가 <뉴욕 미러(New York Mirror)>지에서 N. P. 윌리스 밑에서 부주필이 되었는데, 그 뒤 윌리스와는 평생 친구가 되었다. <아메리칸 리뷰>지의 서평용 견본에 따르면, <뉴욕 미러> 1845년 1월 29일자에 그의 가장 유명한 시 「갈가마귀(The Raven)」가 발표되었는데, 이 시로 그는 곧 전국적인 명성을 얻었다. 그 뒤 단명한 주

간지 <브로드웨이 저널(Broadway Journal)>의 편집자가 되었으며, 1845
년 이 잡지에 대부분의 단편소설을 재발표했다. 1845년 『갈가마귀 외』
라는 시집과 『이야기 선집』이 나왔다. 1846년 포우는 포드햄(지금은 뉴
욕 시의 일부)에 있는 작은 집으로 이사하여 그곳에서 1846년 5~10월
에 <고디스 레이디스 북>에 <뉴욕의 지식인들(Literati of New York)>
이라는 당대의 명사들에 관한 짧은 만필을 써서 명예훼손으로 고소되
었다.

1847년 아내가 폐병으로 세상을 떠나고 난 후 그의 절망감은 이루
말할 수 없었다. 아내의 임종에는 장모와 포우만이 그녀를 간호하고 있
었을 뿐 아무도 없었다고 한다. 누워있는 클렘의 몸을 덮고 있는 것은
다 떨어진 포우의 외투와 한 마리의 고양이가 가슴 위에 놓여 있었을
뿐 이불 한채도 없었다고 한다. 그 후부터 그의 빈곤은 말할 것도 없
었으며, 글을 써도 굶을 수밖에 없을 정도였다. 이 모든 고통에서 벗어
나기 위해서 그가 아편을 하기 시작한 것도 이때부터이다.

다음 해에 포우는 로드아일랜드의 프로비던스에 가서 시인 사라
헬렌 휘트먼에게 구혼했다. 그곳에서 잠시 약혼기간을 보냈다.
포우는 자신을 재정적으로 도와준 애니 리치먼드, 사라 안나루이스와
깊은 정신적 사랑을 나누었고 그들 모두에게 시를 써서 바쳤다. 1848
년에는 우주를 초자연적으로 해설한 강의집 <유레카 Eureka>
도 발표했는데, 이 작품은 비평가에 따라 걸작으로 호평받기도
했지만 엉터리라는 악평을 받기도 했다. 1849년에는 남쪽으로
가서 필라델피아에서 미친 듯이 술을 마시고 다녔지만, 무사히
리치먼드에 도착해 과부가 되어 있던 그의 첫사랑 셸턴 부인
엘머라 로이스터와 마침내 약혼했다. 한 두 차례 병이 재발하기
는 했지만 여름 한철을 행복하게 보냈다. 그는 어린 시절의 친구들

로이스터

과 즐겁게 지냈으며 젊은 시인 수잔 아처 탤리와도 우정을 나누었다. 포우는 9월말 리치먼드를 떠나 볼티모어로 갈 때 어느 정도 죽음을 예감했다. 거기서 그는 한 부인의 생일 파티에서 축배를 든 뒤 마구 술을 마시기 시작했다. 심장이 약한 그로서는 이러한 폭주가 치명적이었다. 아내가 세상을 떠나고 2년 뒤인 1849년 10월 7일 볼티모어에서 과음으로 인사불성상태로 쓰러져 공립병원으로 후송된 뒤 40세의 일기로 쓸쓸하게 생을 마감한다. 술, 빈곤, 고난 그리고 실연이 포우 일생의 반려자였다. 자서전에서 그는 "내 생활은 되는 대로 사는 것으로, 충동과 정열 그리고 고독을 동경하면서 미래에 대한 열망 속에 나타나는 모든 것들을 경멸한다"라고 했다.

3

간략한 작품 줄거리

1) 검은 고양이

화자인 나는 어느 누구도 믿지 못할 끔찍하고도 기괴한 이야기를 하겠다며 다음과 같은 이야기를 시작한다.

나는 어릴 적부터 온순하고 인정 많은 아이였다. 그리고 동물을 특별히 좋아하여 많은 애완동물과 지냈고, 어른이 되어서 동물은 나의 행복의 원천이 되었다. 나는 일찍 결혼하였고, 아내는 동물을 좋아해 우리는 여러 애완동물을 키웠다. 그 중 내가 가장 좋아하는 동물은 플루토라는 이름의 검은 고양이였고, 플루토도 나를 잘 따랐다. 그러나 여러 해가 지나고 나의 기질과 성격은 변하여 변덕이 심하고, 화를 잘 내고 심지어 아내에게 폭력을 휘두르기도 하였다. 애완동물도 예외 없이 학대하던 어느 날 만취되어 돌아와 나를 두려워하여 피하는 고양이의 한쪽 눈을 도려내 버렸다. 그 후 고양이는 나를 보면 달아나 버렸고, 이런 모습에 분노를 느낀 난 고양이의 목에 밧줄을 두르고 나뭇가지에 매달았다. 그날 집에 불이 났고, 모든 재산을 잃어버리게 되어서 낡은 집으로 거처를 옮겼다. 여러 해 동안 이 일을 후회하고 있을 때 술집에서 플루토와 닮은 흰 얼룩점이 있는 검은 고양이를 발견하고 나를 따르는 그 고양이를 집으로 데려와 길들였다. 그러나 다시 고양이에 대한 증오가 솟아오르고 그 고양이도 플루토처럼 한쪽 눈이 없는 것을 알게 되자 고양이를 피했다. 고양이는 내가 싫어할수록 더 나를 좋아했고 잠시도 내 곁을 떠나지 않았다.

어느 날 아내와 지하실로 내려가던 중 나는 고양이 때문에 넘어질 뻔하였고, 고양이를 죽이려 하는 날 저지한 아내의 머리를 도끼로 내려쳤다. 곧 바로 죄책감 없이 아내를 벽 속에 발라 넣었고, 나를 괴롭히는 고양이도 이날 이후에 사라지자 자유로워졌다. 나의 격분한 모습에 놀라 달아난 것이라고 생각했고, 이후 편안한 생활을 할 수 있었다. 며

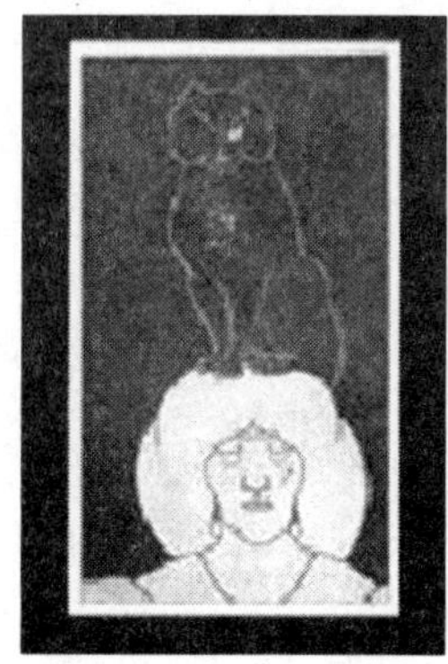

칠 후 수사를 위해 경관들이 왔으나 난 당황하지 않았다. 아무 것도 발견하지 못한 경관들에게 허세를 피우고 싶은 마음으로 떠나려는 그들을 향해 아내의 시체가 있는 벽을 치자 괴기한 비명 소리가 울렸고, 경관들은 벽을 무너뜨리자 부패된 아내 시체 위에 시뻘건 입을 벌리고 불같은 눈을 치켜 뜬 그 고양이가 앉아 있었다.

2) 아서 고든 핌의 모험

이 이야기는 핌의 일기를 기초로 쓰여졌다.

아서 고든 핌은 어렸을 때부터 바그너 선장의 아들 어거스터스로부터 남태평양 모험 이야기를 듣고 동경하게 된다. 어느 날 파티 때, 핌과 어거스터스는 <에얼리얼>호를 타고 밤의 여행을 떠난다. 술에 만취한 어거스터스는 인사불성이고, 항해술을 모르는 핌은 우왕좌왕하다 배는 대형 포경선 <펭귄>호와 부딪쳐 산산 조각나고, 둘은 구조되어 죽음의 문턱에서 간신히 살아난다.

그 후 핌은 바다항해의 거친 모험을 더욱 동경하게 되고, 마침내 아버지인 바그너 선장이 지휘하는 <그램퍼스>호를 타게 된 어거스터스의 도움으로 배에 은신처를 만들어 몰래 숨어든다. 며칠 후, 핌은 자신의 개 '타이거'에 의해 오랜 잠에서 깨어나게 되고, 배고픔과 목마름에 지쳐, 좁고 답답한 은신처에서 가까스로 빠져 나온 배 위는 반란과 배신, 대량 살육만이 난무하고 있다. 일등 항해사와 몇몇 선원들은 장총과 탄약으로 무장하여 반란에 가담하지 않은 남은 선원들을 죽이고, 피터스에 의해 어거스터스만이 가까스로 살아남는다. 이들도 두 파로 분열이 일어났는데, 해적질을 하려는 무리에 반대한 피터스를 동반자로 하여 어거스터스와 핌은 배를 장악한다. 이들은 오랜 항해와 배고픔, 폭풍우와 싸우고 지쳐 지내는 중, 범선을 발견하고 구조되길 희망하지만 좌절되고, 결국에는 인육으로 간신히 목숨을 연명하며 지낸다.

절망하여 표류하던 중, 윌리엄 가이 선장이 이끄는 배에 의해 구조되고, 그들과 함께 핌, 어거스터스, 피터스는 평화로운 나날을 보내며, 작은 섬들을 찾기 위해 남쪽으로 향한다. 그러나 결국 찾지 못하게 되고, 미지의 세계인 남극탐험을 결심한다. 그들은 살랄섬에 착륙하게 되고, 우호적인 그곳의 원주민들과 투윗 선장의 도움을 받는다. 그러나 섬을 탐험하던 중 믿고 있던 원주민의 음모로 전 선원들이 산 매장 당해 모두 죽고, 그들의 배는 약탈당하며 오직 피터스와 핌만이 구사일생으로 살아남는다. 그들은 서로 도우며 클락클락 동굴의 미로에서 탈출하고 흰색에 공포를 느끼는 원주민 누누를 포로로 잡는다. 원주민들의 추격을 따돌려 카누로 몸을 싣게 되나, 결국 폭포 속으로 빨려 들어간다. 여기까지가 핌의 일기이다.

후에 이 일기의 내용을 기초로 윌리어 가이 선장의 생존을 믿고 있는 동생 렌 가이 선장은 피터스와 함께 살랄 섬에 도착한다. 피터스는 최후에 핌과 카누를 탔으나, 빙하로 인해 서로 떨어져 핌이 탄 카누는 해류에 밀려 떠내려가면서 안개 속으로 사라졌다. 그것이 핌을 마지막 모습이었고, 그도 핌이 찾기 위해 섬에 왔다. 피터스는 핌의 일기를 소지하고 있었고, 그래서 이 이야기가 세상에 알려졌다. 살랄 섬은 원주민이 없는 사막으로 변해 있었다. 죽은 줄 알았던 생존자 윌리엄 가이와 3명의 선원이 탄 보트를 발견하게 되고, 그 당시의 상황을 듣게 된다. 원주민들은 흰색 짐승의 공포로 이 섬을 모두 떠나게 되었는데, 그 짐승은 핌의 개 '타이거'였다. 미친 타이거에 물린 원주민은 공수병에 걸려 동료를 공격하였고, 결국 모두 섬을 떠나 도망쳐 다시는 돌아오지 않았다. 핌의 시체는 남극에서 발견되었는데, 남극의 자력으로 인해 그의 주머니에 있던 총에 의해 남쪽으로 끌려와 최후를 맞이한 것이다.

19세기 산업시대의 마지막 유령환상

　　아도르로[5]와 벤야민[6]은 포우를 환상문학의 대가로 격찬한 반면 토도로프는 포우를 환상문학의 반열에서 제외했다. 그는 포우의 「검정고양이」를 제외하고는 포우의 작품은 괴기소설이나 경이소설이라고 했으며, 그의 주제나 기법에서만 환상문학에 가깝다고 했다. 그것도 불확실성에서 환상성의 근접함이 나오는 것이 아니라 괴기소설과 경이소설이 가지는 유사함이라는 것이다. 벤야민은 포우를 새로운 문학의 최대의 기법적 대가라고 격찬했다. 진부한 상투성과 내재적 모티브라는 중요 요소 때문이다. 포우는 문학을 내재적인 분위기라는 기준으로 헤아렸을 뿐만 아니라 벌써 시장원리를 이해하고 작품을 썼다는 것이다. 당시의 시장법칙에 따르면 기존의 제도화되지 않은 것을 선호하여, 무조건적으로 새 것, 미지의 것이 강요되었다. 절대적인 새로움과 미지의 것을 암시하는 것이 환상성의 법칙이 되었는데, 이러한 시장원리를 이해하고 작품을 썼다는 것이다. 그러나 다른 한편에서는 포우를 이렇게 사회학적으로만 해석해서는 안되며, 포우 작품의 환상성은 그가 속했던 역사적 지점을 표시하고 있는 객관성을 지니고 있었다.

　　환상성이란 현실에서 멀리 떨어짐과 거리둠의 표현이다. 그러나 자신의 생성조건에서 벗어날 수 없기에 바로 이 현실의 제약을 받는다.

---

5) Th. W. Adorno: 유태계 독일 철학자/미학자, 프랑크푸르트학파의 신비판주의로 68세대의 정신적 지주가 됨.
6) W. Benjamin: 유태계 독일 미학자.

환상적인 예술의 효과, 즉 초경험적인 것을 마치 실제인 것처럼 표현하
는 것은 경험적 현실 속에 존재하는 것의 변화에 근거하는 것이다. 아
도르노는 환상성에 대하여 "그 요소와 관련되어 현실 속에 존재한 것
으로 환원될 수 없는 그 어떤 존재하지 않는 것을 환상문학에서 상상
하는 것은 불가능하다"고 말했다. 그리고 그는 포우는 바로 이러한 환
상문학의 미학적인 전통적 제약까지도 잘 알고 있었다고 했다. 환상적
인 형상이 암시적이든 비판적 이의를 제기하든 더욱 실재적이고, 환상
적 형상을 직접적인 경험의 잣대로 잴 수 있으려면, 처음에 그 어떤
객관적으로 모순되는 것이 숨겨져 있어야 한다. 단지 사물을 상상적인
시각으로 보게 하는 것만으로는 부족하다는 것이다. 포우문학에서는 바
로 이런 것들이 파악될 수 있다는 것이다. 경험적인 체험으로는 헤아릴
수 없는 현상들을 상대화시키거나 합리적으로 무해한 것으로 하지만
오히려 이러한 과정을 통해서 그 시도가 실패함을 보여준다. 그의 환상
적 이미지는 상징으로서가 아니다. 이상하고 비유적이고 시각적인 표현
으로 살아나고 또한 그렇기 때문에 문자그대로 습관적인 시각의 반성
을 위해서 필요한 환상성이 객관적으로 자리를 잡게 되는 것이다.

「검은고양이」에서 아내를 죽인 살해자인 이야기 화자는 우선은 냉
담한 오성으로 자신의 행위의 환상적인 배경을 아주 자연스러운 인과
법칙으로 설명할 수 있었다. 그는 이 이야기를 단지 현상들과 사건들을
재현하면서 어떤 해석도 유보한다는 것을 확신시키다가 슬쩍 그 의도
를 취소해버린다. 하나하나 설명하려는 그의 시도 속에서 바로 그 현상
과 사건의 사실성, 다시 말해서 상징적인 이름 프루토라는 교살된 고양
이가 벽에 각인되고, 갑작스러운 화재, 두 번째 고양이가 다 연관된 사
실임이 암시된다. 끊임없이 처음에는 상대화되고 합리화되었던 허상들
이 실재한다는 것을 통해서 현실의 환영이 만들어진다.

　　주관적인 내면의 이미지로 가득 찬 포우의 환상적 세계는 상투적이다. 벤야민은 이러한 것을 포우의 멜랑코리로 정의 내린다. 몇몇의 기본적인 상황설정이 작가에게 자석과도 같은 흡인력으로 영향을 미쳤던 것을 멜랑코리적이라고 정의 내린다. 이러한 상투적 요소는 외딴 장소, 특히 작품의 주인공들이 은둔하고 있는 내부공간, 이질적이고 음울한 장소, 은둔적이고 도취적인 성향을 보이고 신경질적으로 예민하고 상상력이 풍부한 주인공들, 시민적인 일에 얽매일 필요가 없는 개인들은 시적인 존재들이다. 이야기가 외적으로는 아주 경험적으로 보이게 할 뿐만 아니라, 인물들과 내적으로 친족적이고 그 사건에 밀접하게 연관되어 사건을 매우 주관적인 시선으로 바라보는 화자도 상투적이라는 것이다. 이 모든 것은 고딕소설과 일반적으로 공포소설에서 발견된다. 신비주의적 비교, 다시 소생하는 시체, 정신의 윤회, 탄생의 어두운 원천 등은 고딕소설의 전통을 이어받고 있다. 잔인하고 낯선 것, 즉 관습적인 공포소설적인 은유를 상징적으로 사용하여 볼 수 없고 합리적으로 추론 할 수 없는 것의 표현으로 혼합시켰던 것이다.

　　「어셔가의 몰락」 또한 공포소설적 모티브를 받아들인다. 종가집, 가문 그리고 죽은 자의 귀가 등 신비주의적으로 관련되어 있다. 포우를 매료시켰던 귀족적 삶을 다룬 이전 문학형식에서 말기적인 시민의식을 발견할 수 있다. 어셔가는 그의 소유와 재능의 완성과 함께 망한다. 철저하게 세상을 등진 포우의 주인공들 중에서 가장 완벽한 자인 로더릭은 물론 가문의 정신적 전통의 원을 마지막으로 완성한다. 가문의 혈통에 흐르는 열광적인 창조성은 로더릭에서 정점을 이룬다. 그는 그림을 그리고, 연주하고 노래를 부르고 시를 쓴다. 예술행위 중에서 그가 할 수 없는 것은 조각뿐이었다. 「어셔」는 시민사회적 멜랑코리를 귀족적인 삶으로 이동시키려는 포우의 시도이다.

공적인 삶과 절연하고 모든 다른 행위를 포기하는 철저히 개인적인 부르조아지적인 삶에서 나오는 우울함은 환상적이며 괴기스럽다. 그러나 포우가 여기서 인간 존재란 독립적이고 공유될 수 없는 개별적이고 밀실적 존재라는 것을 보여주었다기보다는 오히려 극단적으로 밀실적 존재를 무행위와 정신화속에서 완전히 해체해버리려 했다는 것이다. 이 최종적 해체를 위해서 마지막 결말에서 어셔가의 집이 무너져 사라져야 했다. 공포소설에서도 유지되었던 소재들이다. 죽음, 병적인 영혼을 지닌 어셔가의 해체로부터 공포가 현재화되기 위해서는 원래의 소재로부터 완전히 해방되어야만 한다. 왜냐하면 어셔가는 폐허로서만이 낯선 과거의 공상된 증거로서 알레고리적으로 남기 때문이다.

이제 포우와 현대성과의 관계가 명백해졌다. 포우의 작품이 현대적인 것은 상징을 고집하고 상징적인 의도의 모티브를 통해서이다. 그것은 마르크스도 한번 얘기했듯이 옛 유령계를 없앨 시간이나 기회도 주지 않고 새로운 사회가 그저 적응하기 급급한 열병과도 같은 물질적 생산열풍에 도취한 산업사회에 대한 반성인 것이다. 이것은 카프카처럼 더욱 사실적이 되기 위해서 사물세계로부터 떨어져야하기에 환상성의 외견만을 전파하는 모더니즘적 현대성과는 다르다. 왜냐하면 그의 작품은 개인에게 낯설고 구속력이 없는 고딕소설이나 공포소설풍의 비유적인 장치를 가지고 객관적으로 자기 시대의 경험적 세계 뒤에 뒤처져서 있기 때문이다. 이 세상의 저변에 아무도 손대지 않은 미지의 것이나 아주 중요한 것이 이 돌출적인 의식이 만들어내는 것이 아니라 말 그대로 시대의 찌꺼기 속에서 인식하지 못한 절편들을 의미심장한 표현으로 형상화하여 경시되어 붕괴되어 가는 자연의 상징언어로 만드는 것이다. 그것은 파멸과 죄에 대한 수수께끼 같은 기호로 망각되어서는 안될 것이다.

　　19세기라는 위대한 사실주의시대에 쓰여진 그의 소설에서는 19세기 미국의 일상생활을 엿볼 수 없다. 그는 오성적이 되기를 간절히 희망하면서 광기에 사로잡혀 절망적인 사투를 벌이는 광인이었다. 탐정소설을 제외하고는 대부분 공포괴기소설인 그의 소설은 옛 귀족적 낭만주의의 잔재인 고딕 소설적 장치를 사용하였다. 반쯤 부서진 집, 성, 어두운 지하실, 이색적인 가구, 장식물 등. 그러한 공간으로부터 퍼져 나오는 공포는 이미 잘 알려진 것이며 또한 이미 문학적으로도 가공되었던 것이었다. 또한 죽은 자, 생매장되는 인간, 폐병환자, 죽어 가는 여자 등의 등장인물들. 이렇게 완성된 상투성의 배경 위에서 포우는 자기시대의 이야기를 엮여낸 것이다. 다시 말해서 중세적 분위기와 공포소설의 의미상투성을 가지고 자기 시대의 우울함을 상징화했다고 볼 수 있다.

08

이상한 나라의 엘리스

Fantasy Literature

1

들어가면서

　　루이스 캐롤의 「이상한 나라의 앨리스」 하면 아동문학을 연상한다. 또 사실 대개는 어른들의 문학에서 교육적인 목적으로 축소 변형되어 읽혀지던 아동문학과는 달리 원래부터 어린아이를 위해 쓰여진 이야기로서 아동문학사에서 중요하게 언급된다. 그러나 캐롤의 앨리스 이야기는 이제 아동문학의 범주를 넘어서서 다양한 해석가능성을 가진 문학작품으로 다루어지고 있다. 디즈니 만화영화뿐만 아니라 일본인이 그린 유럽 텔레비전 만화시리즈로 세계적인 선풍을 일으킨 이야기가 되기도 했다. 언어유희, 빅토리아시대 종교관에 대한 비판, 환각세계의 패러디, 정신분석학적으로 심층분석으로서 구강적 공격, 마돈나의 그로테스크한 표현으로서 공작부인 등 수없이 많은 해석들이 나오고 있다. 우리는 19세기의 환상문학의 마지막 주제로서 앨리스 이야기를 다루어보겠다.

2

수학 선생님인 작가 루이스 캐롤

　　루이스 캐롤은 필명으로 루트비지는 루트비히와 같고 루이스는 루

루이스 캐롤

트비히의 영어식 표기(Lutwidge=Ludovicus=Lewis)이다. 캐롤은 찰스(Charles=Carolus=Caroll)의 다른 형태이다. 그러니깐 그의 본명은 찰스 루트비지 도지슨(Charles Lutwidge Dodgson, 1832~1898)이다. 그는 1832년 1월 27일 11남매 중 셋째이며 장남으로 체셔 지방의 데어즈베리에서 태어났다. 11살 때에 북 요크서로 이사했으며 12살에 리치몬드 학교에 보내졌다. 거기서 그는 테이트라는 교사를 만났는데 그는 캐롤의 수학적 재능을 잘 키워주었다. 1846년 럭비학교에 등록하여 3년 동안 머문다. 이때 그는 형제들을 즐겁게 하고자 여러 가지 재미있는 시, 이야기 그리고 그림들이 있는 잡지 등을 만드는 등 여러 가지 방법을 고안해낸다. 1850년 옥스퍼드 그리스도교회 학교(옥스퍼드대학교 중에서 규모가 가장 큰 대학)에 입학하여 졸업장을 얻을 때까지 열심히 공부한다. 이 5년 동안 그는 계속해서 글을 썼다. 이때 쓴 시 중에서는 넌센스 시 「Jabberwocky」의 단서가 된 것도 있다.

1855년 그의 생애에 있어서 커다란 변화를 일으킬 두 가지 사건이 일어난다. 헨리 리들 씨가 옥스퍼드 그리스도교회 학교 학장으로 부임해오고 캐롤은 새로이 사진을 찍는 것을 배우고 학장의 아이들, 세 딸들을 알게 된다. 리들 씨는 원래 웨스트민스터대학 학장이었으며 그리스어사전으로 유명한 사람이었다. 그는 1남 3녀를 두었는데, 세 딸의 이름은 로리나, 앨리스 그리고 에디트였다. 캐롤은 1855년 8월 처음으로 학장의 조카딸을 통해서 그 가족과 알게 되었으며 귀여운 딸들에게 매혹되어 애들을 대상으로 스케치하기도 했다.

옥스퍼드 학교

1856년 2월 옥스퍼드 보트경기를 보러 기차여행을 하던

리들 씨의 세 딸

앨리스

중에 가족들과 모두 만나게 되었다. 두 달 뒤 학장 공관에서의 사진수업 중에 앨리스와 다른 두 딸과 다시 만났다. 캐롤은 친구를 통해서 사진을 알게 되었고 1856년 런던에 가서 자신의 카메라를 구입한다. 캐롤은 리들 씨 세 딸과 아주 친하게 지냈으며 사진을 찍기 위해서 자주 학장공관을 방문했다.

그가 찍은 사진에서 앨리스는 앞머리를 늘어뜨린 까무잡잡한 소녀로 귀여운 요정 같다. 리들 씨 부인은 그러나 그가 너무 자주 오는 것을 꺼려했으며 더 이상 사진을 찍지 말라고 한다. 그러나 겨울 방학 동안 가정교사에게 맡겨진 세 딸들을 캐롤은 다시 만날 수 있었다. 여름에 그는 딸들과 템즈강에서 보트놀이를 할 수 있었다. 1858년 캐롤은 신학대학교에 가서 목사가 되려하지만 계속되지 못했다. 이때에도 그는 계속해서 글을 썼다. 1860년 2권의 수학 책을 출판한다. 1861년에도 계속해서 수학 책을 펴냈다.

<앨리스의 모험>은 1862년 여름 거즈타우로 가는 템즈강 보트놀이에서 시작되었다. 캐롤의 일기에 다음과 같이 적혀있다. "더크워즈와 나는 리들 씨 세 딸들과 함께 템즈강을 거슬러 거즈타우로의 여행을 시작했다. 우리는 그곳 벤치에 앉아 차를 마시고, 8시 15분이 넘어서야 겨우 돌아왔다. 내 방에 가서 내가 찍은 사진필름을 보여 주고는 9시전에 학장님공관에 데려다 주었다."

몇 년 뒤 앨리스 이야기가 만들어졌을 때에 그는 다시 이 오후를 되새기며 다음과 같이 썼다. "너를 태어나게 한 그 황금빛 찬란하던 오후가 있었던 때부터 벌써 수년이 흘러갔다. 그러나 나는 어제처럼 그

판타지 문학의 이해

날을 기억할 수 있다. 구름 한 점 없이 파란 하늘, 거울같이 맑은 강물 보트는 조용히 강을 거슬러 올라가고 노에서 떨어지는 물방울들 그리고 새로운 이야기를 호기심에 차서 갈망하며 기다리는 세 얼굴들…”

캐롤이 그린 삽화

　　　　　8월에 그들은 2번 더 물놀이를 했고 앨리스 이야기를 계속했다. 그가 이이야기를 글로 쓰기 시작한 것은 몇 달 뒤의 일이다. 이듬해 2월에 그는 <앨리스의 땅속 모험>이라는 제목으로 18,000단어 분량의 원고를 썼다. 6월에는 출판사와 교섭을 한 뒤 1년 동안 35,000단어 분량으로 늘렸으며 제목도 <이상한 나라로의 앨리스 모험>이라고 바꾼다. 그리고 원고에 자신이 직접 그린 삽화를(옆의 그림) 첨가한다. 1864년 그는 삽화가인 존 테니엘에게 이야기에 삽화를 그려줄 것을 위탁한다. 캐롤은 개인적으로 그림을 그려주는 대가를 지불했으며 이 삽화를 위해서 자세한 설명을 해준다. 그는 1864년 크리스마스 즈음에 책이 나오길 기대했다. 그러나 테니엘은 1865년 6월까지도

테니엘

삽화를 완성하지 못했다. 1865년 2000부 복사를 해서 앨리스에게 보여줄 수 있었다. 테니엘은 이 복사본의 삽화인쇄에 불만을 토로해서 새롭게 인쇄하도록 했다. 그런데 테니엘의 삽화는 캐롤의 원화와 너무나도 흡사했다. 이렇게 책을 쓰고 출판되는 동안 앨리스와의 친분관계는 약화되었다. 앨리스의 어머니가 그들의 관계를 관심을 가지게 되었고 제한했던 것이다. 1863년 6월에서 12월까지 그의 일기에는 리들 씨 가족에 대한 언급이 없다. 이후부터 거의 만나지 못했으며, 크로키트 게임을 하기 위해서 잠시 리들 씨 집을 방문한 뒤에 일기에 다음과 같이 썼다. “리들 부인은 잠시 우리와 함께 있었다. 내가 그들에 대해서 무엇인가를 말한 지가 벌써 6개월도 넘었다. 나는 이

날을 흰 백묵으로 표시했다.”

　1867년 그는 친구와 함께 러시아로 떠났다. 그의 생애에서 유일한 외국여행이었다. 1868년 캐롤의 아버지가 돌아가시고 가족들은 길포드로 이사온다. 이때 캐롤은 「거울 속의 앨리스」를 계획한다. 1871년 출간된다. 1880년 캐롤의 인생에 있어서 커다란 변화가 있었다. 이때부터 그는 열광적인 사진 찍기를 그만두고 전적으로 글쓰기에 전념한다. 1881년 그는 그리스도 교회 학교의 수학강사를 그만두고 수학교육, 종교철학 그리고 어린아이들을 위한 순수창작을 위해 모든 시간을 바친다. 1885년 논리 혹은 수학에 관한 7권의 책, 게임과 퍼즐에 대한 책 2권 그리고 다른 주제의 책 7권을 쓴다. 그중 하나가 『실비아와 브루너』이다. 1890년 테니엘의 그림이 확대되고 색을 넣은 삽화로 『귀여운 앨리스』가 출판된다. 1892년 옥스퍼드 그리스도교회학교 상담실 간사직도 그만 둔다.

　1898년 1월 14일 길포드에서 사망하여 그곳에 묻힌다.

캐롤의 무덤

캐롤의 원고 원본   초판본 표지

매혹적인 앨리스   성장한 리들 씨 세 자매

2

이상한 나라의 앨리스

총 12장으로 된 이야기의 간략한 개요 설명과 옆의 삽화는 원래 테니엘 씨가 그린 총 42개의 흑백삽화였는데, 이것이 1890년 『귀여운 앨리스』로 출판될 때에 색이 들어갔었는데, 그 색이 들어간 삽화이다. 삽화를 많이 넣은 이유는 "그림도 대화도 없는 책은 싫어"하는 1장 초입부의 앨리스의 대사 때문이다.

● 제1장 〈토끼 굴로 내려가다〉

따분해 하던 앨리스는 빨간 눈의 흰토끼가 "큰일났네, 큰일났어, 이러다간 늦겠는걸" 하며 중얼거리며 시계를 보며 지나가는 것을 보고 신기해하며 무작정 좇아 토끼 굴로 들어간다. 토끼를 놓친 앨리스는 탁자위 작은 병에 든 것을 마시고, 출구를 빠져나가 정원으로 나갈 수 있을 정도로 작아진다.

● 제2장 〈눈물의 못〉

탁자 밑에 있는 케이크를 먹은 앨리스는 몸이 3미터도 넘게 커버려 정원으로 나갈 수 없게 되자 눈물이 걷잡을 수 없이 흘러내려 눈물의 못이 생기고 말았다. 흰토끼가 떨어뜨린 부채로 인해 다시 키가 줄어들었고, 발을 헛디뎌 자기가 흘린 눈물의 못에 빠지게 된 앨리스는 생쥐

친구와 오리, 잉꼬, 새끼 독수리 등의 희귀한 동물과 함께 물가를 향해 헤엄쳐 나온다.

● 제3장 〈코커스 경주와 긴 이야기〉

동물들과 앨리스는 젖은 몸을 말리기 위해 달렸다 멈췄다를 계속하는 코커스 경주를 하고 상품으로 앨리스의 사탕을 받는다. 사탕을 먹고 난 후 이야기를 하던 중 앨리스가 자신의 고양이인 다이나가 고양이와 새를 잘 잡는다고 하자 모든 동물들은 허둥지둥 떠나버려 앨리스는 혼자 남게 된다.

● 제4장 〈토끼가 꼬마 도마뱀 빌을 심부름시키다〉

토끼가 다가와 잃어버린 자신의 부채와 장갑을 앨리스에게 찾아오라고 시켜 앨리스는 토끼의 집으로 간다. 방에 이르러서 작은 병에 있는 것을 마시자 너무 많이 커지게 되고, 토끼의 명령에 의해 도마뱀 빌이 앨리스를 향해 쏘아 올린 조약돌이 과자로 변해 이것을 먹자 다시 몸이 작아진다. 토끼의 집에서 도망쳐 나와 본래의 크기로 돌아오기 위해 뭘 먹을지 찾던 중 쐐기를 만난다.

● 제5장 〈쐐기의 충고〉

쐐기의 충고로 커지는 버섯과 작아지는 버섯을 먹은 앨리스는 자신의 원래의 키로 돌아온다. 그리고 정원으로 들어가기 위해 가던 중, 조금한 집을 발견하고 그 집에 가기 위해 다시 버섯을 먹고 작아진다.

● 제6장 〈돼지와 후춧가루〉

그 집에 들어간 앨리스는 요리사와 공작부인, 아기를 만난다. 공작부인은 여왕이 초대한 크로케 경기에 참여하러 가고, 앨리스는 요리사가 수프에 후추를 많이 넣어 계속 재채기를 하던 아이를 데리고 나오나 아이는 곧 새끼돼지로 변하여 사라진다. 앨리스는 얼마가지 않아 3월의 토끼 헤어네 집을 발견한다.

● 제7장 〈미친 다과회〉

집 문 앞에 식탁이 마련되어 있고, 모자장이인 해터와 토끼 헤어가 차를 마시고 그 사이에 동면 쥐가 앉아 자고 있다. 앨리스는 그들과 합석하여 이야기를 나누다가 말다툼이 생겨 숲 속으로 간다. 숲 속에 있는 나무의 문을 열고 들어간 앨리스는 처음 왔던 탁자 있는 홀에 들어가게 되고 드디어 정원으로 들어간다.

● 제8장 〈여왕의 크로케트 경기장〉

정원에서 하트나라의 여왕과 왕을 만난 앨리스는 그들과 함께 크로케 경기장에 들어선다. 룰도 없이 엉망인 게임을 하는 것이 무의미해진 앨리스는 공작부인의 고양이와 대화를 하나, 여왕이 고양이 목을 베라 명령하여 혼란스러워진다.

● 제9장 〈가짜 거북의 이야기〉

혼란을 수습하고 다시 경기장으로 향해 경기를 끝마친 여왕은 앨리
스에게 가짜 거북의 이야기를 들려주기 위해 그리핀에게 데려다 준다.
그리핀을 따라 가짜 거북이에게 가서 이야기를 듣는다.

● 제10장 〈왕새우의 카드릴 춤〉

가짜 거북이로부터 재미있는 왕새우 카드릴 춤 이야기를 듣고 앨리
스도 오늘 자신이 겪은 이상한 일들을 말한다. 거북이가 '거북 스프'
노래를 부를 때 멀리서 재판을 알리는 소리를 들은 그리핀은 노래가
채 끝나기도 전에 앨리스의 손을 잡고 허겁지겁 자리를 떠난다.

● 제11장 〈누가 과일 파이를 훔쳤을까?〉

재판은 하트나라 여왕이 만든 과일파이를 하트잭이 훔쳤다는 혐의
로 시작되었다. 첫 번째 증인은 모자장사 해터, 두 번째 증인은 공작부

인의 요리사, 다음 증인으로 앨리스가 호명된다.

● 제12장 〈앨리스의 증언〉

TV만화시리즈로 일본인이 그린
앨리스 캐릭터

앨리스는 증언 중 계속 자라서 원래의 키로 돌아오고 하트나라 여왕의 부적절한 판결에 대항하자 트럼프 카드들이 공격한다. 비명을 지르며 눈을 떠보니 꿈이었고, 언니에게 자신의 이상한 모험담인 꿈 이야기를 한 후 집으로 향해 간다.

◆　◆　◆

보통 동화들이 "옛날 옛적에"라고 시작되듯이 앨리스의 이야기는 "앨리스는 자매들과 함께 벤치에 앉아 있는 것에 차츰 싫증이 나기 시작했으며 아무 할 일도 없었다."

(Alice was beginning to get very tired of siting by her sister on the bank, and having nothing to do: once or twice she had peeped into the book her sister was reading, but it had no pictures or conversations in it, 'and what is the use of a book', thought Alice 'without picture or conversation?' So she was considering in her mind(as well as she could, for the hot day made her feel very sleepy and stupid), whether the pleasure of making a daisy-chain would be worth the trouble of getting up and picking the daisies, when suddenly a White Rabbit with pink eyes ran close by her)로 시작한다.

앨리스는 빨간색 눈을 한 흰토끼를 따라 토끼 굴로 들어간다. 긴 추락 뒤에 앨리스는 큰방에 도달하는데 거기서 멋진 정원으로 들어갈 수 있는 작은 문의 열쇠를 발견한다. 그러나 앨리스는 너무 컸다. 이야기는 컴퓨터 앞의 어린아이를 위한 게임을 익히는 것과 같다. 게임을 계속하기 위해서 체험하고 습득해야 한다.

그래서 첫 부분에는 앨리스가 적당한 시기에 커졌다 작아졌다 하는 기술을 익히는 과정이 많이 그려진다. 정말로 성장한다는 것은 어린애들에게 중요한 일이다. 줄어드는 것은 "마셔 줘(drink me)"라고 쓰여진 병의 내용물을 마시고 나서이며, 커지는 것은 "먹어 줘(eat me)"라고 쓰여진 쪽지 옆의 케이크를 먹고 나서 이다. 처음에 앨리스는 변화에 너무나 놀란 나머지 울기 시작해서 문자 그대로 눈물 바다를 만든다. 토끼가 두고 간 부채로 부채질을 해서 앨리스는 다시 작아지는데, 눈물 바다에 빠지게 된다.

여기서 그녀는 쥐와 그 밖의 다른 동물들을 만나게 된다. 모두들 겨우 물을 빠져 나오게 되고 이때부터 쥐는 역사 선생님같이 행동한다. 도도(혹자는 Dodge의 약자라고 함)는 젖은 것을 말리기 위해서 위원회 경주를 제안한다. 경주에서 도도는 모두가 이겼다고 선언한다. 앨리스가 상을 수여하고 자신에게도 준다. 그리고 나자 쥐가 이야기를 시작하지만 앨리스는 그의 꼬리만을 쳐다본다. 화가 난 쥐는 사라지고 앨리스만이 혼자 남아 이야기를 시작한다. 왜냐하면 앨리스는 다시 그녀의 고양이와 얘기하기 시작하고 다른 동물들은 도망갔기 때문이다. 이제 토끼가 다시 돌아와 그녀에게 장갑과 부채를 가져다 달라고 한다. 그의 집에서 그것들을 찾았지만 여기에는 다시 "마셔줘"라는 병을 발견한다. 그것을 다 마시자 집을 꽉 채울 정도로 커진다. 토끼와 다른 동물들이

케이크를 잘라서 집안으로 넣어주어서 겨우 앨리스는 작아진다. 집을 떠나 숲으로 간다.

여기서 그녀는 큰 강아지와 한동안 놀다가 결국 애벌레를 만난다. 그들은 긴 후카(물담뱃대: 아랍지역에서는 술은 금지되어 있지만 대마초를 피우는 것은 허락된다. 흔히는 이 후카에 여러 개의 빨대가 있어서 여러 명이 함께 피운다. 당시 유럽에서도 이것이 유행했던 것 같다.) 너무나 많은 것들이 빨리 변해서 애벌레가 외워보라는 잘 알고 있는 시구도 제대로 외우지 못했다. 사실 이것은 패러디이다. 이일 뒤에 애벌레는 자기가 앉아 있는 이 버섯구름 같은 것이 그녀가 아주 쉽게 커졌다 작아졌다 하는 것을 도울 수 있다고 가르쳐준다. 한동안 멍청이와 이야기하다가, 사실 앨리스는 그에 비하면 계란을 먹었기에 약간 교활해졌기 때문이다.

공작부인 집에 와서 공작부인 가족과 울고 있는 아이들(작은 새끼 돼지로 나온다) 그리고 체셔의 고양이(몸통이 없고 머리만 보이는)를 만난다. 이 장이 아주 중요한 질문에 대한 대답을 해준다. "이것이 진정 내가 가야할 길인가?"에 대한 대답은 "너는 오늘 어디로 가고싶으냐"라는 질문에 관련된다.

다음 모험에서 앨리스는 미친 티파티에 참석하게 된다. 거기서 그녀는 모자장사와 다람쥐를 만난다. 여기서는 예의범절이 중요하다. 어떤 개인적으로도 무례한 말을 해서는 안되며, 명백하게 이해될 수 있도록 문장을 하나 하나 또박또박 이야기해야 했다. 이것은 리들 씨 집에서는 아주 중요했다. 모자장사의 시계 때문에, 6시에 맞추어져 있었는데 당시 이 시간은 티타임시간이었다. 시간에 대한 토론이 있었다. 앨리스에게는 시간은 소유와도 같았고 모자장사에게는 명령을 내릴 사람들과도

같았다. 모두들 떠나고 나무로 들어가는 문으로 들어가자 그녀는 다시 방으로 들어오고 작은 열쇠를 얻게 된다.

이제 앨리스는 아름다운 정원에 들어갈 수 있었다. 여기서 그녀는 하트여왕을 만나게 되고 크로케트 파티에 초대된다. 후라밍고를 타고 앨리스는 카드의 병사들이 몸을 굽혀서 만든 아치를 통과하여 고슴도치를 옮겨야 했다. 이것은 너무나 위험한 게임이었는데, 어떤 순간이라도 여왕은 "목을 당장 쳐 "라고 외칠 수 있었기 때문이다. 만일 히죽거리는 체서의 고양이를 참수하려면 문제가 생길 것이다. 그는 몸통은 안 보이고 머리만 보이기 때문이다. 몸통이 없는데 어떻게 머리를 칠 수 있겠는가. 모든 병사들이 희생되어서 더 이상 아치를 만들 수 없으면 게임은 끝난다.

앨리스는 이제 흐느끼는 가짜 거북이의 학교 이야기를 든다. 수업(lesson)이라는 단어 때문에 그의 학교 시간은 매번 줄어든다. (lessen: 줄어들다) 이후 앨리스는 가재 스퀘어댄스에 대해서 난상토론을 벌인다.

마지막으로 앨리스가 증언을 해야하는 재판이 있었다. 이것은 상당히 위험했는데, 그녀가 혐의를 받기 쉬웠기 때문이다. 어쨌든 앨리스는 다시 커졌기 때문에 더 이상 두려워하지 않았다. '목을 당장 쳐' 하는 여왕이나 앨리스를 심문하는 왕 등등 이제는 단지 카드다발에 불과했으니 말이다. 갑자기 그녀는 깨어난다. 모든 것은 꿈이었다….

깨어난 앨리스는 여전히 벤치에 앉아 눈을 감고 마치 이상한 나라에 들어 있는 듯 상상한다. 그리고 다시 그녀는 이상한 나라로의 문을 열 수 있으며, 이 모든 것은 변화될

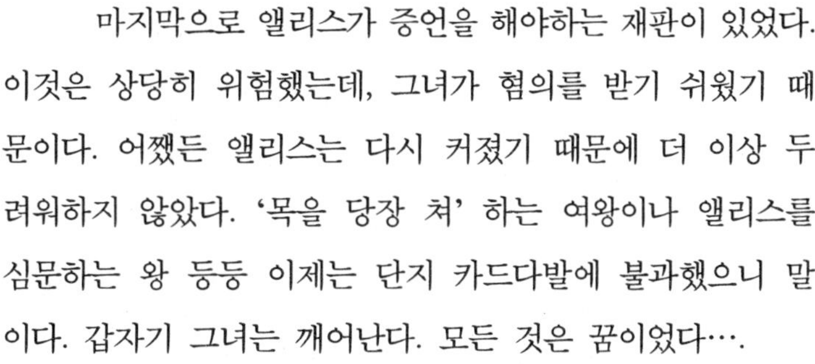

것이라는 상념에 빠진다. 마지막으로 앨리스는 먼 훗날 어른이 되어서도 이 단순하고 사랑스러운 어린 시절의 마음을 지킬 것이며, 아이들을 모아 놓고 기이한 이야기들로, 아마도 아주 그 옛날의 이상한 나라에서의 꿈 이야기로 그들이 눈을 반짝거리며 열망하게 만들 것이며 또한 자신의 어린 시절을 생각하며 그리고 이 행복했던 여름날을 생각하면서 그들의 단순한 근심을 함께 나누고 그들의 소박한 기쁨에서 즐거움을 찾을 것이라고 마음속에 그려보고 있었다.

3

유희적 환상의 나라

토끼 굴을 따라서 들어갔던 동화 세계 속에서 일어났던 사건 중 어느 것도 이야기 결말에 남아있는 것은 없다. 캐롤은 이야기 속에서 주인공 앨리스로 하여금 여러 가지 불안과 공포에 떨게 한다. 불안과 공포란 원래 기적의 동화나라인 이상한 나라에서는 배제되어야할 속성인데도 말이다. 무엇인가 외부세계에 대한 불안감은 앨리스가 변신할 때마다 더욱 심하게 의식된다. 변신은 현실세계에서 상상적 세계로, 또 거꾸로 이동하는 접점인 경계지점을 의미한다. 앨리스는 여러 가지 체험을 겪으면서 수 많은 형상으로 변한다. 그리고 스스로 질문해 본다. "나는 누구인가(Who am I)?" 앨리스는 커졌다 작아졌다 때론 머리와 목으로 혹은 머리와 발로 만 되어진 형상이 되기도 했기에 자신의 존재를 확인하기 위해서는 자신의 겉모습과는 상관없는 자신의 기억 속에서 자기 존재를 물어 보아야한다. 그러나 그것도 실패한다. 그녀는 잘 알고 있던 시를 외워 보려고 했지만 자꾸만 다른 단어(busy bee 대신에 crocodile)가 나온다. 그렇다고 그녀가 만나는 다른 동물들이나 인물들이 그녀의 본질을 찾는 것을 도와주지 못한다. 오히려 반대로 괴상한 비논리로 앨리스를 더욱 혼란스럽게 만든다.

이 다른 세계에서는 동물, 카드인물, 체스형상들, 계란 그리고 모자장사 등이 사교장의 구성원이 된다. 이상하게도 모두들 어른들이다. 어린아이라고는 제 6 장에서 돼지새끼로 변하는 아이 하나 뿐이다. 앨리스가 복잡한 어른세계와 관계를 가져야 이 이야기가 하나의 현실성을 가지게 된다. 캐롤의 전기를 보면 그는 단지 어린애들과 같이 있을 때에만 모든 수줍음에서 벗어날 수 있는 반면에 어른이라도 나타나면 갑자기 말도 더듬고 이상한 행동을 했다고 한다. 아마도 캐롤은 어린이다운 본성과 어른다움 사이에서 상당한 갈등과 곤란함을 겪었던 것 같다.

모자장사의 시계는 언제나 같은 시간으로 맞추어져 있다. 늙고 싶지 않다는 소망이 표현되는 멈춰진 시간은 제 12 장에서 사건의 뒤집힘으로도 설명된다. 우선 범죄가 벌을 받고―그리고 판결이 내려지고―마지막으로 범죄가 저질러진다―라는 순서로 논리가 진행된다. 거울 속의 앨리스에서는 완전히 거꾸로의 삶이다. 거울의 반대쪽으로의 상이 맺히듯이. 이렇게 해서 시간을 거꾸로 돌리고 싶은 소망들이 표현된 것이다. 이것은 공간과도 연관을 가진다. 앨리스는 다음 이야기가 전개될 공간을 멀리서 바라다보고 인물들에 대해 좀 더 거리를 가지고 앞으로의 행동에 대해서 생각해볼 기회나 시간을 가지지 못한다. 언제나 앨리스는 사건의 현장 한가운데로 갑작스레 떨어지게 된다. 그렇기 때문에 독자들도 공간적 상상이나 표상이 제대로 이루어지지 않는다. 앨리스가 움직이는 듯하지만 오히려 앨리스를 중심으로 사건의 배경들이 움직이는 듯한 인상을 받는다. 마치 꿈에서처럼 앨리스는 정지한 채로 다음의 사건을 기다리고 있는 것이다. 독자는 마치 연극을 보는 관객과도 같은 것이다. 이러한 시공간의 불투명성은 현대 SF에서 볼 수 있으며 이 이야기가 출간되었던 때는 웰즈의 타임머신이 출판되기 6년 전이었다. 그래서 조금 과장인지는 몰라도 가끔 캐롤을 SF의 효시로 보는 사람도 있다. 그러한 조작을 통해서 자신의 소망과 불안을 환상성의 옷을 입혀 표현할 수 있었다는 것이다.

위의 캐롤의 삽화와 유사한
테니엘의 삽화

환상성이나 경이로움은 캐롤에서는 기존의 존재물들을 뒤집어버림으로써 생겨난다. 잘 알려진 것을 완전히 거꾸로 뒤집어 봄으로써 생전 처음 본 것으로 만들며, 의미 있는 말을 완전히 뒤집어 허튼 소리로 만드는 것이다. 그렇기 때문에 허튼 소리는 바로 의미성에서 나오며 환상성은 현실성으로부터 모태를 찾을 수 있는 것이다. 언어적으로도 쉽게 추적할 수 있다. 인간과 대상물들이 현실에서 보인다면 환상적 이야기에서는 보이지 않게 되는 것이다. 체셔의 고양이처럼 말이다 넌센스 문학이라는 데에서 이미 환상성의 단초를 볼 수 있으며, 환상적인 줄거리에서보다는 언어의 환상성 속에서 더욱 공포와 위협이 더 잘 반영되어 있다. 비논리와 엉터리 같은 허튼 소리하는 주장은 공포를 불러일으킨다. 왜냐하면 그것들은 논리를, 다시 말해서 그것으로 우리 존재 그 자체를 문제시하고 있기 때문이다. 줄거리에서도 경이로움이 많이 나타난다. 경이로움의 표현으로 뒤집음은 캐롤의 심층적 소망을 잘 나타낸다. 그의 모순된 세계에서는 아이와 어른과의 밀접한 관계도 아주 자연스러운 것이기 때문이다. 실제 현실에서 불쾌감을 불러일으키는 것은 여

판타지 문학의 이해

기서는 법으로 정해진다. 이상한 나라라는 다른 세계는 캐롤의 소
망충족의 겉옷일 뿐이다. 그리고 그러한 소망이 충족되는 변신과
환상적 체험 속에서도 끊임없이 불안함이 표현된 것은 빅토리아
적인 양심이 발동된 것이다. "난 그냥 허튼 소리를 했을 뿐이야"
라는 말은 자기 방어적 수단이 되는 진술인 동시에 그가 사용한
환상적 표현의 방법으로서 도치라는 환상성의 법칙을 말해주었다.
무의미가 의미 속에 불쑥 나타날 때 그것은 단지 그 의미에 대한
모순됨만을 보여주는 것이 아니라 얘기되어진 세계 전체에 대한
모순과 역설을 보여주는 것이다. 무의미는 방해물이 되어서 개별
적인 현상으로만 설명되며 해석을 통해서 그 어떤 의미 있는 논
리적인 세계와 연결되기를 거부한다. 궁극적으로 의미로부터 자유
로워지기를 원하는 것이다.

09

SF-화성연대기

1

SF의 간략한 전개사

SF문학은 유토피아 문학과 환상 문학으로부터 분리된 독자적 장르이다. 초현실적인 이야기가 과학기술시대에 걸맞게 과학적 사실과 가설을 바탕으로 하여 전개된다. 이야기의 3요소인 시간, 공간 그리고 인물 중 적어도 하나는 비현실적이다. 시간적 배경은 미래, 과거 혹은 어떤 초현실적인 시간도 될 수 있다. 장소는 은하계, 우주, 그리고 바다 깊은 곳과 지구내부까지 포함된다. 인물은 사람, 기계, 인조인간, 동물, 로봇 등 물리적인 시공간에서 진화되어 온 여러 가지 모양을 가진 생명체 중 하나일 수 있다. SF는 흔히 흥미본위이지만 현재 사회를 비판하거나 미래에 대한 전망과 희망 그리고 경고 등 전통적으로 진지한 작가들의 관심사들이 발화된다. 과거에 있었을 법한 것과 미래에 있을 법한 것들이 SF 작가들의 중요한 관심사이다.

역사가들은 SF의 개성적인 주제와 형식을 그리스의 풍자가인 루시안(Lucian)이나 셸리(M. W. Shelley)의 『프랑켄슈타인』과 같이 초기 SF로 간주되는 19세기의 작품들에까지 거슬러 올라가지만, 대개는 웰즈(H. G. Wells)의 초기 작품들과 프랑스 작가인 베르느(J. Verne)의 『색다른 여행』이 현대 SF의 시작이라는 데 동의한다. 웰즈와 베르느는 서로 다른 전통으로 1960년대까지 분리되었다. 웰즈는 인류 전체의 도덕적인 상황에 대한 안목을 가지고 SF의 주제들을 이용했다. 이것은 생물학·천문학적 판타지인 『투명인간』, 『최초로 달에 간 사나이』, 『신들의 음식』 등에 나타나 있다. 그의 SF는 무제한적 발전개념과 외계의

판타지 문학의 이해

모든 생명체를 지배하려는 자기중심적인 강요에 도전하는 도덕주의자의 글이다. 웰즈의 도덕적 깊이와 민감함을 잘 보여주는 『우주전쟁』에서는 인간과 외계인의 생명의 본질이 같기 때문에 독자들도 그렇게 생각하게 된다. 인간적인 악의 개념을 괴물에 주입시키는 것에 반대하여 웰즈는 처음으로 SF에 우주적 일치와 연민이라는 관념을 도입하는 데 성공했다. 그의 작품들은 성찰과 예언의 도구이기도 했다. 그 반면, 베르느는 사실상 사회적인 내용없이 발명과 새로운 고안에 정열을 쏟으면서 이야기들을 써 나갔다. 베르느의 소설들은 『기구에서의 5주일』, 『땅 속으로의 여행』, 『지구에서 달로』, 『해저 2만리』, 『80일간의 세계일주』 등이다. 이 소설들의 장점은 정확한 세부묘사로, 잠수함, 비행기, TV같은 발명품들을 놀랄 만큼 정확하게 예측해 냈다. 하지만 웰즈와 베르느의 성공에도 불구하고 SF 소설의 풍부한 상상적 가능성은 20세기 전반까지 인정받지 못했다. 웰즈의 영향으로 과학 자체는 흥미있는 것으로 간주되었지만 기존 문학체제의 편견으로 웰즈 뿐만 아니라 이 분야에 손을 댄 다른 작가들은 인정받지 못했다. 이 작가들에는 『야간 우편으로』를 쓴 키플링(R. Kipling), 『잃어버린 세계』의 코난 도일(A. C. Doyle), 『우주의 방랑자』의 잭 런던(J. London) 등도 포함된다.

1920년대에 SF가 미국에 출현했을 때, SF는 단편의 형태로 출판되었고, 서부활극소설, 추리소설, 괴기소설 등과 같이 취급되었다. 이러한 소설출판에서 가장 성공한 사람은 휴고 건즈백(H. Gernsback)이다. 그는 소설들을 「어메이징 스토리즈」, 「과학과 발명」, 「사이언스 원더 스토리즈」 등의 제목을 가진 잡지의 형태로 내놓았다. 과학공상소설, 즉 Science Fiction이라는 일반적인 명칭은 이 시기에 미국의 건즈백이 「사이언스 원더 스토리즈」의 1929년 6월호에서 처음으로 사용한 것이다. 점차로 편집자들, 작가들, 독자들도 이 용어를 사용하기 시작했다.

'별난 여행', '과학적인 공상소설', '과학적인 판타지', '발명 이야기', '독특한 이야기', '불가능한 이야기', '유사과학적인 이야기', '과학적인 소설', '기묘한 과학적 이야기', '초과학' 등 이전에 사용된 용어들은 SF라는 장르가 시사하는 개념이 얼마나 다양한 것인지 보여준다. 이런 명칭들은 당시 미국에서는 웰즈 보다는 베르느의 관점이 우세했음을 보여준다.

1938년부터 1971년까지 존 캠벨(J. W. Campbell)이 「어스타운딩(Astounding)」지의 편집자였던 동안에 단편 SF의 기법과 내용의 중요한 발전이 있었다. 캠벨은 논리를 중시했고 허술한 구성이나 괴물이야기 따위는 퇴짜놓았다. 1939년을 전후해서 「어스타운딩」에 실린 소설의 작가 중에서 나중에 뛰어난 SF 작가가 된 반 보그트(A. E. van Vogt), 로버트 하인라인(R. A. Heinlein), 아이작 아시모프(I. Asimov), 디어도어 스터젼(Th. Sturgeon) 등이 있었다. SF에 중요한 발전들, 즉 정확한 과학적 지식, 소설적 논리에 대한 자각은 이런 잡지들에서부터 비롯되었다. 게다가 초기의 잡지에 실린 소설들은 지금은 잘 알려진 ESP(초감각적 지각)라든가, 빛보다 빠른 여행을 가능하게 해 준 워프항법, 초공간을 이용한 이동, 평행적인 세계와 통하는 문이라는 아이디어, 다른 별이나 행성과의 충돌, 우리가 알고 있는 생명체와는 다른 생명체, 반중력 기구, 로봇 등이 많이 생겨날 수 있는 바탕이 되었다. 이런 항목들은 1950년대 초반 이후에야 구체화되고 제법 소설 속에서 전개되었다. 캠벨의 잡지는 현재까지도 Analog Science Fiction Science Fact 라는 이름으로 계속되고 있다. 아직도 출판되고 있는 중요한 SF잡지는 「갤럭시」, 그리고 「The Magazine of Fantasy and Science Fiction」이다. 또한 아시모프가 1970년대부터 「Isaac Asimov's Science Fiction Magazine」을 내고 있는데 우수한 SF 작가들이 이 출판물들을 위해 짧은 소설들을 쓰고 있다.

1920년대와 1930년대에 영국에서는 잡지 형태의 SF가 사실상 존재하지 않았다. 웰즈로부터 비롯된 SF의 전통은 열렬한 웰즈의 지지자인 스태플든(W. O. Stapledon)에 의해 계승되고 확대되었다. 웰즈 보다는 훨씬 덜 알려졌지만, 스태플든은 SF 작가들 사이에서 견줄 데 없는 거인으로 받아들여지고 있다. 진지하고 학구적인 영국의 철학자이자 리버풀대학의 문학, 산업사, 심리학, 철학강사로서 그는 폭넓은 인도주의적 전망을 구체적인 언어로 표현하려고 SF를 쓰기 시작했다. 스태플든은 인간의 본성과 미래와 같이 궁극적인 문제를 가지고 설득력 있으면서도 빈정대는 말투로 글을 썼다. 그의 SF작품 『최초의 인간, 최후의 인간』과 『별들의 창조자』에서 웰즈에서와 같이 인간의 궁극적인 미래에 대한 비관적 생각이 그대로 확대된 것이다. 스태플든은 일반적인 서술 방법, 즉 대화나 개인성격묘사와 같은 방법을 거의 사용하지 않고 배경에 과거와 미래, 전 범위의 우주역사가 포함되게 하는 데 주력했다. 『최초의 인간, 최후의 인간』에서 인류는 18가지 종의 변화를 거쳐 수백만 년 미래로 옮겨진다. 『별들의 창조자』에서 시간적 배경은 더욱 광대해진다. 우주의 역사가 소재이고, 인류의 전체적인 무용담은 단지 하나의 에피소드에 불과할 뿐이다. 우주역사의 매시대마다 스태플든은 그 시대의 특별한 기술적, 사회학적, 생물학적 발전을 보여주고, 그것들이 파괴적인가 또는 도움이 되는가에 대해 심사숙고하는 모습을 보여준다. 여기서 소개된 아이디어들은 뒤에 다른 작가들에 의해 전개되고 장편의 형태로 다시 쓰여지게 된다.

1940년대와 1950년대는 SF 평론가들이 미국 SF의 르네상스기라고 부르는 기간이다. 이것이 가능했던 첫 번째의 이유는 전체적으로 볼 때

작가들이 지적으로 대담해졌다는 것이다. 게다가 작가들이 사용하는 시공간의 차원이 확장되어, 광년, 은하사이의 공간, 영겁의 시간 등이 당연한 것처럼 사용되기 시작했다. 웰즈의 뒤를 따른 스태플든이 영국에서 이런 일에 선구적인 역할을 했고, 미국에서는 하인라인과 아시모프가 이런 맥을 따라 각기 작품활동을 했다. 1940년대에 이런 대담한 생각을 담은 소설의 고전적 작품 중 하나가 아시모프에 의해 쓰여졌고, 결국 『파운데이션』, 『파운데이션과 제국』, 『제2 파운데이션』의 3부작으로 출판되었다. 이 소설들의 뒤에 깔린 기본적인 생각은 심리역사학의 개념이다. 심리역사학이란 것은 아시모프 작품에 나오는 주요인물 중 한 명인, 지금으로부터 수천 년 뒤, 은하제국 안의 한 국가주에 사는 해리 셀던에 의해 발전된 심오한 통계과학으로, 정확한 방정식을 사용해 인간대중의 행동을 이론적으로 예측할 수 있는 복잡한 수학적 수단이다. 이 초사회학을 사용함으로써 셀던은 그가 살고 있는 은하제국이 3만년 동안의 쇠퇴·암흑기를 겪고 결국 멸망하리라는 것을 계산해낼 수 있었다. 셀던은 이 재난의 전개를 막고 좋은 결말로 이끌기 위해 여기에 개입할 것을 계획한다. 그는 "파운데이션"이라 불리는 특별히 선택된 사람들의 집단을 2개 만든다. 두 집단의 존재가 모두 알려져 있는 데 반해, 제1 파운데이션은 공개적으로, 제2 파운데이션은 비밀리에 활동하게 된다. 두 집단 모두 조심스럽게—셀던은 그 둘이 "은하의 서로 다른 끝"에 위치하고 있다고 일부러 애매하게 설명했다—위치가 선정되었고, 제국의 멸망 후 얼마 있지 않아서 그들은 더 강하고 더 오래 지속될 제2 제국을 위한 기초적 위치에 있게 된다. 셀던의 사후 오랫동안 그의 계획은 잘 진행되었다. 그러나 그것도 뮬이 끼어들기 이전까지였다. 뮬은 다른 사람의 마음을 마음대로 움직일 수 있는 힘을 가진 심리적 돌연변이인간이고 이 뮬이 심리역사학 방정식에 새로운

인자로 끼어든 것이다. 이 일로 인해 제1 파운데이션은 붕괴했지만 제
2 파운데이션은 여전히 비밀스럽게 활동했다. 삼부작의 세 번째 권은
제2 파운데이션이 다시 활동을 개시하고 돌연변이 폭군을 무찌르는 내
용이다.

아시모프의 또 다른 기여는 그의 로봇 소설들이다. 『강철도시』는
로봇소설적 특색과 파운데이션 삼부작에서의 미래사회에 대한 추측을
결합시켰다. 이 소설은 추리소설적인 구성으로, 인구과잉으로 북새통이
된 미래의 도시를 배경으로 전개된다. 아시모프는 사람들이 어떻게 해
서 그들이 살도록 되어있는 강철동굴에 순응하게 되는지를 묘사하는데
있어서 매우 뛰어난 상상력을 발휘하고 있다. 어떤 비평가들은『강철도
시』를 파운데이션 시리즈보다 더 뛰어난 작품으로 간주하기도 한다.

이 르네상스기의 또 다른 중요한 인물인 로버트 하인라인은 지속적
인 명료성과 문장력, 그리고 수상작인 많은 단편과 장편소설에서의 신
념에 있어서 누구와도 비교될 수 없다. 그는 흥미진진한 구성의 대가였
고 그의 주인공을 통해 사회, 정치, 종교, 성 문제에 대해 정통이 아닌,
때로는 주제넘기까지 한 의견을 표현하는 데 있어서 주저하지 않았다.

웰즈나 스태플든의 도덕적 진지함에 비해 하인라인의
사상과 의견은 격식에 구애받지 않았고, 사투리로 된
생기 있는 대화로 표현했다. 이런 식의 대화는 환상적
인 이야기에 사실성을 부여하는 주된 방법 중의 하나였
다. 휴고상을 탄 하인라인의 네 작품은 그가 1960년대
에 누렸던 인기도와 다양한 재능을 보여준다. 1956년에
그는 『이중성(二重星)』으로 첫 상을 탔다. 이 소설은
그가 즐겨 사용하는 강하고 능력 있고, 매우 독립적으
로 행동하는 남자인물을 주인공인데, 성격묘사와 구성

에서 다재다능한 상상력을 보여준다. 주인공은 배우 로렌조 스미드인데 이 사람은 분장과 흉내의 천재이다. 그가 은하제국의 중요한 정치가 역할을 해내도록 설득받았을 때 그는 곧 그의 일이 그가 허락한 2시간짜리 역할보다 매우 길고 어딘가에 깊숙이 개입되는 역할이 되리라는 것을 알아챘다. 스미드는 더러운 정치적 속임수가 본질적으로 바뀌지는 않았지만 사용된 무기는 더 강력하고 정교해졌다는 것을 알아낸다. 대담한 SF인 『우주의 전사』는 군국주의에 바탕을 둔 미래사회를 훌륭하게 그려내고 있다. 이 이야기에서는 길들여진 사관에게 필요한 교훈을 배우게 되는 이동 보병의 삶에 초점을 맞추고 있다. 이야기의 전제에 있어서 『우주의 전사』보다 더 모순된 것은 아마도 대학생들 사이에서 가장 잘 알려진 소설일 『이상한 나라의 이방인』이다. 이 소설에서 주인공인 밸런타인 마이클 스미스는 화성에서 실종된 두 우주비행사의 아들이다. 그는 화성인의 "둥지"에서 자라면서 물체를 사라지게 하는 법이나 염력, 매우 이교적인 성개념 등을 배웠다. 그가 지구에 도착한 뒤 이질적인 사회에서 처음 한 달 동안 숨어 지내면서 그의 보호자이자 선도자였던 사람은 부자이고 유별난, 매우 강인한 중년의 노총각인 쥬발 하쇼우였다. 쥬발로부터 그가 할 수 있는 일을 배운 뒤 밸런타인은 자신의 길을 걷는다. 광신적 종교조직과 이동오락장(traveling carnival)에서 그는 지구인의 본성에 대한 교훈을 배운다. 밸런타인은 결국 그 자신의 종교, 세계교회라는 것을 만들어서 그 안에서 자신이 젊은 시절에 화성에서 배웠던 능력과 삶의 자세를 사람들에게 가르친다. 그의 '교회'는 결국 밸런타인이 그의 상징적 아버지였던 쥬발에게 횃불을 넘겨주고 자신은 광란하고 있는 군중들에게 순교당한 것처럼 보였을 때 승리하게 된다. 하인라인의 뚜렷한 의견과, 인간의 본성에 관한 본질적으로 권위주의적인 가설과, 겉보기에 인간적인 가치를 결합시키려는 그의 어설픈 시도는 1960년대 젊은이들의 반문화 운동에 깔려 있는 있을법한 모순에 대해 표현했다. 『달은 무정한 여왕』으로 하인라인은 네 번째 휴고상을 탔다. 이 책은 정치적 과학과 혁명의 역학을 다루고 있다. 달에 있는 범죄자 식민지가 지구의 착취에서 벗어나 하인라인이 "합리적 무정부상태"라고 부르는 것에 기초를 둔 사회를 건설하는 이야기가 전개된다.

SF 르네상스기에 나타난 또 한 명의 중요한 작가는 제임스 블리쉬(J. Blish-William Athling, Jr.의 가명)이다. 그는 하인라인이나 아시모프와 같이 1940년대에 잡지를 통해 글쓰는 일을 시작했다. 블리쉬의 가장 훌륭한 작품은 SF의 고전으로 널리 인식되고 있는 『양심의 문제』이다. 이 책은 원죄의 개념에 의해 초래된 딜레마에 기초를 둔 철학적, 신학적 주제를 흥미롭게 다루고 있다. 소설의 구성은 대단히 지성적인 파충류가 살고 있는 행성을 탐구하기 위해 보내진 예수회 생물학자가 중심이 된다. 그 생물학자는 파충류들의 매우 순수한 도덕적 천성 때문에 생긴 인간성에 대한 특이한 심리학적 위협이 행성의 파괴를 정당화할 수 있는지를 결정해야 하는 것이다. 언뜻 보기에 불가능해 보이는 이 역설 뒤에 있는 논리가 블리쉬가 조심스럽게 전개시킨 성격묘사의 문맥에서는 강렬하고 설득력이 있다. 블리쉬는 또 SF 4부작으로도 유명하다. 이 4부작은 총칭으로 『공중도시』라 불리는데, 여기에는 『지구인, 고향에 오다』, 『별을 가진 사람들』, 『시간의 승리』, 『별을 위한 삶』이 포함되어 있다. 이 소설들에서 사건과 배경의 전개는 매우 광대하다. 이들을 하나로 묶는 개념은 모든 도시들—우주선뿐만이 아니라—이 반중력을 이용한 동력에 의해 은하 간의 여행을 할 수 있게 되었다는 것이다. 오키라고 불리는 이 도시들은 은하의 구석구석까지 제공해야 하는 모든 서비스들에서 경제적으로 서로 경쟁한다.

이 기간 동안 나온 중요한 책들 중에는 폴(F. Pohl) 과 블러스(C. M. Kornbluth)의 『우주상인』, 스터젼(Th. Sturgeon)의 『인간을 넘어서』 등도 있다. 『우주상인』은 광고제일주의의 홍정과 착취에 대한 우수한 풍자이다. 『인간을 넘어서』는 한 무리의 돌연변이 어린이들로 구성된 공생체가 어렵게, 점진적으로 생성되어 가는 과정을 그리고 있다. 어린이들 각각은 인간신체의 각 부분과 같이 이 공생체에서 한 부분의 일을 맡아서 할 수 있는 특수한 능력이 있다. 이 작품은 세계 환상문학상을 받았다.

1940년대와 1950년대의 미국 SF계에서 또 한 명의 중요한 작가인 레이 브래드버리(Ray Bradbury)는 특색 있는 산문체의 문장을 사용했고 성격묘사를 예리하게 잘 해냈다. 그는 하인라인, 아시모프, 블리쉬 등이 이룩하지 못한 주류 문학세계로부터 인정을 받았다. 브래드버리의 느슨하게 묶여진 단편집인 『화성연대기』가 좋은 예이다. 각각의 이야기들은 지구에서 화성으로 향하는 일련의 탐험대들 중 한 그룹의 탐험대원 들에 대한 이야기이다. 각각의 그룹은 품고있는 기대에 따라 서로 다른 화성의 모습을 보게 된다. 장편소설 『화씨 451°』는 그가 항상 사용하는 주제, 즉 위협 당하지만 결국 승리하는 상상력이라는 주제를 잘 다루고 있다.

브래드버리

아더 C. 클라크(A. C. Clarke)는 오늘날 가장 잘 알려진 영국의 SF 작가이다. 그의 좋은 작품들은 1950년대에 쓰여졌다. 「유년기의 종말」에서 클라크는 인류가 더 나은 존재로 진화한다는, 그리 독창적이지 못한 소재를 문체와 형식의 새로운 각도에서 다루었다. 인류가 다른 존재로 변하는 인류의 멸망과정에서 인물들이 겪는 경험, 그들의 열망과 상

실 등이 감동적으로 그려져 있다. 클라크는 1960년대 미국에서 아폴로
호 발사 때의 해설 때문에, 그리고 스탠리 큐브릭(S. Kubrick)과의 공동
작업이었던 영화 <2001년 오딧세이(2001: A Space Odyssey)> 때문에
더욱 널리 알려졌다. 또 다른 중요한 영국작가는 존 윈덤(J. Wyndham)
이다. 그는 문명의 멸망이라는 주제를 다룬 SF 소설로 유명해 졌다.
『트리피드의 공포』는 콜리어(Collier)의 잡지에 연재되어 성공을 거두었
고, 오랫동안 인기를 지속했다. 멸망하고 있는 런던의 모습이 매우 생
생하고 흥미롭게 그려졌다. 윈덤은 또 미드 위치라는 마을의 여인들을
수태시키는 외계인들의 이야기인 『미드위치의 뻐꾸기』도 썼다.

1960년대에 SF 작가들이 의식의 흐름, 활자상의 기교, 다다이즘의
요소같은 혁신적인 소설적 기법을 사용하기 시작했다. 이들은 현재의
사회학적, 심리학적 여건에 기초한 미래의 모습에 더 큰 관심을 보였으
며, 대개 미래에 대해 매우 비관적인 견해를 표명했다. 1961년 휴고상,

1965년 네뷸러상 수상자이고 영국 SF 협회장을 지냈으며
1958년부터 69년까지 <Oxford Mail>의 문학편집자였던
브라이언 올디스(B. Aldiss)는 이 "새물결"이라고 알려지기
도 한 실험적인 운동을 주도했던 영국 작가들에 속했다.
올디스의 소설 『머릿속의 맨발』는 가장 잘 알려져 있으며,
뉴 웨이브의 특성을 매우 잘 나타냈다. 각 장의 끝에 내용
을 언급하는 시 또는 팝송이 붙어 있는 색다른 특징도 있
다. 심리화학폭탄에 노출된 뒤 『머릿의 맨발』의 주인공인
챠터리스라는 세르비아인은 심하게 중독된 슬라브인들을
위한 검역캠프에서 초병으로 근무하고 있을 동안 성적인
접촉을 통해서 강력한 화학약품을 체내에 흡수하게 된다.
이야기는 챠터리스가 영국으로 향하는 장면에서 시작된다.

영국은 이 환각제로 인해 고통을 받는 첫 번째 나라가 되는 것이다. 그가 영국에 도착했을 때 그는 대부분의 사람이 이미 이 환각제에 빠져 있고 사회 전체에 근본적인 변혁이 일어나고 있다는 것을 알게 된다. 그가 묵고 있던 집의 주인이 그에게 말해 주었다. "예전 세상은 가 버렸지만 그 껍데기는 여전히 그 자리에 남아 있어요. 머지 않은 어느 날, 새로운 구세주가 바람처럼 나타나고, 그 껍데기는 으스러질 겁니다. 아이들은 상상의 푸른 목장으로 뛰쳐나와 소리를 지르며, 맨발로 뛰어 다니겠죠." 새로이 모습을 드러내는 세상에서 챠터리스는 그 화학약품이 자신에게 작용해 자신이 사람을 끄는 힘을 가지게 되고, 자기 자신이 바로 새로운 구세주라는 것을 믿게 된다.

영국의 실험적인 SF 작가로 발라드(J. G. Ballard)도 있다. 그는 환경의 재난이 인격과 인간관계에 어떤 영향을 미치는가를 탐구하기 위해 그의 복잡한 화술을 사용했다. 『홀연한 바람』에서는 바람 때문에 지구 전체가 건조하고 바람만이 세차게 부는 사막으로 변해 버린다. 『수장된 세계』에서는 그 반대의 일이 일어나 전리층이 태양풍 때문에 파괴되고 세상은 열대늪지로 바뀌어 버린다. 사람들은 이 늪지 내부에서 자폐적인 생활에 점점 익숙해진다.

1960년대에 미국에서는 1950년대 초에 절정을 이루었던 전통적인 스타일의 좋은 작품들이 계속해서 발표되었다. 가장 좋은 예는 훌륭하게 개념이 정리되어 있는 프랭크 허버트(F. Herbert)의 『듄(Dune)』이다. 상당 기간 동안 사회학과 사막생태학에 대해 연구한 뒤에, 허버트는 감각적인 세부묘사에 있어서 매혹적인 세계를 창조해 냈다. 색깔, 행동, 그리고 개념적인 혁신 등으로 대학캠퍼스에서 인기가 있었다.

로버트 실버버그(R. Silverberg)의 『유리탑』은 전통적인 서술기교를 사용한 또 하나의 수작이다. 이 책의 홍미를 끄는 요소는 인간과 다양한 등급의 안드로이드(androids) 간의 관계, 그리고 다른 별과 접촉하기 위해 쓰여지는 전송기인 커다란 유리탑 기술이다. 안드로이드를 만드는 공정을 발명했고, 탑을 건설하고 있는 사람인 시므온 크룩이라는 매우 영향력 있는 경영자의 성격도 빼놓을 수 없는 요소이다.

미국의 SF도 뉴 웨이브의 실험적인 서술기교를 사용하고, 신화에서 소재를 가져오기 시작했다. 1960년대에 실험적인 글을 쓰기 시작한 새뮤얼 델라니(S. R. Delaney)의 『아인쉬타인 인터섹션』은 허구적인 것, 종교적인 것, 그리고 역사적인 신화가 결합되어 있는 화려하고 복잡한 소설이다. 신화가 만들어지는 과정을 의식적으로 탐구함으로써 델라니는 의미의 본질에 대해 질문을 던진다. 1960년대 후반과 1970년대 초반의 새로운 SF 작가들이 그전의 작가들과 가장 크게 다른 점은 바로 이러한 것이다.

어슐러 르 귄(Ursula K. Le Guin)은 휴고상과 네뷸러상 수상작인 『암흑의 왼손』에서 전통적인 구성과 착상, 그리고 뉴 웨이브의 성격묘사와 문체를 훌륭하게 결합시켰다. 그녀는 전통적인 SF의 주제인 인간과 외계인과의 만남을 미묘하고도 면밀하게 다루었다. 르 귄은 인간과 외계인사이의 피상적이고 감상적인 이해에서 오는 전쟁을 묘사하는 대신, 그 둘 사이에서 활동하는 인물에 비중을 두었다. 외계행성의 혹독하게 추운 환경이 빼어난 산문체로 정제되어 묘사되고 있다. 르귄의 작품은 미국 SF가 사상면에서 그리고 문학적인 요소 면에서 발전을 계속할 것이라는 증거가 될 것이다. 최근에는 르 귄과 같은 작가들이 많이 등장해 미래에 대한 단순한 어림짐작—그 어림짐작이 아무리 흥미롭다 할지라도—을 버리고, 철학과 심리학, 그리고 사회학의 어려운 문제를 포함한 더 복잡하고 모순적인 사상을 택하고 있다. 서술형식과 문체, 인물의 더 완전한 구체화, 이 두 가지에 적어도 같은 비중을 둠으로써 그들은 지난 10여 년(1965~1975) 동안 SF의 문학적 기준을 한층 높여 놓은 것이다.

2

화성연대기 작가: 브래드버리

소설가, 단편작가, 수필가, 희곡작가, 시나리오작가 그리고 시인 등의 직함이 붙는 브래드버리는 1920년 8월22일 일리노이주 워커간에서 셋째 아들로 태어났다. 1926년 가을 가족들은 애리조나주 투선으로 이사했다가 다시 1927년 5월 워커간으로 돌아온다. 1931년 브래드버리는 싸구려잡지에 글을 쓴다. 1934년 캘리포니아 로스앤젤레스로 이사한다.

브래드버리는 1938년 로스앤젤레스 고등학교를 졸업했는데, 이것으로 그의 정식교육과정은 끝난다. 이후 그는 낮에는 타자를 치면서 밤에는 도서관에서 독학으로 공부한다. 1938년부터 1942년까지 그는 로스앤젤레스 거리 한구석에서 신문을 팔았다. 브래드버리의 최초로 출판된 작품은 「*Hollerbochen's Dilemma*」로 아마추어 팬 잡지인 「*Imagination*」라는 잡지에 실렸다. 1939년 Futuria Fantasia 4권을 발행했는데, 자기 작품을 스스로에게 바치는 자기 팬 잡지였다. 그가 처음으로 돈을 받고 출판한 작품은 「추 Pendulum」으로 「*Super Science Stories*」에 실렸다. 1942년 「*The Lake*」라는 작품을 썼는데, 자기만의 독특한 스타일을 만들었다. 1943년부터 신문 파는 것을 그만두고 정식으로 저술활동을 시작하며 정기간행물에 투고한다. 1945년 그의 「거대한 흑백게임(The Big Black and White Game)」이 베스트 미국단편으로 뽑힌다. 1947년 그는 맥크루와 결혼하며, 그 해에 그 동안 썼던 것들을 모아서 그의 첫 단편집 『*Dark Carnival*』을 내 놓는다.

그가 SF의 주도적 작가로 인정받은 것은 1950년 『화성연대기(The Martian Chronicles)』를 출판한 뒤이다. 그밖에 잘 알려진 소설은 1953년

에 발표된 『화씨 451°(Fahenheit 451)』이다. 문자가 금지되는 미래에 대한 이야기인데, 책을 모두 불태워버리는 전체주의국가에 저항하는 무리들이 문학과 철학 책들을 모두 암기하고자 한다.

그의 작품은 1946, 1948, 그리고 1952년도 베스트 미국 단편 선에 올랐다. 1954년에는 오 헨리상과 벤자민 프랭클린 상을 수상한다. 1967년에는 우주와 관련된 글로 상을 수상한다. 세계 판타지상, 미국 SF작가협회로부터 대상 등을 수상한다. 그의 비행사를 그린 만화 <*Icarus Montgolfier Wright*>는 아카데미 후보에 오르기도 한다. 그

밖에도 그는 1964년 뉴욕세계박람회 미국관 기본 시나리오를 만들었고, 디즈니월드의 우주선 EPCOT의 상징물과 프랑스 유럽 디즈니의 우주선에 대한 기본 구상도를 설계했다. 브래드버리는 현존하는 SF작가들 주에서 가장 대중적인 인기를 누리고 있는데, 이렇게 폭넓은 독자층을 가지게 된 데에는 그의 작품의 특이성과 복합적인 것에 기인한다. 그의 문체의 특징은 세련된 서술적 기교와 아름다운 문장이다. 순수하고 간결하다가도 무지무지한 상

상력으로 감상적인 문장들이 홍수처럼 쏟아지기도 한다. 또한 아주 냉소적으로 가상세계를 그리기도 한다. 그래서 그의 작품은 단순한 SF로서보다 독특한 현대소설로 받아들여지기도 했다. 순수문학과 대중문학

사이에 있는 미스테리, SF, 괴기소설 등의 형식을 취하면서도 상당한 문학성을 띤 작품들의 영역에서 그는 정상에 서있다. 그는 현재 캘리포니아에서 살면서 저술과 강의활동을 활발하게 하고 있다.

3

화성연대기 간략 소개

브래드버리는 이 작품의 기본이 되는 화성에 대한 상상도가 있었다. 그것은 당시 현대 과학보다는 애드가 라이스 버로우의 소설 『화성의 공주』에 근거를 둔다. 그는 이 상상적 화성이야기를 다른 작품에서도 다룬다. 어떤 점에서는 그는 웰즈의 『세계전쟁』에서의 위협적인 화성에 대해 반대적인 이미지로서 글을 썼던 것 같다. 이 작품에서는 지구인들이 외계로부터의 침입자 역활을 하기 때문이다. 화성연대기는 소설이라기보다는 짧은 이야기들의 모음집이다. 이런 식의 이야기는 당시 SF의 주류형식에서 벗어났다. 브래드버리는 소설가이기보다는 단편작가였기에 대부분 이야기가 현 맥락과 분리되어서도 읽힐 수 있다. 그래서 이야

화성인

기의 불일치와 모순들이 그렇게 중요하지 않은 것이다. 이야기들의 음조는 다양하여, 공포물 같기도 하고, 인간적 어리석음에 대한 진지한 비유적인 면도 보인다. 화성인들은 때때로 몬스터같기도 하고 성인답게 행동한다. 이런 모음소설집을 보통 SF에서는 fix-up(수선하다, 조직하다)라고 부른다. 브래드버리는 주된 줄거리에 연결조각들을 끼워 넣음으로써 그 연결을 순조롭게 하려고 했다. 하나의 통일된 소설의 한 단원이라기보다는 한 주제에 대한 여러 가지 변주본들로 간주하면 이야기들 사이의 충돌이 없어질 것이다.

정신감응(텔레파시), 공상의 구현, 로봇, 집단최면, 다른 차원과의 교감, 인류멸망들을 다루는 우주의 천일야화이라고 할 수 있다. 지구를 황폐화시킨 인간이 화성으로 집단 이주해 와서 이곳의 아직 덜 과학화되어있으면서도 훨씬 장려한 대문명을 결국에는 파괴하고 만다는 이야기이다. 이야기 속에 꾸준히 지속되는 것은 이야기들이 지니고 있는 정치적 가치들이다. 냉전시대의 히스테리적인 반공산주의, 제국주의, 인종주의, 환경파괴, 검열, 핵무기경쟁 등을 비판한다. 당시 초강대국 미국적 가치를 비판한다. 브래드버리가 많은 독자들로부터 호응을 받는 것은 정치적인 비판뿐만 아니라, 다른 여러 가지 측면들, 예를 들어서 공포물적 요소 가미, 가족에 대한 냉소주의, 진보에 대한 염세관, 인간혐오증 등에서다. 이 이야기들로 브래드버리는 명성을 얻었다. 결코 SF에 관심이 없었던 많은 사람들을 독자로 끌어 들였고, 이제는 매력적이도 활력 있는 문체로서 SF의 고전으로 간주된다.

반과학주의를 지적하는 평에 브래드 버리는 다음과 같이 말했다고 한다.

　　"내 작품은 묘하게도 과학부정 소설로 일컬어진다. 그러나 그것은 뜻밖이다. 나는 텔레비전, 영화, 자동차 그리고 원자력를 진심으로 신뢰한다. 우리의 수명과 젊음과 아름다움을 더해주고 보다 즐거운 오락을 안겨주는 과학의 편을 들고 싶다. 추울 때 따뜻하게 해주고, 더울 때 시원하게 해주고 병들었을 때 치료해주고 쓸쓸할 때에 위안을 주는 과학을 나는 좋아한다. 다만 두려운 것은 그런 과학을 잘못 이용하는 경우라고 생각한다."

　　이야기들의 소제목은 다음과 같다(괄호 안은 각각의 부분들).

　　로키트 여름―이라(수정기둥으로 된 그 집은 화성의 공허한 바닷가에 있었다. 날마다 아침이면 K부인은 수정벽에 열린 과일을 먹고 자력모래로 청소한다. …K씨는 자기 방에서 금속으로 만든 책을 펴서 마치 하프라도 켜듯 튀어나온 상형문자를 쓰다듬었다. 손가락으로 쓰다듬으면 책 속에서 부드러운 고대의 음향이 말을 하기 시작했다.…)―여름밤―지구인―세 번째 탐험(원자병기를 지닌 지구인에게 화성인들이 이용할 수 있는 최대의 무기는 무엇일까? 텔레파시, 최면술, 기억, 상상력… 이 집은 현실적인 것이 아니고 화성인들의 텔레파시와 최면술로 형태를 갖춘 우리들의 상상력의 산물이라면? 화성인들은 의혹을 다른 방향으로 돌리기 위하여 우리의 욕망을 교묘하게 조종하여 고향의 거리며 고향의 집을 만들어 낸 것이지 모른다. … 화성인들은 이 1926년의 거리를 내 기억에서 끌어낸 것이 아닐까? 내 마음에서 도시를 하나 만들고, 그 다음 로키트 승무원 마음에서 친한 사람들을 만들어 내어 그들로 하여금 이 고장에 살 게 한 것이 아닐까? … 로키트는 달 빛 속에 서 있고, 우리 모두는 자기 집 자기 침대에 누워있다. 이것이 우리를 분산시키고 정복하기 위한 화성인들의 교묘한 계획이라면 얼마나 무서운 일인가? …)―달은 지금도 밝건만―초록빛 아침―메뚜기―밤 만남―음악가―공중 가운데 길―이름들의 명명—어서 집—화성인—가방가게—시즌 후에—조용한 도심들—오랜 세월— 부드러운 비가 내릴 것이다—일백 만년의 소풍 (…지구에서의 생활은 결코 좋은 일을 할 수 잇는 상황은 아니었다. 과학은 우리를 두고 혼자 너무 빨리 달려가 인간은 기계의 황야에서 길을 잃었다. 인간들은 아이들처럼 아름다운 것에, 기계에, 로키트에 열중하여 잘못된 방향만을 강조했다. 전쟁은 점점 커지고 마침내 지구를 멸망시켰다. … 우리는 그 전쟁에서 도망쳐 나온 거야. 우리는 운이 좋았다. 이제 로키트는 한 대도 남아 있지 않다. 이 여행이 낚시를 하기 위한 소풍이 아니라는 것 이제 알겠지? 나는 너희들에게 사실을 알려주는 것을 미루어 왔단다. 지구는 이제 없어졌다. 혹성간의 여행은 앞으로 몇 세기 안에는 이루어지지 않을 거다. … 몇 년 전부터 우리는 계획을 세웠다. 전쟁이 없었더라도 우리의 생활방식을 만들어 살아가기 위해서 화성에 왔을 거야. 화성이 언젠가는 지구의 문명으로 더럽혀 진다 하더라도, 그때까지는 적어도 백년은 걸릴테니…)

10

현대적 환상성: 프란츠 카프카

Fantasy Literature

1

프란츠 카프카

카프카

19세기 환상문학에 이어서 20세기의 현대문학을 대표하는 프란츠 카프카를 환상문학과 연관 지어서 다룬다. 카프카의 작품 중에서 완결되어있으면서도 가장 대중에게 잘 알려진 『변신(Die Verwandlung)』을 가지고 19세기적 환상성과 차별되는 현대적 환상성에 대해서 논한다.

20세기의 대표적인 독일어권 산문작가인 프란츠 카프카(Franz Kafka)는 자신이 속한 모더니즘을 넘어서 현재 활발하게 전개되고 있는 포스트모더니즘의 토론의 장(場)에서도 중요한 고찰대상이 되고 있다. 그의 작품에서의 구체적인 역사적 상황설정의 부재는 시공간을 뛰어 넘을 수 있는 무한한 비유, 해석가능성과 더불어 범세계적인 수용의 밑거름이 되고 있다. 그의 작품의 <탈상황성>은 그러나 다른 관점에서는 카프카 개인이 처했던 상황으로부터 기인된다고도 볼 수 있다. 그는 유대인으로 당시 프라하의 사회적 정신적 상층계급이었던 독일인 사회로의 진입을 위해서 독일어학교를 다닌 독일문화 수용자였다. 종교적으로는 유대교나 기독교 어디에도 속하지 않았으나 일반적인 유대 풍습은 알고 있었다. 히브리어는 말년에 배우기 시작했으며, 체코어는 현지어로서 조금은 알고 있었으나 어디까지나 카프카의 언어는 독일어였다. 글쓰기는 자신의 일생을 집중한 작업이었지만 현실적인 직업은 보험회사의 법률고문관이었다. 견문 넓히기와 휴양을 위한 몇 번의 여행, 그리고 말년의 몇 년간의 독립생활을 보낸 베를린을 제외하고는 그는 프라하라는 도시를 떠나 본 적이 없었다. 철저하게 프라하에 귀속되어 있었으면서도 또한 철저하게 뿌리뽑혀져 있는 그의 부동(浮動)적인 실존은 그만의 독특한 문학세계를 창출했었을 것으로 추측된다. 부동적 실존 가운데에서 자신 그리고 자신의 주변과의 투쟁의 기록이라고 볼 수 있는 그의 작품은 산문모음집, 잠언집 그리고 세 편의 장편소설로 집약된다. 그밖에 그의 일기와 편지모음집이 있다. 흔히 카프카 작품은 난해하여 쉽게 접근 할 수 없다고들 한다. 그러나 실제로 그의 작품세계를 기술하고 있는 언어는 아주 단순 명료한 문장구조를 가진다. 다만 어떤 한 사실을 진술하는 데에 있어서 쉽게 확고한 결론으로 고정시키지 못하고 끝없이 사유하는 불확실성 혹은 주저함 때문에 보통의 독자들을 곤란하게 만드는 것이다. 그러나 그 단계를 훌쩍 뛰어넘을 수 있을 인내와 애정이 있다면 곧 두꺼운 무게의 껍질을 벗은 카프카 작품의 바로 아주 순수하고 단순한 세계를 만나게 될 것이다.

카프카가 살았던 세기전환기의 유럽은 그야말로 정치적, 정신적 혼돈기였다. 제국주의적 열강들의 팽창정책으로 세력균형은 깨지기 직전이었으며, 산업화와 기술의 혁신적 발전으로 삶의 사회적 조건은 급격하게 변화되고 있었다. 이러한 변화속도와 반비례하듯 새로운 가치관은 아직 확립되지 못하였기에 20세기 현대인들은 마치 <정신적 노숙자>로서 방황하였다. 바로 이러한 현대인의 전형성을 카프카적 인물 군과 카프카 자신에게 발견할 수 있다. 카프카는 1883년 7월 3일 프라하에서 체코출신이며 독일어를 쓰는 유대상인인 아버지 헤르만과 어머니 율리아의 첫 번째 아이로 태어났다. 헤르만

어린 카프카

은 보섹이라는 작은 마을에서 체코어를 사용하는 백정집안 출신으로 일찍이 홀홀단신 맨발로 가출하여 프라하에 와서 돈을 버는 등 끈질긴 노력으로 부유한 상인, 즉 양품점 주인으로 자수성가하였다. 유대인 게토로 간주되는 시가지 주변에서 잦았던 이사는 아버지의 경제적 상승을 외부적으로 보여주는 자료이다. 아버지의 거칠고 정열적인 성격과 실제적이고 경제 지향적인 생활태도는 예민하고 연약한 프란츠에게는 놀라움의 대상인 동시에 극복될 수 없는 혐오와 고통스러운 소외감의 원천이 되었다. 어머니는 정신적으로 이지적이며 영혼적으로는 다양한 감정을 가진 명망 있는 집안출신이었다. 할아버지는 탈무드학자였고 아버지는 양조장주인이었다. 친척들은 대부분 학자, 기인들이 많았으며, 우스꽝스럽게 환상하는 재주를 가졌거나 혼자 있거나 모험하기를 좋아했다. 어머니적 성향을 이어받은 카프카는 어릴 적엔 여동생들과도 나

누이동생 오트라와 함께

이 차가 커서 거의 자신만을 의지하는 외톨이였으며, 성인이 된 후에야 막내여동생인 오트라와 정신적으로 밀접한 관계를 가졌다.

서구 지향적이며 출세 지향적인 아버지의 계획에 따라 그는 1889년부터 1901년까지 우(牛)시장 가에 있는 독일초등학교와 독일고등학교에 다닌다. 그는 우수한 학생이었으며, 15~16세에 스피노자, 다윈, 헤켈 그리고 니체를 읽었으며 무신론자이며 사회주의자임을 자처했다. 종교적으로 관심이 없고 해방주의자였던 아버지덕분에 집안에 종교적 분위기나 유대교 교육은 없었다. 다른 친구들과 함께 <자유학파>라는 반교회적이고 야당적인 경향을 가진 연합을 결성한다. 그가 좋아하는 작가는 괴테, 클라이스트, 그

릴팔쩌 그리고 스티프터 등이었다. 대학입학 자격시험을 치룬 뒤 카프카는 철학도가 되기로 결심한다. 그러나 뮌헨에서 화학을 14일 동안 듣고, 독일문학을 한 학기 등록한 뒤인 1901년부터 1906년까지 프라하의 독일대학에서 법학을 공부한다. 대학에서는 당시 그곳에서 강의를 한 알프레드 베버의 사회학 강의에 심취했으며, 그의 후기자본주의 산업사회와 그 위험에 대한 분석을 인상깊게 받아 들였다. 열심히 들었던 철학강의, 즉 도덕적 심판발견이라는 브렌타노의 철학원리에 카프카의 윤리적 엄격주의와 도덕적 판단력의 분석적 방법이 기초하고 있다. 1904/5년 카프카는 「어느 투쟁의 기록」을 대부분 완성했다. 이때부터 그는 일기, 회상록 그리고 편지 등을 읽었는데, 특히 헵벨, 그릴팔쩌, 바이런의 일기와 프로베르의 회상록이 그것이다. 문학작품은 토마스 만, 프로베르, 헵벨, 스티프터, 헤세, 도스토예프스키, 톨스토이, 스트린드베르그 그리고 로버트 발저를 읽었다. 당시 전위주의자인 오스카 와일드나 구스타프 마이링크와 같은 프라하의 괴기적인 환상문학을 거부했다. 카프카는 평생동안 단순하고 자연스러운 작가와 작품, 다시 말해서 스티프터의 「늦여름」, 헵벨의 「보물상자」 그리고 그림형제의 동화를 사랑했다. 대학시절인 1902년부터 그는 평생친구인 막스 브로트와 사귀게 된다. 시각장애인 오스카 바움 그리고 펠릭스 벨치와도 가깝게 지낸다. 카프카는 이렇게 독일어 문화권에서 교육을 받고 그 정신적 배경을 전수 받았지만 여전히 교류범위는 유대인들이었다. 다시 말해서 그가 속했던 문화는 독일문화권이라기보다는 프라하 특수상황 속에서 유대인 주도적으로 생성되고 유지되는 "프라하 독일문화권"이었던 것이다.

1906년 6월 법학박사학위를 받고는 프라하 민형사법원에서 1년간 실습을 한 뒤 1907년부터 프라하 근로자 상해보험원의 관료로 일하게 되는데, 1917년 발병할 때까지 근무했고 그 뒤 병이 악화될 때에도 몇 번의 휴직이 있었지만 상해예방처에서 일했다. 그의 상관이나 하위근무자들도 그를 높이 평가했으며, 의무에 충실하고 전문지식과 친절함은 그의 트레이드 마크였다. 근로상해를 예방하기 위한 기술혁신에 대해서 그는 누구보다도 적극적으로 참여했다. 직업과 문학적 소명사이에서 고통스러워하면서도 그는 시민적 직업이 요구하는 것을 피하지 않는다는 확신에 매달렸다. 그는 프라하의 지식인층뿐만 아니라 보통사람들과도 접촉했다. 릴케나 베르펠과 같은 작가들과는 달리 카프카는 체코인 들과도 밀접한 관계를 가졌다. 그는 체코 민족주의자, 사회주의자 그리고 무정부주의자 모임에 자주 나갔는데, 언제나 혼자 갔다. 자신과 친한 프라하의 독일어작가들은 체코인들의 정치생활에 이질감을 느꼈으며 무관심했기 때문이다. 규칙적으로 카프카는 환타부인 집에서 열리는 학문적 강연모임에 나갔다. 거기서 그는 아인스타인의 상대성이론을, 막스 프랑크의 질량이론을, 칸토르의 무한대수론 그리고 프로이트의 정신분석학을 알게 되었고, 함께 헤겔의 『정신현상학』, 칸트의 『순수이성비판』 등을 읽고 연구했다.

1911년부터 그는 유대교의 역사와 이디쉬 문학에 집중적인 관심을 보였다. 카프카는 체코, 독일 그리고 유대인의 삼민족 도시인 프라하에서 벌어지고 있는 민족주의적 충돌 속에서 고향 없는 자의 무기력함을 더욱 뼈저리게 느끼고 자신의 정체성에 회의했을 것이다. 자신의 정신적 토양은 비록 독일문학의 전통에 있다 해도 현실적으로는 결코 그 문화권으로 유입될 수 없으며 오히려 적대적인 그들의 언어로 자신의 진실을 담아내야 하는 역설을 인식했던 것이다. 체코인도 독일인도 아닌 더욱이 유대인도 아닌 카프카가 공개적으로 유대주의로의 귀속을 선포하기에 이른 것은 1911/12년 가을, 겨울에 프라하로 초빙된 이디쉬

동구유대인 연극배우

연극을 보고 나서이다. 이 보잘것없는 동구유대인 연극배우는 전통과 단절되고 통합될 수 없는 동화로 정체성과 귀속감 상실병을 앓고 있는 서구유대인들에게는 자신의 민족뿌리에 대한 회의가 전혀 없는 살아있는 유대전통 그 자체였으며 무엇보다도 그들은 자신들의 언어―이디시어―를 가지고 있었던 것이다. 적대적인 문화에 둘러싸여 이 연극단은 미미한 한 점으로 유대전통을 지켰던 것이다. 그들의 연극을 보고 노래를 들으며 카프카는 자신과 같은 동족의 귀중한 소속감을 느꼈으며, 가난하고 상처받기 쉬운 그 배우들 몸에 배어 나오는 소수민족 존재적 면모가 시온주의자들의 민족주의적 팔레스티나와 대조되어 카프카에게 강한 인상을 주었던 것이다. 연극단과의 만남은 유대교와 이디시어를 새롭게 발견하게 해주었을 뿐더러 카프카에게 희망을 주었던 것이다

카프카는 같은 여인과 1914년 1917년 3번 약혼하고 파혼했다. 1912년 8월 13일 카프카는 브로트집에서 사업상 베를린에서 프라하를 방문한 26세 젊은 여자 펠리체 바우어를 만났다. 같은 해 9월 20일 처음으로 바우어에게 편지를 썼고, 이듬해 베를린을 잠시 방문한 뒤 6월 16일 자신의 아내가 되어 달라는 청혼편지를 쓴다. 바우어는 베를린에서 상당한 지위에서 직장생활을 하는 유능한 여자였다. 가족으로부터, 직장으로부터 그리고 궁극적으로 프라하로부터 벗어나고자 하는 그에게 그녀는 이상적 배우자였을 것이다. 무엇보다도 그녀의 "사업상 유능함"은 그에게 인상적이었을 뿐만 아니라, 베를린과 프라하의 공간적 거리 또한 그에게는 매력적이었을 것이다. 카프카의 사랑은 이중적,

약혼녀 바우어양과 함께

다시 말해서 '멀리사랑'으로, 멀리 떨어져 있을 때만 그의 사랑은 끓어 오르고 수많은 변전과 함께 사랑의 고백이 편지로 이어진다. 그렇게 그의 사랑은 편지에서만 유지되고 실제의 만남은 거의 항상 파탄으로 끝났다. 연애편지의 내용은 대개 '왜 둘의 결합이 어려울 수밖에 없는가'로 채워졌다. 그의 바우어양에 대한 사랑은 가슴이 결여된 머리만의 사랑으로, 카네티의 지적대로 진정 또 다른 <소송>이었다. 그것은 주저와 연기의 과정이며, 정당화의 소송 심리이다. 1916년 세 번째의 약혼은 1917년 8월 9일 그의 각혈로 또 다시 무산된다. 그 자신은 이 각혈을 자신 내면의 분열의 결과로 보았다. 육체적 발병으로 그는 또다시 정신적 분열과 주저함을 정당화시킬 수 있는 기회를 가졌던 것이다. 각혈은 우선 당장 급한 문제들을 해결해 주었다. 그는 약혼을 명예롭게 파혼할 수 있었고, 한동안 사무실에 나가지 않아도 되었으며, 다시 어린아이처럼 엄마 같은 누이동생 오틀라의 뒷바라지를 받을 수 있는 충분한 이유를 가지게 되었다.

바우어양에게 보낸 편지

1920년부터 1922년까지 자신의 작품의 체코어 번역으로 알게된 밀레나 엔젠스키-폴락과 사귄다. 밀레나는 24세의 체코여인으로 카프카의 여인들 중에서 가장 영리하고 오성적인 여자였다. 그녀는 12살이나 어렸고, 유대인도 아니었으며 기혼녀였고 비인에 살았다. 밀레나와의 사랑이 『성』의 구상에 영향을 미쳤을 것이다. 밀레나와는 메란에서부터 편지를 왕래하기 시작했다. 그는 밀레나에게 자신의 '실종자'의 원고와 '아버지에게 보내는 편지' 그리고 1921년 10월 자신의 전 일기를 주었다. 유부녀 밀레나에 대한 사랑의 좌절로

밀레나

도라 디아만트양

카프카는 또 다시 깊이 상처받았지만, 말년 1923/24년에 도라 디아만트 양과 행복한 삶을 영위했다. 도라 디아만트는 바우어와는 대조되는 인물로 명망 있는 동구유대 하시디 집안 출신이었다. 그녀는 17세의 나이로 여성 압제적인 집을 떠나 베를린의 유대빈민구제소의 지부인 뮈리츠 어린이 보호소에서 일하고 있었다. 그녀에게 카프카는 '서구적 정신과 유대적 가슴의 총체'로 다가왔고, 자신의 나이보다 2배나 늙은 카프카를 흠모했다. 카프카에게 필요한 이상적 여성이 나타난 것이다. 그녀는 아내이며 어머니 같았고, 히브리어를 유창하게 구사하고, 유대전통에 대해 조금도 열등감이 없었으며, 그가 오랫동안 열망했던 무조건적인 모성애로 넘치고 있었다. 카프카는 그녀와 행복한 관계를 가진 뒤에 정말로 프라하의 자기 가족과의 정신적인 단절을 결심하고 당시 극심한 경제적 곤궁 속에서 베를린에서 독립적인 생활을 한다. 그가 이전에 여인들과의 관계에서 성공할 수 없었던 것은 자기 스스로와 결혼에 대해서 세웠던 무조건적인 요구 때문이었다. 보통 사람의 삶/ 은둔자 글쟁이의 삶, 결혼한 가장/ 독신자, 아버지의 그늘 안에서 비자립성/ 자립적인 독립선언, 사무실 직장/ 자유로운 글쓰기라는 대립과 분열 속에서 영원히 지연된 카프카의 독립을 위한 탈출은 19세 동구유대처녀 도라 디아만트와의 만남으로 실현된다.

카프카는 평생 자연치유법과 그와 관련된 노력들, 호흡운동법, 의복 개선, 체질론, 생식 등에 관심을 보였다. 그는 채식주의자였으며, 장시간 수영을 할 수 있었으며, 조정, 승마, 산보 등을 좋아했다. 휴가 때면 스위스, 이탈리아, 파리, 베를린, 헝가리 등으로 여행을 했다. 자신이 좋아하던 괴테를 좀 더 잘 알기 위해서 1912년 바이마르를 방문했고 이어서

제10장 현대적 환상성: 프란츠 카프카

하르츠 지방에 있는 자연요양소 융보른을 방문했다. 1910년부터 카프카는 일기를 쓰기 시작한다. 일기는 그에게 있어서 자기해명과 자기형성의 중요한 수단으로서, 명상, 숙고뿐만 아니라 은유, 비유, 설화 등의 문학적 형식을 빌리고 있다. 1911년부터 1914년까지 그는 첫 번째 장편소설인 『실종자』를 썼는데, 이미 1911/12년에 대부분이 쓰여졌었다. 바우어의 만남 이후인 1912년 9월 『선고』가 단숨에 새로운 형상화방식으로 쓰여지며 같은 해 왕성한 글쓰기로 다시 『변신』을 쓴다. 1914년 10월 전쟁의 영향을 받아서 그는 「유형지에서」를 그리고 거의 동시인 1914년 가을에 『소송』을 쓰기 시작한다. 1915년 카프카는 1913년에 출간된 실종자의 첫 부분인 「화부」로 폰타네문학상을 수상한다. 1919년에는 1916 ~1917년에 쓴 단편들을 모아서 『시골의사』를 출간한다. 1924년에 『단식광대』라는 단편모음집을 출간하는데, 대부분 1921~1924년에 쓴 글이다. 소설 『성』은 1921년에 착수되었는데, 특히 1922년 소위 밀레나 위기 때에 쓰여졌다. 1917년 9월 폐결핵이 발병했던 카프카는 41살의 나이로 비인 근교의 키어링 요양소에서 1924년 6월 3일 사망했다. 주치의이며 그의 친구였던 로버트 클롭스톡은 "그의 얼굴은 그렇게도 순수하고 엄격했던 그의 정신만큼이나 조금도 움직임 없이, 엄숙하여 접근을 금지하고 있었다. 그것은 가장 고귀하고 오래된 종족의 왕의 얼굴이었다"라고 썼다. 그가 남긴 유고를 카프카는 태워버리라고 유언했다.

2 작품 소개: 단편들

카프카는 그가 살아 있었을 때에는 별로 독자의 호응을 받지 못했던 불행한 작가였다. 막스 브로트를 중심으로 한 작가들 사이에서 오히려 즐겨 읽혀졌던 작가라고 말할 수 있다. 그가 자신이 써 놓은 원고를 태워버리라고 유언도 했지만, 실제로 그가 살아 생전에 정식으로 출간되었던 작품은 소수에 불과하다. 그의 많은 산문들이 자기진술로서 기존의 문학적 형식을 따르지 않은 점도 많았는데, 출판계에서는 보다 완벽하게 구색을 갖춘 작품이 요구되었기 때문이다. 프라하의 독일어권 작가들, 유대인들 사이에서 인정을 받았던 그의 산문들이 세계적으로 수용되어 20세기 현대문학을 대표하게 되는 데에는 프랑스 실존주의 철학자들의 역할이 컸다. 그들은 1, 2차 세계대전이 끝난 전후 암울한 현실에 어울리는 인간 실존상황을 카프카의 세계에서 발견했던 것이다. 이러한 카프카 수용은 독일로 역수입되면서 전후 작가들에게 지대한 영향력을 행사했으며 오늘날 범세계적으로 읽혀지고 수용되는 세계문학이 되었던 것이다. 생전에 출간된 작품 중에서 가장 잘 알려진 것으로는 「변신」, 「선고」 그리고 「단식광대」가 있다. 비극의 3부작이라는 그의 장편소설 『실종자』, 『소송』 그리고 『성』은 사후 출간되었으나, 세계적인 수용으로 모두 영화화되었다. 특히 소송은 1962년 오손 웰즈가 영화화한 이래로 최근 1998년 <트라이얼>에 이르기까지 여러 번 영화로 제작되었다. 스티븐 소더버그 감독의 <카프카>(1991)는 특정한 작품을 영화화했다기 보다는 카프카의 전기, 전 작품들의 줄거리, 주인

「선고」의 표지

공 그리고 분위기 등을 근거로 해서 자신의 카프카 켄셉에 따라 혼합몽타쥬하여 프라하 시를 배경으로 한 영화이다.

청년사업가 게오르크 벤데만은 어느 화창한 봄날 일요일 아침 러시아 뻬쩨르부르크에 가 있는 어릴 적 친구에게 편지를 쓴다. 편지에서 그는 자신의 약혼을 알려주는 데 한참 동안이나 알려주기를 망설였던 약혼선언을 했다. 친구는 이곳에서의 전망에 실망하여 거의 도망가다시피 러시아로 떠나 사업을 벌였으나, 여의치 않아 지금은 병들고 외로운 독신자 생활을 하고 있기 때문이다. 게오르크는 그에 반해 어머니가 돌아가신 뒤 가업을 이어 받아 사업을 활발하게 확장시키고 있었으며, 부유한 집안 출신 여자와 약혼까지 하기에 이르렀다. 편지를 다 쓴 후 그는 아버지에게 편지에 대해 말씀드리기 위해서 아버지 방으로 들어선다. 아버지는 힘도 없이 쓰러지실 것 만 같아 그는 마음속으로 결혼 후에도 잘 모시겠다고 결심한다. 아버지를 침대에 누이고 이불을 덮으려 하자, 갑자기 기운이 없던 아버지는 벌떡 일어나서는 마치 잠옷을 입은 거인의 형상으로 아들에게 비난을 퍼붓는다. 게오르크는 친구를 배반했으며, 아버지의 재산을 탕진하고 어머니에 대한 추모의 마음도 전혀 없다는 것이다. 아버지는 벌써부터 그 친구와 연락하고 있었으며, 이제 그의 죄상이 다 드러난 만큼 그에게 물에 빠져 죽을 것을 선고한다. 그는 선고를 받아 들여 다리에서 강으로 뛰어든다.

이것은 카프카가 펠리체 바우어양을 만난 뒤인 1912년 9월 밤 10시에서 다음날 새벽 6시까지 중단 없이 단숨에 쓰여졌으며, 펠리체 B양을 위한 이야기라는 부제가 붙어있는 새로운 형식으로 호평을 받은 「선고」의 줄거리이다. 작품 「선고」는 흔히 카프카의 자전적인 요소와 연관되어 부자갈등이라는 대주제 아래 해석되었는데, 이 주제는 20세기 초 첨예하게 다루어졌던 세대갈등 주제로 프로이트의 <오이디푸스 컴플렉스>

도 한 예이다. 다시 말해서 선고에서는 권위적인 아버지에 대한 아들의 고통이 이야기되었다고도 볼 수 있다. 아들 자신의 인생 목표를 달성하기 위한 길을 막고 계신 강력한 힘을 가진 아버지. 그 아버지는 아들의 약혼을 반대하고, 아들의 사업상 성공을 편협한 수익사업으로 폄하한다. 이렇게 권위적이고 이해심 없는 아버지는 아들을 파괴하고, 아들의 저항은 실패하며 가부장적 복종체계가 승리한다.

그러나 우리는 전기적 사실에 입각해서보다는 텍스트를 꼼꼼히 읽고 게오르크가 자신의 사망선고를 순순히 받아들인 그의 죄과에 대해서 생각해보자. 텍스트는 뻬쩨르그부르크에 가 있는 친구와의 관계에 대해서 많은 설명을 하고 있다. 그리고 단순히 외국에 나가있는 친구를 자주 연락하여 잘 보살피지 않았다고 자식의 죽음을 선고하는 아버지는 더욱 기이하기만 하다. 게오르크가 친구에게 자신의 사업성공이나 약혼 같은 핵심적인 사실은 숨기고 형식적인 편지만을 썼던 데에 대한 변명이 길게 서술된다. 둘의 관계에 대해서 독자는 알 수 없으며, 그가 다만 친구의 사정을 고려한 나머지 자신의 개인적 일에 대해서 숨겼다는 것이다. 그리고 친구에게 실질적으로 도움을 주기보다는 이런 식의 숨기기로 회피한 것에 게오르크는 죄의식을 느낀다. 진짜로 러시아에 친구가 있느냐하는 아버지의 질문은 바로 이 러시아의 친구의 실질적 존재를 의심케 한다. "친구는 없다"라는 아버지의 주장이 더욱 신빙성 있어 보인다. 드디어 약혼사실을 알리는 편지 내용 역시 사적인 편지라기보다는 사업상 문서같이 쓰여졌다. 게오르크의 타인에 대한 관계는 분명히 아주 형식적인 것 같다. 아버지 부양에 있어서도 아버지 마음 속 깊이 헤아려 보살펴 드린다기보다는 가령 식사, 의복 등 최소한의 기술적인 문제들이다. 돌아가신 어머니에 대해서도 조금도 추모의 정을 느끼지 못한다. 약혼자에 대한 그의 태도에 대해서도 아버지는 비난한다. "여자가 치마를 조금 위로 올렸기 때문에 너는 결혼하려는 거야."
약혼이라는 남녀의 결합이 단지 성적인 이유에서 이루어졌다는 암시이
다. 외부세계와 감정적인 관계를 맺을 수 없는 게오르크의 치명적 결함
을 아버지는 선고 이유로 내세운다. "이제 너는 너 이외에도 누가 있다
는 것을 알았지. 지금까지 너는 너밖에 몰랐어. 너는 순진무구한 어린
아이였지만, 본래 아주 악마 같은 인간이었어!" 어린아이에게나 허용되
는 자기중심적 사고는 여전히 성인 게오르크를 지배하여 공동체적 사
회생활을 불가능하게 한다. 그에 비한다면 아버지는 현직에서는 물러나
구석방에 쳐 박혀 계시더라도 게오르크보다 훨씬 강한 자임에 틀림없
는 것이다. 그는 사람들과 많은 접촉을 하고 뻬쩨르부르크 친구와도 연
락을 취하며, 죽은 부인을 진심으로 애도한다. 아버지가 긍정적인 인간
상이라기보다는 완전히 마비되고 거의 자폐증이다시피 한 게오르크보
다는 훨씬 활력 있는 것이다. 이 활력, 이 생명력이야말로 아버지의 선
고를 정당화시킬 수 있는 원칙이 된다. 더욱 중요한 것은 게오르크 스
스로도 이 사실을 인식하고 있는 점이다. 영문도 모른 채 죽는 것이
아니라 실제로 자기인식의 결과이다. 그가 친구에게 편지를 쓰고 봉투
를 봉했을 때 그는 이미 사망선고를 확약한 것이다. 자신의 약혼을 알
리는 것으로 그는 이미 자신의 지금까지 행동거지를 벗어나고 있는 것
이다. "더 이상 그 친구와의 우정을 지킬 수 있을 인간을 나에게서 떼
어낼 수 없을 것 같아"라는 자기 인식은 아버지의 사망선고와 일치하
는 것이다. "너는 얼마나 성숙되길 주저했는가!"라는 아버지의 비난과
선고가 비로소 그를 성숙하게 한 것이다. 그가 익사 선고를 받아들이고
감행함으로써 그는 자신의 죽은 세포껍질로부터 새롭게 탄생할 수 있
을 것이다.
　　왕성한 창작력을 보여 주었던 1912년 같은 해에 현대 산업사회의

<소외된 삶>의 표상이라고 평가되는 「변신」이 쓰여진다.

　　어느 날 아침 외판원 그레고르 잠자는 잠에서 깨어나자 자신이 거대한 갑충으로 변한 것을 발견한다. 이런 상태로는 앞으로 어떤 회사 일도 할 수 없으며, 자신뿐만 아니라 가족을 부양할 수 없을 것이라는 걱정이 앞선다. 방에서 그레고르는 그래도 여느 때와 마찬가지로 출근하려고 여러 가지로 일어나려는 시도를 하고 있는데 회사에 출근하지 않은 그레고르에 대해서 알아보고자 그의 상관인 업무대리가 찾아왔다. 어머니의 재촉에 들려오는 괴상한 목소리에 놀란 업무대리인은 집을 나가 버린다. 그레고르는 다른 사람들이 이야기하는 것을 알아들을 수 있지만 자신은 괴상한 발음만을 할 수 있었다. 처음에는 가족들은 그를 어느 정도 아들로서의 존재로 인정했고, 여동생은 열심히 그를 돌봐 주었지만 시간이 지남에 따라 점점 그를 소홀히 하게 되었다. 어느 날 오후 그가 거실로 나가게 되었는데 아버지가 자제력을 잃고는 사과를 그에게 던졌다. 사과는 그의 등에 꽂혔고 그로 인해 염증이 생겼다. 그레고르가 치명적인 상처를 입고는 어둡고 더러운 방에 갇혀서 바깥 집 공간에서 일어나는 것을 관찰했다. 부모님들과 여동생은 일자리를 구했고 방 하나를 세 남자에게 세 놓았다. 그레고르는 더 이상 어떤 식욕도 느끼지 못했으며 다만 음악에 대한 동경만이 정신적 양분이 되고 있었다. 어느 날 저녁 세든 사람들이 거실에 앉아 있었고, 여동생이 서투른 솜씨나마 부모님과 그들 앞에서 바이올린을 연주하고 있었는데, 그레고르가 자기도 모르게 음악에 취하여 머리를 거실로 조금 내밀었고 그로 인해 한바탕 소동이 일어났다. 가족들은 도저히 참을 수 없다며 이 괴물을 쫓아버리기에 몰두했다. 이 순간 그레고르는 모든 힘을 잃고 사력을 다해 자기 방으로 돌아 가 죽는다. 바짝

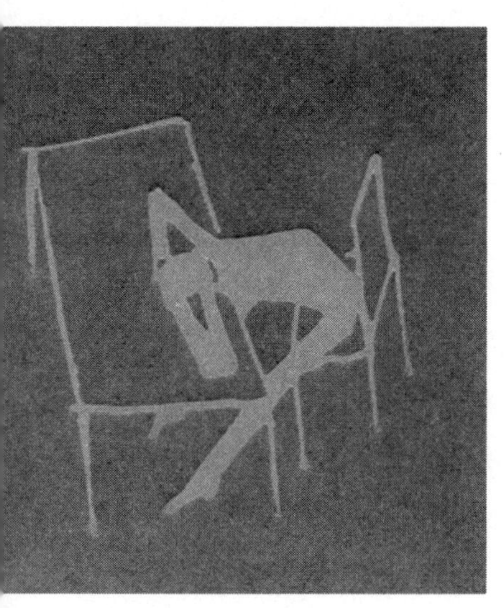

카프카의 스케치

말라 납작해진 갑충 시체를 청소부에게 치우게 하고는 세 식구는 모처럼 홀가분한 마음으로 따뜻한 봄날 소풍을 나간다. 어느새 처녀가 되어버린 여동생을 보며 부모들은 대견스러워한다.

그레고르의 <벌레로의 변신>은 이제 세계문학의 유명한 구성요소가 되었다. 갑충으로의 변신이라는 그 난해하고 초현실주의적 발상은 1915년 출간 당시 굉장한 센세이션을 일으켰던 것이 틀림없다. 이 카프카 문학의 과격성이야말로 변신의 모티브를 현대문학의 한 분기점으로 만들었다. "그레고르 잠자가 어느 날 아침 불편한 잠에서 깨어나자 침대 위에서 커다란 갑충으로 변한 자신을 발견했다."라는 이야기 첫 도입부는 이야기의 어마어마함과 동시에 아주 신속한 이야기 진척으로 독자들을 혼란시킨다. 이야기가 진행됨에 따라 다시 일상으로의 회복이나 반전을 기다리던 독자는 이 변신이 점점 더 확고부동한 사실로 굳어지는데 아연 실색하게 된다. 독자도 그레고르와 마찬가지로 변화된 상황을 인식했지만 언젠가 다시 원점으로 되돌아올 것이라는 해결을 희망했기 때문이다.

불편한 외판원 직장생활, 회사 내에서의 음모 술책 그리고 상관에 대한 불신에 대한 그레고르의 생각은 변신에도 불구하고 지속되고 죽을 때까지 변함 없다. 동물적인 변화조짐—식욕, 목소리 등의 동물화—에 적응하지만 그는 여전히 인간 그레고르처럼 느끼고, 생각하고 비록 남들이 이해 못할지언정 자기말로 말했다. 변신 이전의 그레고르에 대해 어머니는 이렇게 말한다. "어떻게 그레고르가 기차를 놓쳐 지각할 수 있단 말인가! 그의 머릿속에는 오직 일밖에 없고 평소에 집 밖으로 나가지도 않아요. 벌써 이 도시에 8일째 있지만 매일 저녁이면 집에 앉아서 신문을 보거나 다음 여행을 위해서 기차 시간표만을 연구해요. 대패질이라도 한다면 여가가 될텐데." 그레고르의 변신된 갑충의 몸 속에는 여전히 외판원의 의식이 들어 있었다. 그렇다면 오늘 아침의 깨어남은 의식의 깨어남, 자기인식의 행위였을까? 그레고르 잠자는 언제나 자신의 무의미한 삶을 인식하고 있었다. 너무나도 증오스러운 외판원생활은 자신의 경제적 노력 없이는 도저히 살아 나갈 수 없는 가족들에 대한 책임감 때문에 계속되어야 했다. 인간 그레고르와 갑충으로서의 존재 사이에는 그 어떤 상응 점들이 있다. 오직 직업에만 몰두하는 은둔 생활에 대해서 이미 어머니 말에서 상술되었다. 그레고르 자신도 언제나 "불규칙적이고 형편없는 식사, 언제나 바뀌는 결코 지속되지 않으며 진심에서 우러나오지 않는 인간관계"에 대해서 불평했다. 그렇다면 그의 벌레적 삶의 행태는 식사 문제에서까지 바로 변신 이전의 직업생활과 일치하지 않는가? 그의 행동, 태도 역시 별로 변한 것이 없다. 젊은 외판원의 속성 중 가장 핵심적이었던 것은 외부세력, 특히 회사와 가족에 대한 배려였다. 거의 병적일 정도의 단정한 품행으로 어느 누구도 그를 역겨워 하지도 걱정하지도 않게 했다. 갑충이 된 그도 역시 이 기조를 유지했다. 큰 소리가 나지 않도록 움직였고 어머니 눈에 띄지 않기 위해서 장의자 밑에 기어 들어가 숨곤 했다. 다른 사람들이 불편해 하기에 마지막 숨도 자기 방에서 홀로 거두었다. 그러므로 실질적으로는 그 어떤 변신도 일어나지 않은 것이다. 변신 이전과 이후의 생활은 너무나 일치하기 때문이다. 그레고르 잠자는 어느 날 아침 깨어나 자신의 완전히 무의미한 직업 생활의 실체를 보게 된 것이며, 인간적 따뜻함이 얼마나 결여되어있음을, 메마른 일상생활 그리고 특히 자신의 육체와 욕구로부터의 소외의 실체를 철저하게 인식하게 된 것이다. 여기서 뒤집혀져서 무기력하게 공중에 대고 여러 개의 다리로 버둥거리는 갑충의 형상으로 그런 존재의 실상을 충격적으로 그리고 아주 구상적으로 표현하고 있는 것이다.

작품 소개: 장편

소설은 삶의 이야기로 사람들이 서로 만나게 되는 질서를 발견하는 것이다. 주체가 자기 자리를 찾고 싶어하는 세계를 머리 속에서 구성하는 것이다. 노이만은 카프카는 이러한 허구적 인생항로를 글쓰기에서 3번 시도했다고 규정한다. 『실종』(1911, 1912), 『소송』(1914, 1915) 그리고 죽기 이년 전인 1922년에 쓴 『성』에서이다. 첫 소설은 주인공의 운명을, 두 번째에서는 사회적 관례인 정의 찾기 과정을 그리고 세 번째에서는 한 주체가 자신을 찾아가는 삶의 공간을 제목으로 했다. 세 소설의 주인공들은 모두 삶에 대한 도전자들로서 미래의 길을 찾는 16세 소년, 현재의 위치를 더욱 확고히 하려는 직업에 얽매인 은행업무대리인 그리고 정체불명의 과거에서 와서는 현재뿐만 아니라 미래에 정착하려는 일자리 없는 토지측량사이다. 이들은 모두 가족이라는 좁은 세계로부터 직업이라는 넓은 세계로 나간다. 그것은 찾음의 길로서 주체, 공간 그리고 사회적 제식의 관점에서 각각 다른 삶의 단계에서 사회화를 겪으면서 위기상황에서 시도되는 실험적 질서를 보여주고 있다. 유혹된 어린아이, 체포된 독신자, 추방된 남편은 인간으로의 자기형성의 실험적 진행들이며, 사회화 모델이다. 세 소설에서는 인물뿐만 아니라, 공간도 세 가지로 요약된다. 실종자에서는 주인공을 삼켜버린 무한한 아메리카대륙, 소송에서는 주인공이 길을 잃는 미로적인 법정, 그리고 성에서는 '토지측량사'로서의 자신을 찾는 도정에서 측량하려고 애쓰는 성과 마을 사이의 거리이다. 여기서 문제되는 것은 교양소설의 핵심적 구도로서 '고향과 타향간의 변증법'이다. 실종자에서는 고향으로부터 타지로의 추방이며, 소송에서는 고향의 낯섬 속에서의 자신을 세우려는 것이며 성에서 K.는 타지에 측량을 통해서 적응하고, 자신의 정체성을 찾아서 타향을 고향으로 만들며 정착하려는 주인공의 시도이다. 이 세상에서 실종된 어린아이이며, 보이지 않는 법의 심급으로 선고받고 처형되는 독신자이며 자신으로의 길을 발견하지 못한 기혼남이다.

은행원 요셉 K.는 어느 날 아침 2명의 남자에 의해서 체포된다. 심문을 받지만 자신의 죄를 전혀 알지 못한다. 그는 곧 자유롭게 풀려나지만 이후 계속해서 고발된 상태 속에서 산다. 소송은 계속 진행되고 K.는 자신이 어떻게 변호를 해야할 지를 모른다. 삼촌의 독촉에 시달려 그는 늙은 변호사 훌트 박사를 변호인으로 채용한다. 그는 법정과 관계가 많고 어려운 사건을 담당하는 베테랑 변호사이다. 그러나 그는 고발장조차도 한 번도 본 적이 없고 오직 소문, 법정하급관리나 하급판사들의 암시에나 신경을 쓴다. 신경질적인 요셉 K.는 자신의 소송에 대한 여러 가지 소문으로 고통받는다. 자신의 은행 업무도 아주 어렵게 겨우 지속한다. 병들고 거의 아무 일도 하지 않는 변호사에 불만스러운 그는 변호사와 결별하고 자신의 변호를 스스로 하고자 한다. 어느 비 오는 날 오후 소위 예술애호가인 사업파트너를 성당을 관광하게 하라는 지시를 은행측으로부터 받는다. 그러나 기다리는 사업파트너가 오지 않고, 신부가 불안하게 성당을 들어서는 K.를 맞이한다. 신부는 큰 목소리로 벌에 대한 설교하고, 계속되는 이야기에서 법과 법을 지키는 문지기에 대한 비유를 얘기한다. 단편(斷片)으로 그친 마지막 장에서 K.는 저녁 9시에 두 남자에 의해서 교외 밖 채석장으로 끌려가 처형된다.

『소송』은 그야말로 코미디같이 시작한다. 요셉은 자신이 서른 번째

카프카 스케치

생일날 아침 이렇게 체포당하는 것은 너무나 어이가 없어서 회사 동료들의 장난으로 여기고 같이 웃기 위해 이 코미디에 참여한다. 그리고 체포가 별로 진지하게 생각되지 않았기에 그의 일상생활에 별 다른 방해를 주지 않는다. 법정자체도 대수롭지 않게 묘사된다. 심문은 일요일에 이루어지고, 법정은 허름한 임대주택 지붕 밑 방에 위치해 있다. 요셉 K.의 첫 번째 심리는 방청객들의 파안대소를 불러일으키는 희극이었다. 예민해진 관료를 달래기 위해서 계단에 엎드려 기다리는 변호사의 이야기나 변호사 방의 바닥 구멍으로 빠져 나와 소송당사자들이 기다리고 있는 복도 천장으로 발이 빠져 나오는 광경은 우스꽝스럽기 짝이 없다. 요셉 K.가 찾아간 판사의 초상을 그리는 화가의 방 구조묘사 역시 어처구니없다. 방에 놓여있는 침대 뒤가 바로 뒷문이기에 그리로 나가기 위해서는 일단 침대위로 올라서야 하며, 앞문으로 들어오는 것은 한 떼의 소녀들이 몰려 있어서 참으로 어렵다. 이렇게 기괴하고 우스꽝스러운 상황들은 이성적으로 질서 잡힌 세계와는 대조되게 모순되는 묘사로 살아난다. 그리고 바로 이렇게 이성적으로 해명될 수 없는 상황이 요셉 K.의 생활에 침범해 들어온 것이 바로 이 소설의 대상이다. 체포되기 전까지 그의 생활은 이성적이고 소시민적이다. 그의 일과는 규칙적인 업무, 산책, 단골식당방문 그리고 일주일에 한번씩 여자친구 엘자를 방문하는 것으로 짜여있다. 그런데 이렇게 질서 정연하던 일과는 서른 번째 생일날 이루어진 불시의 체포당함으로 완전히 엉망이 된다. 다시 원상복구는 불가능했고 그는 점점 더 소송에 몰두하게 되며, 은행 업무마저도 거의 내팽개치다시피 한다. 비교적 높은 지위의 은행원이라는 시민적 위치가 저해된 것이다. 이렇게 법정은 반시민적 원리로 구현된다.

판타지 문학의 이해

체포당한 뒤 요셉 K.는 유난히 강한 성적 욕구를 느낀다. 이웃집 처녀 뷔르스트너 양에게 시도한 구애는 서툴고 실패로 끝났다. 뷔르스트너양 방에서 체포원과 만남이 이루어졌고, 그 후 그 일에 대해 사과한다며 다시 방문한 요셉 K.는 그녀에게 매우 적극적인 성애적 표현을 했다. 주인공이 점점 더 법정과 얽혀 들어가면서 더욱 그의 성애적 욕구가 강해진다. 요셉 K.는 일요일 처음으로 찾아간 법정에서 법정하급 관리 부인에게 유혹을 느낀다. 변호사집에서 일하는 하녀 레니 역시 고발당한 상태는 성애적인 작용을 한다는 것을 명백히 알고 있다. 그녀는 모든 피의자들에게 매달리고 그들을 사랑하고 또 그들로부터 사랑받는다.

그러나 여기서 법이란 바로 최후적이고 본질적인 불가침성과 불가지성의 특징을 가진다. K.의 체포를 요구하고 그에 따라 소송이 진행되는 바로 그 법이야말로 법정 심급의 불투명성과 마찬가지로 이 소설의 주제이다. 그렇기 때문에 법, 죄 그리고 법정에 대해서 이성적으로 논리 정연하게 응집될 수 있는 의미를 찾아보려는 것은 당연히 실패한다. 주인공이나 독자에게서도 마찬가지이다. 소설 마지막 부분에서 <문지기 비유>는 바로 이렇게 이성으로서 법을 해명하려는 것이 좌절된다는 것을 보여주는 비유이다.

휴양지 슈핀델뮐레의 설경

제10장 현대적 환상성: 프란츠 카프카

어느 겨울날 어둑어둑한 저녁 K.는 마을에 도착하여 다리 앞 여관에서 묵으려한다. 잠시 뒤 성 하급관리 아들이 그를 깨우고는 체류허가증을 보여 달라고 한다. K.는 자신은 토지측량사라고 알린다. 성과의 전화통화로 실제로 성은 토지측량사를 기다리고 있다는 사실을 알게된다. 다음날 K.에게는 두 사람의 조수가 배당된다. 배달부 바르나바스는 그에게 클람이라 불리는 관료의 편지를 전달한다. 편지의 내용은 K.는 토지측량사로서 백작령에 받아들여졌다는 것이었다. 성 관리들이 왕래하는 귀빈장에서 K.는 주막 하녀인 프리다를 알게된다. 그녀는 클람의 애인이었는데 그들은 주막에서 사랑의 첫날밤을 보내고 결혼하려고 한다. 촌장으로부터 K.는 이 마을은 도대체가 토지측량사가 필요 없으며, 토지측량사 초빙 건은 수년 전 잘못된 서류처리에 의한 오류라는 것을 알게된다. 그러나 클람은 여전히 그의 토지측량 업무에 만족하고 있다고 알린다. K.는 이러한 오류를 시정할 길이 없다. 클람과 면담할 수 있는 길이 막혀 있기 때문이다. K.는 우선 급한 대로 학교 급사자리를 받아들이고 프리다와 함께 학교 건물로 이사한다. 그는 귀찮게 따라 붙는 조수들을 내쫓는다. 프리다는 다리 앞 여관 여주인이 카가 철저한 계산 끝에 프리다를 유혹했다고 주장한다고 말한다. 한편 K.는 바르나바스의 누나들과 얘기함으로써 그 가족이 어떻게 이 마을에서 철저하게 고립되었는지 알게된다. 프리다는 이 누나중 하나 때문에 K.가 자신에 불충실했다고 K.를 떠나 옛 친구인 조수에게로 간다. 바로 그때 K.는 성으로부터 프리다와의 관계를 청산하라는 명령을 받는다. K.는 아침에 귀빈장에서 서류 배분되는 과정을 보게 된다. 이것은 엄격하게 금지되어 있었기에 대 소동이 일어나며 쫓겨난다. 객실하녀 페피는 K.에게 자신의 운명을 이야기해주면서 프리다가 철저한 계산아래에서 K.와의 스캔들을 일으킨 것이라고 주장한다. 그녀는 오갈 데 없는 K.에게 객실하녀 방에서 함께 살자고 제안한다. K.는 또 다시 여관집 아주머니와 논쟁을 벌이다가 게르스택커를 따라간다. 그는 K.에게 마구간 보조하인자리를 제안한다. 그의 어머니가 K.를 반갑게 맞이하는데… 브로트가 전하는 바로는 작가가 계획한 결말은 카가 결국 이 마을에서 살고 일할 수 있

판타지 문학의 이해

는 허가를 얻게 된다는 것이다.

1922년에 쓰여진 『성』은 수수께끼 같은 작품이다. 소송은 성의 보완적인 성격을 가진다. 소송의 주인공의 이름은 요셉 K.이고 성의 주인공 역시 그냥 K.이다. 요셉 K.는 체포당해서 관청으로부터 쫓겨다니고 그로부터 벗어나고자 한다면 K.는 관청으로 들어가고자 애를 쓴다. 그 관청들은 유사점을 가진다. 관청은 그들에게 철저하게 종속되어 있는 인간들 위에서 군림하며, 막강한 권력으로 인간들의 실존적 문제들을 결정한다. 그들과 대화를 할 수 없고 그들은 밀폐되어 외부세계에 닫힌 채로 차단되어있다. 그렇다고 두 소설이 단순히 법정이나 관료조직에 대한 비판이나 풍자로 이해해서는 안 된다. 또한 그렇다고 기분파적이고 벌을 내리는 절대적 신성아래에서의 운명적인 인간의 삶으로 해석해서도 안 된다.

성과 성안에 위치한 관청의 매우 독특한 속성은 관료적이고 봉건적인 결합에서 나온다. 그것은 외관에서도 보여지는데, 성은 성이긴 해도 실상 여러 집들과 탑으로 이루어진 것이다. 관리들은 관료적인 업무를 수행하지만 봉건적이고 가부장적인 사회에서나 가질 수 있었던 권력을 가진다. 그렇기 때문에 관리들은 거침없이 권력으로 모든 여자들을 자기 애인으로 만들기까지 한다. 소설 마지막에는 K.는 프리다와의 관계를 끊으라는 명령까지 받는다. 성이 가지는 권력의 원천은 불분명하다.

썰매타기

마을 주민들은 불안에 떨며 가슴을 죄며 살면서, 관리들에게 말할 수 없는 경외심을 보인다. K.는 이것을 이해할 수 없다. 여기서 사건들은 모두 카의 눈으로 묘사되기에 독자 역시 이것을 이해하기 힘들다. 마을 사람들이 무엇 때문에 성에 대해 무조건 복종하며 성에는 들어갈 수 없으며 성관리 클람과 만날 수 없다고 단정적으로 주장하는 것은 이해할 수 없다. 여기 마을에게 통용되는 규칙과 질서는 수수께끼 같지만 K. 역시 그것에 적응해야만 한다. 더욱이 바르나바스 가족의 수난사를 보면 성의 징벌에 대해서 놀라울 뿐이다. 그러나 실제로 성이 어떤 벌을 내린 것이 아니다. 오직 벌을 내릴지도 모른다는 불안감이 그 가족을 이 마을에서 왕따 시킨 것이다.

그러나 여기 마을과 성만큼이나 K.라는 인물 자체도 수수께끼이다. 이름도 약자일 뿐으로 무슨 말못할 사정이라도 있는 것일까. 그의 과거지사에 대해서 우리는 거의 아무 것도 알지 못한다. 다만 그가 어렸을 적에 한 번 공동묘지의 높은 벽 위로 올라가고자 하는 영웅심리를 가졌고 그리고 그가 성공했다는 것을 알 수 있을 뿐이다. 그가 토지측량사이며 성으로부터 초빙되었다는 말은 자신이 이 마을에 오게 된 것을 정당화하기 위한 자기 방어적 주장이다. 조금 뒤에 확인되지만 도착하자마자 바로 관청에 알려진 것은 그에게는 무척이나 난처한 일이었다. 그렇지 않다면 아무도 모르게 어디에 하인으로도 쉽게 취직하여 정착할 수 있었을 텐데. 그러나 관청이 곧바로 그의 주장을 인정한 점 역시 기이하다. 촌장의 말처럼 그것은 서류상 오류였으며 실제로 성이 토지측량사를 초빙했을는지도 모른다. K.는 그러나 다르게 해석한다. 정말로 그가 토지측량사로 초빙된

『성』 집필시기의 카프카

것이 아닌가 숙고하게 된다. 그렇다면 여기서 무엇이 일어나고 있는 것인가? 관청이 정말 K.와 전투라도 벌일 예정인가? 아마도 관청은 이미 K.의 거짓을 꿰뚫어 보고는 그것에 받아들인 것이다. 성이 그에게 옛 조수라고 주장하는 조수들을 보낸 것은 그가 꾸며낸 것을 받아들인다는 것을 보여준 것이다. K.도 그들이 조수가 아니라는 것을 안다. 왜냐하면 그는 조수라고는 가져본 적이 없기 때문이다. 성도 그것을 알고 있기 때문에 적기에 그들을 보내어서 마치 그들이 토지측량과 관계 있는 것처럼 하는 것이다. 비록 성에서 한번도 일을 하지 않았더라도 결국 K.는 자신의 토지 측량작업으로 표창을 받을 것이다. 그렇다고 성이 K.와 전투를 벌이고자 했다는 것은 불분명하다. 그러나 K.가 마지막에 힘이 다 빠져서 죽는 결말에 이르니 그가 패배자인 것이다. 그러나 다른 한편으로는 결국에는 마을에서 살도록 허락을 받게 된다.

K.의 태도 역시 적지 않게 불투명하다. 그는 원래 하인으로 살 작정을 했었다. 그가 관청과 힘겹게 싸우는 것에 동정을 한다해도 그의 방법은 조금 문제가 있다. 그가 클람에게 접근하기 위해서 프리다를 이용했다고 하는 주장은 사실 그럴듯하다. 그러나 프리다가 계산한 뒤에 K.와의 스캔들을 만들었다는 페피의 주장은 조금 믿기 어렵다. 이렇듯 마을은 서로에 대해 불신, 불안 그리고 냉담한 사회이다. 모든 것은 규율에 의해서 행해지고 그것을 침해했을 때에는 가차없이 처벌된다. 미리 알아서 복종하는 것은 이곳에서의 미덕이다. 그렇다면 결론적으로 성과 그 관청은 무엇을 의미하는가? 당시 실제 관료조직에 대한 비판이라는 의미부여 보다는 오히려 개인과 사회와의 관계라는 좀 더 추상적인 구조가 문제되는 것 같다. 개인에게 있어서 중요한 것은 한 사회에 자기 자리를 발견하고 그의 구성원으로 받아들여지는 것이다. 성에서는 같은 인간으로서 받아들여지지 못하는 사실이 문제된다. 이 당연

한 인정은 우선 관청에 의해서 결정되어야 한다. 관청은 K.가 거짓된 진술로 이 사회에 몰래 기어 들어오려는 불청객임을 알고 있다. 여기서 묘사되고 있는 것은 귀속되지 못하고 자신의 사회적 정체성을 거짓된 사실을 허위적으로 꾸밈으로서만 소속될 수 있는 그런 감정을 표현 한 것이다. 이것은 자신의 가치에 대해서 깊이 절망한 인간의 감정이다. 거기에다가 정신분열증적인 요소가 가미된 것이다. 모든 것은 관청에 의해서 감시되고 있으며, 관청은 인간의 모든 것을 결정짓고 처분할 수 있으며, 거기로 가는 길은 막혀 있다. 관청으로 어떻게 해서든지 들어 가서 갈망하던 인정을 받는 것이 유일한 목표인 것이다. 현대인의 다른 사람에 대한 불안, 자신의 가치에 대한 회의 그리고 인정받으려는 욕망 내지는 권리를 보여주고 있는 것이다.

카프카 스케치

4

카프카의 「변신」에 나타난 현대적 환상성

토도로프는 환상문학의 핵심은 현실인지 환상인지 그 경계의 모호함이며, 그 판단의 망설임을 조장하는 것이라고 했다. 그리고 독자 환상적인 것이나 경이로움 그리고 괴기스러움 등을 느끼게 되는 것은 일단 현실세계에서 기초한 이야기가 전개되면서 현실적인 것, 자연적인 것을 넘어서게 되면서부터이라고 했다. 특히 사실주의와 자연주의문예사조가 주도한 19세기에 있어서 대안적 문학형태로서 환상문학의 등장을 이야기했다. 그렇다면 이 19세기적인 환상문 학 내지는 환상성은 20세기에 와서도 유효한 지에 대해서 토도로프는 20세기에는 이미 환상문학은 끝났다고 단언한다. 소위 20세기 환상문학의 하나 예라고 일컬어지는 카프카의 「변신」에 있어서의 20세기적 환상성을 이야기한다.

문학은 엄밀한 의미에 있어서 통칭하여 환상문학이라고 할 수 있다. 토도로프식의 정의에서 환상이란 현실을 기준 하여 그것이 현실적인가 아닌가를 결정하기 때문이다. 문학은 현실이 아니며, 현실인척 하는 허구이다. 다시 말해서 독일어로 als ob (마치 …인척)의 세계로서 …와 같은 세계이다. 그것은 현실적 상황과 대상물들의 레퍼토리를 가지고 현실에서 일어나지 않았던 세계를 만들어낸다. 그래서 19세기 전통 미학에서는 예술은 가상으로서 현실과 대립되는 것으로 인식되어 왔다. 현실과 비현실 사이의 경계에 대해서 질문하는 문학의 고유행위를 명시적으로 보여주는 것이 환상문학이라고도 볼 수 있다. 그러나 20세기에 와서 작가의 소유물로서의 문학이 아닌 독자와의 소통 속에서 구체화되는 문학작품이라는 수용, 영향미학이 대두되면서 문학이 현실과 허구라는 존재론적 대립보다는 문학은 현실에서 일어날 수 없었던 것에 대한 보완적 기능으로서 인식되었다.

환상이란 19세기적인 실증주의 앞에서 어디까지나 속임수였지만, 이제는 더 이상 부동의 외적 현실이 존재하지도 않으며, 현실의 충실한 모사로서 문학도 존재하지 않는다. 사물의 자율성을 언어적 실험을 통해서 얻기도 한다. 토도로프는 이러한 20세기적 현상 속에서 언어적 전복을 꾀하려했던 환상문학의 죽음을 선언한다. 그리고 새로운 문학의 예로 카프카를 든다. 초자연적인 이야기가 카프카의 변신에서 어떻게 시작해서 지금까지 자신의 환상성의 핵심인 망설임을 어떻게 철저하게 확인되는 과정으로 바꾸는 가를 이야기한다. 그 방법은 거꾸로 이다. 19세기적 환상문학은 아주 자연스러운 것에서 시작하여 초자연적인 것으로 전개되는 반면에 카프카의 변신에서는 처음에 막바로 가장 극단적인 초자연적인 사건이 일어나고, 처음에는 이것이 자연스러운 것이 아니며, 현실이 아닌 꿈이라며 자신을 위로하다가 점차로 애초에 일어난 사건이 진짜 현실임을 하나 하나 입증해 나아간다는 것이다.

"어느 날 아침 그레고르 잠자가 꿈에서 깨어나자, 자신이 침대 위에 한 마리의 거대한 딱정벌레로 변해 있는 것을 발견했다". 일종의 망설임의 가능성으로 간단한 지시를 준다. 즉 잠자가 꿈을 꾼 것이 아닌가 생각한다. 하지만 그도 사실이 그 반대임을 안다는 것이다. 망설임은 계속되지 못하고 이야기 전체 진행 속에 매몰되면서 주인공인 잠자 또한 변신한 자신을 현실적 상황으로 받아들이기 시작한다. 그레고리는 자신이 동물로 변한 것에 익숙해지는데, 육체적으로 인간의 식사나 쾌락을 거부한다. 그에게 양분을 줄 수 있는 것은 오직 음악에 대한 동경이다. 여동생을 좋은 바이올린 연주자로 키우겠다던 자신의 옛 소망을 기억하며 음악을 듣고자 열망한다. 가족들이 잠자의 변신에 대한 반응은 의아함이나 망설임보다는 놀라움으로, 이 변화된 상황에 어떻게 대처하느냐 에만 초점을 맞춘다. 어머니와 누이동생은 변화된 잠자를 여전히 아들과 오빠로 여기면서 되돌아오기를 고대하기도 했지만, 아버지는 처음부터 냉엄했다. 그레고리의 변신으로 경제적 기둥을 잃게 된 가족들은 다시 생활력을 획득하고 자립적인 삶을 살기 시작한다. 아버지가 적개심으로 던진 사과가 몸에 박히고 그 상처로 죽게된 그레고리는 더 이상 슬픔의 동정의 대상이 아니다. 그의 죽음은 오히려 그 동안 증오스럽고 귀찮은 짐에서 마침내 벗어나게 했다. 하녀가 납작하게 눌려 말라비틀어진 그레고리의 사체를 치워버리고, 가족들은 모처럼 봄소풍을 나가는 것으로 이야기는 끝난다. 더욱이 그 동안 몰라보게 성숙한 누이동생이 새로움 삶, 다시 말해서 관능에 곧 눈을 뜰 것이라는 예감으로 끝난다. 이를 두고 블랑쇼는 <무서움의 극치>라고 했다.

도토로프는 이런 이야기의 전개는 자신의 환상문학 정의와는 완전히 거꾸로 전개된다고 했다. 가장 초자연적인 것으로 시작된 이야기가 점차로 아주 자연스러운 현실로 보이게되고, 이야기 종말 역시 초자연과는 거리가 멀다는 것이다. 망설임은 미지의 사건을 지각하는 준비로 자연에서 초자연으로의 이행을 특징짓는 것이다. 변신의 기술은 역방향으로 설명되지 않은 사건이 터지고 점점 그에 적응하는 초자연에서 자연으로의 이행이라는 것이다. 다른 장르인 경이로움에도 속하지 않는다. 변신에서의 초자연적 요소는 불안감을 불러일으키지 않으며, 다만 충격적이고 불가능한 사건이 문제된다는 것이다. 그래서 알레고리적인 작품으로 간주하고 싶다는 것이다. 그러나 이것 역시 우의적 해석 가능성에 대한 명시적 제시가 결여되어 있다는 것이다. 그러므로 변신 알레고리의 독법은 자의적으로 여러 가지로 해석될 수 있는 것이며, 변신의 사건은 어떤 다른 문학적 사건에도 뒤지지 않는 현실적 사건이라는 것이다.

프라하의 칼다리

환상에는 자연법칙과 현실적 합의에 대한 침범 내지는 일탈이 들어 있는데, 변신에서의 이러한 일탈은 망설임을 촉발시키지 못하는 것은 초자연 사건만큼이나 전체 이야기가 기묘하기 때문이라는 것이다. 카프카는 비합리적인 것을 규칙의 일부로 받아들이고, 현실과는 아무런 관계없는 논리에 따르기 때문에, 19세기 환상문학의 핵심적 특징인 망설임을 저버렸다는 것이다. 사르트르는 이에 대해서 "환상적 대상은 단 하나밖에 없다. 즉 인간이다. 반만 현세와 연결되어 있는 종교나 심령술에서의 인간이 아니라, 있는 그대로의 인간, 자연의 인간, 사회적인 인간이며, 노상의 장례식에 목례하고 찬가에서 수염을 깎고 교회에서 무릎을 꿇고, 기폭을 선두로 보조를 맞춰 걸어가는 인간이다"라고 했다. 20세기에 와서 정상적인 인간은 바로 환상적 존재인 것이다. 환상은 이미 예외가 아닌 것이 되어 버렸다는 것이다. 20세기는 카프카와 더불어 환상이 보편화된 것이다. 도토로프는 다음과 같이 결론짓는다.

카프카는 문학적인 것과 초자연의 통합을 실현함으로써 문학의 좋은 이해를 보여주고 있다. 문학이란 일상언어가 모순이라고 부르는 것에서 생명을 얻는다. 문학은 언어적인 것과 초언어적인 것, 현실과 비현실의 이율배반을 한 몸에 지닌다. 그런데 카프카 작품은 문학이 그 중심에서 또 하나의 다른 모순을 체험시키는 지를 보여준다. 이 다른 모순은 블랑쇼가 말한대로 "문학이란 자신을 불가능케 하는 한에서 가능할 수 있는 것"이다. 말해지는 바가 바로 거기 현존하는 한 문학의 장은 있을 수 없다. 문학에 그 장이 주어지면 이미 말해야 될 것이 하나도 없는 것이다. 자신의 불가능으로 존재하는 것이 문학인 것이다.

카프카 문학은 그러므로 19세기적 환상문학과 구별되는 <보편적 환상성>을 지닌 작품으로 가능한 세계와 불가능한 세계를 오락가락하는 망설임으로 환상성을 보여주는 것이 아니라 불가능한 세계를 가장 현실적으로 보여주는 문학의 메타문학인 것이며, 환상적(?) 현대적 삶을 그대로 재현하고 있는 것이다.

11

북유럽 신화와 판타지소설

Fantasy Literature

1

들어가면서

유럽 민족 대이동기를 배경으로 생겨난 영웅서사시와 중세 기사문학의 이야기들은 인류 역사가 전개되면서 일어난 사건들이 역사로 혹은 전설로 전해 내려오면서 민중적인 이야기가 되었던 것이다. 서양문학사를 살펴보면 이렇게 전설, 민담, 영웅담 등이 구전되어 내려오고 대개 수도원을 중심으로 필사본으로 쓰여져 문자화되었거나 스코프나 음유시인을 통해서 전래되던 것을 궁정시인들이 확대 재생산하였다. 현재 우리들이 흔히 문학이라고 간주하는 것은 그러니깐 18세기 서양의 근대화이후 생겨난 것으로 계몽주의문학이 그 출발점이 된다. 산업사회로의 진입으로 운문적인 시문학에서 산문시대로 열리며, 그 결과 지금의 소설이 탄생하게 되었으며 그 전성기가 19세기 리얼리즘시대이다. 이렇게 문학사를 훑어보는 이유는 우리의 주제인 판타지와 연관지어 생각하기 위함이다.

인류는 자신이 태어나기 이전 이 세상이 어떻게 생성되고 어떤 역사에 의해서 이렇게 자신이 생겨나게 되었는가를 신화적으로 이해했다. 서양의 그리스신화가 그렇고 우리의 단군신화가 그렇다. 그리고 인류의 역사가 진행되면서 인간들이 겪었던 여러 가지 사건들을 역사적 기술과 병행하여 동화·전설·성담 등으로 자신들의 삶의 이야기를 펼쳤다. 르네상스이후 절대적 신의 거대한 정신적 우산을 거부하고 이성을 자기 존재의 근거로 삼게되고, 인간들은 정신적 우산이나 정신적 지붕 없이 자기 홀로 자신의 존재를 짊어져야 했다. 인간은 어떻게 보면 모든 것으로부터 자유로워진 만큼 드넓은 벌판에 홀로 남게 되어 스스로 이성과 합리성으로 자기 존재를 설정해나가야 했던 것이다.

계몽주의 문학이 현대문학의 출발이고 이제 구전된 민담이나 설화문학보다는 특정한 작가가 창작한 문학작품이 나오고, 또한 대량으로 생산되어 읽게 된다. 인간이 소위 개화되기 시작하면서 이제 인간은 신화나 전설로부터 점점 멀어지게되는 것이다. 우리가 이미 다루었던 동화, 전설 등 민담의 세계는 결코 이성이나 합리적인 논리로는 설명될 수 없는 세계로, 오히려 그것과 대립하는 세계이다. 동화 속에서도 인간이 신화적 혹은 전설적 상상력의 세계로부터 추방되고 멀리 떨어져 생활하고 있다는 것이 보여진다. 예를 들어서 동화에서 결손가정이나 고통스러운 현실을 피해서 가출한 소녀나 소년이 방황 끝에 도달하게 되는 곳이 바로 이 신화/전설적 세계이다. 흔히는 깊은 숲으로 나타난다. 거기에는 일곱 난쟁이, 마귀할멈, 말하는 새, 황금을 낳는 거위 그리고 사악한 난쟁이 등이 여전히 건재한다. 그러나 동화의 주인공들은 이 숲에서 영원히 머물 수 없으며 또다시 자신이 탈출해 온 (고향)현실 생활로 돌아가길 원한다. 물론 여기서 고향이란 말은 상당히 모순적이다. 정신적 고향은 사실 이 숲이다. 그러나 동화에서는 이 두 세계가 여전히 병존하고 있음을 암시한다. 총체적인 현실적인 삶을 그리려는 계몽주의시대이후의 문학작품들에서는 사실상 신화적/전설적인 상상적 세계는 배제되었던 것이다. 그래서 우리가 다루었던 19세기 환상문학들은 그러한 이성적 눈으로 파악된 인간 삶 속에서 문득 문득 돌출하는 비가시적 심연을 <환상>의 이름으로 표현했던 것이다. 동화 속에서는 이 잃어버린 세계가 아직 사라지지 않은 것이다.

지난 시간에 잃어버린 세계 중 우리시대에 가까운 전설, 설화적 세계에 대해서 알아보았다면, 오늘은 신화적 세계, 즉 인류 이전의 세계

2

북유럽 신화

1) 에다

서양의 정신적 원천하면 우리는 그리스신화를 떠올린다. 그리스신화는 그러나 엄격히 말하면 유럽 남부문화의 모태이다. 그렇다면 유럽 중부와 북부에는 전설이나 신화적 사고가 존재하지 않았나? 유럽에는 크게 3대 정신적 모태를 얘기할 수 있을 것 같다. 아서왕의 전설이 중심을 이루는 「트리스탄과 이졸데」, 「파르치팔」 등 켈트족의 민담이 그 하나이다. 그리고 남부유럽적인 그리스신화와 대비를 이루는 북유럽신화가 있다. 북유럽신화는 게르만족의 신화이다. 본래 게르만족의 터전은 스웨덴 남부, 덴마크, 슐레스비히-홀스타인 등(독일북부)으로 추정된다. 기원 1세기 초 게르만 종족이 이주하고 농경 경작재배가 이루어지면서 북게르만, 동게르만, 서게르만의 세 분류로 갈라진다. 북게르만은 처음의 스칸디나비아지역에 그대로 머물렀고 동게르만은 오더르강(독일과 폴랜드 국경)을 건너 남쪽으로, 그리고 서게르만은 남부독일과 서부독일, 영국인근의 섬으로 이주했다. 점차로 따뜻한 남쪽으로 내려오면서 더욱 강력한 그리스, 로마문화권에 동화되어서 자신들의 이야기를 잊어버린다.

이 잃어버린 신화를 되찾게 된 것은 바이킹에 의해서이다. 특히 유럽 대륙과는 단절되었던 아이슬랜드에서 게르만 신화는 기독교 영향을 받지 않고 간직할 수 있었다. 노르웨이, 스웨덴, 덴마크, 아이슬란드 등으로 알려진 북구 나라의 스칸디나비아인 들의 신화는 다행히 『에다(Edda)』라는 책에 수록되어있다. 에다는 에다시와 에다산문의 두 가지로 구분되는데, 에다시는 익명의 작가가 1250년 경 모은 여러 가지 이야기로서 구성된다. 시들이 만들어진 원래 시기는 논란이 많으나, 대부분 바이킹시대이전에 쓰여진 것으로 추정된다. 바이킹시대라 함은 중세 때 스칸디나비아인 들이 역동적으로 활동하던 시기로 700년부터 1100년까지를 말한다. 에다시는 두 부분으로 나눌 수 있는데, 신화적 부분과 영웅담이 그것이다. 거기에는 15개 신화로 된 시와 23개의 영웅담이 들어있다. 에다산문은 1220년경 스노리 스튜루슨에 의해 쓰여졌다. 세 부분으로 나뉘는데, 첫 번 째에서는 길피가 3명의 족장에게 노르웨이신화에 대해서 묻는 이야기이며, 두 번째는 그 들 뒤에 숨어 있는 지식과 여러 가지 이야기들이다. 세 번째는 하콘왕에 대한 것이다. 단어 <에다>의 의미는 "창시자 대할머니", "시" 혹은 "오딘의 책" 등으로 알려져 있다. 노르웨이 신화적 <볼(뷜) 중가의 전설>은 시구르트(독일의 지크프리트)전설을 다루고 있다.

2) 북구식 천지창조

『에다』에 의하면 이 세상에는 오직 끝없는 대양과 안개와 같은 세계가 있었는데, 이 안개의 세계에는 하나의 샘물이 흐르고 있었다. 이 샘에서 12개의 시내가 흘러나왔고, 멀리 흘러가면서 얼음이 되었고, 여러 층이 겹쳐서 대양이 되었다. 남쪽의 빛의 세계에서부터 따스한 바람이 불어와 얼음을 녹였다. 증기가 하늘로 올라가 구름이 되고 구름으로부터 이미르라는 서리의 거인과 그의 자손 그리고 암소가 태어났다. 거인은 암소의 젖을 먹고 자란다. 암소는 얼음에서 서리와 소금을 먹고 살았는데, 어느 날 암소가 핥던 바위에서 새로운 생명인 신이 나타났다. 이 신과 거인족 딸과의 사이에서 오딘, 빌리, 베 등 형제가 태어났다. 그들은 이미르를 죽이고 그의 육체로 육지를, 피로 바다를, 뼈로 산을 머리카락으로는 나무를, 두개골로는 하늘을 그리고 뇌수로는 우박과 구름을 만들었다. 이미르의 눈썹으로는 미드가르드라는 인류의 거주지를 준비했다.

오딘은 하늘에 태양과 달을 설치하고, 진로를 정하여 밤과 낮을 그리고 계절의 주기를 정하였다. 태양이 빛을 비추자 대지 위에는 식물들이 싹텄다. 인간이 없음을 한탄하고는 물푸레나무로 남자를 만들고 오리나무로 여자를 만들었다. 아스가르드는 신들의 거주지로 그곳에 가려면 무지개다리를 건너야했다. 금은으로 된 궁전들이 많았는데 그 중에서도 오딘이 살고 있는 발할라 궁전이다. 오딘 양어깨에는 두 마리의 갈가마귀가 있어서 매일 전 세계를 돌아보고는 보고들은 바를 오딘에게 다 보고한다. 오딘 발 아래에는 두 마리의 늑대가 앉아 있는데, 자기 앞에 차려 놓은 음식을 그들에게 다 준다. 그가 먹는 유일한 음식은 벌꿀 술이기 때문이다. 오딘은 루네문자를 발명했는데, 이 문자로 금속방패 위에 운명의 신비를 새기는 것이 운명의 여신의 임무이다.

3) 그들의 세계와 주요신들

신화에서 익드라질이라는 우주나무는 온 세계를 상징하며 그 가지
와 뿌리가 뻗쳐 나간 끝이 바로 세계의 끝을 나타낸다. 세계는 크게
신들이 사는 아스가르트, 인간과 거인이 사는 중간세계인 미드가르트
그리고 죽은 자들이 가는 지하세계인 안개의 나
라 니플하임으로 나누어진다.

익드라질(우주나무): 거대한 물푸레나무로 9개
의 세상을 둘러싸고 있다.

제1계 (아제 신의 나라)
─아스가르트(에시르의 세계)
　바나하임(헤임)(바니르의 땅)
　알프하임(밝은 꼬마요정들의 땅)

비피스트다리: 신의 세계와 인간세계를 연결
하는 무지개다리

제2계 (인간과 거인의 중간 세계)
─미드 가르트(중간 세상, 인간들의 세상)
　외툰(요툰)하임(거인들의 땅)
　니다벨리르(난쟁이들의 땅)
　스바르탈프하임(난쟁이들의 땅)

제3계 (저승)

—헬(죽은 자의 영역)

　니플하임(죽은 자의 세계)

발킬레의 적마

　전투에서 죽은 용사들의 혼은 발킬레의 인도를 받아 발할궁전으로 모셔져 최후의 결전을 준비한다. 여기서 신들, 거인, 괴물들이 모두 뒤엉켜 처절한 싸움을 벌인다. 하임달의 나팔소리를 기점으로 펜리르 늑대가 오딘에게, 외르문간트의 독뱀은 토르에게 달려든다. 오딘이 늑대에게 잡아먹히자 아들 비다르가 늑대에게 복수를 하였으며 토르는 뱀독으로 죽는다. 불의 거인 주르트는 프레이를 누르고 불꽃이 이는 검을 던져 우주를 불태운다. 모든 것이 사라진 뒤 대지가 소생하고 다시 신과 인간들이 나타나 새로운 세상을 연다.

　그리스신화가 정착한 농경문화를 토대로 한다면 게르만 신화는 이동하는 민족의 불안전적인 세계관을 반영하고 있으며, 원시적인 생명력과 인간의 본능을 직선적으로 보여준다.

오딘

　■오딘(보탄): 북구 신화에 있어서 최고의 신이다. 많은 신들의 실질적인 아버지이며 자신의 두 형제와 함께 최초의 남자와 여자를 창조했다. 전투의 신으로 전사들에게 용기를 준다. 지혜의 신이기도 한데, 지혜를 얻기 위해서 미미르거인에게 한쪽 눈을 바쳐 애꾸가 되었다. 지혜의 보고인 루네문자를 깨치기 위해서 스스로 목숨을 버리고 9일 동안 낮과 밤을 창에 찔린 채 나무에 거꾸로 매달렸다고 한다. 그는 신분이 금세 노출되는 것을 피하려고 챙이 넓은 모자를 쓰고 다닌다. 그리고 항상 푸른 색 외투를 걸치고 마법의 창 궁니르를 가지고 다닌다. 오딘은 지식

의 신, 전쟁의 신, 마법을 다루는 신이기도 하다. 그는 모든 이들의 아버지라고 불린다.

■**토르**: 토르는 북유럽 신화에 등장하는 천둥의 신이다. 그는 질서를 나타낸다. 오딘이 귀족 전사의 수호신인데 반해 토르는 농민의 수호신으로, 미왈니르(묘르닐)의 망치를 휘둘러 그들의 결혼이 나 장례를 정화해 준다. 현대의 그는 체구가 크고 붉은 수염에, 식욕이 엄청났으며 곧잘 이성을 잃고 화를 내면서도 금세 다시 가라앉고, 머리가 기민하지는 못하지만 매우 강건하며 믿음직스럽다. 고대 웁살라 신전에는 그의 상이 최고의 자리를 차지하고 있었다.

■**로키**: 두 거인의 아들이면서도 오딘과는 의형제간인 로키는 신들과 거인들 사이의 애매하고 불확실한 관계를 나타내고 있다. 매우 역동적이고 무슨 짓을 할지 예측할 수 없는 성격이며 가장 문제가 많은 신이다. 거인족 출신으로 신들의 정식 일원에 끼지는 못하나, 그의 간계로 주신 오딘과 형제의 의를 맺음으로서 아스가르드에 살게 된다. 매우 잘생긴 외모에 재주도 뛰어나 때때로 궁지에 빠진 신들을 돕기도 한다. 그러나 시간이 지나면서 장난기가 많은 로키는 점점 잔인한 약탈자로 변하고 신들에게 적의를 드러낸다.

■**프레이르**: 뇨르트의 아들. 농경의 신 중에서 가장 중요한 풍요의 신이다. 또 풍성한 수확과 평화를 불러 일으켜 인간에게 복을 가져다준다. 황금빛 멧돼지인 그린브르스티를 타고 다니거나, 수레를 끌게 한다.

■**프레이야**: 프레이르의 누이동생. 세상의 평화를 관장하는 미의 여신으로 가정, 사랑 그리고 결혼식의 신이다. 인간에게 기쁨을 주는 여신으로 세련되고 당당한 인물로 살아남은 유일한 주요 여신이다.

■**헤임달**: 바니르 신족 출신으로 바다와 관련이 있으며, 체력과 예리하게 발달한 감각 덕분에 신들의 이상적인 파수꾼이다.

■**티르**: 오딘의 아들로서 에시르신 중에서 가장 용감했으며 그로써

신들은 한동안 평화롭게 지낼 수 있었다.

- **포르세티**: 정의의 신,

  브라기: 시와 웅변의 신

  울: 사람들이 결투할 때 비는 신,

  발리: 발데르의 원수를 갚음,

  바다르: 오딘의 원수를 갚음

3

북유럽 신화 속의 반지

지금까지 간략하게 살펴 본 북유럽 신화는 분명히 우리가 익히 잘 알고 있는 그리스신화와는 차별된다. 그런데 이 북구신화가 요즈음 우리들의 관심을 끄는 이유는 소위 판타지소설이 원용하는 신화세계이기 때문이다. 특히 신화 속에 나오는 반지는 톨킨의 『반지의 제왕』과 바그너의 <니벨룽의 반지>의 작품 핵심적 모티브가 된다. 영웅서사시 『니벨룽엔의 노래』에서 보았듯이 지크프리트는 탁월한 재능과 불굴의 모험정신을 타고나 최고의 미인을 얻지만 배신과 저주의 소용돌이 속에서 비극적인 죽음을 당하는 영웅이다. 이 지크프리트는 북유럽에서는 시구르트라는 영웅으로 등장한다. 게르만 민족 이동기 라인강을 중심으로 생겨난 지크프리트전설이 북유럽으로 흘러가 유사한 시구르드전설을 만들었다는 설이 있다. 톨킨의 반지전쟁을 다룰 때에 다시 시구르드전설에 대해 언급하기로 하고 여기서는 종합악극인 <니벨룽의 반지>를 먼저 소개하고자 한다. 바그너는 독일인의 뿌리를 찾기 위해서 혹은 자신의 세계관을 발언하기 위해서 자기 작품의 소재를 북유럽 신화와 중세서사시에서 찾았다. <트리스탄과 이졸데>, <나르는 네덜란드사람>, <로엔그린>, <뉘른베르그의 장인가수> 등 많은 작품이 그러하다. 그러나 무엇보다도 모든 것을 종합할 수 있는 작품이 바로 <니벨룽의 반지>이다.

12

바그너의 니벨룽의 반지

Fantasy Literature

1

들어가면서

북구신화에서 반지설화를 모티브를 해서 19세기 그리고 20세기에 걸작 2편이 나왔는데, 19세기에 만들어진 리하르트 바그너의 <니벨룽의 반지>와 20세기에 톨킨의 「반지의 제왕」이 그것이다. 니벨룽의 반지는 종합악극이라는 문학, 음악, 무대공연이라는 종합예술적인 면모를 지닌다. 니벨룽의 반지는 드라마적인 요소가 강한 반면에 반지의 제왕은 매우 서사적이라는 점에서 커다란 차이를 보인다.

2

리하르트 바그너

바그너는 1813년 5월 22일 라이프찌히에서 태어났다. 아버지는 경찰서기였다. 9남매 중 막내였다. 그가 태어난 지 5개월 뒤에 아버지는 돌아가시고, 배우이자 화가인 가이어 씨가 아이들과 어머니를 받아 들였다. 바그너는 1831년 라이프찌히에서 음악을 공부한다. 1833년 가수인 형이 동생 바그너를 뷔르쯔부르크로 데려가 합창공부를 하게 된다. 1834년 오페라극단의 지휘자로 마그데부르크로 간다. 거기서 바그너는 배우 민나 플란너와 사랑을 하게 된다. 그녀를 따라 쾨니스베르크로 가서 1836년 결혼한다. 채권자를 피해서 노르웨이와 런던을 거쳐 파리로 도망간다. 파리에서 그들은 1839년에서 1942년 4월까지 빈곤한 삶을 영위한다. 이때 「나르는 네덜란드인」이 만들어진다. 1842년 드레스덴에서 「리엔지」의 초연이 성공하여 유명하게 된다. 1843년 작센의 왕립악단장으로 임명되고, 「탄호이저」와 「로엔그린」을 작곡한다. 그밖에도 오페라 지크프리트의 죽음(나중에 니벨룽반지에서의 신들의 멸망)의 원고구도와 트리스탄의 스케치가 만들어진다. 1849년 그는 드레스덴 5월 혁명에서 반란자 편에 서서 싸웠기에 스위스로 도망간다. 1858년까지 스위스에서 지내며, 베니스, 루쩌른, 빈, 파리, 베를린 등을 돌아다닌다. 이때에 주로 그는 이론서를 저술하였으며, 니벨룽의 반지의 작품구성과 작곡을 시작했다. 1864년 바이어른 왕 루드비히 2세의 호의로 빚을 다 갚을 수 있었고 계속적인 지원을 받게 된다. 그러나 바그너가 바이어른 정치를 간섭하려 했기에 뮌헨에서 쫓겨나 제네바로 간다. 그럼에도 불구하고 뮌헨에서 그의 작품인 「뉘른베르크의 장인가수」, 「라인강의 황금」과 「발킬레」가 초연 되었다. 스위스에서 바그너는 프란츠 리스트의 딸이며 지휘자인 한스 폰 빌로우와 이혼한 코지마와 결혼한다. 1872년 바이로이트로 가서 오페라축제 극장을 짓기 시작하여 1876년 8월에 완성한다. 이때 개관기념으로 <니벨룽의 반지(Der Ring des Nibelungen>의 전막이 공연된다. 1877~1882년에 그의 마지막 오페라 파르찌팔이 완성된다. 건강을 회복하기 위해서 1882년 베니스로 떠난다. 1883년 그곳에서 심장마비로 사망한다.

〈니벨룽의 반지〉

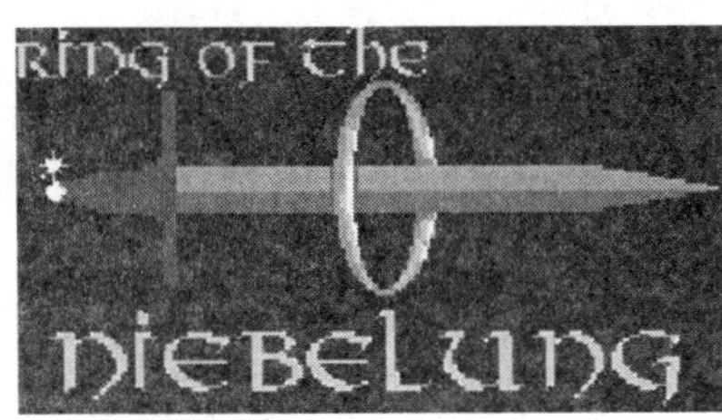

중세적인 신화는 〈니벨룽의 반지〉의 텍스트와 줄거리의 기초가 된다. 〈지크프리트〉의 초안에는 우선적으로 1200년경 도나우 지방에서 생겨난 〈니벨룽엔의 노래〉를 사용하였다. 그러나 〈니벨룽엔의 노래〉는 바그너에게 충분히 태고적이지 못했다. 니벨룽엔의 이야기에는 궁정적인 것, 기사적인 것 그리고 기독교적인 것이 많았기에 그는 소위 『에다』와 『볼중가의 전설』의 신과 영웅시에 경도되었다. 이 스칸디나비아 적인 전설은 니벨룽엔 노래보다도 늦은 13세기경으로 표시되었지만, 바그너는 거기에는 훨씬 고대적인 요소가 더 많다고 생각했다. 무엇보다도 기독교시대에 나온 니벨룽엔의 노래에서는 나오지 않는 이교도적인 신들에 관심을 가졌다. 바그너가 니벨룽 소재를 가지고 저술을 시작했을 때, 포이에르바하(독일 철학자)의 영향을 받았다. 기독교가 인간의 본질과 감정생활로부터 인간을 소외시킨다는 논제로 유물론적 철학을 불러 일으켰다. 니벨룽의 반지를 반 쯤 작곡했을 때 그러나 바그너는 정신적인 전환이 일어나 삶으로의 의지를 부정하는 낭만주의 철학자 쇼펜하우어에 경도되었다. 바그너는 1848년 사회주의 혁명으로 불타다가 20년 뒤에 젊은 바이어른의 왕 루드비히 2세에게 무릎을 꿇는다

이 〈니벨룽의 반지〉는 1848년 니벨룽엔 주제에 대한 입안에서부터 1874년 〈신들의 황혼〉의 완성까지 26년이 넘게 걸렸다. 〈니벨룽의 반

지>는 <라인강의 황금>, <전쟁의 여신들>, <지크프리트> 그리고 <신들의 황혼>으로 이루어진다. 이 전체 <반지> 오페라는 1876년 8월 13, 14, 16, 17일에 바이로이트 극장(백조성을 지은 루트비히 2세가 바그너를 위해서 지어준 오페라극장)의 준공을 기념해서 초연된다.

다음은 4막(정확하게 1전야제 3막)의 간단한 줄거리이다. 앞에서 읽어본 니벨룽엔의 노래는 반지에서는 3막 내용에만 국한되며, 반지는 그 사건의 원인으로서 태고적부터의 전사에서부터 훨씬 확대된 내용이므로 혼돈하지 말고 비교해서 읽어야 한다.

1) 라인강의 황금

4부작의 전야제로서 인류의 타락을 보여준다. 지하에 살고 있는 난쟁이 니벨룽족인 알버리히는 라인의 딸들에게서 보물을 훔쳐내기 위해서 사랑을 배신한다. 그렇게 해서 자연의 조화는 파괴된다. 마술의 라인의 금에서 그는 망토와 반지를 빚어 만들고 그것들은 그에게 막강한 힘을 준다. 신중의 신 보탄은 불의 신 로게로부터 금도난사건과 그 결과에 대해서 듣게 되었다. 보탄은 알버리히로부터 반지를 빼앗고자 니벨룽엔으로 향하고, 로게의 간계로 보탄은 알버리히에게서 금, 망토 그리고 반지를 빼앗을 수 있었다. 그러나 알버리히는 그 반지에 저주를 불어넣었다: 이 반지를 소유하는 자는 언제나 불행과 죽음을 맞이할 것이리라. 보탄은 빼앗은 금으로 발할궁전을 지은 거인들에게 집 지은 값을 지불하려 하자, 거인들은 추가로 이 망토와 반지를 요구했다. 전지전능의 에르다 (Erda) 여신이 여기에 끼여들었다. 그녀는 보탄에게 저주의 효능을 알려 주고 신들의 멸망을 경고했다. 보탄은 이에 거인들에게 이것들을 주었 다. 그러자 거인형제는 서로 그것을 가지고자 싸우고 결국 동생을 죽였 다. 신들이 그들의 무지개다리를 건너 궁전으로 기분 좋게 들어갈 때, 라인의 딸들은 라인강 깊은 곳에게 잃어버린 보물에 대해 한탄하고 있 었다. 보탄의 성곽은 약탈당하고 범죄가 마구 일어나는 것으로 자연에 보복 당한다. 로게는 이제 신들의 멸망이 가까워졌음을 본다.

2) 발킬레(전쟁의 여신: 죽은 자를 발할 궁전으로 데려오는 여신)

보탄은 반지 생각을 떨칠 수가 없었다. 자신을 보호하 기 위해서 9명의 전쟁여신들을 만들었다. 그 중에는 에르 다와 사랑하는 딸 브륀힐데가 있었는데, 그에게 죽은 모든 힘센 장수들을 데려와야 했다. 또한 그는 이 세상의 지배 자로서 계약된 자유로운 영웅들을 창조했다. 그들은 거인 파프너에게서 반지를 빼앗아오고, 신들과 인간을 저주로부 터 보호해주어야 했다. 한 인간 여자가 땅에서 벨제라는 이름으로 변신한 보탄에게 쌍둥이를 낳아주었다. 지그문트 와 지그린데가 그들이다. 그들은 어렸을 때 헤어진다. 지그 린데는 자신의 의사와는 달리 게르만족의 영주 훈딩과 결혼한다. 벨중 엔가는 지그문트를 깊은 숲에서 야생적이며 무질서적인 생활을 영위하 도록 한다. 보탄의 계획대로 지크문트는 어느 날 적들을 피해 도주하다 가 훈딩의 오두막에 들어서게 된다. 두 남매는 서로 알아보지 못하지만

판타지 문학의 이해

서로 이상하게 끌리는 것을 느낀다. 물푸레나무에서 지크문트는 언젠가 보탄이 꽂아 놓은 마법의 칼 노퉁을 빼낸다. 그 남매는 드디어 서로를 알아보고는 결혼하여 하나가 되어 합치고는 훈딩의 집에서 도망친다. 이제 보탄은 자신이 생각한 목표점이 가까웠음을 느낀다. 그는 훈딩과의 싸움에서 지크문트를 편들기 위해서 벌써 브륀힐데를 보내려했다. 그런데 이때 그의 부인 프리카가 모든 그의 계획을 수포로 돌아가게 한다. 간통과 근친상간은 커다란 죄로서 지크문트의 죽음으로만 그 대가를 치룰 수 있었다. 보탄은 자신의 힘을 보여주기 위해서 스스로 자신의 계약과 법칙을 따라야 했다. 그의 계략은 이미 실패하도록 되어 있었던 것이다. 그래서 브륀힐데에게 지크문트를 발할로 데려오도록 한다. 그러나 브륀힐데는 연민의 감정에서 지크문트를 돕고, 결국 보탄이 몸소 전투에 끼여들었고, 노퉁의 검은 보탄의 법칙의 창에 깨어지고 지크문트는 훈딩에게 살해된다. 불복종으로 브륀힐데는 전쟁의 여신들 열에서 추방당하고, 불 벽에 둘러 싸여 끝없는 수면에 빠지게 된다. 아주 먼 미래에 그 어떤 두려움을 모르는 영웅이, 보탄 보다도 더 자유로운 이 영웅이 이 불길을 뚫고 브륀힐데를 부인으로 맞이할 것이다. 보탄과 브륀힐데는 그가 누구인지를 알고 있었다. 지그린데가 지그문트에게서 얻은 아이, 즉 지그프리트인 것이다.

3) 지크프리트

사람들이 살고 있는 이 세상과 떨어진 곳에서 벨중엔가의 후예로서 지크프리트가 성장한다. 그의 어머니 지그린데는 그를 낳다가 죽었기 때문에 니벨룽족인 미메, 알버리히의 동생, 지크프리트를 영웅으로 키운다. 그는 언젠가 지크프리트가 보검 노퉁의 도움으로 지금은 거대한

용으로 변하여 동굴에서 반지를 지키고 있는 거인 파프너를 죽일 것을 희망하고 있었다. 옛날 형의 명령으로 망토와 반지를 만들었던 숙련된 대장장이였지만 깨어진 검을 다시 붙일 수는 없었다. 미메가 성공하도록 돕기 위해 보탄은 한 방랑자로 변신하여 니벨룽엔으로 와서 그에게 생사를 건 알아맞히기 내기를 강요한다. 그 방랑자가 누가 노퉁검을 새로 만들 수 있느냐고 묻기 전에는 어느 누구도 허점을 보이지 않았다. 단지 공포를 모르는 자만이 할 수 있다고 어리둥절해 하는 미메에게 방랑자는 가르쳐준다. 지그프리트는 아직 두려움을 모르기 때문에 미메는 그에게 조각난 검을 내놓는다. 지크프리트는 그것으로 강한 검을 만들어 낸다. 반지를 다시 빼앗기 위해서 파프너 동굴 앞에서 기다리고 있던 알버리히는 이제 지크프리트가 겁 없이 그 거인을 죽이는 것을 목격한다. 용의 피를 접한 지크프리트는 이제 새들의 말을 이해하게 되었다. 이 새는 미메를 조심하라고 경고하고는 동굴에서 망토와 반지를 가지고 가고 또한 이 세상에서 가장 멋있는 여인 브륀힐데에 대해서 말해준다. 미메가 지크프리트에게 독약을 먹여 죽이려하자 모든 것을 알고 있는 영웅이 그를 죽여버린다. 이제 지크프리트는 브륀힐데를 깨우려 떠난다. 이 겁 없는 벨중엔의 후예 그리고 이 세상을 구원할 거대한 위업을 달성할 이 지크프리트에게 그의 유산을 할당하리라고 결심했지만, 그가 길을 가로막는다. 그러나 불손한 손자 는 보탄의 창을 조각 내고는 브륀힐데를 둘러싸고 있는 불바다 속으로 뛰어 들어간다. 여인을 보자 지크프리트는 생애 처음으로 두려움을 느끼는데, 키스하여 브륀힐데를 깨운다. 브륀힐데는 환호하는 행복감에 젖어 발할과 모든 신들의 휘황찬란함을 거부할

판타지 문학의 이해

것을 맹세한다. 그리고 사랑에 빠져 영웅 지크프리트의 품에 안긴다.

4) 신들의 황혼(멸망)

에르다의 운명의 여신으로부터 세계적 사건의 밧줄이 떨어져 나간다. 이제 신화 세계의 종말이 다가온다. 그 동안 지크프리트는 새로운 장정을 위해서 재무장한다. 사랑의 증표로 그는 브륀힐데에게 반지를 돌려준다. 기비홍성에서는 벌써 지크프리트를 맞을 채비가 한창이다. 이곳에는 군터와 그의 여동생 구트루네 그리고 이복동생 하겐—알버리히의 아들—이 살고 있었다.

그의 아버지와 마찬가지로 반지를 도로 찾으려는 하겐은 계략을 꾸민다. 마법의 약술로 지크프리트가 브륀힐데를 잊게 하고는 구트루네에 대한 사랑을 불태우게 한다. 이렇게 조작된 각본대로 벌써 지크프리트는 브륀힐데를 군터에게 데려오겠다고 선언한다. 망토의 도움으로 지크프리트는 군터의 형상을 하고는 다시 불 속으로 뛰어 들어 브륀힐데에게서 반지를 빼앗고는 군터의 아내가 되기 위해서 기비홍궁으로 갈 것을 요구한다. 결혼식에서 브륀힐데는 지크프리트를 만나는데, 그는 그녀를 알아보지 못하는데 반지가 군터 손가락이 아닌 지크프리트 손가락에 끼어져 있는 것을 보고는 이 모든 것이 사기이며 계략임을 꿰뚫어보고는 지크프리트의 배반을 공개적으로 고발한다. 하겐은 이에 자신이 복수해 줄 것이라고 제안하고, 브륀힐데는 지크프리트의 치명적인 급소를 알려준다.

라인강 가에서는 라인의 딸들이 반지의 저주에 대해서 경고하고, 같은 날 하겐의 창이 지크프리트 등을 관통한다. 지크프리트의 시신은 기비홍궁전으로 돌아오고, 하겐은 반지를 소유하기 위해서 군터를 죽인다. 그러나 하겐이 반지를 빼앗기 전에 브륀힐데가 끼여든다. 그녀는 이제야 모든 맥락을 이해했으며, 지크프리트의 무고함에 대해서도 알게 되었다. 반지를 저주로부터 씻어내기 위해서 그녀를 반지를 빼앗아 자신이 끼고는 지크프리트 시신을 불태우고 있는 화염 속으로 뛰어든다. 이 불을 전 기비홍궁전을 불태우고, 발할도 화염에 휩싸인다. 붕괴되는 궁전위로 라인강을 넘쳐 오르는 강물이 뒤덮는다. 하겐은 라인의 딸들이 라인강 깊이로 끌어들인다. 이제 자연은 화해한 것처럼 보였다. 반지는 다시 원래 제 자리로 되돌아갔던 것이다.

니벨룽의 반지 공연 한 장면

4

에리히 라플의 〈니벨룽의 반지〉 해석

위의 간단한 줄거리에 좀 더 해석을 가미하여 다시 한번 의미를 새겨보면서 읽어보도록 하자.

1) 라인강의 황금

　라인강의 처녀들은 순수하고 감각적인 자연적 존재로 신화적 위계 질서 속에서 가장 아래에 위치하며, 맨 위 첨단에 에르다가 위치한다. 자연은 여기에서 여성적, 즉 수동적이고, 인내하며, 수용적이고, 고통으로 괴로워 하다가 결국에는 복수하고 파괴하는 형상으로 나타난다. 알버리히는 처음에는 소박한 형상으로 거의 동물에 가깝다. 그가 뚫어지게 바라보는 처녀들은 물론 그를 압도한다. 처녀들은 누군가가 와서 그들의 사랑을 앗아갈 것이라는 것을 직감하지만 분명 알버리히는 아니라는 것을 안다. 게다가 그녀들은 저 라인강 깊은 곳의 황금을 지켜야 했다. 그러나 알버리히는 자신의 구애가 실패하자 사랑의 열망은 증오와 복수로 불타게 된다. 그리하여 처녀들에 대한 관심을 돌려 오직 라인의 황금을 탐한다. 그 황금의 비밀도 알게된다. 이 세상의 후계자가 황금을 소유하여 반지를 만들면, 그 반지는 절대적 권력을 가지게 되는 것이다. 사랑의 힘을 거부하고, 사랑에서 쾌락을 쫓아버린 자는 단지

반지, 황금만을 강요하는 마술사가 되고자 한다. 알버리히는 사랑과 권력을 이상적으로 융합할 수 없었다. 나와 너의 관계로서 사랑을 얻지 못하고는 그는 피해자로서 이 세상을 증오와 공격으로 넘치게 할 것이다. 그에게는 권력과 사랑의 유토피아적 이상이 아니라 권력이냐 아니면 사랑이냐 라는 적대적인 관계만이 남는다.

　바그너 작품에 나오는 신들은 매우 인간적인 면모를 지닌다. 보탄(＝오딘)은 이 라인의 황금보물에 대해 매우

탐욕적이고, 권력욕이 강하고 경박스럽다. 알버리히는 사랑을 저주하고, 보탄은 이자를 배신한다. 보탄은 성을 축조하고자 하고, 로키(로게)는 거인에게 그 일을 맡기라고 조언한다. 그 거인은 그 일에 대한 대가로 프레이야를 원한다. 로키는 일단 계약을 하면 자신이 다른 대체물을 구해보겠다고 한다. 그러나 거인이 성을 다 완성하고 별 다른 대체물이 없자 로키는 이 세상에서 그 보물만이 그 대체물이 될 수 있다고 생각한다. 그러니깐 알버리히의 저주 이래로 또다시 황금과 사랑의 교환이 이루어진다. 보탄 역시 황금을 소유하는 것이 프레이야를 해방시키는 것보다 중요했다. 그러나 그 역시 황금이냐 사랑이냐의 선택의 기로에 서게 되었다. 거인이 프레이야를 데려가자 신들은 갑자기 청춘을 잃고 늙어 버렸다. 보탄은 자신의 신성 역시 영원한 청춘의 신이 사라지자 아무 소용이 없다는 것을 깨닫게 되었다. 프레이야를 해방시키기 위해서 그는 약탈의 길을 떠나야 했다. 니벨하임에서 보탄은 어떤 사랑도 없는 노예의 세상을 본다. 알버리히는 노예들을 군대로 위협하며 난쟁이들의 쾌락을 위하여 봉사하도록 한다. 알버리히는 말과 꾀로 일을 처리하는 보탄과는 달리 다 터놓고 명백하게 자신의 생각을 말했다. 로키의 꾐에 넘어가 알버리히는 위 세상으로 잡혀오고, 그는 자신의 황금을 내주고 풀려난다. 보탄은 드디어 그 반지를 소유하게 되지만 알버리히의 진실성은 또다시 승리하게 된다. 알버리히는 보탄의 불안한 상황을 꿰뚫고 있었다. 보탄은 이 세계의 정복자이며 동시에 이 세상에 법을 내리는 자가 되기 위해서는 도덕적인 행동을 해야하며, 권력과 사랑을 분리할 수 없는 하나로 긍정해야만 한다. 그러한 결정을 하는 데에 알버리히는 자기 진심을 따랐고 강력한 의지로 행했다. 그는 사랑의 저주로 권력과 사랑

판타지 문학의 이해

을 적대적으로 만들었고 나름대로 대가를 치렀다. 그러나 보탄은 그 둘을 하나로 만들지 않으면서 둘 사이를 요리할 수 있다고 믿었다. 거인이 여자와 황금을 재보고는 황금을 원하자, 보탄은 이 세계 질서를 완전히 붕괴시키는 모험을 하고자 한다. 이때 자연의 신이 에르다가 나타난다. 보탄은 에르다의 출현으로 생성과 쇠퇴의 모신과 맞서게 된다. 그녀는 묻는다. "네가 어찌 신으로서 이 세상의 멸망 앞에서 지탱할 수 있겠느냐?" 보탄은 깊은 생각에 잠겼다가 반지를 거인 발 아래로 던지면서 동시에 자신이 만들려는 이 세상으로 모든 불화를 던졌던 것이다. 사악한 공물로 지어진 발할의 주인인 보탄은 결국 자유를 잃고 인류에서 자신의 후계자를 얻을 술책을 생각해낸다. 알버리히의 저주는 여전히 유효하여 그가 반지를 빼앗기며 했던 저주인 증오와 질투는 이 세상의 원리가 되었고 그것은 거인형제에게도 유효했다. 모두들 평화롭게 발할궁으로 들어가지만 그들의 종말이 가까워졌음을 암시한다. 자연신은 신성을 잘못 사용한 신들을 비난하고 있는 것이다. 신들은 자연으로부터 얻은 무한한 가능성들—영원한 젊음(프레이야), 반지(권력) 그리고 지식(로키)—을 화를 야기하는 것으로밖에는 사용할 수 없었기 때문이다.

2) 발킬레

「라인의 황금」에서 요정, 거인, 엘프 등으로 태고적 세계가 무대가 되어 사건이 일어났다면, 이 「발킬레」에서는 인간이 나타난 신들에게 반기를 든다. 브륀힐트의 명령불복종으로 시작되는 반기는 그리스신화에서 프로메테우스의 반기와 비교된다. 여기에서는 인간이 자립하여 자의식을 가지고 인간사랑을 고백하는 것이 주 된 주제이다.

　　1막에서 보탄은 그러나 막상 반지를 손에 넣자, 마음이 변해서 어떤 일이 있어도 반지를 내놓지 않으려 한다. 원초적 모신인 에르다가 나타나 모든 존재가 사라지는 수치스러운 종말에 대해서 경고하자, 그는 반지를 거인들 발 아래로 던진다. 반지에 붙어 있는 모든 화는 이렇게 해서 이 세상으로 오게 된 것이다. 보탄의 새로운 힘은 계약에 의거했기 때문에 거인들로부터 다시는 반지를 빼앗아 올 수 없었고, 신은 자유롭지 못했다. 그러나 알버리히의 저주로 이 세상은 위협받게 된 것이었다. 그래서 그는 자신의 후계자를 인간에게서 얻으려 했다. 그 영웅은 자유를 되찾아야 했다. 이 영웅을 얻기 위해 그 스스로 사건을 도모한다. 그는 인간여인과의 관계에서 지그문트와 지그린데라는 쌍둥이를 얻게 된다. 그는 지그문트는 신과 인간의 권위에 저항하도록 교육하며 딸 지그린데는 불행한 운명에 맡겨버린다. 지그린데는 약탈당해서 사랑하지도 않는 훈딩에게 시집을 가게 된다. 지그린데와 훈딩 결혼식에 훈딩집을 관통하여 자라고 있는 나무뿌리에 칼을 꽂는다. 지그문트는 위기상황에서 이 무기를 발견할 것이다. 보탄의 소망대로 자유로운 인간으로 자기로부터 독립적이면서도 동시에 그가 원하는 바를 행해야만하는 모순이 거기에 있는 것이다. 부상당한 지그문트는 적에게 쫓겨 도망가다가 잘못해서 훈딩집으로 오게된다. 그와 지그린데 둘은 서로가 남매임을 알아보지 못한다. 사랑이 없는 부부사이에서 불행하게 살고 있던 지그린데는 이 이름 모를 이방인에게 끌린다. 지금까지 질서의 대표자인 훈딩과 반역의 지그문트 사이의 목숨을 건 싸움은 격렬했다. 훈딩이 자고 있는 동안 지그린데는 지그문트에게 오고, 잊혀졌던 희망이 그녀 마음속에서 다시 일어나 거대한 인식으로 이끈다. 이

방인이 검을 뽑자 그는 꿈속에서 노인의 말했듯 선택된 자가 된다. 황홀한 도취 속에서 오빠와 동생은 서로를 알아보고 완전히 의식한 채 근친상간으로 인류의 최고의 법칙을 깬다. 자연은 여기서 현실의 관습의 틀을 깨면서 이 사랑의 결합에 신화적 지위를 부여한다. 지그문트는 죽음에 이르기까지 사랑에 충실했으며 지그린데는 사랑의 축복 속에서 모성애를 실현한다. 브륀힐데는 보탄과 에르다의 딸이다. 1막의 4장에서 이 세상의 종말에 대한 경고에 불안해진 보탄은 에르다의 품으로 내려가고 그녀는 심오한 대답으로 브륀힐데를 낳는다. 그녀는 다른 발킬레와 마찬가지로 무조건적인 충성과 복종을 하도록 키워졌다. 그녀는 보탄이 사랑하는 딸이었다. 그녀는 북구의 아마존처럼 보탄의 경호원같이 행동했고 엘리트적인 오만함과 철저한 복종이 함께 했다. 그녀는 처음에는 지그문트를 보호하는 일을 기꺼이 받아 드렸다. 그러나 보탄이 프리카와의 협의 끝에 지그문트로부터 보호의 손을 떼야 한다는 소리를 들었을 때 너무나 놀랐다. 그녀가 저항하자 보탄은 대노하지만, 브륀힐데는 인간의 사랑이 어떤 희생도 감내하는 것을 알게 되자 번개와도 같은 인식이 그녀의 감정을 내리쳤다. 자발적으로 그녀는 예속에서 벗어나 책임질줄 아는 행동의 자유를 얻게 된다. 보탄은 자신이 사랑하는 인간영웅을 제 손으로 죽여야 했다. 이제 죽은 영웅 대신에 인류을 어긴 여인과 함께 나타난 브륀힐데에게 다른 자매들은 도망갈 길을 가르쳐주고 브륀힐데를 감추려고 한다. 분노한 신에 대항하여 브륀힐데는 자신의 행동을 정당화하려 한다. 그녀의 용기로 보탄은 이 어린아이에게서 자신의 희망의 미래가 지속될 수 있으리라는 것을 확신한다. 그래서 그녀를 깊은 잠에 빠뜨리고 주위에 보호 불을 놓는다. 이 불은 지그문트와 지그린데의 아들인 두려움 없고 자유로운 영웅 지그프리트만이 통과할 수 있었다. 이 유명한 이별은 아주 감동적인 사건이 된다.

보탄이 구현하고 있는 이기적인 남성적 의지력이 여기에서는 한번 여성적인 사랑의 소망에 굴복하여 호의를 선사하기 때문이다.

3) 지크프리트

3막의 지크프리트는 전원적인 동화이다. 예언을 하는 새, 말하는 원시림 속의 용 등이 나온다. 여기서 지크프리트는 앞에서의 보탄, 미메, 알버리히, 파프너, 에르다 등과 전혀 관계가 없다. 그들은 신화적 형상들로 멸망하도록 되어있다. 그들과 여전히 격투를 벌여야 하고 이 새로운 인간 지크프리트는 그들과는 전혀 관계가 없다. 지크프리트는 그들은 우스꽝스럽고 짐스럽고 거짓말쟁이로 느낀다. 이제 그가 이들을 대체하게 될 것이다. 그런데 이 새로운 인간은 어떠했는가? 지그프리트는 결국 모든 것을 아는 구원자로서가 아니라 아무것도 짐작도 하지 못하는 희생양으로 끝난다.

이 3막에서는 옛 질서가 서서히 붕괴한다. 보탄은 아무런 행동도 하지 않으며 이 세상을 어슬렁거리고, 알버리히는 용의 굴 앞에서 황금을 되찾기를 기다리고 있다. 그의 동생인 미메는 타른 투구를 완성하고는 홀로 대장장이로 숲속에서 살면서 지그프리트를 키운다. 그러나 지크프리트는 어느 누구로부터도 교육되기를 원하지 않는다. 그는 모든 경험을 직관적으로 받아들인다. 그의 유일한 대화상대자는 자연이다.

3막에서 보탄과 에르다의 대화는 반지 세계의 종말을 고하는 장면이다. 이제 신들과 신화의 옛 세상이 막을

내린다. 그것은 좌절하는 신들의 선고를 의미한다. 이제 지크프리트는 용을 죽인다. 그의 직감인 숲 속의 말하는 새가 그를 잘 인도하여, 그는 이제 용의 굴에서 반지와 타른 투구를 가지고 왔다. 이제 그는 자신의 동경의 목표인 불로 둘러싸여 잠자고 있는 브륀힐데에게로 향한다. 지크프리트는 동화 속의 왕자처럼(잠자는 숲 속의 미녀) 불을 뚫고 지나가고, 잠자는 여인을 보는 순간 그는 마음속 깊이까지 감동한다. 처음으로 그는 두려움을 느꼈고 절망하여 어머니를 불렀다. 그가 그녀에게 키스하여 그녀가 깨어나는 순간은 자신의 유년기를 다 털어 내는 순간이었다. 이제 일어나는 위대한 장면들은 다시 한번 신화적인 비장함으로 시작되며, 조금씩 불길같이 타오르는 구애의 현실로 들어온다. 브륀힐데는 여전히 신의 자식으로 깨어났기 때문에 프로메테우스 적인 희망에 차 있었다. 과거와 미래를 알고 있는 신화적 인물로 그녀는 지크프리트와 맞선다. 지크프리트를 자신의 포괄적인 세계관의 동반자로 만들려고 하는 브륀힐데의 노력에도 불구하고 지크프리트는 그 연관성을 전혀 모른다. 지크프리트는 그녀를 단지 여인으로 원했고 다만 그녀를 자신의 성급한 열정의 소용돌이 속으로 끌어들이고 싶었던 것이다.

이 세상이 끝난다하더라도 그에게 있어서는 사랑이 결합하는 순간이야말로 삶의 모든 의미가 이루어진 것이었다. 이것이 지크프리트의 진실이다.

4) 신들의 멸망

보탄은 에르다를 영원한 잠으로 보내고 잠시 뒤 지그프리트는 보탄의 칼을 산산조각 낸다. 이제 인간의 시대가 도래한 것이다. 그의 후견인으로서 신들과의 인연도 끊어졌고, 신화적 지혜인 삶의 법칙으로부터도 자유로워졌다. 그는 자유롭다. 보탄의 권력욕으로 태초의 낙원이 파괴되어 세상은 시들해지고 생명의 샘도 말라버렸다. 이제 보탄은 힘없이 세상과는 멀어져 발할의 권좌에 앉아 세상의 종말을 기다리고 있다. 보탄과는 달리 알버리히는 여전히 현실 속으로 나타난다. 이제 자유로운 인류의 운명을 결정짓는 것은 알버리히의 위협적인 저주와 거대영웅인 지크프리트의 삶에 대한 긍정적인 힘이다. 4막에서 신화적 세계는 운명의 삼신과 함께 사라지고 이제 현실 속에서 사건들이 진행된다. 3막의 마지막 장면에서부터 겨우 하루 밤밖에 지나지 않았지만 지크프리트와 브륀힐데 쌍은 완전히 달라졌다. 바그너는 이들을 영웅화시켰고 그들의 사랑을 기념비화했다. 둘은 서로 상징적인 기념물을 교환한다. 브륀힐데는 반지를 지크프리트는 발킬레 적마를 얻는다. 그러나 그러한 이상적인 사랑의 조건을 브륀힐데만이 충족시킬 뿐이었다. 세상을 구하려는 그녀의 상대자는 이상주의자가 아니라 삶을 즐기는 모험가였던 것이다. 브륀힐데의 이상적인 구상을 이해할 능력도 의지도 없는 지크프리트는 오직 사랑의 불꽃만을 태웠다. 그의 사랑의 열정은 브륀힐데를 바꾸어 놓았다. 자신의 출신을 잊어버리고 그녀가 온 까닭에 대해서도 망각했다. 그녀는 오직 여자이기를 원했다. 발킬레 자매들이 반지를 라인강으로 던지라는 간절한 부탁에도 조금도 개의치 않았다. 반지는 지크프리트의 사랑의 표시였기 때문이다. 그러나 웬 군터라는 자가 불을 뚫고 들어와 자신을 정복하고 결혼을 강요했다. 그러나 바로 이러한 수치를 받게 한 자가 바로 자신의 애인임을 알게 되었다. 이 이해할 수 없고 전혀 통찰할 수 없는 배반의 나락으로 추락은 이상주의자인 그녀를 현실주의자로 만들었다. 그녀는 애인의 죽음을 원했다. 그의 피만이 이 아픔을 사해주고 신의로서의 출신성분의 명예를 되돌려줄 수 있다고 생각했기

판타지 문학의 이해

때문이다.

지크프리트는 19세기의 가장 행복한 인간상으로서 근대문명의 강요에 대항하는 인간이다. 그러나 지크프리트 행동은 영웅적이지 못하다. 그는 용이 그를 잡으려 하자 용을 죽인다. 그가 반지와 투구를 얻지만 그것을 무엇을 해야 하는지를 모른다. 그는 이제 신들을 대신하기 위해서 보탄의 창을 깨는 것이 아니라 브륀힐데를 얻는 데 그 노인네가 방해가 되었기 때문이다. 진정한 영웅은 자신의 행위와 그 결과를 완전하게 의식했던 지그문트이다. 어떻게 이런 어리석은 자가 고도의 문명 사회에서 영웅이 되어야 하는가? 지크프리트의 정체성은 그의 개성과 일치하는 삶의 영역에서 실현된다. 즉 자연이다. 오직 자연 속에서 그의 영혼적 존재가 위대함과 진실됨 그리고 순수성을 갖게된다. 그리고 그는 자유만이 필요하다. 그가 그렇게 열망하던 브륀힐데와의 결합도 그에게는 일시적이고 오직 그는 모험을 찾아 이 세상을 돌아다닐 뿐이다. 그러나 그가 기비흥으로 오자 자신의 삶의 영역을 잊어버리고 비극적인 종말을 맞게 되는 것이다. 그가 자연 속에서는 원시적인 자연력의 주인이었던 반면에 여기에서는 권력싸움에 도구가 되었던 것이다.

지크프리트의 죽음으로 브륀힐데는 감정의 혼란에서 벗어날 수 있었다. 수치와 절망으로 그녀는 다시 에르다의 딸이 될 수 있었고 모든 파멸을 초래한 장본인은 보탄임을 인식한다. 이것은 고통스러운 인식의 승리이다. 브륀힐데의 프로메테우스적인 도발은 인류의 미래이며 삶이다. 그러나 이 미래적인 희망은 지크프리트가 죽자 동시에 사라진 것이다. 브륀힐데는 지크프리트를 명예롭게 묻을 준비를 하고 이것은 애인으로서의 제자리를 되찾게 하는 것이다. 이제 또 다시 그녀는 더 이상

인류의 미래에 대해서 생각하지 않는다. 바그너는 그녀의 자살을 이 세상의 마지막 화염으로 확대시킨다. 위대한 과거만이 그녀에게 현실적이고 이제 그녀와 함께 타버려야 한다. 신, 영웅 그리고 신화 모두 그녀에 의해서 우주적인 장례식인 국장으로 준비되었던 것이다. 세상의 멸망을 통한 이 세상의 구원인가? 제4막은 우리 스스로에게 향한 질문을 던진다. 반지, 이 수수께끼같이 신비스러운 망상인 반지는 어느 누구에게도 약속된 무한한 권력을 가져다 주지 못했다. 반지는 단지 화만을 초래했을 뿐이다. 물론 반지에 들어 있는 마법에 의해서가 아니라 반지를 통해서 권력을 소유하려고 한 자들의 윤리적인 좌절로 인해서였다. 이제 반지는 라인강으로 되돌아갔고 반지를 위한, 다시 말해서 권력을 위한 게임은 언제나 다시 새롭게 시작될 수 있는 것이다.

13

반지의 제왕

Fantasy Literature

1

작가 톨킨

톨킨

톨킨은 1892년 1월 3일 남아프리카공화국 오렌지 프리스테이드에 있는 블로엠폰테인이라는 곳에서 태어났으나, 4세가 되던 해 영국으로 이주해 왔다. 아버지가 열병으로 사망한 후 가족은 사레홀이라는 버밍햄의 남서쪽 변두리 집에서 살았다. 톨킨은 시골마을에서 행복한 유년 생활을 보냈으며, 그가 보고 자라난 시골 경치는 그의 그림과 글 곳곳에 묻어 있다. 12세 때에 어머니마저도 돌아가셨기 때문에 그와 남동생은 버밍햄 오라토리의 친절한 수도승의 보호를 받게 된다. 그들은 버밍햄의 킹 에드워드 학교에 입학한다. 그곳에서 톨킨은 우등생이 되었고, 앵글로색슨어와 중세 영어를 공부한다. 그는 이 시기에 고전에 대한 소양을 키워 '요정'들의 언어를 만들면서 그의 언어학적 재능을 개발했다. 옥스퍼드의 엣세터 컬리지에서 영어 영문학을 수석으로 졸업한 그는 에디스 브렛과 결혼했다. 그는 또한 랭커서 푸실리어에 임관하여 솜 전투에 참가했다. 거기에서 가장 친한 두 친구를 잃었다. 종전 후 톨킨은 뉴 잉글리쉬 딕셔너리에 취직해서, 「잃어버린 이야기들(The Book of lost Tales)」이라는 신화적이면서도 전설적인 이야기를 쓰기 시작하였는데 사실상 그 책은 실마릴리온(Silmarillion)으로 알려졌다. 1920년 두 아이의 아버지가 된 톨킨은 리드 대학에서 영어학에서 두각을 나타내 주목을 받았으며, 4년 후 교수 자격을 얻었다. 그의 교수법은 생기 있고 상상력 이 풍부한 것으로 유명했고 1925년 드디어 옥스퍼드의 앵글로 색슨어 교수가 된다. 그곳에서 톨킨은 혼신을 다해 오랜 동안 일했다. 사실 그는 알려지지 않은 뛰어난 문헌학자였다.

호비트

톨킨의 네 아이들은 그가 읽어주는 동화에 만족하지 못했기에, 그가 동화이상의 신화적인 상상력을 발휘하도록 보채곤 했다. 아이들을 위해서 톨킨은 「산타할아버지의 편지(The Father Christmas Letters)」와 몇 년 후에 출판된 「호비트(The Hobbit)」를 썼다. 후에 출판사에서 속편을 요구하자 처음에는 억지로 썼지만 곧 영감을 얻어 아동용 동화에서 좀더 성숙한 『반지의 제왕(The Lord of the Rings)』를 완성하기에 이른다. 그리고 초판이 발매되었을 때 독자들의 반응에 톨킨은 놀라고 만다.

은퇴 후, 톨킨과 아내는 옥스퍼드의 헤딩톤에 살다가 보네머스로 이사하게 되지만 그 후 아내는 1971년에 죽고 톨킨은 다시 옥스퍼드로 돌아온다. 그는 방대한 신화적 지식과 전설을 담은 실마릴리온을 아들 크리스토퍼에게 편집을 맡긴 후에 짧게 병을 앓은 후에 1973년 9월2일 사망한다. 「반지의 제왕」은 당대의 수많은 작품 속에서도 끊임없이 인용되고 언급되는 명작으로 매년 이 책의 내용을 요약한 삽화가 곁들여진 달력이 각 국에서 간행되며 이 책을 위한 사전이 출판되는 등 대중적인 인기는 물론 그 학문적 가치를 인정받는 판타지의 고전이 되었다.

2

반지의 제왕

『반지의 제왕』은 성인 대상의 판타지소설이다. 판타지라면 대개 어린이를 대상으로 한 꿈 이야기 혹은 오디세이아 같은 신화를 소재로 한 내용으로 생각되지만, 반지의 제왕은 그 같은 틀에 매이지 않고 어른도 즐길 수 있는 별세계 이야기로 폭발적인 인기를 누렸다. 이야기는 3부, 즉 제1부 반지원정대, 제2부 2개의 탑 그리고 제3부 왕의 귀환으로 되어있다. 반지의 제왕은 1부가 1941년경부터 쓰여지고, 그 후 불규칙적으로 손을 대어, 최종적으로 모두 완성된 것은 1954년이다. 『반지의 제왕』을 쓰기 전에 톨킨은 『실마릴리온』이라는 책을 집필중이었다고 한다. 『실마릴리온』은 후에 『반지의 제왕』, 『호비트의 모험』 등 중세배경으로 하는 일련의 작품들의 골격이 되는 이야기이다. 여기에서 그는 신과 신화를 창조하면서 새로운 언어의 발음, 표기, 역사, 지도, 주요 종족의 계도까지 만들어 내고 있다. 그 중의 에피소드가 호비트의 모험과 반지의 제왕이다. 하나의 말을 창조함으로써 새로운 '신화'가 창조됨을 예측한다고 말하고 있다.

그리고 반지전쟁은 다음과 같은 수수께끼에 찬 언어 아래 진행되어 간다.

> 지상의 엘프 왕에게는 3개의 반지.
> 돌집의 드워프 왕에게는 7개의 반지.
> 죽을 운명을 타고난 인간들에게는 아홉 개의 반지.

어둠의 권좌에 앉은 군주에게는 절대반지.

어둠만 살아 숨쉬는 모르도르에서

모든 반지를 지배하고, 모든 반지를 찾아내는 것은 절대반지.

모든 반지를 불러모아 암흑 속에 가둬 버리는 것은 절대반지.

어둠만 살아 숨쉬는 모르도르에서…

루네문자

위의 말을 간단히 설명하면 반지에는 3개의 엘프 반지와 7개의 드워프 반지, 9개의 사람의 아들 반지가 있었다. 그 중에서 가장 새롭고 가장 강력한 것은 3개의 엘프 반지였다. 그러나 어둠의 지배자는 그들 모두를 지배하는 절대반지를 만들어 냈다. 반지이야기는 이 절대반지를 둘러싸고 전개된다. 반지제왕의 무대는 중간계이다. 옛 요정들의 섬이 가라앉은 뒤 중간계로 넘어 온 요정들이 인간과 함께 거주하게 된다. 시구르드 전설과 마찬가지로, 절대반지는 중간계의 운명을 이끌어 가는 역할을 한다. 즉, 그 반지를 통해 반지의 주인은 악의 힘을 얻어 막강한 권력을 차지 할 수 있으나, 결국 반지는 중간계를 옮겨 다니며 자신의 악의 힘을 행할 수 있는 매개물로서 반지의 주인들을 이용할 뿐이다.

3

북유럽 신화(노르웨이본): 시구르드의 전설

　앞에서 바그너가 북유럽신화와 「니벨룽의 노래」를 바탕으로 해서 새로운 19세기적 게르만 신화인 <니벨룽의 반지>를 만들었음을 보았다. 여기서는 다시 한번 톨킨의 반지제왕의 모티브가 되었을 반지설화를 노르웨이판으로 보겠다.

　뵐중의 아들이자, 시구르드의 아버지인 시그문드는 전투에서 사망하고 부러진 그의 칼은 아내에게 맡겨진다. 덴마크왕궁에서 고아로서 자라던 시구르드를 눈여겨 본 자는 거인족 레긴이었다. 레긴은 시구르드에게 자기 집안의 비밀을 들려준다. 오딘, 회니르, 로키는 '안드바리의 폭포' 주위를 여행하던 중, 강에서 물고기를 잡아먹던 수달을 죽인다. 그 날 밤 어느 한 집에 묵게 된 신들이 수달 가죽을 펼치며 주인에게 자랑하자, 집주인은 즉시 그들을 단단히 묶고는 말한다. "이 수달은, 사실은 수달로 변신한 나의 아들이다. 살아서 돌아가고 싶으면 수달가죽을 덮을 만큼의 금을 가져와라". 로키는 '안드리의 폭포' 속으로 들어가, 그 속에 살고 있던 난장이 안드바리를 잡고서는 위협한다. 안드바리의 모든 금을 가져가려던 로키는, 안드바리가 손가락에 반지를 하나 끼고 있는 것을 발견하고 그것마저 빼앗아 버린다. 안드바리는 저주를 건다. "그 반지는 자신을 소유하는 자에게 해악이 된다." 금이 수달가죽을 덮었으나 수달의 수염하나가 삐져나와 있는 것을 발견한 집주인 흐레이드마르는 수염마저 덮을 것을 요구하고, 오딘은 반지를 수염 위에 놓는다. 신들이 떠난 뒤, 흐레이드마르의 아들 파프니르와 레긴이 자신들의 몫을 요구하지만 흐레이드마르는 거절하고, 파프니르는 아버지를 살해한 뒤 드래곤으로 변신하여 동굴속에 숨어버렸다. 레긴은 자신의 몫을 찾아 줄 용사를 찾던 중 시구르드와 만난 것이다. 시구르드는 아버지 시그문드의 부러진 칼을 다시 벼려, 그 칼로 드래곤 파프니르를 죽인다. 파프니르의 심장을 불에 굽던 중 그 피가 입에 들어가 새들의 말을 알아듣게 된 그를 향해, 새들은 레긴이 배반할 것이라고 경고한다. 시구르드는 레긴마저 죽이고 용의 금을 자신이 가지게 된다. 이후 시구르드를 둘러싼 두 여인 브륀힐드와 구드룬의 반목, 시구르드에 대한 브륀힐드의 증오, 시구르드의 살해, 이제는 구드룬의 집안으로 넘어온 드래곤의 금(니플룽/니벨룽족의 황금)과 안드바리의 반지를 둘러싼 규키족과 아틀리의 충돌 등이 뒤따르게 된다.

4

호비트의 모험

반지전쟁의 전사라고도 볼 수 있는 『호비트의 모험』의 줄거리는 다음과 같다.

호비트는 인간 키의 반도 안되고, 덩치도 작고 마술도 부릴지 모르는, 난쟁이와는 다른 존재이다. 배는 볼록 튀어나오고, 아주 밝은 빛의 옷을 입으며, 발바닥 가죽이 두껍고 발등에는 곱슬곱슬한 갈색 털이 나 있어

신발을 신고 다니지 않는다. 갈색 손가락은 길쭉하여 얼굴에는 항상 미소를 짓고 다니는데, 베긴즈 부족과 툭 부족이 있다. 베긴즈 족은 모험이나 계획하지 않은 것은 시도하지 않아 이웃의 존경을 받는 반면, 툭족 중 몇몇은 모험을 해 불명예스럽게 실종되어 존경을 받지 못했다. 툭 족의 우두머리의 딸 벨라돈나와 베긴즈 족인 봉고 사이에서 아들 빌보가 태어났다. 빌보는 아버지를 닮았지만 몸 한 구석에는 툭의 모험을 좋아하는 기질이 있었다. 어느 날 아침, 한가로이 문 앞에 서 있던 빌보는 모험에 참여할 친구를 찾고 있는 갠달프 영감을 만난다. 영감은 빌보에게 흐르는 모험심을 발견하고 모험에 참여하라는 제안을 하나, 빌보는 이를 거절하고 자신의 집인 땅굴로 들어가 버린다. 다음 날 갠달프 영감이 차 마시러 오기로 했으나, 영감은 오지 않고 달린이라는 난쟁이가 찾아오고, 발린, 키리온과 피리온, 도리, 노리, 오리, 오인, 글로인이 차례로 들어온다. 이에 의아해진 빌보에게 비파, 보파, 봉바, 토린과 함께 갠돌프 영감이 방문한다. 그리고 13명의 난쟁이와 갠달프 영감이 모험을 떠나려는 이유를 듣게된다.

　토로시대 때, 토린의 할아버지는 부족에서 쫓겨나 산으로 들어갔다. 많은 보석과 금을 캐고, 무기, 조각 등을 모아 부유해진 그는 데일 도시를 건설하고 번영했다. 이 소식을 들은 스먹이라는 용은 금과 각종 보석을 훔치기 위해 난쟁이들을 죽이고 모든 보석을 차지해 데일은 아무도 살지 않은 폐허로 변했다. 토린의 할아버지와 아버지는 비밀 문을 통해 가까스로 피신하여 살아남아 그곳의 지도를 만들고, 지도와 열쇠를 갠돌프 영감에게 맡겨 후에 토린을 주어 보물을 되찾기를 부탁했다. 난쟁이 13명은 용 스먹을 무찌르고 각종 보석을 되찾기 위해 떠나려고 했으나 13이라는 숫자가 불길하여 모험에 참여할 1명을 찾았고, 호비트 중의 한 명인 빌보를 택했던 것이다. 그리고 빌보에게 자신들과 함께 모험을 떠나면, 보석의 1/14를 주겠다고 약속했다. 다음 날, 늦게 일어난 빌보는 난쟁이들이 없는 것을 발견한다. 부유하고 이웃에게 존경받는 지금까지의 생활을 계속할 수 있다는 생각에 안심하나, 한편으론 아쉬워한다. 아침을 먹던 중 '11시까지 오라'는 쪽지를 발견한 빌보는 당장 난쟁이들과 합류한다. 그리고 호비트의 모험이 시작된다.

빌보와 13명의 난쟁이들은 지도를 따라 숲 속으로 들어간다. 지치고 배고픈 그들은 쉬어가기 위한 천막을 치던 중 숲 사이로 불그스름한 불빛을 발견한다. 불을 따라 가보니 바위거인 셋이 큰 모닥불에 양고기를 구우면서 술을 마시고 있었다. 빌보는 거인에게 다가가 지갑을 훔치다 들키게 되고, 난쟁이들도 차례로 잡히게 된다. 양고기를 먹는 것에 싫증이 난 거인들은 난쟁이들을 먹기로 결정하고, 요리방법과 어떤 난쟁이를 먼저 조리할 것인지를 상의하다 의견이 안 맞아 싸운다. 이것은 갠돌프 영감이 거인의 목소리를 흉내내 서로 싸우게 한 것이다. 거인들은 싸우다 동이 트기 전에 땅 속으로 들어가지 못해 딱딱한 바위로 변하고, 난쟁이들은 모두 무사히 구출된다. 빌보는 거인의 열쇠를 훔쳐 난쟁이들과 바위거인이 파놓은 굴에 들어가 음식을 먹고, 요정의 칼을 나눠 갖고, 다음 목적지인 엘론드의 거처인 '마지막 집다운 집'을 찾기 위해 떠났다.

일행은 깊고 험한 계곡에 다다랐다. 하얀 돌로 표시된 길을 발견하고, 따라가다 요정들을 만나고, 곧 엘론드에 안내로 '마지막 집다운 집'에 도착한다. 거기서 2주 동안 극진한 대접을 받고, 더 이상 머무르면, 힘겨운 모험을 할 의지를 잃을까봐 다시 길을 떠난다. 집을 떠나 험하고 아슬아슬한 산맥을 통과하던 중, 폭풍우를 만나 바위 밑에 은신한다. 안전한 피난처를 찾기 위해 피리와 키리를 보내고 곧 그곳으로 자리를 옮겨 편안히 잠이 든다. 모두 잠든 사이, 동굴 뒤쪽 벽 틈이 벌어지더니 커다랗고 징그러운 도깨비들이 쏟아져 나와 마법을 쓰는 갠돌프 영감을 제외하고 모두 끌려간다. 도깨비 굴에 끌려간 난쟁이들은 영감의 도움으로 달아나게 되나, 빌보는 어떤 물체에 부딪쳐 의식을 잃고, 일행을 놓친다. 정신을 차린 빌보는 혼자 남게 되고, 어두운 주위를 더듬다가 우연히 발견한 반지를 주머니에 넣는다. 일행을 찾기 위해 길을 걷다가 발을 헛디뎌 연못에 빠진다. 이 연못에는 꿀꺽이라는 동물이 살고 있고, 도깨비만을 보고 지내온 꿀꺽이에게 빌보는 호기심의 대상이었다. 꿀꺽이는 빌보를 잡아먹기 전에 수수께끼 놀이를 하는데, 이 과정에서 빌보는 주운 반지가 손에 끼면 모습이 보이지 않는 요술반지라는 사실을 알아낸다. 그래서 반지를 끼고 무사히 꿀꺽이와 도깨비들을 피해 동굴을 탈출하여 일행을 만난다. 빌보와 난쟁이, 갠달프 영감은 숲 속에서 늑대를 만난다. 늑대들은 도깨비와 힘을 합해 가까운 이웃 마을을 쳐들어갈 계획을 짜고 있었다. 궁지에 몰린 일행은 늑대를 피해 나무위로 올라갔고, 갠달프 영감과 친분이 있던 독수리들에 도움을 받아 그곳을 빠져 나온다.

갠달프 영감과 헤어져 다시 모험을 위해 죽음의 숲을 향해 간다. 마술의 강을 건너 숲에 도착하고 길을 헤매던 중, 발린이 숲 속에서 불이 반짝이는 것을 발견한다. 배고픔에 지친 이들은 무작정 불빛을 향하니, 거기에선 요정들이 고기 굽고, 웃고 떠들고 있었다. 바로 요정들의 잔치가 벌어진 것이다. 이들을 발견한 요정들은 놀라 사라지고, 다시 모이기를 반복한다. 이런 어수선한 가운데 모두 뿔뿔이 흩어지고, 난쟁이들은 숲을 헤매다 거미에게 붙잡히고 만다.

빌보는 마법의 반지를 이용하여 거미들을 무찌르고, 난쟁이들을 구출하나 토린이 없는 것을 알게된다. 토린을 제외한 일행은 다시 요정에게 붙잡힌다. 빌보는 재빨리 마법의 반지를 끼고 난쟁이들을 끌고 가는

판타지 문학의 이해

요정의 뒤를 따라간다. 요정 왕은 난쟁이들을 불손한 태도와 숲 속에 나타나 자신들의 잔치를 망쳤다는 이유로 감옥에 가둔다. 마법의 반지로 모습을 감춘 빌보는 난쟁이들이 갇혀 있는 감옥 옆에 토린이 갇혀 있는 것을 발견하고, 탈출을 궁리하던 중 동굴에 또 다른 문이 있는 것을 알아낸다. 어느 날 보초병들이 독한 포도주를 마시고 잠든 사이, 빌보는 감옥 열쇠를 훔쳐내는데 성공한다. 난쟁이들을 풀어 주고 창고에 있는 빈 통속에 난쟁이들을 한 명씩 들어가 숨게 한다. 통은 요정들에 의해 문 밖으로 내던져지고, 호수를 향해 아래로 흘러 들어간다.

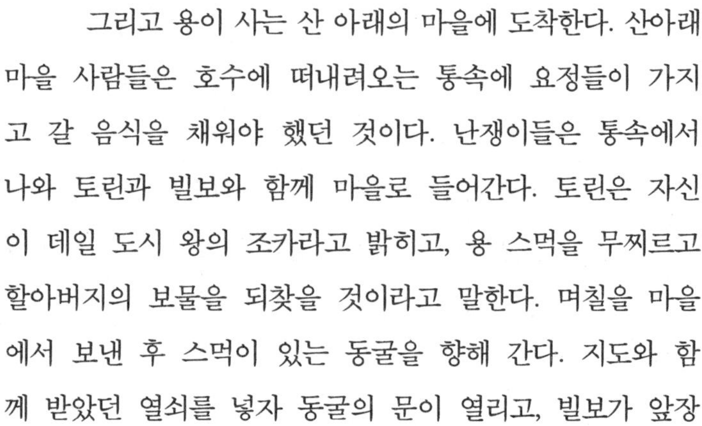

　　그리고 용이 사는 산 아래의 마을에 도착한다. 산아래 마을 사람들은 호수에 떠내려오는 통속에 요정들이 가지고 갈 음식을 채워야 했던 것이다. 난쟁이들은 통속에서 나와 토린과 빌보와 함께 마을로 들어간다. 토린은 자신이 데일 도시 왕의 조카라고 밝히고, 용 스먹을 무찌르고 할아버지의 보물을 되찾을 것이라고 말한다. 며칠을 마을에서 보낸 후 스먹이 있는 동굴을 향해 간다. 지도와 함께 받았던 열쇠를 넣자 동굴의 문이 열리고, 빌보가 앞장서서 동굴 속으로 들어간다. 거기에서 수많은 보석들과 스먹을 보게 된다. 빌보는 반지로 인해 보이지는 않으나, 후각이 발달한 스먹은 그와 난쟁이의 냄새를 알아챈다. 빌보는 스먹에게 자신을 '통나무 운전사'라고 소개한다. 산아래 마을 사람들이 통에 요정에게 보낼 음식을 담는 것을 아는 스먹은, 빌보를 마을 사람들이 보낸 것으로 생각하고 괘씸해하며 마을을 공격한다. 마을은 곧 혼란에 빠지고, 용감한 바드라는 청년은 스먹의 약점을 공격해 죽인다. 그러나 용이 나타난 당시의 추위와 슬픔 때문에 굶주리고 병자들이 늘어나자, 요정 왕에게 도움을 청하고,

용의 시체가 있는 그곳이 무서워 호수 북쪽으로 도시를 옮긴다. 그리고 바드와 요정 왕은 스먹을 죽인 것과 도시가 파괴된 것을 보상받기 위해 토린에게 보석을 나눠 줄 것을 요청하나 토린은 이를 거절하고, 전쟁이 선포된다. 빌보는 전쟁을 피하기 위해 자신의 몫이라고 생각한 왕의 심장인 아켄스톤을 바드에게 준다. 이 사실을 안 토린은 빌보를 배신자로 몰아 추방하고 보석 하나 내주지 않고 아켄스톤을 되찾기 위해 궁리한다, 그러나 이것보다 급한 것은 도깨비들이었다. 우선 바드와 마을 주민들, 요정들과 난쟁이 모두 힘을 합하여 도깨비들을 무찌른다. 도깨비들은 패하나, 난쟁이 친구인 피리와 키리는 사망하고, 토린도 죽는다. 토린은 죽으면서, 빌보를 내쫓은 자신의 행동을 뉘우치며, 많은 보석을 그에게 남긴다. 그러나 빌보는 보석이 필요 없다는 것을 깨닫고, 모두에게 나누어준 뒤 호비트가 사는 자신의 마을로 돌아온다. 그는 모험을 했다는 이유로 이웃을 존경을 잃고, 많은 것을 잃었으나, 요정, 난쟁이, 갠달프 영감 등의 새 친구들의 방문으로 외롭지 않는 생활을 하게 된다.

5

반지의 제왕의 줄거리

마법사 갠달프는 호비트 빌보 보이트린을 평화롭게 살고 있는 아우엔 랜드로까지 찾아온다. 이것으로 이 긴 이야기가 시작된다. 빌보의 조카인 프로도는 마법의 반지를 소유하고는 갠달프의 권유로 자신과 이

판타지 문학의 이해

하나밖에 없는 절대반지인 마법의 반지를 지키기 위해서 아우엔랜드를 떠난다. 이 반지는 원래 모르도르의 어둠의 지배자인 사우론의 소유였으나 우여곡절 끝에 저 산맥 아래 동굴에서 살고 있는 골룸의 것이 된다. 호비트의 모험에서 본 바와 같이 빌보는 그의 여행길에서 골룸을 책략을 써서 이겨서 그 반지를 얻는다.

프로도는 중간계를 가로지르는 대 장정의 여행을 혼자서 떠나지 않는다. 호비트족속인 샘, 메리, 피핀이 그를 동행한다. 그들은 돌아다니다가 엘프를 만나게 되며, 프로도를 엘프지배자인 엘로드가 거주하는 브르흐계곡으로 가게끔 한다. 가는 도중에 중간계 북쪽에서 온 인간인 "방랑자"라고 불리는 아라곤와 부딪히게 된다. 갠달프와 친구인 이 신비스러운 숲 속의 방랑자는 이 무리들을 브르흐계곡으로 이끈다. 목표점에 거의 다다랐을 때 이들은 사우론의 부하인 흑기사의 공격을

받는다. 이때 프로도는 크게 다친다. 이 무리들은 겨우 고생 끝에 엘프족의 도움으로 브르흐계곡의 경계지점인 라우트 강을 건너게 된다.

브르흐계곡에서 프로도는 완쾌될 수 있었고 드디어 갠달프를 만난다. 그는 자기 일로 여행 중이었다. 엘프족의 우두머리 엘론드의 지혜는 중간계 어디를 가도 잘 알려져 있었는데, 그의 궁정에서 아직 모르도르의 지배 하에 들어가지 않은 나라들의 대표들이 모임을 열고 있었다. 그 회의에서는 점점 강해지는 사우론의 힘으로부터 어떻게 하면 빠져 나올 수 있는 가에 대해서 논의되었다. 사우론이 거의 짐작도 할 수 없는 것을 시도하자고 결의했다. 그것은 원래 사우론이 만들었으며 그의 힘의 상징인 절대반지를 몰래 모르도르 나라의 저 멀리 남동쪽으로 가지고 가서 운명의 산의 화염 속에 던져버리기로 했던 것이다.

이 무리는 9명의 공모자로 이루어졌다. 프로도는 반지를 가진 자로서, 3명의 호비트인 샘, 메리 그리고 피핀, 마법사 갠달프, 숲 속 방랑자 아라곤, 전사 보로미르, 엘프 레고라스 그리고 난쟁이 김리이 그들이다. 그들은 브르흐계곡 남쪽에 있는 고립된 땅 홀스텐을 지나갔

다. 안개산맥을 넘어서 동쪽으로 가는 직통 길은 로톤재에서 갑작스레 폭설로 막혀버렸다. 남쪽으로 돌아가는 것도 불가능했다. 그 지역은 갠달프의 적이 지배하는 곳이었기 때문이다.

그래도 하나의 출구가 남아 있었다. 안개산맥아래 모리아 광산을 통해 가는 것이었다. 오래 전 이 지하왕국은 난쟁이들의 소유였다. 그러나 이제 사우론과 공동의 일을 벌이고 있는 전투적인 오크의 은신처가 되고 있었다. 오

판타지 문학의 이해

크족의 공격을 피할 수 는 있었지만 갠달프를 마귀와의 싸움에서 잃는다. 갠달프는 마귀와 함께 모리아의 끝없는 낭떠러지로 떨어졌던 것이다. 광산을 빠져나와 그 무리들은 엘프나라를 관통하며 안개산맥의 동쪽으로의 길을 재촉한다. 엘프족의 여지배자인 갈라드리에는 그들에게 선물을 주는데 그 선물의 진가는 여행을 계속하면서 나오게 될 것이다. 그리고 또한 배의 장비를 갖추어서 안두인강으로 우선 남쪽으로 가게해서 그들을 좇고 있는 오크 족들로부터 멀어지게 했다.

라우로의 폭포에서 그 8명은 다시 한번 오크 족의 공격을 받는다. 곤도르에서 온 보로미르는 전투 중에 사망하고 나머지는 흩어진다. 반지 운반자인 프로도는 샘과 함께 목숨을 건져서 맞은편 안두인 동쪽 강변으로 가서는 모르도르 가까이 간다. 메리와 피핀은 마법사 사루만의 부하인 오르크족 속에게 끌려간다. 프로도를 따라가기에는 프로도가 너무나 멀리 갔기에 아라곤, 레고라스 그리고 김리는 다른 2명의 호비트의 유괴자를 좇기로 결정한다.

프로도와 샘은 이미 그들을 모리아 광산에서부터 몰래 뒤따라온 골룸과 만나게 된다. 골룸은 자신의 보물인 반지를 되찾으려고 한다. 호비트들은 그를 제압하여 오히려 그들을 죽음의 늪을 지나 모르도르까지 안내하는 맹세를 하도록 만든다. 맹세와 반지에 대한 탐욕사이를 오가며 그는 호비트를 잘 보호하여 그림자 산맥을 넘게 한다. 이 그림자산맥은 곤돌르 서쪽과 모르도르의 경계로 보로미르의 고향이다.

그러는 동안 아라곤, 레고라스 그리고 김리는 테오덴왕이 지배하는 로햔 평원을 지나 오크 족을 뒤쫓는다. 그의 기마단은 그 3명의 추적자

를 만났을 때 이미 오크 족에게 최후의 일격을 가한다. 메리와 피핀은 이 전투 중에 가까운 숲 속으로 도망쳤다. 그곳은 강력한 엔츠의 군주인 바움바르트로부터 친절한 영접을 받는다. 거대하고 매우 담담한 나무형상을 흔들어 깨워서 사루만의 요새 이젠가르트로까지 데리고 간다.

골룸이 자신의 맹세를 완수한 뒤에 그의 비열한 본성이 드러나게 된다. 모르도르의 요새인 미나의 모르굴뒤에 그는 프로도와 샘을 함정으로 이끌고는 사라진다. 이 둘은 역겨운 형상인 칸크라와 목숨을 건 싸움을 한다. 의식을 잃은 프로도는 사우론의 오르크에 의해 유괴되는데, 샘은 칸크라를 제압한다. 샘은 그들을 몰래 뒤따라가 프로도를 구출한다.

엔츠가 마법사 사루만에 대항하기 위해 이동하는 동안 아라곤, 레고라스 그리고 김리는 또다시 죽은 줄로만 알았던 갠달프를 만난다. 갠달프는 그동안 바로 그를 뒤쫓아 안개산맥 최고봉까지 가서 그를 결국 죽여 버렸다. 이 4명의 동반자들은 로핸의 왕 테오덴의 궁정에 가서 그의 참모를 사우만의 첩자였음을 밝히고 테오덴 왕을 사기꾼 마법사와 모르도르의 어둠의 지배자와 싸울 동맹자로 만든다. 사우론은 이미 그동안 오랫동안 곤도르를 포위 공격을 감행하고 있었다. 미나의 수도 티리트가 함락되면 서쪽으로 가는 길이 사우론에게 내주게 되는 것이다. 이 어둠의 지배자는 자신의 무시무시한 무기를 투입한다. 그는 이미 흑기사로서 만났던 반지정령인 날개 달린 나쯔굴을 보낸다.

테오덴의 기마단 원병들이 도시로 오자 반지소유자인 프로도와 그의 충실한 동행자 샘은 어두운 모르도르를 가로지르는 위험천만의 여정을 계속하며 끊임없이 위험에 처하고 사우론에게 넘겨지기도 한다. 마법의 반지는 프로도의 힘과 의지를 점차로 마비시킨다. 그리고 골룸은 그를 비밀리에 뒤쫓는다. 프로도와 샘을 제외한 모두가 곤도르왕국에 도착하고, 그들을 따라온 거대한 나무들의 군대에 곤돌 국민 모두가 놀라지만 간달프와 아라곤이 자신의 신분을 밝히자 모두가 그들을 환영한다. 그러나 데네톨과 보로미르 형제는 아라곤이 북쪽에서 가져온 지식이, 자신들의 왕권을 진정한 왕인 파라밀에게 넘기게 될 것임을 알고, 그를 해치기 위한 음모를 꾸민다. 아라곤이 마왕과의 싸움에서 거의 죽게 되었을 때 로한의 여인이며 그를 사랑하는 에오윈과 메리에게 구출된다. 메리는 고대의 호비트 마법을 사용하여 마왕을 단독으로 처치하고, 자신이 지배자 다인임을 밝힌다.

모르도르의 군대는 후퇴하다가 비밀 도시 오스길리아트에서 가져온 거대한 배들에 의해 바다로 휩쓸려 가 버린다. 그 동안 샘은 타란툴라를 쫓아 거미들의 여왕인 운골리안트의 둥지로 들어가는데, 선과 악의 본질에 대해 샘과 긴 논쟁을 벌인 끝에 여왕은 샘에게 프로도를 깨어나게 해 줄 거미의 독 치료제를 내 준다. 샘은 운골리안트의 자비와 지혜에 감사를 표하고 프로도를 회생시킨 후, 골룸을 찾아 같이 모르도르로 떠난다.

“때론 현자가 바보스러울 때 약한 이들이 도움을 주는 법이지”라는 갠달프의 말대로 모르도르의 모든 거미들이 프로도와 샘을 도와주기로 한다. 그들이 운명의 산에 막 도착했을 때 골룸은 반지가 자신의 것이라 주장한다. 그 때 암흑의 군주 사우론이 그들의 존재를 감지하고, 암흑의 탑을 떠나 그들을 파괴하기 위해 온다. 그러나 프로도와 샘은 골룸을 덮쳐 운명의 골짜기 속으로 밀어 넣는다.

반지는 파괴되고, 그리하여 사우론도 햇볕에 파괴된다. 프로도와 샘이 산을 떠나려 할 때 마침 아라곤과 파라밀의 군대가 평원을 지나 그들을 맞이하기 위해 도착한다. 아라곤은 오랫동안 잃어버렸던 북쪽의 고대 왕국인 알놀의 왕으로 밝혀진다. 프로도와 샘의 영웅적인 행적은 곤도르과 아르노르에서 오랜 세월동안 노래된다. 다른 호비트들은 드디어 아우엔랜드로 돌아가는데, 거기서 사악한 인간들의 침략으로 망가지고 혼란에 빠진 아우엔랜드의 참상을 본다. 결국 그들은 사악한 데네톨과 보로미르 형제가 샤이어의 독재자가 되려 함을 알아낸다. 프로도와 메리는 사악한 두 형제와 싸워 백 엔드의 문 앞에서 그들을 죽인다. 메리는 다인 자리에 앉고, 마지막에 모두가 서쪽의 해변으로 가서, 갠달프가 바다를 건너 천국으로 가는 것을 전송한다. 간달프는 오랫동안 소원해졌던 엘프와 인간 사이를 발전시키려는 엘프의 대왕이었으며, 이제 그 상을 받은 것이다.

6

톨킨이 자기작품에 대하여

톨킨은 『반지의 제왕』에 대해서 다음과 같이 말하고 있다. "1954년에 『반지의 제왕』이 출판된 이래로 많은 사람들이 그 책을 읽었다. 이 이야기의 모티브와 의미에 대한 견해와 추측에 대하여 내 의견을 말하겠다. 독자를 사로잡아서 그들을 즐겁게 해주고 때론 흥분시키기도 하고 깊은 감동을 주는 정말로 긴 이야기를 쓰고 싶다는 동화작가의 소

망이 반지의 제왕을 쓰게 된 핵심동기이다. 거기에는 그 어떤 심오한 의미나 메시지도 없다. 이야기는 알레고리도, 시의적이지도 않다. 핵심적인 단원인 '과거의 그림자'는 이 이야기에서 가장 오래된 이야기이다. 그것은 아주 오래 전에 쓰여졌다. 이야기의 원천은 내가 언제나 머리 속에 가지고 있었던 사물들이며, 또한 이미 썼던 것들이며 1939년에 발발한 전쟁이나 그 결과로 수정된 것은 없다. 현실에서의 전쟁은 전설 속에서의 전쟁은 그 진행이나 결말에서 닮은 데가 없다. 만일 전쟁이 전설의 이야기에 영향을 미쳤거나 결정했다면 반지를 장악한 다음 그것을 사우론을 공격하는 데에 투입했을 것이다. 사우론은 처형되지 않고 노예가 되었을 것이고, 바라두르는 파괴되지 않고 점령되었을 것이다. 다른 해결들도 각자 알레고리나 시의적인 것과 연관짓기를 좋아하는 사람들 나름대로 고안될 것이다. 그러나 나는 진심으로 알레고리에는 반대한다. 그리고 내가 알레고리의 존재를 알게 된 이후부터 언제나 그러했다. 참된 혹은 고안된 이야기들이 독자의 생각과 경험에 여러 가지로 응용될 될 수 있다는 것이 더 바람직하다고 나는 생각한다. 사람들은 아우엔랜드의 해방은 내가 이 이야기를 완성했을 때의 영국을 그리고 있다고 추측했지만 그렇지 않다."

1947년에 출간된 톨킨의 「요정이야기에 대하여(On Faily-Stories)」에서 우리는 톨킨의 판타지에 대한 견해를 엿볼 수 있다. 요정이야기는 요정들, 엘프가 주요 역할을 하는 이야기이다. 그러나 엘프뿐만 아니라 트롤, 용, 난쟁이 그리고 여러 군들의 인간이 아닌 전설적 형상들이 나오는 이야기이다. 그러나 이 이야기에는 우리가 흔히 볼 수 있는 현실적인 사물들, 예를 들어서 나무, 꽃 그리고 인간들을 비록 마법에 걸렸다하더라도 포함한다. 그래서 톨킨은 요정이야기 자체를 규정하기 보다는 요정이야기가 아닌 것을 추려내는 것으로 정의를 내린다.

「신데렐라」나 「빨간모자 아이」 등 전형적인 어린이 전래동화는 그에 따르면 요정이야기가 아니다. 이 동화들은 판타지 요소를 거의 가지고 있지 않기 때문이다. 요정형상들은 거의 나오지 않고 교훈적인 가르침 등 너무 실용적인 요소만이 강조되었기 때문이다. 또한 우리 현실 세계를 풍자하거나 반영하는 것을 핵심적 내용으로 하는 것들은 요정이야기가 아니다. 예를 들어서 스위프트의 「걸리버 여행기」 혹은 뮌히하우젠의 작품들이 그러하다. 이들 작품에서는 인간의 본성과 허영에 대한 비웃음으로 해서 판타지 적인 요소를 잃고 있다. 「이상한 나라의 앨리스」와 같은 이야기도 요정이야기에 속하지 못한다. 요정이야기는 아주 기이한 사물들을 다루는데, 그것들은 '모두 다 꿈이었다 혹은 환영이었다' 식의 뭉뚱그리는 것을 허용하지 않기 때문이다. 여기서 배제된 이야기들의 공통점은 그 자체로서 권리를 진지하게 받아들여지지 않는 다는 점이다.

톨킨에게 있어서 요정이야기의 핵심은 제2의 창조이다. 그에 따르면 엘프의 본질은 예술이지 결코 권력이 아니며, 제2의 창조이며, 창조라는 독재자적인 재형성을 강요하는 것이 아니다. 하나의 창조물은 그것이 음악, 그림, 조각이든 간에 자체로서 진실되어야 한다. 이야기 속에서는 그 내용이 진실 되고 믿을 수 있어야한다. 물론 이야기 속의 사건이 우리의 현실에서는 일어날 수 없는 것일 수도 있지만 적어도 이야기 속에서는 그것이 일어났다는 것을 믿을 수 있게 해야 한다. 그래서 톨킨은 요정이야기의 가장 중요한 형용구를 "내적인 진실성"이라고 했다. 초자연적인 엘프적인 요소의 본질은 판타지 적인 환영을 직접적으로 느끼게끔 하는 것이라고 했다. 그렇기에 그는 『반지의 제왕』이 알레고리로 받아들여지는 것을 반대하는 것이다.

요정이야기의 독자에게 톨킨은 믿을 수 없는 것 속으로 푹 빠져들 수 있을 정신적 상태를 요구한다. 톨킨에 따르면 그 이야기가 허황되다면 독자는 곧바로 다시 현실세계로 돌아올 것이고, 그 이야기가 좋다면 독자는 그 속에서 푹 빠져 머무를 것이라는 것이다. 여기서 '진실되다'는 것은 그 세계의 법칙과 일치한다는 것을 의미한다. 요정이야기가 독자들에게 부여하는 재생산(재창조)은 오래 써서 뿌옇게 된 창문을 맑게 닦아서 새로운 시야를 마련해주는 것이라고 했다. 이런 청소효과 말고도 옛것에 대한 새로운 시각을 열러주고 흔히 잊어버렸던 놀라움을 다시 찾는 것이기도 하다. 요정이야기는 독자에게 위안을 주어야 하기에 언제나 해피엔딩이어야 한다고 톨킨은 말했다.

톨킨이 새로운 언어를 창조하고 새로운 세계를 창조했다고 해도 그것은 우리 현실과는 전혀 관계없이 이루어지지는 않았다. 그는 철저한 기독교신자였다. 둘째 그는 영어영문학 교수였고 전공분야는 신화와 전설 분야로, 특히 북유럽전설을 연구했다. 신화는 중간계를 둘러싼 이야기 중의 중요부분이다. 톨킨은 영국에는 그리스신화나 지크프리트 전설 같은 신화가 없다고 생각해서 이 빈자리를 메꾸고 싶어했다. 적어도 갠달프나 사우론은 아가멤논만큼이나 유명해지기는 했다. 톨킨은 신화와 관련해서 마법과 신비로운 형상들로 가득한 환상적인 세계를 보여주려고 했다. 그러므로 이 신화적 세계는 형이상학이나 내세와는 거의 관계가 없는 것이다. 이 중간계 세계의 특징은 자연의 정령화이다. 나무와 덤불 속

에 사는 요정들은 식물 등에게 목소리와 의식을 불어넣어주며, 자기 본성에 대고 이야기하고 자신을 지킨다. 흔히 신화 속에서 요정은 작고 수줍어하는 반면 톨킨의 요정은 강하고 죽지 않는다. 그래서 그들은 악한 힘들에 맞설 수가 있었다. 난쟁이들은 암벽, 동굴, 산들에 대해서 그러했고 독수리는 공중을 보호하고 호비트들은 도시화되어 가는 땅을 자연친화적으로 받아들이고 엔츠는 나무수호신으로 나온다. 이 모든 것들은 긍정적인 형상들이고 생명을 다양한 형태로 보존하고 있는 것이다.

이에 비해 부정적인 형상들은 오크족이다. 오크도 아름답고, 강하고 죽지 않을 것이다. 그러나 이들은 아름다움을 끝없는 추악함으로 변화시켰을 것이다. 이 오크족을 보좌하는 것들로 트롤 등이 있다. 이들의 목표는 자연의 보존이 아니라 자연의 정복에 있다. 자연적이고 야생적이고 자유로운 것들을 인위적이고 만들어진 것들로 파괴하는 것이다. 이들은 자유롭게 태어난 것이 아니라 모르고트나 사우론에 의해서 지하감방에서 사육된 것이다.

(*위의 그림들은 호비트, 지도 등 몇 가지를 제외하고는 톨킨이 직접 그린 것들임).

14

미하엘 엔데

Fantasy Literature

작가 소개

엔데

미하엘 엔데(1929〜1995)는 1929년 11월 12일 뮌헨 근처 가르미쉬-파텐키르히에서 태어났다. 그의 아버지 애드가 엔데는 초현실주의 화가였다. 아주 어릴 적 그는 뮌헨 파징에서 보냈는데, 당시 화가 환티를 알게 되었다. 그는 이웃 어린아이들을 격정적으로 꾸며낸 이야기로 사로잡았으며 더욱이 아무 종이에나 삽화를 그려주곤 했었다. 곧 작가와 예술가들이 많이 살고 있는 뮌헨 슈바빙으로 이사를 왔다. 아버지가 새 그림을 그려 축하연을 열면 그는 꼭 함께 했으며 아버지의 아틀리에에 걸린 그림들이 그에게는 세상을 보는 창문역할을 하였다고 볼 수 있다. 나치에 의해서 아버지의 직업 수행이 금지 당했고, 어머니는 식구들을 먹여 살리기 위해서 치료보조사로 일했으나 경제적 어려움은 계속되었다. 엔데는 학교에서도 많은 문제를 일으켰으며, 부모의 극진한 사랑에도 불구하고 그는 불행한 어린 시절을 보냈다.

전쟁이 끝나기 바로 전, 열 다섯번째 생일 직후 징집소장을 받았으나 도주하여 자유 뮌헨 지하조직에서 작은 일을 맡기도 했다. 연극배우학교를 마치고 여러 군데 지방연극단에서 일한다. 1951년 다시 뮌헨으로 돌아와서 바이어른 방송국에서 영화평론가로 일한다. 1962년 티네민출판사에서 그의 책 『짐 크노프』와 『기관사 루카스』가 출판되고 그는 이것으로 문학적 도약의 기회를 얻는다. 이때부터 매년 한 권씩 그

의 책이 출간된다. 1964년 배우 잉에보르크 호프만과 결혼하는데 그녀는 책을 읽고 듣고 비판하는 등 엔데의 책 출판에 많은 도움을 주었다. 1971년 로마 남쪽에 있는 겐짜노로 이사한다. 그는 불공정한 비평으로 상처를 받았다. 그에게 현실도피의 논쟁은 예술가적인 자유와 관용과는 반대로 매우 질식할 것 같은 억압으로 느껴졌다. 당시 동화적인 것과 환상적인 것은 현실도피로 폄하되었던 것이다.

그는 겐짜노에서 매우 생산적인 시기를 맞는다. 여기서 그는 『모모』와 『끝없는 이야기』를 쓴다. 1985년 그의 아내가 죽자 상심하여 뮌헨으로 다시 돌아온다. 1989년 그의 책을 일본어로 번역한 마리코 사토와 결혼한다. 어릴 적부터 그는 일본식 사고와 문화에 매우 관심이 많았다. 1995년 8월 28일 그는 위암으로 사망하며 뮌헨의 발트 공동묘지에 묻힌다.

2

모모

모모는 시간 도둑과 잃어버린 시간을 되찾아 주는 소녀의 이상한 이야기이다. 모모는 떠돌이처럼 시 외곽지대에 있는 원형극장 폐허에

영화 포스터

살고 있는 소녀이다. 아무도 보살펴주지 않는 이 깡마른 소녀를 청결과 질서에 가치를 두는 사람이 보기라고 한다면 경악을 금치 못할 정도였다. 그러나 이 소녀는 다른 사람들 말을 경청할 줄 알기에 흡인력이 강해 사람들은 그녀에게 마음을 열어 주었다. 그 소녀는 자립적이며 성격이 강하고 자기 삶에 만족한다.

어느 날 잿빛으로 머리가 센 신사들이 거미줄 같은 잿빛 양복을 입고 남회색의 서류가방을 들고는 담배를 피우면서 도시에 나타난다. 그들이 나타나자 모두들 벌벌 떨었다. 온통 잿빛인 신사들은 자신들은 시간을 잘 쓸 줄 안다면서 사람들에게 시간을 절약하기 위해서는 쓸모 있는 행동만을 해야 한다고 설득했다. 예를 들어 이발사는 고객과 잡담을 하지 않으면서 오직 머리만을 잘랐기에 10분을 아꼈다. 그가 매일 시간을 할애해 돌보았던 귀머거리 어머니를 이제는 양로원에 보냈다. 신사는 모모와도 이야기했다. "사람은 많이 소유하면 할수록 지루하지 않다"라고 말했다. 그러나 모모가 그에게 누군가를 사랑하느냐고 물었더니 그는 자신들은 인간이 아껴서 예치한 시간이 없으면 존재할 수 없을 것이라고 실토했다. 이것은 사람들에게 비밀로 지켜지기 때문에 이들은 시간을 절약하기 시작하자마자 신사들과의 대화를 더 이상 기억하지 못했다. 모모와 그의 친구들은 회색빛 신사들에 대한 진실을 밝히고자 대 집회를 소집했다. 어른들은 이에 응하지 않았다. 그때 거북이 카시오피아가 시간을 관장하는 호라에게 모모를 데려갔다. 모모는 어떻

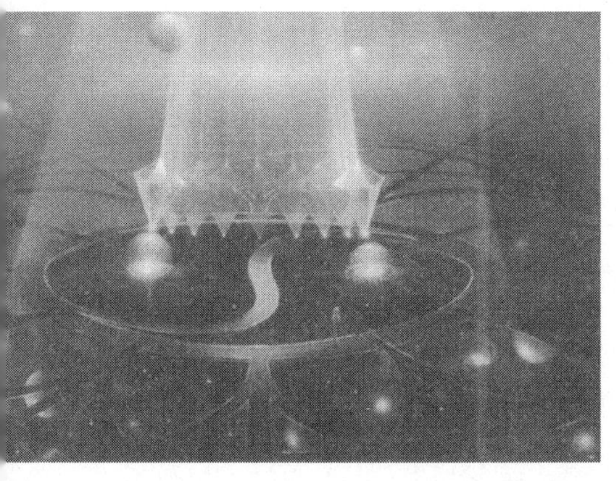

게 시간의 꽃이 차례차례 피었다가 시드는가를 보았으며 이미 또 다른 꽃의 싹이 나오는가도 보았다. 모모가 일년 뒤에 다시 원형극장에 돌아 왔을 때 친구들이 그리웠다. 그들 역시 회색빛 신사들의 희생물이 되어서 이야기를 한다든지 이야기를 들을 시간을 더 이상 없었다. 그러나 회색빛 신사들로부터 쫓기고 절망한 채로 모모는 호라에게 갔다. 그만이 세상을 회색빛 신사들로부터 구출할 수 있을 유일한 희망이었기 때문이다. 호라는 회색빛 신사들의 시간금고를 모모가 찾을 수 있도록 1시간을 멈추게 한다. 거북이의 도움으로 모모는 회색빛 신사들을 물리치고는 사람들에게 빼앗겼던 시간을 되돌려 주는 데에 성공한다. 이 세상은 그렇게 해서 다시 색깔을 찾게된다.

3

끝없는 이야기

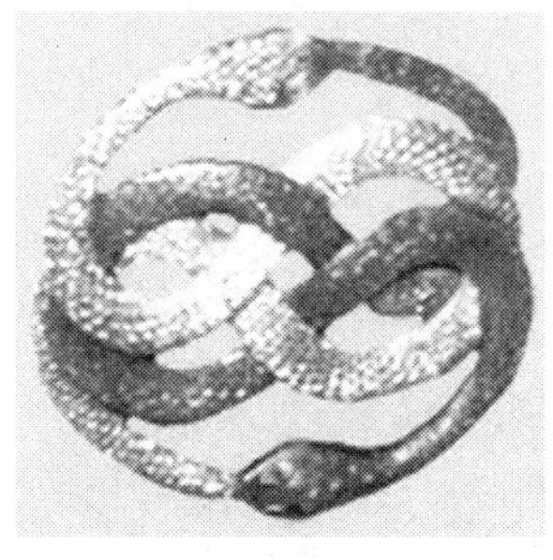

아우린

　11살 난 반 고아인 바스티안 발타자르 북스가 이 책의 주인공인데 그는 학교와 스포츠에서 낙제하는 뚱뚱한 아이였지만 풍부한 상상력으로 재능이 있었는데, 고서점(古書店)에서 책을 하나 훔쳐서 학교 창고에 가서 숨는다. 그가 읽은 바는 판타지의 나라가 위기에 처했다는 것이다.

책표지

첫 문자 A

마지막 장의 Z

보이지 않는 허무(虛無)가 주위에 퍼져서 어린이 여왕이 죽을 병에 걸렸다는 것이다. 그녀가 이 위기를 벗어나는 탈출구를 찾는 임무를 위탁받고는 10살 난 소년 아뜨레유가 모험의 여행에서 위협적인 위험에 대한 해명을 발견하게 된다. 판타지 나라는 하나의 허구적 세계이며, 이것은 인간의 창조적인 판타지로 만들어진다. 점점 판타지를 상실해 가는 것은 이 나라의 멸망을 의미하는 것이다. 이 나라는 그러므로 어린 여왕에게 새로운 이름을 명명하는 인간의 자식이 구할 수 있다는 것이다. 책을 읽으면서 바스티안은 자신이 그 구원자로 점지되었다는 것을 느끼게 된다. 판타지 나라는 일종의 모래성일 뿐이라고 이해한다. 자신의 소망과 더불어 "네가 원하는 바를 행하라"라고 새겨진 여왕의 표식인 아우린의 도움을 받아서 바스티안은 판타지나라를 새롭게 세운다. 그러나 그의 소망이 이루어질 때마다 그는 인간세계에 대한 기억들을 하나씩 하나씩 잃어버린다. 그가 결국 판타지나라의 황제가 되고자 하자 아우린과 결별하게된다. 대 전쟁을 치른 후 바스티안은 언젠가 한번 판타지나라의 황제가 되고자 했던 광기의 미친 자들이 넘쳐나는 도시에 들어가게 된다. 그리고는 자신이 지금 어느 도정에 있는 가를 인식하고는 지금 자기 자신과 자기세계로 되돌아가고자 하는 마지막 소망을 이용한다. 그가 아버지에 대한 진실된 사랑을 다시 찾았을 때 그는 다시 인간세계로 돌아올 수 있었다.

이 책은 특별하게 인쇄되었다. 빨간색으로 인쇄된 틀 이야기와 초록색으로 인쇄된 문자로 엮어지는 안(속) 이야기가 그렇다. 안(속) 이야기는 24개로 이루어졌으며 각각 알파벳 글자로 전면의 삽화가 그려져있

판타지 문학의 이해

다. 이야기는 다시 말해서 알파벳 첫 글자로부터 시작되는 것이다. 언어의 의미는 현실과 연관지어서는 명명하기에 기능한다. 바스티안은 이름을 붙여주면서 새로운 판타지나라를 만들어간다. 언어는 현실을 만들어낸다는 작가의 말도 있었다. "이름을 붙여주는 것은 그와 관계를 맺는 다는 것이다. 우리가 이름지어 주지 못한 것은 우리 의식에 나타나지 않는다(1981)" 그러나 이 실제 현실은 어떤 지위를 가지는가? 이 허구적 세계는 얼마나 현실적인가? 이런 문제들은 틀 이야기와 안 이야기를 뒤집어보면서 다시 한번 제기된다. 틀이 안으로 끼어 들어간다. 책을 읽는 독자인 바스티안은 행동하는 듯 이야기 속으로 들어가고, 이 사건은 다시 끝없는 이야기인 책 속에서 구현된다. 독자는 나름대로 상상을 통해서 이야기를 계속해서 엮어갈 수 있을 것이다. 독자는 상상력과 간절한 소망으로 이 세계를 확대시키는 내적인 과정을 통해서 허구 세계로 들어갈 수 있는 것이다. 빨간색 문자는 바스티안에게는 외부적 세계이며 초록색 문자는 그의 내면세계로 읽으면서 상상행위로 체험하는 세계를 그린다. 허구세계의 실제적 지위에 대한 문제는 바스티안이 끝에 훔친 책을 다시 찾을 수 없으며 고서점에서는 그런 책을 잃어버리지 않았다는 사실로 완전히 뒤집어진다. 이 사실에 대해서 이 책은 아무런 해명도 하지 않는다.

허구적 세계 그리고 실제의 현실세계에 대한 판타지의 역할이 중심 주제이다. 허구적 세계는 판타지를 통해서야 비로소 생산되며, 판타지 없이는 존재하지 않는다. 그러나 판타지의 허구적 세계가 없다면 현실세계에 일부가 빠진 것이 되며 현실세계가 병든 것이다. 판타지는 두 세계를 건강하게 한다. 판타지세계의 존재론적 정당성이 그렇게 주어진다면 판타지세계는 현실적 세계를 풍부하게 한다. 그러나 상상적 허구의 세계가 현실세계와 동등한 지위를 가지고 현실과 허구가 혼돈 될 때 위험에 빠지게 된다. 이것을 바스티안의 경우가 보여준다. 그는 자기 상상세계 속에 빠져서 현실세계로 돌아오지 못한다. 그것이 어떤 결과가 되는 지를 옛 황제의 도시가 보여준다. 무의미하고 고립되고 아무와도 대화하지 않고 단절되어서 혼자만의 세계 속에 빠져 산다. 바스티안은 자기발견 과정을 통해서 이러한 위험에서 벗어난다. 바스티안은 나와 내가 아닌 타인을 구분하지 않는 이스카나리에서 공동체의식을 가진다. 그는 유년기로 되돌아가서 아이우올라에게서 어머니의 사랑을 느낀다. 그는 자기 꿈대로 요르의 광산 속에 기어 들어가서는 아버지에 대한 그리움을 발견하고는 현실세계로 돌아오게 된다. 바스티안은 판타지나라에서의 체험을 통해서 자기가 처한 세계와 논쟁하고 소통할 수 있는 새로운 능력을 갖추게 되었던 것이다.

15

아동문학과
판타지: 해리포터 시리즈

Fantasy Literature

1

작가 롤링

『해리포터』시리즈 작가 조앤 K. 롤링 (Joan K. Rowling)의 삶은 한 편의 동화와도 같다. 1965년 7월 영국 웨일즈의 시골에서 태어난 작가 롤링은 대학을 졸업하고 어머니가 돌아가시자 포르투갈에 가서 영어 강사를 한다. 거기서 그녀는 현지 기자와 결혼하지만 3년도 되지 못해 파경을 맞게 되고, 생후 4개월이 된 딸을 안고 영국으로 돌아온다. 여동생이 살고 있는 에든버러에 와서 초라한 방 한 칸짜리 아파트를 얻어 정착한다. 일자리를 구하지 못한 그녀는 혼자 아이를 키우며 3년여 동안 주당 69파운드밖에 되지 않는 생활 보조금으로 간신히 살아가야 했다. 스물 아홉이라는 젊은 나이에 생활 보조금으로 연명하는 상황 속에서 그녀는 오래 전에 생각했던 해리포터 이야기를 쓰기로 결심한다. 그녀는 매일 아침 딸 제시카를 유모차에 태워 공원으로 갔고 해리포터 이야기의 줄거리를 구상하며 이리저리 걸어다녔다. 그리고는 아이가 잠들면 탁자와 의자가 있는 가장 가까운 곳으로 달려갔다. 그녀는 한 잔의 커피로 몇 시간이고 머물 수 있었던 니콜슨이라는 카페를 가장 좋아했다. 1996년 6월, 그녀는 마침내 원고를 완성했다. 하지만 복사비가 없었던 그녀는 낡은 타자기로 두 벌 쳐서 런던의 두 에이전트에게 보냈다. 그러나 첫 번째 에이전트는 실망스럽게도 어린이 책으로는 80,000자 원고가 너무 길다며, 원고를 돌려보냈다. 그러나 그녀가 시도한 두 번째 에이전트는 독점계약을 바란다는 반가운 답장을 보내왔고 블룸스베리(Bloomsberry) 출판사를 알선해주었다. 그녀는 그 출판사로부터 2,500파운드의 선금을 받게 되었다. 그것은 그러나 시작에 불과했다. 미국의 한 출판사는 저작료로 100,000파운드를 지불하는 등, 아동 도서로는 전례가 없는 파격적인 대우를 받았으며 책이 출간된 후엔 돈과 명성을 한꺼번에 얻게 되었다. 인기와 더불어 세계 최우수 아동도서로 선정되었고, 유명한 스마티즈 상을 수상했으며, 많은 호평과 각종 상을 휩쓰는 등 국제적 명성을 얻게 되었다. 해리포터 시리즈는 지금까지 1. 해리포터와 마법사의 돌, 2.해리포터와 비밀의 방, 3. 해리포터와 아즈카반의 죄수, 4. 해리포터와 불의 잔, 5. 해리포터와 불사조기사단 그리고 6. 해리포터와 혼혈왕자로 6권까지 출간되었다.

2

줄거리

1) 해리포터와 마법사의 돌
(Harry Potter and The Sorcerer's Stone)

어렸을 적 부모님을 잃고 이종사촌 더들리네 집에 얹혀사는 해리포터는, 마법사 학교 호그와트에서 배달되어 온 편지와 거인 해그리드의 이야기로 자신이 유명한 마법사 제임스 포터와 릴리 포터의 아들이었다는 것을 알게 된다. 더들리네 집을 떠나 호그와트에 들어온 해리포터는 그곳에서 자신이 유명하다는 것을 새삼 깨닫게 되고, 론이라는 새로운 친구를 사귀게 된다. 그리고 론, 헤르미온느, 네빌 등과 함께 그리핀도르 기숙사에 배정되어 많은 친구들을 만나게 되고 마법 수업을 받게 된다. 그리고 제일 어린 나이로 퀴디치(Quidditch) 팀에도 들어가 즐겁게 생활하게 된다. 그러던 중, 말포이와 싸운 죄로 비밀의 숲에 가라는 벌을 받게 되는데, 해리는 그 곳에서 누군가를 보게 된다. 그리고 호그와트에서 숨기고 있다는 어떤 사실을 알게 되어 그것을 찾아 나서는데, 찾는 동안 해리와 론, 헤르미온느는 많은 어려움을 겪게 되지만 마침내 그 비밀을 알아내고 부활을 꿈꾸던 어둠의 마왕 볼드모트를 멋있게 물리친다.

2) 해리포터와 비밀의 방
(Harry Potter and the Chamber of Secrets)

2학년이 된 해리는 여름 방학 때, 이모부에게 마법 용품을 모두 빼앗긴다. 그러나 론의 도움으로 무사히 더들리네 집을 빠져 나와 론의 집에서 남은 방학을 보낸다. 그런데, 도비라는 집 요정이 계속 '호그와트에 가지 말라'고 경고를 한다. 그러나 해리는 그 말을 무시하고 호그와트에 가는데… 갑자기 언젠가부터 호그와트의 사람들이 하나 둘 씩 누군가의 습격을 받아 몸이 돌처럼 굳어버린다. 습격받은 사람의 대부분은 그리핀도르 학생들이다. 그리고 헤르미온느마저도 몸이 굳어버린다. 해리와 론은 그 습격을 하는 자가 누구인지 알기 위해서 나선다. 마침내 그들은 습격을 한 범인이 누구인지 알아낸다. 이 사건으로 해리는 어둠의 마왕 볼드모트를 또 한 번

용감히 물리치게 된다. 그리고 그의 어릴 적 비밀도 알아내게 된다.

3) 해리포터와 아즈카반의 죄수
(Harry Potter and the Prisoner of Azkaban)

시리우스 블랙이라는 악명 높은 마법사가 무시무시한 섬 아즈카반에서 탈출하는 사건이 일어나 호그와트에서도 긴장을 늦추지 않는다. 아즈카반에서는 호그와트 학생들을 보호하기 위해 디멘터(Dementor)들을 보내는데, 해리는 디멘터를 볼 때마다 고통스러워하는 부모님의 모습을 떠올리게 되어 자꾸만 기절을 한다. 결국은 새 어둠의 마법 방어법 선생인 루핀 교수에게 디멘터를 물리치는 마법인 '패트로누스'라는 고등 마법을 배우게 된다. 해리는 가끔 어떤 커다랗고 검은 개를 보게 되는데, 점술 선생인 트릴로니 교수는 그것이 죽음의 개라고 해리가 죽을 것이라 예언한다.

어느 날, 부모님께 허가서를 받은 아이들이 호그스미드마을에 놀러 갈 때 해리가 가지 못해 슬퍼하고 있다가 프레드와 조지에게 무언가를 얻게 되어 몰래 호그스미드 마을로 갈 수 있게 된다. 이 호그스미드 마을에서 해리는 엄청난 비밀을 알게 되고, 검은 개의 정체와 시리우스 블랙, 그리고 이 일들이 론의 쥐 스캐버스와 밀접한 관련이 있다는 것도 알게 된다.

4) 해리포터와 불의 잔(Harry Potter and the Goblet of Fire)

해리는 4학년이 되고, 위즐리네 가족과 함께 퀴디치 월드컵을 구경하러 간다. 그런데 불가리아와 아일랜드의 경기에서 아일랜드가 승리하

자 갑자기 죽음을 먹는 자(볼드모트를 숭배하는 자)들의 상 징마크가 하늘에 나타나고, 사람 세 명이 하늘에 둥둥 떠 있어 순식간에 아수라장이 된다. 호그와트로 돌아온 해리는 기숙사 대항 퀴디치 시합을 기대하고 있었지만, 올해에는 퀴디치 시합을 하지 않고 보바통, 덤스트랭 학교 아이들과 트리위저드(Triwizard) 시합을 한다는 말

을 듣게 된다. 트리위저드 시합에는 1,000갈레온이 라는 엄청난 상금이 걸려 있었다. 17세 이상이라는 나이 제한으로 해리는 트리위저드 시합 신청서를 쓰지 못한다. 그러나 트리위저드 시합에 나갈 학교 대표를 뽑는 불의 잔이 호그와트 대표로 케드릭 디

고리를 선택한 뒤 한번 더 활활 타오르고, 곧이어 해리의 이름이 적힌 종이를 나오게 한다. 해리는 수많은 아이들의 따가운 눈총을 받지만, 불의 잔에서 나온 이름의 사람은 꼭 경기에 참가해야한다는 규칙이 있 어 경기에 참가하게 된다.

첫 번째, 두 번째 시합을 무사히 통과하고 세 번째 시합에서 케드 릭 디고리와 해리는 서로 도와서 승리했기에 같이 우승컵을 잡자고 한 다. 그들이 우승컵을 잡는 순간, 그들은 볼드모트가 있는 묘지로 오게 된다. 우승컵은 바로 그 곳으로 가는 문열쇠였던 것이다. 볼드모트는 다시 부활하여 해리에게 결투를 신청한다. 둘의 지팡이가 같은 재료로 만들어졌기에 볼드모트와 해리는 힘겹게 싸우다가 결국 해리가 승리한 다. 케드릭 디고리는 볼드모트에 의해 죽고, 해리는 상금 1,000갈레온 을 받게 되지만 해리는 상금을 론 위즐리 가족에게 준다.

5) 해리포터와 불사조 기사단
(Harry Potter and the Order of the Phoenix)

해리는 방학에는 어쩔 수 없이 이모집에 머물러야 했는데, 이모 내외와 사촌 두들리를 마법으로 실컷 놀려먹던 해리는 갑자기 뜻밖의 상황에 휘말리게 된다. 아즈카반 감옥의 간수들인 디멘터들이 해리에게 덤벼든 것이다. 해리는 두들리와 자신을 위해 마법을 사용하고, 머글앞에게 마법을 사용한 혐의로 청문회에 출두해야 하는 위기를 맞는다. 해리는 친구 론과 헤르미온느가 있는 런던 그리몰드 광장 12번지로 간다. 그 집은 바로 불사조 기사단의 비밀본부다. 불사조 기사단은 다시 출현한 어둠의 마법사 볼드모트에 대항하기 위해 알버스 덤블도어의 편에 선 마법사들이 비밀리에 조직한 단체다. 해리는 자신도 불사조 기사단에 가입하고 싶다고 떼를 쓰지만 성인이 아니라는 이유로 거절당한다.

마침내 지루했던 방학이 끝나고 해리는 호그와트에 복귀한다. 그러나 학교 분위기는 심상치 않다. 새로 부임한 돌로리스 제인 엄브릿지 교수는 덤블도어 교장의 반대편인 퍼지 마법부 장관의 심복이다. 게다가 예언자 일보가 퍼뜨린 악의적인 선전으로 해리를 보는 학생들의 시선은 곱지 않다. 살벌한 학교 분위기 속에서도 해리는 론, 헤르미온느와 더불어 '덤블도어의 군대'라는 모임을 조직, 몰래 마법을 익힌다. 그러던 어느 날 해리의 꿈에 피투성이가 된 론의 아버지가 나타난다. 해리는 꿈에서 깨어난 직후 론의 아버지가 다쳤다는 소식을 듣게 된다.

'덤블도어의 군대'가 발각돼 해리를 비롯한 주동자들이 제적당할 위기에 처하자 덤블도어 교장은 자신이 모임을 주도했다고 말한다. 퍼지 마법부 장관은 덤블도어를 체포할 것을 명하고 덤블도어는 불사조 펙스와 함께 호그와트를 떠난다. 다시 악몽을 꾼 해리는 대부 시리우스가 볼드모트에게 끌려간 사실을 알고 구출작전을 개시한다. 마법부의 심장부에서는 볼드모트를 추종하는 일부 배신자들과 불사조 기사단 사이에서 치열한 전투가 벌어진다.

3

등장 인물

● 해리포터

이 책의 주인공이다. 호그와트 마법학교 학생이고, 그리핀도르 기숙사에서 생활하고 있다. 어머니와 아버지를 어렸을 적에 잃어, 여름 방학 때에는 못된 이모부 버논 더즐리의 가족과 함께 생활해야 한다. 론, 헤르미온느와 언제나 함께 다니며, 뛰어난 용기와 모험심을 가지고 있으나 항상 겸손해한다. 그리고 그는 헤드위그라는 부엉이를 가지고 있다. 그는 퀴디치 경기 팀의 수색꾼으로 스니치를 잡는 역할을 맡고 있다.

● 론 위즐리

해리포터와 가장 친한 친구. 큰 키에 긴 얼굴, 그리고 위즐리 가문의 특징인 붉은 머리를 가지고 있다. 론 역시 그리핀도르 기숙사에서 생활하며, 스캐버스라는 형편없는(그러나 '해리포터와 아즈카반의 죄수'에서 중요하다는 것이 밝혀짐) 쥐 한 마리를 가지고 있다. 상당히 똑똑한 형들을 가지고 있으나, 론은 이를 부담스럽게 생각한다. 론에게는 해리를 아주 좋아하는 여동생 지니도 있다.

● 헤르미온느 그레인저

치과의사 부부의 딸로 태어난 머글 태생이지만 마법 능력이 있어
호그와트에 다닌다. 그녀 역시 그리핀도르 기숙사에서 생활하고 있으며
론과 마찬가지로 해리포터와 아주 친한 친구이다. 뛰어난 두뇌를 가지
고 있어서 공부에서는 늘 1등을 놓치지 않으며, 또 공부하는 것을 아
주 좋아한다. 심지어는 시간을 되돌리는 마법 도구를 사용해서 여러 개
의 수업을 듣기도 한다. 잘난 척 하는 태도를 가끔씩 보이기도 하지만,
친구를 위해서 몸을 아끼지 않는 착한 소녀이다.

● 버논 더즐리네 가족

해리 이모네 가족. 해리가 부모님을 잃고 온 후부터 계속 해리를 괴
롭힌다. 그 때문에 해리는, 호그와트에 오기 전에 계속 더즐리네 집의
더러운 계단 밑 벽장에서 생활해야 했다. 그들은 해리가 마법사 세계에
대한 말을 꺼낼 때마다 매우 진저리를 치며, 또한 그들을 싫어한다.

● 알버스 덤블도어

호그와트의 교장. 누구보다도 뛰어난 마법 능력을 가지고 있다. 사
람들은 그가 마법부 장관이 되기를 원했으나, 그는 호그와트 교장 일을
계속 하고 싶어 마법부 장관 직을 맡지 않았다. 그는 뛰어난 마법 능
력뿐만 아니라 인자한 성품까지 갖추고 있는 사람이다. 해리를 많이 도
와준다.

● 볼드모트

마법사라면 누구나 두려워하는 '어둠의 마왕'. 다른 마법사와 마녀
들은 그의 이름을 언급하기조차 꺼린다. 언제나 숨어 다니면서 사람들

을 공격한다. 호그와트의 그리핀도르 기숙사에서 모범생으로 활동하였
으나, 어느 날부터인가 갑자기 악의 세계에 빠져들어 어둠의 마왕이 되
었다고 한다. 해리가 한 살일 때, 그를 공격하려고 최악의 저주 주문인
'아바다 케다브라'를 사용하지만 해리의 엄마인 릴리 포터의 방해로 오
히려 아주 많이 힘을 잃게 된다. 그러나 4권에서 결국은 웜테일의 도
움으로 부활하고 만다.

● 드레이코 말포이

슬리데린 기숙사에서 생활하는 못된 아이. 아버지인 루시우스 말포
이는 볼드모트의 아주 강력한 지지자였다고 한다. 아버지를 닮아서인
지, 매일 못된 짓만 일삼고 다닌다. 특히 해리포터를 약올리는 것을 좋
아한다. 3권 아즈카반의 죄수 편에서의 퀴디치 경기 때에는, 해리가 두
려워하던 디멘터로 변장해 그를 기절시키려고까지 했다. 게다가 4권에
서는 기자 리타 스키터에게 해리와 그의 친구들을 흉보는 말을 하기까
지 한다. 심지어는 헤르미온느를 보고 '잡종'이라 놀리면서 머글 피를
받은 자는 다 없애야 한다고 말하기도 한다.

● 미네르바 맥고나걸

호그와트의 교감 선생님. 아주 성격이 차가운 선생님으로, 현재 호
그와트의 학생들에게 변신술을 가르치고 있다. 그녀는 변신술 선생인
동시에 그리핀도르 담당 선생님이기도 하다.

● 루베우스 해그리드

아기 해리를 버논 더즐리네 집으로 데려다 주었던 호그와트의 사냥
터지기 거인. 아버지는 아니었지만, 어머니는 거인이었다. 3권 『해리포

터와 아즈카반의 죄수』에서 호그와트의 교수가 되지만, 사나운 히포그리프 벅빅(Hippogriff Bugbig) 때문에 말포이가 팔을 다치게 되자 벅빅과 자신이 벌을 받아야 한다는 사람들 때문에 아주 많이 슬퍼한다. 그러나 해리와 그 친구들 덕분에 벅빅도 살아나고, 벌도 받지 않게 된다. 또, 4권에서 열리는 트리위저드 시합에서 자신과 같은 거구의 여인 맥심 부인을 만나 호감을 가지게 된다.

● 세베루스 스네이프

슬리데린 기숙사 담당 선생님이자 마법의 약 제조법을 가르치는 선생님. 자신의 기숙사 학생들 외의 다른 학생들을 모두 미워하며, 특히 해리포터를 아주 미워한다. 그러나, 그는 호그와트에 다닐 때 해리의 아빠 제임스 포터의 친한 친구이자 라이벌이었다고 한다.

4

설정

1) 호그와트 마법학교

호그와트는 마법사들의 세계에 존재하는, 마법사 양성 학교이다. 영국에 있다.

다른 나라의 마법사 학교로는 보바통(프랑스), 덤스트랭(불가리아) 등이 있는데, 마법사의 세계 전체를 통틀어서라도 호그와트는 아주 유

명한 곳이다. 이곳에 입학한 학생들은 7년 동안 여러 가지 마법 기술들을 배우게 된다. 변신술, 마법의 약, 마법의 역사, 점술, 천문학, 마법, 어둠의 마법 방어법, 산술점, 마법의 생물 돌보기, 약초학 등의 여러 과목이 있다. 학생들은 새 학기가 시작되면 자신이 원하는 과목을 선택해서 배우게 된다. 그리고 모든 학생들은 호그와트 내의 기숙사에서 친구들과 생활하게 되어 있다. 호그와트의 기숙사는 그리핀도르, 후플푸프, 래번클로, 그리고 슬리데린 네 기숙사로 나누어져 있고, 신입생들은 입학식 때 호그와트의 마법 분류 모자를 씀으로써 기숙사를 배정 받는다. 호그와트의 기숙사 이름은, 호그와트 공동 설립자인 고드릭 그리핀도르와 헬가 후플푸프, 로웨나 래번클로, 그리고 살라자르 슬리데린의 성을 본떠 만들었다. 기숙사는 기숙사대로 특징을 지니고 있다. 그리핀도르에는 용감한 사람, 후플푸프에는 정의롭고 성실한 사람, 래번클로에는 지혜로운 사람, 그리고 슬리데린에는 재간꾼들이 입학하게 된다고 한다. 현재는 그리핀도르가 가장 좋은 평판을 받고 있는 듯하다. 기숙사의 성격에 맞는 상징 동물들도 있다. 그리핀도르는 사자, 후플푸프는 오소리, 래번클로는 독수리, 슬리데린은 뱀이다. 이렇게 기숙사를 배정 받게 되면, 그 기숙사의 암호도 받게 되고 이 암호를 아는 사람만이 기숙사 방을 드나들 수 있다. 그리핀도르의 담당 교수는 변신술의 미네르바 맥고나걸 교수, 후프푸프의 담당 교수는 약초학의 스프라우트 교수, 래번클로의 담당 교수는 천문학의 시니스트라 교수, 그리고 슬리데린의 담당 교수는 마법의 약을 가르치는 세

판타지 문학의 이해

베루스 스네이프 교수이다.

2) 퀴디치(Quidditch)

마법사들의 세계에서 최고의 인기를 누리고 있는 스포츠는 바로 퀴디치이다. 해리포터도 그리핀도르의 퀴디치 팀 선수이다.

퀴디치 게임에 대해서 간략히 소개하겠다.

■ 님버스 2000(Nimbus 2000)

마법사들의 세계에서는, 하늘을 날아다니는 데 빗자루가 많이 쓰인다. 퀴디치는, 이 빗자루를 타고 하늘을 날아다니면서 즐기는 스포츠이다. 한 팀이 7명의 선수를 이루고 있으며, 세 종류의 공으로 경기를 펼치게 된다. 다른 공들로 경기를 펼치다가, 골든 스니치(golden snitch)를 잡는 팀이 150점을 득점하게 되며, 경기가 종료된다.

경기에서 쓰이는 공으로는 퀘이플―빨간 축구공 크기의 공. 추격꾼이 사용한다. 블러저―퀘이플보다는 약간 작은 검은색의 공. 몰이꾼이 사용한다. 골든 스니치―팔랑팔랑거리는 날개를 가진 작은 황금색 공. 처음에는 나타나지 않다가 경기 도중에 갑자기 나타난다. 수색꾼이 사용하는 공이다.

선수 구성은 축구의 골키퍼와 같은 파수꾼, 퀘이플을 골대로 넣어 득점을 시도하는 추격꾼, 자기편 선수들을 상대편 선수들로부터 보호하고, 상대편 선수의 득점을 방해하는 몰이꾼 그리고 골든 스니치를 잡는 역할을

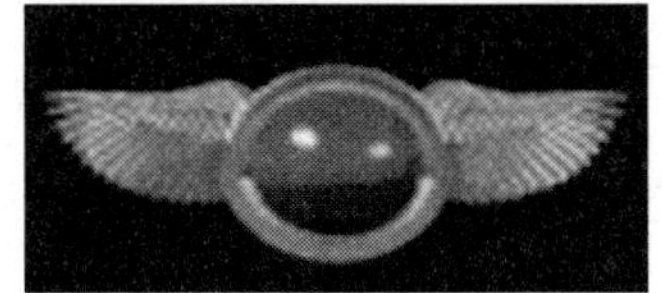

하는 수색꾼이다. 수색꾼이 골든 스니치를 잡아야 경기가 종료되고 150점이나 득점하게 되므로, 실질적으로 퀴디치 경기에서 가장 중요한 역할이라 할 수 있다. 그린핀도르 퀴디치 팀의 수색꾼은 바로 해리포터이다.

해리포터 시리즈는 호그와트 마법학교의 수업 연한과 일치한다. 제1권은 해리포터가 호그와트 1학년생일 때, 제2권은 호그와트 2학년생일 때의 일을 다룬 것이다. 호그와트 마법학교는 제7학년까지 있고 그렇기 때문에 해리포터 시리즈도 제7권까지 나올 것으로 예정되어 있다. 해리포터 시리즈에서는 이 세상에 우리가 알지 못하는 또 다른 세상에 있다고 가정한다. 바로 마법사들의 세계이다. 마법사들은 우리같이 마법을 모르는 평범한 사람들을 머글이라고 부른다. 그리고 마법 세계에서는 머글 세계가 자신들의 존재를 아는 것을 엄격히 금하고 꺼려하고 있다. 마법 세계에는 우리가 일반적으로 생각해 오던 모든 마법과 괴물의 종류가 다 나온다. 각종 공격 마법과 방어 마법, 순간 공간이동 마법, 점성술, 변신하기, 그리고 약초학과 다양한 주문들이 해리포터에 나온다. 그리고 트롤이라던가 유니콘, 불사조 등의 특이 생명체말고도 히포그리프라던가 상대방이 제일 무서워하는 그 어떤 것으로도 변신하는 괴물도 나온다. 그 외에도 현실 세계처럼 퀴디치 월드컵이라는 스포츠를 즐기고, 각종 이상한 과자와 먹거리들, 먹으면 속에서 두꺼비가 뛰어다니는 것 같은 사탕도 있다. 그러나 해리포터를 어른들에게도 재미있는 책으로 만드는 것은 그 스토리의 탄탄함에 있다고 하겠다. 소설 곳곳에 장치를 깔아 놓고 마지막 부분에 가서 한꺼번에 다 한 점으로 모아진다. 결말은 늘 생각지도 못했던 것이다.

5

나가면서

해리포터 시리즈는 게임이나 텔레비전 등으로 해서 책으로부터 멀어졌던 어린이들을 독서하게끔 만들었으며, 많은 사람들의 판타지적 욕구를 충족시키고 있는 베스트셀러가 되었다. 문학성이나 문학적 가치는  아직 확인되지는 않았으나, 선풍적인 대중적 인기와 상품성은 세계적인 것으로 인정된다. 물론 해리포터의 선풍적인 확산은 대중매체 기관의 대대적인 개입도 커다란 몫을 했지만 하나의 작품이 이러한 반향을 얻는다는 것만으로도 그것을 연구할 가치가 있는 것이다. 전래동화나 아동문학에서는 흔히 무엇인가 결여되고 둥한시되고 소외되었던 인물에서 가장 아름답고 순수하고 귀중한 인간적 가치들이 발견된다. 해리포터라는 인물도 마찬가지 경우이다. 그리고 이 시리즈가 아이들에 대한 가장 매력적인 점은 그들이 가장 짐스럽게 느끼고 있는 학교공부를 그야말로 흥미진진한 마법술 과목으로 바꾸어 놓았던 점일 것이다. 작가 롤링은 어릴 적 친구들(친구 중에 포터 성을 가진 남매가 있었음)과 마귀할멈이나 마귀 같은 변장을 하고 놀았다고 한다. 그리고 마법사의 행동이나 마법도구들은 우리들의 알량한 현실을 뛰어 넘고 있으며, 대개는 기억의 창고 속에 던져 버렸던 것들이다. 성인들에게는 기억의 새로움이라는 기쁨을 주고 아이들에게는 요즈음 기계적 도구와는 다른 색다름을 제공하고 있다. 마치 유럽인들에게 여전히 전통적인 서커스쇼나 마법쇼가 인기 있는 것과 같다. 그런데 한편으로 이 책에는 또다른 폭력을 엿보인다. 장난꾸러기들의 골탕먹이기, 상대편의 일방적인 폄하 등, 그만큼 단순하기에 재미있는 것 같다. 복잡하게 얽히고 혀서 복잡미묘한 인간 내면세계에 대한 탐구로 모든 것은 불확실해지고, 불안하고 급속도로 변화하는, 즉 어떤 것도 확고하지 못한 이 시대에 뚜렷하게 구분되는 속성을 가진 인물들이 단순한 플롯 속에서 대결하고 승부를 가리고 그러면서도 현재의 눈에는 비현실적이고 유치하게 보이는 우리들의 옛 감정을 고수하는 그런 것들이 등장하는 다소 진부하고 유치한 이야기가 읽히는 것이다.

해리포터는 아동문학, 추리문학, 환상문학 등의 요소들을 갖추고 있지만, 그런 장르적 특성들을 혁신적 문학성과 동일시하는 비평이나 끊임없이 반전하는 플롯의 힘이 독자를 사로잡는 다는 식의 찬양일변도 평가는 자칫 문학비평을 출판사 홍보자료로 떨어뜨린다. 다른 한편에서는 마법을 폄하하는 이성중심주의적 서구전통으로 해리포터의 문학성이 인정받지 못한다. 해롤드 블룸이 월스트리트저널에서 해리포터가 '진부함에 강하고 상상력에 약하다'고 비판한 진짜이유는 이 소설에 대한 평단의 찬사가 지나쳤기 때문이었다. 뉴욕타임즈의 리뷰에서도 '아무리 재미있는 소설이라고 해도 제4권에 대한 독자들의 광기는 비이성적이다.' 또는 '해리포터의 인기는 너무나 단순한 한가지 사실, 좋은 책이기 때문이다.' 등 상반되는 평을 했다. 많은 서평들이 해리포터를 다루는 일차적 이유는 그의 경이적인 판매부수 때문이지만 작품의 인기와 문학적 가치는 꼭 정비례하는 것은 아니다. 이 소설이 가지는 의미는 논쟁의 대상이 되는 그 문학성에 있는 것이 아니라 전 세계적 공감

판타지 문학의 이해

대를 형성한다는 그 사실에 들어 있다. '진부함에 강하다'라는 블룸의 평가는 문화분석적인 의미를 가진다. 베스트셀러의 진부함에 주목하며 세계가 공유하는 욕망의 궤적을 추적할 징후를 이 책을 통해서 확보할 수 있다는 점이다. 해리포터 시리즈의 강점은 아이의 소망을 포착하는 디테일에 있다고 평가되기도 하고, 작품의 서사적 특징이 내세워지기도 한다. 이 작품에 대한 세계적인 공감대 저변에는 세계지배세력에 대한 상상적인 풍자판타지라는 공통분모가 있으며, 풍자대상은 WASP(White Anglo-Saxon Protestant)로 집약될 수도 있다. 해리를 부당하게 차별 대우하는 이모 가족은 WASP를 상징하는 전형적인 머글(어리석고 잔인하고 편협하고 자아도취적인 사람, 즉 마법의 세계를 모르는 보통사람)이다. "더들리는 버논 삼촌을 빼닮았다. 커다란 얼굴은 핑크빛이고, 굵은 금발이 두툼한 머리통을 덮고 있다. 페튜니아 이모는 더들리가 아기천사 같다고 하지만, 해리가 보기엔 가발 쓴 돼지 같다." 독자가 이들의 일상화된 폭력에 시달리는 해리포터에 열광하는 것은 어린 해리포터의 영리한 적응력과 불가피한 고통과 침묵의 저항에 자기처세를 대입하기 때문일지도 모른다.

16

팀 버튼의 판타지

Fantasy Literature

팀 버튼

감독, 제작자, 애니메이터, 각본가인 팀 버튼(Timothy Burton)은 1958년 8월 25일 캘리포니아 버뱅크에 태어났다. 팀 버튼은 캘리포니아 예술학교에서 애니메이션을 공부하면서 디즈니의 애니메이터로서 영화 경력을 시작했다. 그러나 그의 기괴한 상상력은 디즈니와 처음부터 어울리지 않았다. 그곳에서 그는 '성장이 더딘 아이'처럼 취급되기도 했다. 이 시절에 그의 첫 번째 단편영화이자 빈센트 프라이스가 나레이터로 등장하는 6분 짜리 스톱 모션 애니메이션인 <빈센트>(82)를 완성했으며, 84년에 27분 짜리 두 번째 단편영화인 <프랑켄위니>를 만든다. 프랑켄슈타인, 동화적 상상력, 50년대 B급 공포영화 그리고 텔레비전 프레임이 함께 합주적으로 만들어내는 이 영화는 이후 팀 버튼 영화의 스타일의 출발점을 잘 보여준다. 그런데 이 <프랑켄위니>의 전국적인 배급을 디즈니가 거부하면서 팀 버튼과 디즈니와의 관계가 결정적으로 악화되었다. 디즈니 회사에서 나온 그 이듬해 텔레비전 컬트 스타 피위 허만이 주선해주어서 워너브러더스에서 제작한 첫 번째 장편영화가 코미디 <피위의 대모험>('85)이다. 이 영화는 카툰의 세계에서 텔레비전의 프레임으로, 그리고 다시 영화로 옮겨가는 팀 버튼의 내적 여정에 단서를 보여 준다. <피위의 대모험>의 상업적 성공으로 워너 브러더스는 호러 작가 마이클 맥도웰의 아이디어에서 나온 <비틀주스>('88)의 감독을 제안한다. 팀 버튼은 이것을 <프랑켄위니>로부터 시작되는 흑백 호러영화의 미장센, 독일 표현주의양식 그리고 디즈니 가족극장의 패러디가 뒤죽박죽 혼합된 키치적 양식으로 재현해내면서 그만의 독특한 영화전형을 완성해낸다. 연이은 <비틀주스>의 성공으로(그 해 박스오피스 9위) 워너는 5천만 달러의 제작비를 제안하며 밥 케인의 만화책으로부터 시작된, 60년대 말 방영되었던 텔레비전 시리즈 <배트맨>의 영화화를 추진한다. <배트맨>('89)은 그 해 박스오피스 1위와 영화 사상('92년 당시) 흥행 10위에 등극했으며, 이 기이한 블록버스터를 통해 팀 버튼은 그야말로 헐리우드의 가장 희귀한 작가가 되었다. 그리고 90년 아무도 예상할 수 없었던 이 놀라운 성공에서 돌아온 팀 버튼은 자신의 자화상과도 같은 <프랑켄위니>의 세계로 되돌아가 <가위손>을 완성하며 진실과 가짜 사이의 경계가 사라진 포스터모더니즘의 공간 속에서 예술가의 초상에 대한 사유를 계속한다. 92년에 완성한 <배트맨 2>는 그의 가장 개인적인 내밀한 고백과도 같은 영화이다. 배트맨, 팽귄맨 그리고 캣우먼의 주인공들을 통해 그림 동화와 바그너오페라 그리고 디즈니 애니메이션에 걸쳐 있는 상상의 세계를 복원한 팀 버튼은 명백히 디즈니의 세계를 거꾸로 패러디한 <크리스마스 악몽>('93)을 제작하고, 성공함으로써 디즈니 왕국과의 싸움에서 일대 승리를 거둔다. 94년 사상 최악의 감독 에드워드 우드 주니어를 영화 일 백년에 다시 부활시킨 흑백 영화 <에드 우드>는 팀 버튼의 영화에 있어서 하나의 전환이자 또 다른 출발점을 명시한다. 여기서 팀 버튼은 에드 우드와 오손 웰즈사이에서, 다시 말해서 B급 영화와 작가주의 사이의 관계 속에서 자신을 위치시킨다. 팀 버튼은 지금 마치 에드 우드처럼, 60년대 풍선껌 시리즈로부터 출발하는 몬스터 컬처의 총집결 <화성침공>을 완성했으며 미국 내 박스오피스로부터 처음으로 버림받았다. 니콜라스 케이지를 주연

으로 한 <슈퍼맨>을 준비해 왔으나 백지화되고 말았으며 기괴한 고딕
호러물 <슬리피 할로우>이후 <화성침공>을 내놓는다. 68년부터 73
년 사이 인기를 모았던 다섯 편의 <혹성 탈출> 시리즈의 또 다른
속편이나 리메이크가 아니라, 기본 줄거리에 새로운 상상력을 더했다.
팀 버튼의 영화에는 환상과 아름다운 꿈, 희망, 순수함 그리고 적당한
폭력이 골고루 스며있다. 스티븐 스필버그 감독의 낭만적인 작품과는
다르게 그는 비현실적인 동화나 전설적인 인물 속에서 삶의 리얼리티
를 끊임없이 발견해낸다. 비현실적이며 환상적인 영화를 통해 그는 삶
의 모순과 인간의 원초적인 선·악, 즉 삶의 진실 등의 현실을 압축해
보여주고 있다.

2

주요작품

1) 비틀주스＝유령수업(BEETLEJUICE)
(주연: 위노나 라이더, 마이클 키튼, 1988년 워너브러더스)

　영화는 잘 정리된 듯한 한 마을을 비춘다. 곧이어 집 뒤에서 올라
오는 것은 거대한 거미였고, 그 거미를 잡는 것은 더욱더 거대한 인간
의 손이다. 관객들은 그것이 실제 마을과 거리가 아닌 미니어처, 즉 모
형집이었다는 것을 알게된다. 이 독특한 오프닝 장면은 영화전체에 걸
쳐 인상적으로 그 영향력을 발휘하며, 이 장면의 이미지가 너무 강해서

인지 후반부에 때때로 이 실제 집을 풀-샷으로 비추어도 그것이 마치 작은 모형집처럼 보인다. 이 영향력은 2년 후의 작품인 <가위손>에까지 미쳐 등장하는 성이나 집들을 마치 모형처럼 느껴지게 한다.

　뉴잉글랜드 지방의 그림 같은 전원도시에서 행복하게 사는 젊은 부부가 있었으니, 바로 아담과 바바라 부부이다. 이들은 여름 휴가준비로 마을에 들렀다가 집으로 오는 도중 강아지를 피하다가 차가 다리 밑으로 추락하여 강에 빠져 죽게된다. 자신들의 죽음을 눈치채지 못한 이 부부는 집으로 돌아와 문밖의 또 다른 세상과 '초보 사망자 안내서'를 보고 나서야 자신들의 죽음을 인정하기 시작한다. 그러나 그들이 여전히 천국도 지옥도 아닌 그들이 살던 삶의 터전에 그대로 있는 것에 당황해 한다. 아담과 바바라 부부는 점점 죽은 자의 습성에 익숙했지만, 여전히 자기들의 집 다락방은 당혹스러울 뿐이다. 언제까지 그들의 집으로만 여겨졌던 이곳에 새 입주자인 불청객 가족이 찾아오고, 그때부터 '사람'이었을 때보다 더 힘든 '사망자'로서의 생활이 시작된다. 이 가족은 시골의 전원생활을 즐기려는 찰스와 아담과 바바라보다 더 죽은 사람처럼 보이는 그의 딸인 리디아(위노나 라이더), 그리고 그녀의 새 엄마인 미술가 델리아가 바로 그들이다. 영화 속에서 유령에 가장 가까운 캐릭터는 리디아이며, 항상 입고 다니는 상복과 창백한 얼굴 등은 마치 그녀가 인간과 유령사이의 경계점에 있는 것처럼 보인다. 그래서 그녀에게 유령을 볼 수 있는 능력이 주어졌을 지도 모른다. 집 밖에는 그들의 집과는 다른 공간인 모래사장이 존재하기 때문에 아담과 바바라는 집 밖으로 나갈 수가 없다. 그곳에 사는 '모래벌레'의 모습은 입 속에 입이 있다는 점에서 '에일리언'과 유사하고, 또 어떻게 보면 '스타워즈'에 등장하는 모래괴물들을 합쳐놓은 것 같기도 하다. 점점 더 그들의 보금자리를 빼앗겨가는 아담과 바바라는 '초보 사망자 안내

289

제16장 팀 버튼의 판타지

서’ 사이에 끼어 있는 한 장의 종이를 발견하게 되는데, 이는 바로 바이오 무당인 비틀주스에 관한 것이다. 여기서 사악한 인간과 그들에게 괴롭힘을 당하는 착한 유령을 위해서 인간들을 쫓아내는 영매라는 새로운 팀 버튼식 규칙이 성립된다. 이제 부부는 스스로의 힘으로 이 사악한 가족을 그들의 안식처에서 내쫓아야 했다. 유령을 볼 수 있는 유일한 가족의 일원인 리디아가 비틀주스의 이름을 세 번 불러주어서 활동을 개시한다. 리디아는 현실 속에서 죽어가는 아담과 바바라를 구하기 위해 비틀주스를 불러오고, 착한 유령과 착한 인간이 한 팀이 되어 사악한 인간영매인 유령을 물리쳐야 한다. 팀 버튼의 영화에서 장르의 구분이나, 선악의 구분을 짓는다는 것만큼 무의미한 것도 없다. ‘비틀주스’는 선악의 자리바꿈에서 이미 또 다른 경계의 무너짐을 보여주고 있다. ‘비틀주스’는 기본적으로 ‘사람’이었던 ‘유령’이 바라보는 ‘사람’의 세계이며, 인간세계와 유령세계의 경계도 겨우 선 두개로 표현되는 문 한 짝일 뿐이다. 마지막 장면에서 사악했던 인간들과 순진했던 유령들은 결국 그들의 공동소유인 집에서 함께 생활하는데, 유령들은 이제 떳떳이 1층을 그들의 공간으로 이용하고 오히려 법적으로 이 집의 소유자인 살아있는 사람들은 위층을 이용하게 된다. 그들 사이에 차별성은 무너졌지만, 그들의 생활 터전은 오히려 이전과는 정반대로 이뤄진다.

<비틀주스>의 스토리는 호러 작가 마이클 맥도웰의 아이디어이지만 현실에서 축소된 모형의 세계로 돌진하는 오프닝으로 시작되는 유령들과 바이오-엑소시스트에 관한 이 영화는 팀 버튼의 세계 안에서 생명력을 얻게 된다. 귀신을 몰아내는 서양 무당인 엑소시스트 비틀주스는 팀 버튼의 세계관에 충실히 조응하면서 이 호러 환타지와 현실세계를 연결하는 역할을 한다. 오리온좌의 1등성인 베텔게우스(Betelgeuse: 영어식 발음은 ‘비틀주스’)에서 이름을 딴 바이오-엑소시스트인 비틀주

판타지 문학의 이해

스, 온갖 캠프적 장식들에 둘러싸여 야누스적 의상을 즐기는 아방가르드 조각가인 델리아, 부동산투기와 돈벌이에 능란한 찰스, 고딕 그 자체인 리디아, 물화 된 공간에서 영혼의 힘을 지키는 두 유령부부 등의 등장인물로부터 팀 버튼은 이승과 저승의 경계를 허물고 풍자극을 펼쳐 놓는다. <비틀주스>는 유령의 눈으로 보는 인간의 세계이다. 죽음으로 비롯된 변형과 왜곡으로 기이하게된 이 유령들은 유머 이전에 팀 버튼의 삶의 방식에 대한 태도를 담고 있다. 찰스와 델리아 부부의 세계는 물화 되어 비틀어진 현실 세계의 반영이고, 영혼이 육체에 의해 물질화 된 아담과 바바라 부부의 세계는 전원의 풍광과 어우러진 사후 세계의 반영이다. 그리고 비틀주스의 변형은 이 작품의 모든 우화적 요소의 결산이다. 팀 버튼의 작가주의는 <비틀주스>에서 이미 내면적으로 흐르기 시작해 <배트맨>의 고담시로, <가위손>의 에드우드의 세계로 이어진다.

2) 〈배트맨(Batman)〉

(주연: 마이클 키튼, 킴 베신져, 잭 니콜슨, 1989년 워너브러더스)

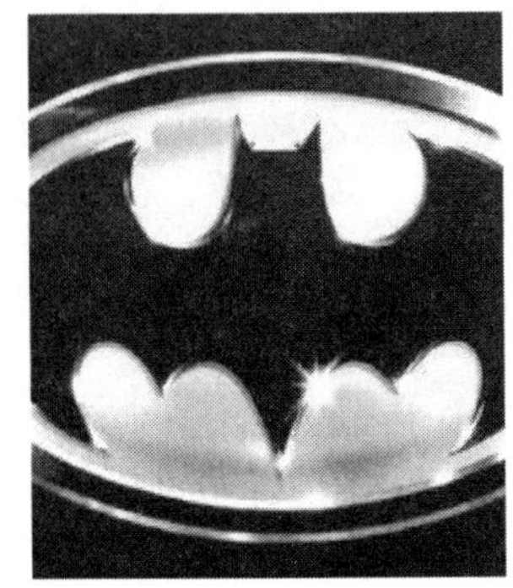

배트맨 상징

배경은 뉴욕의 별칭인 고담을 이름으로 하는 산업화와 공해에 찌들어 과거와 현재가 뒤죽박죽 엉켜있는 범죄의 도시이다. 언제부터인가 이 어둠의 도시에 밤거리를 떠돌아다니는 정체 불명의 박쥐인간이 있다는 이상한 소문이 돌기 시작했다. 이 이야기들은 결국 신문지상에까지 실리게 되고 종군 기자로도 활약했던 유능한 사진 기자인 비키 베일(킴 베신저 역)을 끌어들이게 된다. 브루스 웨인(마이클 키튼)이란 젊은 억만장자는 고담시 제일의 갑부로 상류층 세계를 주도하는데, 그의 저택에서 열린 고담시 200주년 행사를 위한 바자회에 참석한 경찰 국장 고든에게서 정보를 캐러 왔던 비키는 브루스와 첫 대면을 한다. 한편, 도시 외각 변두리에 있는 화학 약품 공장에서 보스의 눈 밖에 난 악당 잭(잭 니콜슨)이 함정에 빠져 경찰들에게 포위 당해 있었다. 고든 국장을 인질로 달아나려던 잭 앞에 갑자기 정체 불명의 검은 망토를 입은 사나이인 배트맨이 나타난다. 잭은 배트맨과 격투도중 얼굴에 상처를 입고 약품통에 빠져 안면 근육에 심한 손상을 입고 완전히 미쳐버린 채 조커로 거듭난다. 그는 천재적인 두뇌와 화학에 대한 전문적인 지식을 가지고 자신을 배반한 보스 그리슴을 제거하고 도시 암흑 조직의 실질적인 지배자가 되어 그 광기를 뿜어댄다. 그 와중에 비키와 브루스는 사랑에 빠지고 조커의 무차별적인 독약 테러에 도시는 광란의 도가니에 빠져든다. 드디어, 도시 창건 200주년의 날에 조커는 돈을 미끼로 모여든 시민들을 모두 학살하려 하고 이를 막으려는 배트맨과 마지막 승부를 치르게 된다.

　배트맨은 영웅적인 카리스마를 지닌 인물이 아니라, 줄 곳 음울한 피해망상의 안개 속을 헤매는 어린아이와 같고, 조커 또한 완전한 악의 화신이라고 하기엔 어딘가 부족해 동정심을 느끼게 한다. 분열적이고 파괴적인 자아를 과감하고 당당하게 드러내는 조커와 이중적인 자신의 삶에 고뇌하는 배트맨의 대결은 조커의 죽음으로 일단 결말이 나지만, 이 후의 속편에서도 여러 가지 해답인 듯한 의미들을 나열하면서도 결코 완전한 결론을 내지 않는다.

조커

　조커의 카리스마는 오히려 배트맨을 능가한다. 그는 자신을 중심으로 주변 환경을 완전히 바꾸어버리려는 역동적인 개성을 가지고 있다. 자신의 미학에 따라 기존의 미술관을 파괴한다든지, 실소를 자아내게 하는 TV 광고가 그 예로 설명될 수 있다. 무엇보다도 자신의 욕망과 소망 충족을 위하여 전 도시의 시민을 몰살하려하는 행위는 매우 극단적이면서도 악마적인 자기표현이다. 이와는 대조되게 밤의 영웅 배트맨은 강박관념에 시달리는 정신병자로, 분열된 자아와 음울한 박쥐인간의 초상으로 혼돈 속에 갇혀있는 인물로 그려진다. 이러한 영웅상으로 할리우드의 영웅주의에 정신분석학을 가미했으며, 암울한 분위기의 고담시를 새롭게 창조한 팀 버튼에 관객과 평론가들은 열광했다. 배트맨은 일반적인 두 얼굴을 가진 슈퍼맨이나 스파이더맨 등의 초인들과 달리 평범한 인간이며 다만 싸움을 조금 더 잘하고 체력이 뛰어날 뿐이다. 슈퍼맨처럼 엄청난 괴력이나 광선발사 능력도 없으며, 스파이더맨처럼 도구 없이 벽을 타거나 투시할 수 있는 초능력도 없다. 그는 엄청난 재력을 바탕으로 최첨단의 병기들을 개발해 적들을 물리칠 뿐이다. 다른 초인적 영웅들이 선천적·후천적이든 간에 초능력을 감추기 위해 두 얼굴을 가지게 되는 반면 팀 버튼의 배트맨은 부모의 죽음으로 인한 분열적인 강박관념에 시달리는 불안정한 영웅이다. 자신의 소중한 것들을 불가항력적인 상황에서 빼앗긴 것에 대한 분노와 상처에 대한 복수로 악에 대항하지만, 언제나 자신을 가리는 가면을 쓰고, 선의 이미지가 아니라 어둠의 성향이 강한 박쥐로 나타난다. 이에 맞서는 악당인 조커 또한 심각한 정신분열증 환자이다. 팀 버튼은 60년대를 풍미했던 <배트맨>을 원래의 설정에서 벗어나서 과감하게 자신만의 새로운 <배트맨>으로 재창조한다. 슈퍼맨식 영웅물을 기대했던 워너 브라더스는 이러한 새로운 버전에 당혹감을 감추지 못한다. 그러나 그들의 우려와는 달리 <인디아나 존스 3>를 누르고 엄청난 흥행을 가져왔고 팀 버튼은 흥행감독의 반열에 올랐다. 인간의 양가적 속성에 관심을 두는 그의 영화는 선과 악의 모호성으로 더욱 매력적이다. 악의 대표자인 조커나 펭귄맨도 그들 나름대로의 이유를 가지고 있으며, 선를 대표하는 배트맨에게서도 마찬가지로 어두운 복수심을 느낄 수 있다. 팀 버튼이 모든 이데올로기적인 코드들을 제거해 버린 <배트맨>은 음침하며, 복잡하며, 어둡고, 기괴한 데다가, 지나치게 예술적이다. 팀 버튼이 정말로 매혹된 자는 낮에는 사회의 저명인사이며 젊은 경영총수 브루스 웨인이지만 밤만 되면 부모의 원수를 찾아 박쥐복장을 하고 고담시를 떠도는 배트맨이 아니라, 바로 조커이다. 팀 버튼은 조커에게 사유하고 창조하는 힘을 불어넣어 철학자이자 예술가로 만들었다. 조커는 살인을 하면서도 "사그러지는 달빛 아래서 악마와 춤을 춰본 적이 있느냐"라고 물으며, "나는 겉으로는 언제나 웃고 있지만 나의 웃음은 단지 피부 깊숙이 색인된 것일 뿐이다. 만약 당신이 나의 내부로 들어와서 정말로 울고 있는 모습을 본다면 나와 함께 기꺼이 울 것이

판타지 문학의 이해

다.”라며 양가적인 인간의 모습을 보여준다. 배트맨이 분노와 원한 속에서 저주의 사슬에서 벗어나지 못하는 귀족이라면, 조커는 자신의 범죄를 즐기고 권위를 부정하고 새로운 것을 창조하는 악마적인 예술가이다. 배트맨이 주어진 예술을 수동적으로 받아들이고, 인정하고, 보존하려는 동안 조커는 그것을 부정하고, 넘어서서, 세상을 바꾸려고 한다. 두 사람은 이항대립항인 것 같으면서도 서로 놀랍도록 닮아 있다.

3) 〈배트맨 2(Batman Returns)〉
(주연: 마이클 키튼, 대니 드비토, 미셸 파이퍼, 1992년 워너브러더스)

영화의 도입부는 마치 무성영화 같고, 등장인물인 펭귄맨, 캣우먼 그리고 맥스쉐릭에 관한 온갖 이야기를 다 늘어놓은 다음에 비로서 배트맨이 등장한다. 고담시를 구하러 돌아온 배트맨은 이제까지 보지 못한 막강한 악당들과 대결하게 된다. 천재적인 두뇌를 가진 복수의 화신 펭귄맨과 백만장자 사업가 맥스쉐릭이 바로 고담시를 공포에 떨게 하는 악당이다. 특히 펭귄맨은 충성스런 펭귄군단과 “붉은 서커스단"으로 불리는 악당들을 동원해 고담시와 배트맨을 없애려 한다. 그러나 배트맨에게 더 큰 위험을 주는 것은 신비하고 매력적이지만 몹시 위험한 캣우먼의 도전이다. 배트맨처럼 비극적인 어린 시절을 보낸 캣우먼은

강력한 힘과 지성을 지녔다. 어둡고 신비로운 비밀을 가진 이 여인은 배트맨에게 아주 위협적인 존재가 된다. 그래서 캣우먼의 채찍이 그를 감아 쓰러트릴 때마다 배트맨은 그녀에게 일종의 경외감을 가지며 자신에게 “내가 이 굉장한 여자를 어디서 만났더라?”라고 묻는다.

<배트맨 2>에서 보여준 각 캐릭터들의 이

중성은 더욱 뚜렷하다. 세트와 배우들의 분장은 1930년대 표현주의 영화처럼 과장되게 표현되었으며, 선악의 경계가 사라지고, 전통적인 성(sex)에 대한 고정관념을 뒤바꿔 놓았다. <배트맨>이 40년대의 분위기를 기조로 하고 있다면 <배트맨 2>의 분위기를 지배하고 있는 시대는 19세기말이다. 고담시는 빅토리아 시대의 철제 예술품 같고 펭귄맨의 운두 높은 실크햇 역시 그 시대에 속해 있다. 크리스마스란 배경은 팀 버튼 적이기도 하지만 그만큼 올리버 트위스트의 작가인 찰스 디킨즈 적이기도 하다. 영아 유기와 서커스단, 하수도와 같은 소재 역시 19세기말의 멜로드라마를 연상시킨다. 이 영화는 가장 팀 버튼 적이다. 전편의 잭 니콜슨과 같은 스타가 없었기 때문에 워너사는 광고초점을 팀 버튼에게 맞췄다. 여느 때보다도 전폭적인 재정적 후원을 받은 그는 자기 마음대로 영화를 만들었기 때문에, 기괴하고 신경적인 분위기, 고립되고 이해 받지 못하는 신경증 환자들, 해결책 없는 암담한 결말 등 <배트맨 2>는 정말로 팀 버튼다운 영화가 되었다. 전편과 마찬가지로 고담시는 여전히 사회악으로 오염되어 있으나, <배트맨>에서는 그나마 형식이라도 갖추고 있었던 선과 악의 대결은 보이지 않는다. 팀 버튼은 고담시 묘사보다는 버림받고 소외된 세 주인공들의 개인사에 집중해서 각 캐릭터들의 비틀림을 묘사한다. 묘사에서도 액션보다는 세 주인공들의 인간관계에 초점을 두고 접근해간다. 세 주인공들은 자신의 본명과 함께 박쥐와 펭귄, 고양이라는 동물 상징을 가지며, 낮에는 본명으로 행세하고 밤에는 동물 가면을 쓰고 돌아다닌다. 주인공들은 현실에서 도주하기 위해 변신하려고 애쓰는데 바로 이 이중성에서 비극성이 나온다. 그 이중성은 하나가 다른 하나를 숨기는 것이 아니라 이미 그 속에 내재되어 있는 양가적이다. 배트맨은 백만장자 브루스 웨인이며, 캣우먼은 아무도 돌보지 않는 멍청한 여비서 셀리나이고, 지하 하수도

에서 살고 있는 펭귄맨은 귀족 코블폿가의 버려진 자식 오스왈드이다. '배트맨'이라는 설정이 인기를 끌게된 것은 박쥐란 특이함뿐 아니라 어두운 도시, 어두운 영웅이라는 공식도 기여했다. 배트맨, 즉 브루스 웨인은 어렸을 때 강도들에게 부모님을 잃은 기억을 떨쳐 버리지 못하고 결국 낮에는 웨인 기업의 사장이지만 밤에는 악과 싸우는 이중적인 삶을 살게 된다. 배경인 '고담' 시는 낮은 거의 존재하지 않는, 한없이 높은 빌딩 사이로 끝없는 범죄와 어둠이 있는 곳이다. 배트맨과 적대하는 세력들도 사회에서 버림을 받거나 배신당한 사람들로 일반 영웅영화의 설정과는 상당히 다른 모습을 보인다. 예를 들어 하비-투 페이스 같은 경우는 기업의 음모에 휘말려 선을 잃고, 펭귄맨 같은 경우는 어릴 때 생김새가 기형이라는 이유로 부모에게 버림을 받고 하수도에서 펭귄들의 보살핌을 받고 자란다. 캣우먼은 회사의 비리를 눈치채서 입막음으로 살해되었다가 고양이들이 다시 살린 경우이다. 사회에 원한을 가진 악당들과 악의 세력에 원한을 품고 정의를 위해 싸우는 배트맨의 승부에서 언제나 선이 승리하지만, 원천적인 이중성은 어둡고 음울한 여운을 남긴다.

4) 〈가위손(Edward Scissorhands)〉
(주연: 조니 뎁, 위노나 라이더)

'그가 이곳에 내려왔던 일 이후로 이 마을에는 눈이 내리기 시작했단다.' 할머니가 손녀에게 들려주는 이 가상동화의 세계는 마치 <비틀주스>의 마을 모형도가 확대된 것 같은 실외의 세트공간으로부터 시

작된다. 모형세계에서 시작하는 <가위손>의 세계는 이곳을 '모방' 하고 있음을 보여주는 동시에 진짜와 가짜의 두 세계의 경계를 애매하게 흐려놓는다. 영화는 여기서 편광필터로 하늘빛과 화면의 색깔을 일관되게 맞춤으로써 의도적으로 화면의 깊이감을 제거하며 가상 동화의 세계를 완성한다. 공간의 깊이감이 사라진 이 이상한 공간은 더 이상 사람이 살지 않는 세계이며 동시에 미니멀리즘 구도의 모형세트로 이루어진 세상이다. 시간은 정지했으며, 공간은 다만 평면체 위에 세워진 낯선 풍경으로 인지될 뿐이다.

화장품 외판원인 팩 보그는 어느 날 마을 어귀 산 위에 있는 신비스런 성에 들렀다가 가위손을 가진 에드워드(조니 뎁)를 만나게 된다. 성에서 살았던 발명가가 제작한 인조인간 에드워드는 인간의 모습을 하고 있지만, 인간 손을 달아주려는 순간 제작자가 사망하여 완성되지 못하여 가위손을 가진 채로 홀로 성에서 살아왔다. 마음씨 착한 팩은 에드워드를 집에 데려오고, 그는 처음으로 사람 사는 세상을 보고 모든 것이 낯설게 느껴진다. 에드워드는 그의 가위손으로 정원수를 멋진 조각같이 만들고 마을의 애완용 개의 미용에서부터 여성들의 머리손질까지 환상적인 가위솜씨를 발휘해 마을 사람들에게 사랑을 받는다. 고딕풍의 프랑켄슈타인 성에서 파스텔톤의 일련의 네모난 집들—그 존재가 매우 비현실적으로 보인다—속으로 걸어내려 온 미완성의 안드로이드인 에드워드는 식물들이 늘어서 있는 마을로 들어서 그 마을의 정원수들을 동물의 형상으로 가위질한다. 친구들과 캠핑을 갔다가 갑자기 밤에 돌아온 딸인 킴(위노나 라이더)은 자기 침대에 가위손을 가진 남자가 누워있는 것을 보고 놀라 한바탕 소동을 벌인다. 에드워드는 킴을 보고 호감을 갖지만 그녀는 부잣집 아들인 짐과 아주 가까운 사이여서 에드워드에게 냉담하게 대한다. 그러나 에드워드의 순박한 마음씨가 그녀를 감동시켜 차츰 사랑하는 사이가 된다. 그러는 사이에 에드워드에 대한 소문이 퍼져 텔레비전에까지 출연하게 된다. 그러나 에드워드를 좋아하지 않았던 짐의 계략으로 순진한 에드워드는 죄를 뒤집어쓰고 자신이 살던 성으로 돌아가게 된다. 가위손을 가진 에드워드는 비록 몸은 비정상적이지만, 마음만은 마을의 다른 사람들에 비해 훨씬 '정상적'이다. 만화처럼 규격화된 예쁘기 그지없는 마을처럼 사람들은 규격화된 마을만큼이나 정형화되어 있으며, 감정이나 사랑 같은 것은 없어진지 오래이다. 가위손은 그야말로 현대판 동화의 걸작이다. 19세기 환상작가인 호프만과 20세기 팀 버튼을 테크로놀지 동화적인 관점에서 비교할 수 있다. 호두까기 인형에서나 모래사나이에서 현대적 기술을 상징하는 사람들이 나온다. 대부아저씨 드로셀마이어는 요즈음으로 치면 컴퓨터 기술과 맞먹는 시계만드는 기술을 가진 기술자였고, 비록 똑같은 작동만을 반복하긴 해도 움직이는 성을 만든다. 모래사나이의 자동인형인 올림피아는 20세기 외딴 성에서 안드로이드적인 기계인간인 에드워드로 더욱 진화되어 나타난다. 호프만에서는 올림피아의 기계적 동작과 무생물성에 초점이 두어졌다면, 팀 버튼에서는 기계인간의 휴머니티가 돋보인다. 가위손의 불행은 바로 그 미완성의 가위손에 있었지만 바로 미완성으로 인하여 바로 그 이야기가 시적이고 동화적이 되었다고 볼 수 있다.

3

나가면서

<비틀주스>에서 마이클 키튼이 연기한 끔찍스럽지만 유쾌한 비틀주스, <배트맨>에서 거의 안티 히어로에 가깝게 묘사된 배트맨, <가위손>에서 순수하지만 기괴한 외모의 에드워드 등, 그의 주인공들은 언제나 끔찍스럽지만/유쾌한, 영웅적이지만/반영웅적인, 순수하지만/기괴한, 비참하지만/위대한, 징그럽지만/귀여운 식의 양면성을 갖는다. 팀 버튼의 영화적 공간은 언제나 판타지적이다. 환상적인 공간설정이 의도하는 것은 현실에 대한 거부이며, 리얼리즘을 떠난 조형적인 영화적 공간이다. 현실의 구체적인 시공간이 아닌 이미지들의 연합으로 구성된 관계망이며, 비논리적이나 더욱 생생한 판타지 공간이다. 그가 외부세계를 표현하는 방식 중 가장 두드러진 것은 풍자이다. 그의 풍자는 영화를 거듭하면서 점차 조롱에 가깝게 변해간다. 패러디가 표현양식이라면 과장은 표현양태라고 할 수 있다. 영화의 초현실주의적인 느낌은 바로 이 과장의 효과에 기인한다. 비틀주스에서 하늘에 뚫린 원색의 문(마치 르네 마그리트의 그림을 연상케 한다)이나, 배트맨의 표현주의적인 고담시, 가위손의 축소 모형을 떠오르게 하는 마을 등은 현실을 과장하는 연출법이다. 과장은 차원의 변경을 의미하며, 팀 버튼의 영화는 현실적 개연성을 포기한다.

배트맨에서는 어둡고 우울한 분위기의 가상도시를 그리고 있으며, 무엇인가 상처받은 인물들의 고통과 외로움 그리고 우울함이 짙게 깔려있다. 태어날 때 혹은 성장과정 속에서 버림받고 소외되고 사랑받지

못한 결손심성들이 암울한 배경을 뒤로하며 그로테스크한 환상성으로 잘 그려지고 있다. 조커, 켓우먼, 펭귄맨 등 복수에 찬 일그러진 모습에서 따듯한 사랑과 애정이 결핍된 것을 볼 수 있어서 연민의 정을 불러일으킨다. 그의 작품 속에는 영웅이란 존재하지 않으며, 기존의 가치들은 부정되고 우스꽝스러운 것으로 변형된다. 이런 메세지들을 동화적 상상력과 몽환적인 미쟝센으로 관객들에게 설명하는데, 키치적인 하급문화가 힘을 얻고 소외된 것이 권력의 중심으로 이동하는 것을 암시하고 상징한다. 판타지적인 허구적 세계 속에서도, 마치 동화가 그러하듯, 인간세상의 미추와 선악을 압축적으로 표현하며 나름대로 세상살이의 의미와 우리의 의식적·도덕적 무감각에 경종을 울리는 일 또한 게을리 하지 않는다. 우리에게 낯익은 온갖 요소들이 단순한 모방이 아닌 재구성되어 새로운 의미로 재창조하는 게 '팀 버튼 스타일'이다. 팀 버튼은 공포스럽거나 괴이한 상상의 이미지들을 표현하면서도 풍자와 유머를 보여주고, 그것을 '현실에서 바라보는 시선' 또한 잊지 않고 섬세하게 다룬다. 이는 때로는 전설로, 동화로서 아름답게 그려진다. 팀 버튼의 문화적 매력은 그가 무한한 상상력을 가지고 모든 것을 추구하고, 아주 유쾌하고 유머가 넘치며, 너무도 아름다운 감수성을 보여준다는데 있다.

17

영화 ^{속의} 판타지

Fantasy Literature

1

SF영화에 대하여

　　SF영화는 첨단 테크놀로지에 의존하여 만든 과학공상영화로서 현실과 상식을 뛰어넘는 무한한 상상력을 제공한다는 측면에서 인간의 욕구를 충족시키는 사회문화적인 순기능을 가진다. 뿐만 아니라 현재화된 미래사회의 거울을 통하여 오늘날의 문제점을 파악하고 인류의 내일을 진단할 수 있다. 과학공상영화의 가상적 시나리오는 문학적 예술성과 과학적 객관성은 부족할 수도 있지만, 첨단 과학 기술의 특수효과와 영상창출로 매력적인 문화장르가 되었다. 19세기 말 프랑스의 뤼미에르 형제가 세계 최초로 영화상영을 한 이후로 SF영화도 1902년 최초로 <달세계 여행(A Trip to the Moon)>을 시작으로 '40년대까지는 주로 공포영화와 합성되었고, '50년대에 이르러서야 특수효과와 영화기술이 획기적으로 발전함에 따라 본격적인 장르에 이르게 된다. '60년대는 SF영화의 황금기로 일컬어지게 되는데, 세계 각 국에서 괴물, 자동인형, 로봇, 우주여행, 신기술, 미래문명, 미래사회, 외계인 등 오늘날에 다뤄지고 있는 대표적인 SF소재가 이 시기에 거의 모두 영상화되었다. 특히 SF영화의 교과서로 불리는 스탠리 큐브릭 감독의 <2001년 스페이스 오딧세이>(1968)와 조지 루카스 감독의 <스타워즈>(1977)는 SF영화에 진지한 철학적 문제와 특수효과의 혼합으로 새로운 장르를 개척했다는 평을 듣고 있다. 이후 '80년대부터 미국 SF영화계가 곧 세계 SF영화계를 대변할 정도로 스티븐 스필버그를 필두로 한 헐리우드 중심의 SF영화는 제 2의 황금기를 맞는다. 이 시기에 <스타트랙>, <에이리언>,

<터미네이터>, <로보캅> 등의 수많은 시리즈가 속편 또는 리메이크로 쏟아져 나오기 시작한다. '90년대 들어오면서 SF영화는 디지털 SFX의 성공적인 전환과 더욱 발전된 컴퓨터 그래픽(C&G)에 힘입어 하이테크 영상으로 기술적인 생산방식을 체계화시켰다. 디지털로 완성된 <쥬라기 공원>(1993)을 비롯해서 <인디팬던스 데이>, <아마게돈> 등과 같이 미래사회의 종말과 관련된 주제들이 많이 제작되었다.

2. 미래사회의 진단

미래사회를 그려내고 있는 SF영화의 메시지는 크게 휴머니즘적, 과학적 미래로서 유토피아적인 행복한 미래의 예견과 이와는 반대로 불행한 미래, 즉 디스토피아(Distopia)로서 그려지고 있다. SF영화에서 후자가 절대적으로 많은 것은 미래에 대한 불확실성과 갖가지 사회문제로 인한 불안한 심리를 반증하는 표현일 것이다. 대부분 SF영화의 중심 소재는 "디스토피아를 유토피아로 바꾸자!"라는 사회 계몽 캠페인의 성격이 짙으며, 그런 점에서 SF영화의 가상적인 시나리오를 통해서 다가올 미래사회의 문제점을 다음과 같이 진단해 볼 수도 있다.

첫째, 통제와 감시의 사회가 도래할 수 있다. 감시용 원격스크린이 등장하는 미래의 전체주의 사회를 그린 조지 오웰의 <1984>, 자신이 한 말이 중앙 컴퓨터에 의해 감시되고 처벌받는 <파괴자(Demolition man)>(1996)의 메시지는 정보기술의 확산으로 인한 개인의 자유로운 사고나 생활이 침해받고 인간의 기본권이 상실된다는 심각한 문제를 다룬다. 사람들은 이제 은행·백화점·지하철·도로에서의 감시 카메라에 거부감이 없으며, 오히려 신상정보(ID)를 공개하여 전자상거래·전자우편 등의 상호교환을 활성화하고 있다. 중요한 것은 이러한 시스템이 사회의 안전기능을 가져온다는 데에 모순과 역설이 있다. 운영주체(국가 또는 기업)에 따라 개인권한 침해도 다르게 나타날 수가 있다.

둘째, 인간의 정체성이 상실되는 사회가 도래할 수 있다. <네트>에서는 컴퓨터 조작으로 인해 사회적으로 인정받지 못하는 정체성 상실의 위험을 경고하고 있으며, 리들리 스코트(R. Scott) 감독의 <블레이드 러너(Blade Runner)>(1982)는 인간이 인간다운 가치와 기계의 기계적인 맹목성을 시종일관 음침한 분위기로 연출함으로써 인간의 정체성 상실에 진지한 질문을 던지곤 한다.

셋째, 인간복제 사회의 출현을 예상할 수 있다. 우선의 영화 속에서 보여 지는 인공지능의 안드로이드, 사이보그, 로봇 등의 사실적인 화면들은 거의 불가능해 보이지만, 오늘날 최첨단 기계화기술과 유전공학으로 우수한 형질의 유전적 합성으로 만든 농산물이나 복제 양원숭이, 심지어 인간의 체세포나 생식세포를 동물과 융합해서 새로운 생명체를 시도하기도 한다.

3

간략한 SF영화사

Science Fiction, 우리말로 '공상 과학'이란 용어는 원래 19세기 문학

장르에서 그 기원을 찾을 수 있다. M. 셸리의 <프랑켄슈타인>(1895),
A. 헉슬리의 <멋진 신세계>(1932)에 이르기까지 SF소설은 과학과 기
술의 진보에 따른 미래 세계에 대한 비전을 공상과 우주에 연결시킨
픽션으로 담아내고 있다. 초창기 SF영화는 이런 전통에서 흉내를 내며
생겨났다. 조르쥬 멜리어스의 <달세계 여행>(2002)은 베르느와 웰즈의
소설에 바탕을 두었고 세계 영화 사상 최초의 SF영화이다.

SF영화는 1920년대에 들어서서 활기를 띠게 되었는데, 이 당시 가
장 주목할만한 SF영화가 프리츠 랑의 <메트로폴리스(Metropolis)>(1927)이
다. 무성영화시대에 SF영화가 문명 비판의 메시지를 담았던 <메트로폴
리스>의 카메라 기술과 셋트 디자인은 이후의 SF영화들이 참조하는 교
과서가 되었다. 이어 1930년의 <킹콩>, 1940년대의 대중만화를 원작으로
하는 <배트맨>, <투명 인간> 등이 만들어졌는데, 초창기에는 SF영화
는 단순한 구경거리 이상의 의미는 갖지 못했다.

현대 SF영화는 동서의 냉전과 원폭의 위기 속에서 나타났는데 이러
한 불안은 외계인과 그 침략이라는 대중적인 상상력을 자극시켰다. 돈 시
겔의 <신체 강탈자들의 습격>(1956), 윌콕스의 <금지된 혹성 >(1956)
등은 SF영화 첫 번째 전성기의 걸작품들이었으며, 이 작품들은 SF영화
와 공포 영화의 합성이라는 50년대 SF영화의 공식을 가능하게 했다.

1960년대의 SF영화는 내용보다는 형식이라는 기술적인 진보로 나타
났다. 스탠리 큐브릭의 <2001년 스페이스 오딧세이>(1968)은 인류의
문명 비평을 특수 효과로 담아 내어 현대 SF영화의 고전이 되었다. 당
시 '난해하다'는 평을 들었지만 SF영화의 획기적 전환점으로 이후부터
특수효과는 SF영화의 기본적인 조건이 되었다. 1970년대의 SF영화는
관객과 새로운 감각의 여흥거리로 만난다. 조지 루카스의 <스타 워즈>
(1977), 스티븐 스필버그의 <미지와의 조우>는 동화 속 세계에 최첨

단 특수효과 기술을 도입하여 대중 엔터테인먼트로서의 SF영화 시대를 열었다. 리들리 스코트의 <에이리언>(1979)으로 현대 SF영화가 80년 대의 새로운 경향으로 전환된다. 1980년대는 SF영화의 황금기라고 할 수 있다. <E.T.>의 등장으로 80년대 SF영화는 상업적 성공을 거두었다. 하지만 80년대의 SF영화들은 <블레이드 러너>, <터미네이터>, <플라이>, <배트맨>, <토탈 리콜> 등 과학과 기술의 진보에 따른 미래 세계에 대한 비전을 제시하는 대신 폭력적이고 억압적인 미래 세계의 악몽을 그려내고 있다. 90년도 후반이후 발전하는 컴퓨터 기술로 과거에는 표현하지 못했던 영상을 재현할 수 있게 되어 예전에 발표된 영화들이 리메이크 되기도 한다. 대표적으로 <스타워즈>나 <혹성탈출> 등을 들 수 있다.

내용과 소재, 주제에 따른 SF영화 분류

- 컴퓨터와 연관, 가상세계가 등장: 매트릭스, 킬링머신, 론머맨, 네트, 타임머신,
- 공간이동: 백투더퓨처, 액설런트 어드밴처, 콘택트, 플라이
- 우주선: 미션투마스, 레드플레닛, 아폴로 13, 딥임팩트, 스타쉽트루퍼스, 로스트인스페이스, 스타워즈, 스타트랙
- 외계인과 관련: E. T., 화성침공, 인디팬던스데이, 맨인블랙, 외계로부터의 침공, 인베이더, 맨인블랙, 인디펜던데이, 엑스파일
- 만화나 컴퓨터 게임이 원작: 모탈컴백, 슈퍼마리오, 슈퍼맨, 스파이더맨, 엑스맨, 파이날판타지
- 과학소설이 원작: 쥬라기공원, 토탈리콜, 브레이드러너(안드로이드는 전기양을 꿈꾸는가), 스타쉽트루퍼스, 바이센테니얼맨(양자인간)
- 외부세계와 현실과의 분열: 지킬박사와 하이드, A.I., 코드명J
- 초인이야기: 다크맨, 슈퍼맨, 스파이더맨, 배트맨, 원더우먼, 스폰, 스파이더맨, 엑스맨

- 암울한 미래: 매드맥스, 저지드래드, 제5원소, 크로우, 브레이드러너, 포트리스
- 괴물, 요괴의 등장: 미이라, 레릭, 쥬라기 공원, 옥터푸스, 킹콩, 비틀주스, 프랑캔슈타인, 에일이런, 어비스, 고질라
- 인간복제나 인간 실험: 가타카, 6번째 날, 할로우맨
- 동화적 세계나 그러한 발상: 피터팬, 플러버, 토이즈, 마스크
- 현실과 가상의 구분이 모호함: 트루먼쇼 등

4

SF영화의 간략 소개

1) 메트로폴리스

본격적인 SF영화로 분류될 수 있는 프리츠 랑의 1926년 작 <메트로폴리스>는 독특한 무대세트, 특수효과를 통해 이후에 등장하는 SF영화들의 본보기가 된다. <메트로폴리스>는 기계문명에 대한 불안으로 얼룩진 디스토피아를 표현주의적인 색채로 상징적으로 그려내는데, 특히 도입부의 고층빌딩, 거리장면, 공중의 다리들이 극단적인 조명과 세팅으로 암울한 분위기를 더해준다. 미래 도시인 '메트로폴리스'는 2개의 세계, 즉 행복하고 안락한 부르주아들의 지상낙원과, 온통 기계로 둘러싸인 노동자들의 지하 감옥로 나뉜다. '지상의 가진 자들'은 '지하의 빼앗긴 자들'의 노동의 대가로 천국을 소유한다. 이 영화는 처음으로 위협적이고 파괴적

인 '기계인간'의 모습을 등장시킨다. 대도시를 건설하는 과정에서 노동자들을 기계로 만들어버린 메트로폴리스의 지도자는 이제 좀더 용이한 노동통제를 위해 노동자를 대신할 로봇을 만든다. <메트로폴리스>의 로트왕 박사가 만든 로봇은 인간노동력을 대체하고 통제한다는 보다 실제적인 목적을 갖고 있다. 따라서 이 영화는 자본주의 사회에서 인간이 어떻게 기계화되고, 그것이 이데올로기적으로 어떻게 이용·착취되고 있는지 극명하게 보여주고 있다.

프리츠 랑의 <메트로폴리스>는 무시무시한 인플레가 독일 전역을 휩쓸던 1927년 1월 10일 베를린에서 개봉되었는데, 이 영화를 열렬히 숭배했던 사람은 아돌프 히틀러였다. 영화의 마지막 장면은 '아버지와 아들의 화해'로 끝난다. 이것은 곧 '자본가와 자본가 아들 사이의 화해'를 의미하며, 결국 이 영화가 노동자계급의 패배와 자본주의의 승리라는 결론을 도출하고 있음을 알 수 있다.

2) 〈블레이드 러너〉: 복제인간의 정체성

리들리 스코트 감독이 1982년에 발표한 전설적인 SF영화 <블레이드 러너>는 필립 K. 딕의 소설인 『안드로이드는 전기 양을 꿈꾸는가』를 원작으로 만든 작품이다. <블레이드 러너>는 숱한 철학적 문제의식으로 뒤덮인 SF영화의 걸작이다. 일단 인간이 만든 첨단 문명과 과학의 한계, 미래 세계의 디스토피아를 황량하게 잘 묘사하고 있다. 이 영화는 하이테크놀로지가 지배하는 미래에 관해 허무주의와 문명 비판적 시각을 보여준다. 인공생명체로서 '복제인간의 정체성' 문제를 깊이 있

게 다룬 영화로 어둡고 음울한 분위기를 자아내는 배경과 더불어 현대문명사회의 비관적인 삽화들을 인상적으로 묘사하고 있다. 그로 인한 환경오염과 모순적인 사회 구조가 암시되고 있을 뿐만 아니라 인간의'기억'과 정체성의 문제도 진지하게 탐색한다. 또한 인간이'인간보다 더 인간적인' 리플리컨트(복제인간)을 만든다는 창조의 영역을 앞세우며, 여전히 인간들도 해결하지 못한 불멸의 꿈을 리플리컨트의 입장에서 절묘하게 다루고 있다.

서기 2019년 미래의 LA는 항상 산성비가 내리고 스모그가 짙게 깔려 있는 음울한 도시다. 최첨단의 과학기술과 그로 인한 환경오염은 도시 전체를 회색빛으로 물들여 놓았다. 높이 솟은 빌딩에는 일본의 상업광고와 코카콜라 광고가 위압적으로 도시를 내려다본다. 자동차들이 LA 상공을 날아다니며, 전광판에서는 끊임없이 지구를 벗어나 우주로 가라는 메시지가 흘러나온다.

경찰들은 최첨단 장비로 통치를 유지하며, 유전공학의 발달로 인조인간인 안드로이드를 제조하기에 이르는데, 타이렐사는 여러 인간의 힘과 지식을 겸비한 최고 성능의 안드로이드 리플리컨트를 만들어 우주식민지 개척 등에 내보낸다. 그런데 우주에서 반란을 일으킨 리플리컨트 4명이 지구에 잠입하고 경찰은 이를 막기 위해 은퇴한 리플리컨트 사살경찰인 블레이드 러너 데커드를 호출한다. 데커드는 리플리컨트의 리더인 로이를 비롯한 이들을 찾아 나서고 그 과정에서 타이렐사에서 일하는 레이첼이라는 아름다운 여성을 만난다. 데커드는 그들을 하나하나 찾아내어 사살을 하게 된다.

<블레이드 러너>에 등장하는 복제인간은 단순한 외형적 유사함을 넘어서서 감정까지 부여받음으로써 "기계가 아닌 의미의 존재"로 확립

311

된다. 그러나 그들의 수명은 일종의 안전장치로서 4년으로 제한된다. 이에 불응하는 복제인간은 특수경찰조직인 블레이드 러너에 의해 은퇴-기능상실을 당한다. 이미 모든 면에서 '인간적'으로 되어버린 복제인간에게 있어 이런 상황은 참을 수 없으며, 이에 반항하는 것은 당연한 귀결이다. 기존의 사회, 즉 오직 물질적 목적에만 이들을 사용하려 했던 인간들에게 리플리컨트들의 인간적인 욕구는 반사회적 행동이자 반란행위일 수밖에 없다. 그러나 이 모든 상황을 만들어 낸 것은 바로 인간이며 자연에 거스르는 행위를 처음 시작한 것도 인간이기에, 오히려 인간자체가 이율배반적임을 비판적으로 보여주고 있다.

3) 매트릭스 속 미래의 가상 현실

<매트릭스>(1999년)는 앤디 워쇼스키와 래리 워쇼스키 형제가 감독한 감독하여 2003년 제3부 레볼루션으로 종결된다. 제1편은 가상 현실 세계 매트릭스의 공간과 인물을 소개한다. 컴퓨터가 현실세계를 통제하는 가상현실로 설정되고, 기계와 인간이 대결구도를 그린다. 매트릭스는 인간의 기억을 지배하는 가상현실이자 동시에 숫자들의 나열로 상징되는 차가운 디지털세계를 의미한다. 이곳에서 인간이 보고 느끼는 세계는 매트릭스에 의해 재현된 기억의 세계이며, 오감에 의존해서 느끼는 주체로서의 인간은 매트릭스라는 가상현실 속에 갇혀있다. 또한 인간은 컴퓨터 프로그램에 따라 생활을 하며 보이지 않는 질서와 규칙에 의해 지배받는다.<매트릭스 2 리로디드>는 네오, 모피어스, 트리니티 등 저항군의 핵심 멤버 세 명과 함께 휴고 위빙이 분한 에이전트 스미스가 100명의 자기 복제를 거듭하며 1편을 뛰어넘는 강력한 파워의 악역으로 등장한다. 1편에 이은 <매트릭스 2>는 현대의 과학 문명을 통칭하

는 매트릭스 시스템에 저항하는 인간들의 사투
를 그리고 있다. 인류 최후의 보루라고 할 수
있는 시온에서 네오(키아누 리브스), 트리니티
(캐리 앤 모스), 모피어스(로렌스 피시번) 등은
기계들의 공격을 해결해야 할 운명에 처하며,
'네오'는 예언자인 '오라클'을 만나 이 문제를
해결하고자 한다. 3부에 걸쳐서 만들어진 매트
릭스 시리즈에서 그 첫 번째 작품을 분석한다.

　　인간의 기억을 지배하는 가상현실—매트릭스 2199년은 인공 지능인
컴퓨터(AI: Artificial Intelligence)가 지배하는 세계이다. 인간들은 태어나
자마자 그들이 만들어낸 인공 자궁(子宮) 안에 갇혀 AI의 생명 연장을
위한 에너지로 사용되고 AI에 의해 뇌세포에 매트릭스라는 프로그램을
입력 당한다. 내용은 1999년의 가상 현실. 인간들은 매트릭스 프로그램
에 따라 평생 1999년의 가상 현실을 살아간다. 프로그램 안에 있는 동
안 인간의 뇌는 AI의 철저한 통제를 받는다. 인간이 보고 느끼는 것들
은 항상 그들의 검색 엔진에 노출되어 있고, 인간의 기억 또한 그들에
의해 입력되고 삭제된다. 그러나, 가상 현실 속에서 진정한 현실을 인
식할 수 있는 인간은 없다. 꿈에서 깨어난 자들, 그들이 세상을 지배한
다. 매트릭스 밖에서, 가상 현실의 꿈에서 깨어난 유일한 인간들이 AI
에 맞서 싸우며 생존해 있다. 그들은 광케이블을 통해 매트릭스에 침투
하고 매트릭스 프로그램을 응용해 자신들의 뇌 세포에 각종 데이터를
입력한다. 그들의 당면 목표는 인류를 구원할 영웅을 찾아내는 것이다.
그들은 AI 통제 요원들의 삼엄한 검색망을 뚫고 매트릭스 안에 들어가
드디어 오랜 동안 찾아헤매던 "네오"를 발견한다. 그는 알 수 없는 두
려움 속에서 매트릭스의 실체를 추적해 나가고, 어느 날, 매혹적인 여

인 '트린'의 안내로 또 다른 숨겨진 세계—매트릭스 밖의 우주를 만나게 되어, 가상 현실의 꿈에서 깨어나 AI에게 양육되고 있는 인간의 비참한 현실을 확인하고 매트릭스를 탈출한다. '네오'와 일행이 매트릭스 안에 잠입한 사이, 그들을 배신한 동료가 광케이블을 교란시켜 그들이 매트릭스에서 빠져나올 출구를 봉쇄해 버리지만 그들은 극적으로 살아나고, '네오'는 적들과 싸움을 하는 사이에 자신의 마음으로 자신을 제어하는 매트릭스를 이길 수 있다는 깨달음을 얻고 총상에서 다시 살아나 매트릭스와 대결하기 위한 싸움을 시작한다.

영화 매트릭스는 가상현실을 통한 인간의 통제와 그 가상현실 속에서 진정한 현실을 실현하기 위한 인간과 컴퓨터의 전쟁을 나타낸다. 가상현실 속에서 살아가고 있는 통제된 인간들은 가상현실을 현실로 받아들일 뿐 가상현실이란 것은 생각할 수도 없다. 무엇이 현실이고 무엇이 거짓인지의 구별을 할 수 없는 세상에서 그렇게 살아가는 것이다. 영화에 나오는 한 인물은 이렇게 말을 한다. '고통스런 현실보다는 편안하고, 안락한 매트릭스의 세계에서 살고 싶다.' 매트릭스에서 가장 커다란 환상적 장치라면 가상 현실과 현실사이의 구별에서 오는 모호함일 것이다. 매트릭스의 세계에서 말하는 것처럼 인간이 진짜 현실과 거짓 현실을 구별할 수 없어 자기정체성이 상실된다는 가정이 가장 환상적이다. 인간이 광케이블 선을 통해 육체로부터 정신이 나와 다시 새로운 육체를 형성한다. 또한 전화기의 전파를 통해서 형성된 육체가 전화의 전파를 통해서 원래의 자신의 육체로 정신이 들어가는데, 인간의 정신이나 육체가 광케이블 선을 통해 이동하고, 형상화된다는 것은 아주 먼 미래에나 있을 것 같은 과학적 환상성이다. 영화 속에서 모피스가 네오에게 가상 세계에 남을 것인지 아니면 현실로 올 것인지를 결정하게 하는 한 장면이다. 단순히 영화의 한 장면으로 받아들이면 별 다른 환상성을 찾을 수 없지만, 깊게 생각해보면 이 상황에서 형상화된 인간 모피스가 진정한 인간일까? 아니면 컴퓨터에 의해서 만들어진 인간 네오가 진정한 인간일까? 하는 의문을 제기하게 만든다. 또한 모든 인간들이 컴퓨터에 의해서 형상화되어진 단순한 프로그램일 수도 있다. 이처럼 가상 세계와 현실 속에서 오는 상이성에 의해 인간의 본질적 의미를 잃어버리는 것 또한 환상적 장치가 된다.

4) 아바론: 아바론 속의 가상 현실

2001년 오시이 마모루가 감독한 영화 <아바론>은 게이머이야기다. 가까운 미래, 젊은이들은 가상의 전투 게임에 열중하고 있다. '파티'라고 불리는 비합법 집단 무리와 게임중독자들이 거리를 활보한다. 사람들은 이 게임을 영웅의 혼이 잠들어 있다는 의미에서 '아바론' 이라고 칭한다. 애슈는 최강의 플레이어로, 파티와 관련없이 홀로 플레이를 진행하는 여전사다. 그녀는 한때 위저드' 라는 파티의 멤버이기도 했는데, 위저드가 이유없이 돌연 해산된 이후 애슈는 자신의 레벨을 높여가면서 게임에 몰두한다. 애슈는 위저드의 일원이었던 머피에 관한 소문을 듣는다. 머피는 아바론에 존재하는 게임의 최종 단계, 즉 클래스 SA에 도전했다가 의식불명 상태에 빠진 것이다. 클래스 SA의 숨겨진 비밀을 찾다가 미귀환자가 된 것이다. 애슈는 위저드 해산에 얽힌 미스터리와 클래스 SA의 실체를 밝히기 위해 최고 스테이지에 도전한다. 아바론의 가상 현실은 위의 매트릭스와는 달리 가상 현실과 현실의 구분이 분명하게 이루어져 있다. 하지만 아바론 속의 미래에는 현실을 외면한 많은 게이머들이 현실을 도피

하고, 가상 현실의 게임 속으로 빠져들어 간다. 게임 속의 가상 현실 속에서 그들은 자신의 정체성을 찾기 위해 노력한다. 결국 게임 속에서의 정체성을 위해서 현실을 외면해 버리는 결과를 초래한다.

아바론 영화에서 주요 키워드인 아바론은 전설의 섬으로 상처 입은 아더왕을 9명의 여신이 데려간 곳이다. 클래스 아바론은 온라인 게임인 동시에 RPG적인 성격을 갖고 있다. 게이머는 각기 다른 특성을 갖고 있는 캐릭터 중 하나를 선택해야 하며, 다양한 캐릭터가 모여 하나의 팀, 즉 파티를 이루게 된다. 이들 캐릭터는 파이터, 도적, 메이지, 비숍 등의 클래스로 구분된다. 주인공 애슈의 클래스인 파이터는 전투능력이 높으며 파티의 전방에서 적을 격퇴하는 역할을 맡는다. 도적은 지뢰나 덫을 발견, 해체하거나 적 복병의 위치를 파악하는 임무를 갖고 있다. 비숍은 공격 및 방어가 뛰어나며 상황판단이 뛰어난 올라운드 플레이어지만 캐릭터를 성장시키기 위해서 막대한 자금이 필요하다. 게임 속에서 적에 의해 사망하는 위험에 처하게 되면 리셋 이외의 다른 방도가 없다. 리셋한다 하더라도 이전에 저장한 곳에서 다시 출발하면 그만이다. 하지만 리셋을 비겁한 행위로 간주하는 게이머도 존재한다. 공식적으로 아바론에서 가장 어려운 레벨은 클래스 A. 하지만 그 위에 숨겨진 레벨인 클래스 SA가 있다는 소문이 떠돈다. 고스트는 아름다운 소녀의 모습으로 등장하는 캐릭터이며 클래스 SA로 가는 유일한 통로이기도 하다. 로스트는 알 수 없는 이유로 개인의 데이터가 완전히 파괴되는 것을 의미한다. 가상공간에서 캐릭터 자체가 소멸될 뿐 아니라 게이머의 뇌가 파괴되어 현실로 귀환할 수 없다.

아바론 영화 속에 은은하게 울려 퍼지는 오케스트라의 음악과 함께 진지하면서도 암울한 계관은 점점 발전해나가는 기술문명에 대한 경고의 메시지를 보낸다. 아바론은 그저 즐기면 그만일 것 같은 게임이라는 소재를 가지고, 북구 신화까지 차용하면서 또 다른 정체성 찾기에 골몰한다. 게이머들은 가상 현실과 현실 사이를 헤매며 정체성을 찾길 원하지만, 어디에서도 찾을 수 없다.

5

SF영화의 가능성

SF영화는 상상력에서 출발하는데, SF영화의 미래에 대한 상상력은 테크놀로지에 대한 두 가지 상반된 입장을 취한다. 하나는 과학 기술이 궁극적으로 문명의 진보를 보장할 것이라는 낙관적 비전이고 다른 하나는 과학 기술이 지닌 파괴적인 측면을 경고한다. 그러나 이 두 입장은 영화 속에서 확연히 구분되지 않으며 흔히는 공존한다. SF영화는 미래사회나 우주 외계를 배경으로 한다는 점에서 표면적으로 탈 역사화된 것처럼 보이지만, 대부분의 SF영화들은 당대 사회에 대한 은유로 볼 수 있다는 점에서 우회적으로 역사를 다루는 하나의 텍스트이다. SF영화의 이러한 이중성은 장르로서의 특징에서도 드러난다. 70년대 후반 이후 급속도로 성장한 SF영화는 장르 사이의 경계를 무너뜨렸으며, 하나의 장르로서 고유한 축적적인 발전보다는 다른 장르와의 끊임없는 결합 합성으로 발전하는 특징을 가진다. 특히 장르 사이의 경계가 사라지고 있고 장르의 관습들이 변화, 재구성되는 것이 오늘날 문화의 흐름임을 볼 때, 그러한 현상의 중심점에 SF영화가 놓여 있다. SF영화는 그 상상력의 무한함과 열린 장르로서의 특징을 통해 영화의 미래에 대한 우리의 기대에 새로운 가능성을 가지고 다가올 것이다.

18

우리나라 판타지 문학의 현황

Fantasy Literature

판타지문학의 시작과 발달

우리나라에서 판타지문학이 지금까지 성장하고 발달한 데는 PC통신의 역할이 컸다. 1990년대 전후에 PC통신을 통해서 조직된 동호회를 중심으로 외국의 판타지 문화가 들어오게 된다. 아직 PC통신이 보편화되지 않았기 때문에 동호회는 소규모로 주로 학술적인 성격을 띄기도 했으며 RPG에 대한 관심이 공통적이었다. 점차로 PC통신이 일상화되면서 동호회도 다양하게 확대되었다. 초기에는 외국의 판타지소설이나 RPG를 번역하는 것으로 그쳤으나, 외국판타지의 단순한 수용에 만족하지 않고 스스로 판타지를 창작하기 시작했다. 주로 동호회의 게시판이나 각 통신의 창작란에 판타지소설들이 오르기 시작하였다. 이 소설은 통신 사용자들의 호응을 얻게 되었으며 일명 통신소설이라고 불렀다.

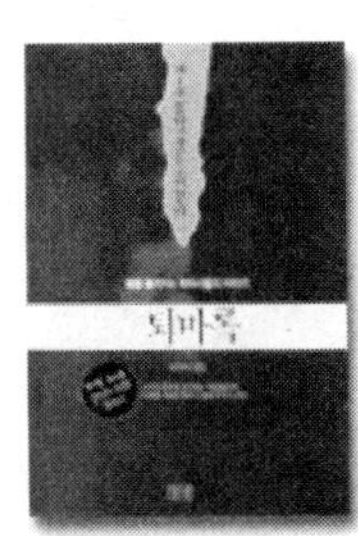

이우혁의 『퇴마록』이 등장하면서 통신문학의 진로가 바뀌게 된다. 퇴마록은 통신상에서의 인기를 타고 출판되어서 온라인뿐만 아니라 오프라인에서도 대단한 반응을 얻는다. 이는 통신문학이 그동안 PC통신 사용자층에서만 조용히 즐겨지는데서 벗어나 책으로도 출판될 수 있으며 이것이 성공을 거둘 수도 있다는 선례를 남겼다. 기존의 등단방식을 걸치지 않고도 문학계로 진입이 가능하게 되었고, 통신문학이 소설책으로 출판되는 길을 열리게 되었던 것이다. 그 당시 우리나라의 판타지문학은 김근우의 『바람의 마도사』나 이상균의 『하얀 로냐프의 강』 등이 있었지만 아직 대중의 관심을 끌지는 못하던 때였다. 보통 이들을 우리나라 판타지문학의 1세대라하는 데, 이때는 아직 판타지는 매니아 층에서만 인기를 끌뿐이었다.

1990년대 후반에 이영도의 『드래곤 라자』가 출판되었다. 드래곤 라자는 출판된 책이 베스트 셀러에 오르는 등 온라인과 오프라인을 넘나드는 인기를 누린다. 더구나 이때는 IMF의 여파로 출판계가 꽁꽁 얼어있던 상황이었기에 이러한 드래곤 라자의 인기는 세상의 눈길을 끌기에 충분하였다. 드래곤 라자의 성공이후, 수많은 판타지소설들이 PC 통신에서 연재되고 출판되었다. 이 때의 주목할 만한 소설들로는 전민희의 『세월의 돌』, 이수영의 『귀환병 이야기』, 방지연의 『타임 리미트』, 방지나의 『마왕의 육아 일기』, 김예리의 『용의 신전』, 홍정훈의 『비상하는 매』 등이 있다. 보통 이 때를 판타지문학의 2세대라 부르며 이 때부터 판타지가 대중의 관심을 끌게 되었고 출판계나 문학계에서도 판타지문학이 무시 못할 수준으로까지 성장하게 되었다.

2000년을 넘어오면서도 판타지문학은 양적인 성장을 거듭하게 된다. 하지만 이 시기로 오면서 작가 층에 변화가 생기게 된다. 전 세대의 작가들은 우리나라에 판타지가 들어올 무렵부터 판타지나 RPG에 관심을 가지던 매니아에서 나왔다. 이들은 판타지 또는 RPG에 대한 지식을 기반으로 비교적 탄탄한 세계관을 갖춘 소설들을 창작할 수 있었다.

그러나 이 시기에 이르면서 작가 층의 연령이 점차 낮아지기 시작한다. 이영도의 『퓨처워커』, 『폴라리스 랩소디』, 김근우의 『흑기사』, 전민희의 『태양의 탑』 같이 전 세대의 작가들이 활동을 계속하고 있지만 양적인 면에서 어린 작가 층이 기여한 바가 크다 할 수 있다. 이들 중 일부는 보다 새로운 세계관과 새로운 관점의 소설을 내놓기도 하였다. 혹은 판타지문학이 무협이나 SF와 결합하는 형태의 소설이 나오기도 하였다. 그러나 일부 이들 일명 퓨전소설이나 이세계 진입물들은 기존의 소설을 그대로 답습하거나 단순한 개인적 욕망의 표출을 나타내는 등, 대부분의 소설들이 작가의 부족한 역량을 그대로 드러내고 있으며 또, 출판사의 상업적 욕심에 의해 질적으로 낮은 소설들이 많이 출판되었다. 이는 판타지문학 전체의 질적 하락을 가져오게 되었고 이로 인해 판타지문학은 조금씩 대중에게 외면 받기 시작한다.

2

판타지 문학의 문제

판타지문학은 주로 PC통신에 연재되고 그 여세를 몰아서 출판되는 과정을 거쳤다. 그리고 이러한 방식은 기존 문학계의 전통적인 등단방식을 무시하게 되었고 그 결과 기존의 문학계는 판타지문학을 문학으로 인정하지 않았다. 일반적으로 문학계가 보는 판타지문학과 일반 대중이 보는 판타지문학에는 차이가 있는데, 다시 말하면 일상적 배경에 환상성을 도입한 문학과 완전히 새로운 배경의 환상적 문학의 차이라 볼 수 있을 것이다. 어떻게 보면 식자층과 대중의 대립이라고도 할 수 있을 것이다. 과연 판타지문학을 문학으로 볼 수 있을 것인지. 아니면 단지 하나의 문화적 유행으로만 볼 수 있을 것인지에 대한 고찰이 필요하다고 본다.

한국적 판타지에 대한 요구는 판타지문학이 대중에게 관심을 받을

판타지 문학의 이해

때부터 줄곧 요구되어 왔던 부분이다. 현재 판타지소설의 대부분이 그 세계관을 톨킨의 『반지의 제왕』와 같이 서양의 신화나 전설에 그 뿌리를 두고 있다. 그렇기에 일부 비평가는 우리나라 판타지문학의 흐름을 컴퓨터 게임에 있다고 주장하기도 했다. 아직 한국적 판타지의 정확한 정의가 내려지지 않은 상황이지만 과거 금오신화나 홍길동전의 흐름을 잇는, 또는 전혀 새로운 한국적인 판타지의 등장은 계속해서 요구되어질 것이다.

3

상품으로서 판타지

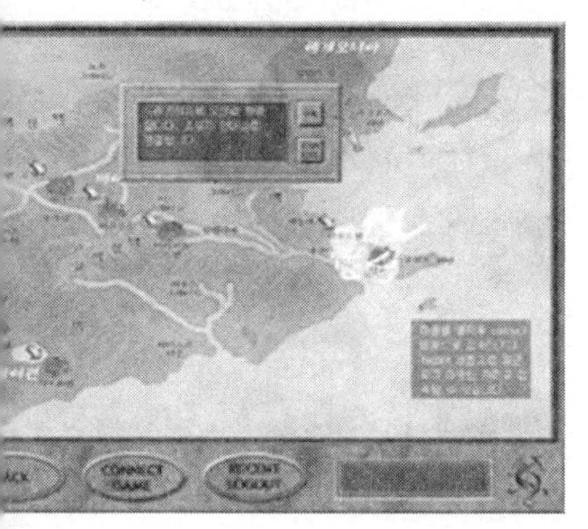

드래곤 라자는 게임화 되기까지 했다.

드래곤 라자의 성공 이후 세상에서 판타지에 대해 관심을 가지게 되었다. 여기서 이 관심은 여러 가지 종류의 것들이었다. 우선 문학으로서의 판타지. 사람들은 기존의 침체되고 식상한(특히 젊은이 층에게는) 문학을 대신할 새로운 장르문학으로 판타지를 바라보았다.

하지만 또 다른 관심은 전혀 다른 것으로, 판타지문학으로 이윤을 얻을 수 있다는 점에 주목하였다. 결과적으로 그 동안 통신상에서만 맴돌던 판타지소설들이 책으로 출판되었다. 이는 판타지문학이 대중에게 널리 퍼지는데 크게 기여했다고 할 수 있을 것이다. 하지만 점차 이 시장이 과열되면서 '자격이 충분하지 못한' 소설들이 출판되기 시작한다. 앞에서 말한 3세대의 작가와 같이 충분한 역량을 지니지 못한 작가들의 소설들이 출판되면서 우리나라의 판타지문학의 질적 하락을 가져오게 되었다.

이들의 소설이 문학으로서 존중받지 못하고 그저 하나의 상품으로 인식하는 일부 출판사들에 의해 단순히 책 권수를 부풀리는 등 철저히 이윤 추구를 위해 이용당하기도 하였다. 이와 비슷한 또 다른 문제점으로 판타지 작가들이 작가로 대우받지 못하는 점을 들 수 있다. 주로 인지도가 낮은 3세대 작가에게 해당되는 점으로 이들은 기존의 작가들과는 달리 턱없이 적은 인세를 받게 되고 또한 일회용이었다. 이 또한 출판사들이 판타지문학을 작품이 아닌 상품으로 여기는데서 비롯한다. 비평가 하웅백 씨는 판타지의 미래를 문학이 아닌 문화상품에 있다고 주장하기도 했다. 물론 이를 수많은 판타지 매니아들이 비판하였지만 현 판타지문학의 시장을 보면 엉뚱한 발상만은 아니라는 것을 알게 된다. 당장 이윤이 나오지 않더라도 재능 있는 작가를 키우는 그런 환경이 아쉬울 따름이다. 한때 판타지가 한창 인기를 끌고 있을 때 곳곳에서 문학상을 만들고 작가를 발굴하려는 시도는 있었다. 그러나 시간이 갈수록 그러한 시도가 사라지고 있는 현실이 안타깝다.

4

비평의 부재

소설에 비평이 있으면 이는 작가가 성장할 양분이 된다. 하지만 현재 우리나라의 판타지문학은 비평이 부족하다. 기존의 문학계와 판타지

문학의 대립의 문제가 여기에도 영향을 끼친다. 기존 문학 비평가는 판타지문학을 문학으로 인정하지 않기 때문에 당연히 이에 대한 비평조차 하지 않는다. 설령 비평을 시도한다 하더라도 판타지에 대한 지식이 없기에 제대로 된 비평이 나올 수가 없다. 판타지를 걱정하고 이해하는 비평가의 층이 얇은 것은 판타지문학의 미래에 부정적이다. 또한 일부 작가들은 마치 인기 스타처럼 두터운 팬 층을 이루고 있다. 이 팬들은 작가에게 어느 정도 격려 및 비평을 제공하기도 한다. 그러나 일부 팬들은 작가에 대한 비평을 작가에 대한 '도전'으로 간주하고 무조건 이에 반박하고 무력화시키는데 급급하다. 이러한 환경은 좋은 비평을 낳기에 좋다고 할 수는 없을 것이다.

현재 판타지에 대한 인지도는 상당히 높은 편이다. 해리포터나 반지의 제왕이 나온 이후 판타지는 더 이상 사람들에게 낯설기만 하지는 않다. 또한 이미 많은 판타지소설들이 나와 있으며 웬만한 대형 서점에서는 판타지 코너를 따로 마련하고 있다. 이미 양적인 기반은 마련되었다고 볼 수 있다. 다만 아직 질적인 환경이 부족할 따름이다. 양적인 기반을 판타지에 대한 인지도와 이미 활성화 된 경험이 있는 시장에서 찾는다면 질적인 기반은 아직도 그 활동을

반지의 제왕은 판타지를 영상으로 사람들에게 알리는데 기여했다.

멈추지 않고 판타지문학의 발전을 위해 노력하는 동호회와 작가들에게서 찾을 수 있을 것이다.

5

판타지소설의 조사·분석·연구

    톨킨의 반지의 제왕 혹은 그리스 로마 신화, 북유럽 신화에 존재하는 중간계의 개념과 환상성이란 개념을 바탕으로 우리나라 작가가 여러 영역으로 새롭게 변화시켜 쓴 판타지소설은 이영도 씨의 드래곤 라자를 시작으로 우리나라에 널리 대중화되었다. 출판시장에서 신판타지소설의 놀랄만한 성장에도 불구하고 신판타지소설에 대한 인식은 그리 긍정적이지 않다. 신판타지소설이 문학의 영역에 있어 굳건히 자리를 지킬 수 없고, 한 때의 유행이 되리라는 인식이 확산되고 있다. 새로운 형식과 내용으로 감동까지 느꼈던 독자들이 이제는 볼 것이 없다는 비판과 함께 한 때의 유행이라 단정짓는 지금의 신판타지소설의 상황에 대해서 심각하게 생각해보고, 그러한 실질적인 인식에 대해서 설문조사를 통하여 조사해본다. 이러한 신판타지소설의 우리나라 문학의 영역에 있어서의 존립의 여부와 논의되는 문제에 대한 구체적인 해결방안을 연구·조사하여 모색해 보기로 하겠다. 신판타지소설을 한 번이라도 읽었던 적이 있는 인터넷 커뮤니티 네티즌 173명과 서울 지역 대학생 100명을 대상으로 하였다. 조사 기간은 2002년 6월 8일 에서 16일까지로 다음의 가설을 설정 아래에서 진행되었다.[1]

---

1) 성신여대 법학과 최유나 학생이 제출한 리포트를 요약했다.

① 신판타지소설은 한 때의 유행이다.

② 신판타지소설은 단지 스트레스 해소용에 불과하다.

③ 신판타지소설은 너무 흔한 내용과 수준이 낮은 문장력을 바탕으로 한다.

④ 신판타지소설은 단지 흥미위주의 내용일 뿐, 읽고 난 후 남는 것이 없다.

1) 조사 · 통계 · 분석

(아래의 통계 수치 조사 자료는 반올림하여 계산)

1. 당신의 성별은 무엇입니까?

▶ ① 여 (102명, 37%)　② 남 (171명, 63%)

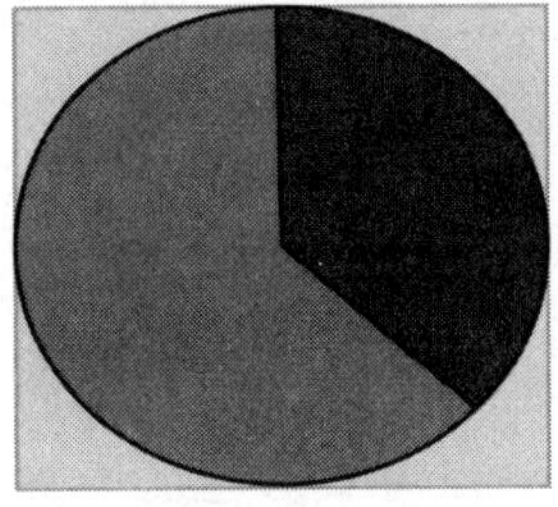

2. 당신의 연령대는?

① 10세 미만(12명, 4%)

② 10세 이상 15세 미만(25명, 10%)

③ 15세 이상 20세 미만(113명, 41%)

④ 20세 이상 25세 미만(87명, 32%)

⑤ 25세 이상(36명,13%)

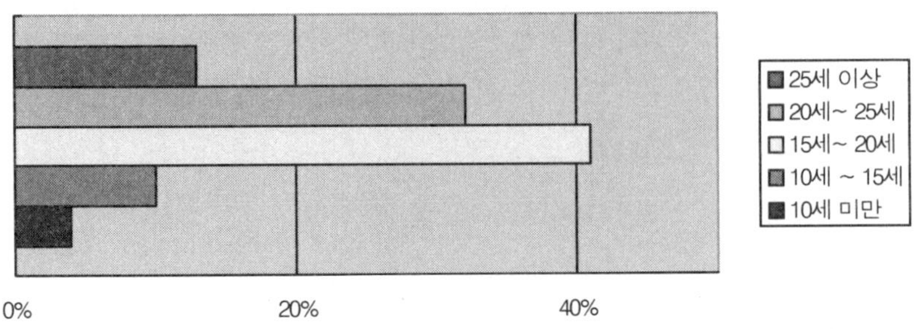

3. 위의 신판타지소설의 정의와 같은 류의 판타지소설을 읽어
본 적이 있습니까?

▶ ① 예 (269명, 99%)   ② 아니오(4명, 1%)

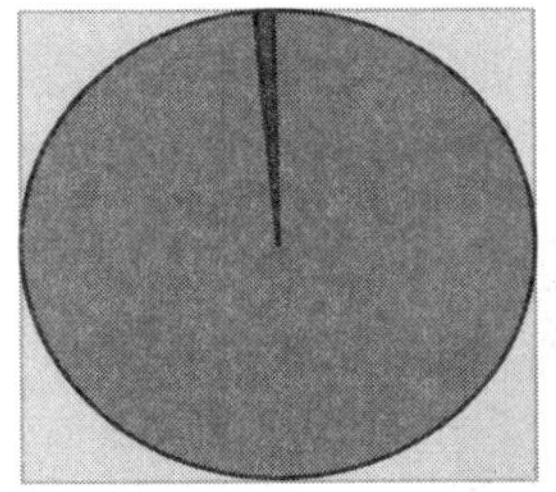

4. 위의 질문에 '예' 라고 대답했다면, 신판타지소설을 읽는 이유
가 무엇입니까?

① 스트레스 해소용으로(26명, 10%)

② 재미있고, 흥미진진하기 때문에(114명, 42%)

③ 읽지 않으면, 주변으로부터 왕따가 되기 때문에(0명, 0%)

④ 심심해서(97명, 35%)

⑤ 그냥(36명, 13%)

⑥ 기타 (0명, 0%)

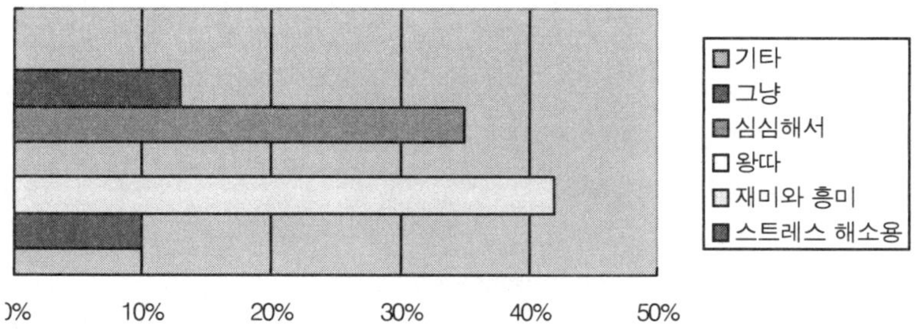

5. 당신이 생각하는 신판타지소설의 개념은 무엇인가?

① 한국 작가가 쓴 판타지(15명, 5%)

② 인터넷을 통해서 널리 대중화된 판타지(24명, 9%)

③ 작가의 나이가 점점 어려지고 있는 판타지(34명, 12%)

④ 재미있지만, 허술한 내용의 판타지(39명, 14%)

⑤ 깊이가 없고, 단지 흥미위주의 판타지(33명, 13%)

⑥ 흔한 소재의 판타지(72명, 26%)

⑦ 새로우면서도 기발한 내용의 판타지(42명, 16%)

⑨ 기타(5명, 2%)

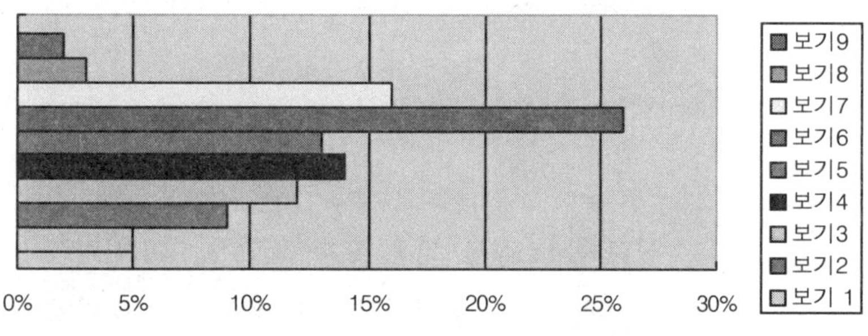

6. 신판타지소설이 한 때의 유행이라고 생각하는가?

① 예 (158명, 58%)   ② 아니오 (115명, 42%)

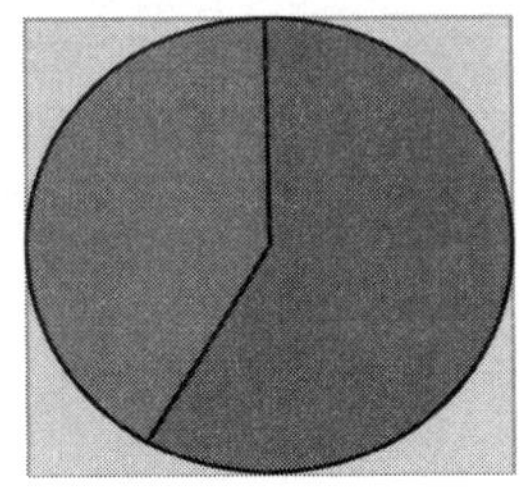

6-1. 위의 질문에 예라고 대답했다면, 그 문제점이 무엇이라고 생각하는가?

① 신판타지소설의 작가가 너무 어리다.(15명, 5%)

② 신판타지소설의 내용은 거의 유사하다.(89명, 33%)

③ 신판타지소설의 내용은 대부분 흥미위주이다.(112명, 41%)

④ 신판타지소설의 주제와 문장력의 수준이 낮다.(54명, 20%)

⑤ 기타(3명, 1%)

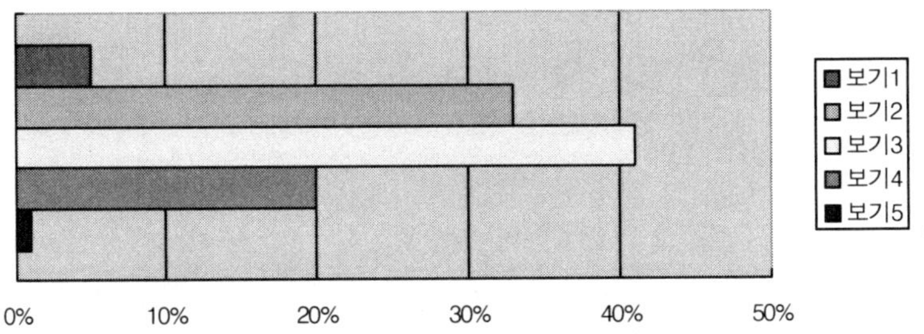

7. 신판타지소설을 읽은 후의 느낌은 어떠한가?

① 재미있고, 흥미진진해서 계속 읽고 싶다.(52명, 19%)

② 스트레스 해소용으로 한 번 읽기에 딱 좋다.(34명, 13%)

③ 흔한 내용에 화가 난다.(47명, 17%)

④ 재미있긴 하지만, 왠지 허무하다.(47명, 17%)

⑤ 깊이 없는 내용에 남는 것이 없다.(76명, 31%)

⑥ 기타(7명, 3%)

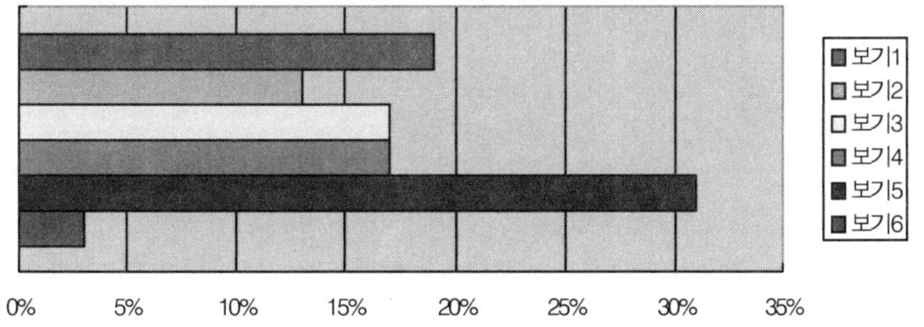

8. 신판타지소설이 어떠한 부분에서 개선되어져야 겠는가?

① 흔한 내용 및 소재(137명, 50%)

② 문장력의 낮은 수준(65명, 24%)

③ 깊이 있는 소재의 부재(52명, 19%)

④ 나이 어린 작가들의 출판(19명, 6%)

⑤ 기타(2명, 1%)

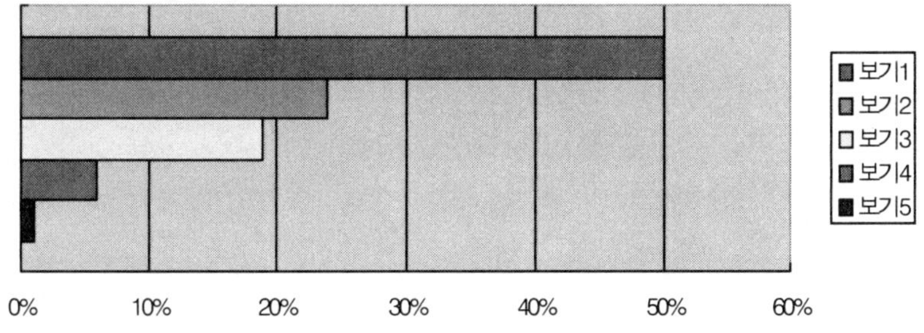

9. 당신이 읽고 싶은 신판타지소설은?

① 깊이 있으면서도, 웃음을 주는 신판타지소설(115명, 42%)

② 새로우면서도, 어렵지 않은 신판타지소설(68명, 25%)

③ 매끄럽고, 세련된 문장력의 신판타지소설(65명, 24%)

④ 경험과 지식이 풍부한 작가들의 신판타지소설(21명, 8%)

⑤ 기타(3명, 1%)

2) 조사결과 분석: 가설 확인

① 판타지소설은 한 때의 유행이다.

전체 조사 대상자의 58%는 판타지소설이 한 때의 유행이 될 것이라 했으며, 그에 버금가는 42%는 결코 한 때의 유행이 아니라고 대답했다. 이러한 결과는 증명되지는 않았으나, 현재의 활성화되고 있는 판타지의 세계에 대한 확신과 더불어 발전에 대한 기대를 엿볼 수 있다. 예상한 가설과 통계 조사는 비슷한 양상을 보여주긴 했지만, 여론은 판타지소설이 더 나아가 발전하리라는 확신 또한 보여주었다.

② 판타지소설은 단지 스트레스 해소용에 불과하다.

판타지소설을 스트레스 해소용으로 읽는다는 사람은 26명으로 전체의 10%를, 흥미진진한 재미의 순수한 목적에서 읽는 사람들은 114명으로 41%를 차지했다. 이 외에도 심심해서 읽은 자는 97명으로 35% 정도였고, 그냥 아무 이유 없이 읽었다는 36명으로 전체의 13%를 차지했다. 판타지소설에 대한 새로운 관심으로 순수하게 재미 때문에 읽었다는 사람이 42%를 차지하긴 했지만, 그 외의 58% 정도는 단지 심심풀이로 시간 때우기 용도로 읽었다.

③ 판타지소설은 너무 흔한 내용과 수준이 낮은 문장력을 바탕으로 한다.

판타지소설에 관한 여러 개념들을 보여주는 8개의 보기 중에서 전체의 26% 정도가 이제는 너무 흔한 소재를 바탕으로 하고 있는 판타지라고 항목을 선택한다. 그 외에도 작가의 나이가 점점 어려지고 있는 판타지라는 인식과 재미는 있지만, 문장력의 면에서 허술하고, 깊이가 없으며, 단지 흥미위주의 판타지라는 데에 39%에 달하는 사람들이 대답했다. 이러한 일반적인 인식은 판타지소설에는 매우 부정적인 효과가 가진다. 이러한 인식이 고정되고 더욱 확산된다면, 판타지소설은 정말 한 때의 유행이 되어버릴 것이다. 그러나 그러한 인식 속에서도 16%에 달하는 42명은 판타지소설이 새로우면서도 기발한 내용의 판타지라고 말해주고 있어, 아직까지는 판타지소설에 대한 희망이 있음을 보여 주었다.

④ 판타지소설은 단지 흥미위주의 내용일 뿐, 읽고 난 후 남는 것이 없다.

설문 7번을 통해서 소설을 읽은 후의 느낌이 어떠한 지에 대해서 알아 보았다. '판타지소설은 단지 흥미위주의 내용일 뿐, 읽은 후 남는 것이 없다'는 가설에 76명이 답해, 예상대로 가장 높은 비율인 31%를 차지했다. 그 외에도 단지 스트레스 해소용으로 한 번 읽기에만 좋다거나, 재미있긴 하지만 왠지 허무하다 또는 흔한 내용에 화가 나기까지 하다는 비율이 전체의 47%에 달했다. 단지 읽는 차원에서의 문제가 아니라, 읽고 난 후의 단계에서 무언가 긍정적인 느낌을 남길 수 있도록 하는 것이 독서의 과제 중 하나라고 생각한다. 이러한 점에서 52명의 사람들이 판타지소설을 다음에 또 읽고 싶다는 대답을 하였다.

가설의 예측과 같이 판타지소설에 대한 부정적인 반응이 일반적이었으나, 이러한 비판적인 인식은 판타지소설에 대한 관심이 반영하기도 한다. 273여명이 판타지소설을 한 번 이상은 읽어보았고, 이러한 판타지소설에 대하여 관심과 기대가 있기에 비판도 있고, 긍정적인 평가도 있는 것이다. 앞으로 판타지소설이 더욱 발전하리라는 인식이 42%에 달했다. 이에 판타지소설의 미래를 위하여 개선해야할 부분을 점검해본다. 진부하고 반복적인 내용과 소재는 판타지소설의 특징이라고도 할 수 있겠지만, 엘 프나 드워프, 드래곤이 등장해야만 하는 판타지소설의 전형화가 만들어낸 결과이다. 중간계의 존재들이 등장하는 유사한 내용을 매번 새롭게 창조한다면 판타지소설의 대중화를 이끄는 독자나 작가에게 있어서 매우 어려운 상황을 만들게 된다. 판타지소설의 전형적인 구성요소를 바탕으로 한다해도, 창의적인 소재와 짜임새있는 구성으로 상쇄해야 할 것이다.

판타지소설의 문장력의 낮은 수준이라는 평가는 인터넷 통신 언어체로 쓰여진 것 중 대표적인 것이 바로 판타지소설이기 때문일 것이다. 자유분방한 언어사용을 허용하더라도 격조높은 문장으로 새로운 판타지세계를 표현하는 노력이 있어야 한다. 무료한 일상에서 벗어나 새로운 세계로 가서 영웅이 된다거나, 무림의 고수가 엘프나 드래곤의 판타지세계의 영웅이 된다는 식의 퓨전 등 얄팍하고 진부한 내용뿐, 깊이 있는 소재의 부재라는 지적은 극복되어야 한다. 물론 이수영의 「암흑제국의 패리어드」와 같이 남·여의 성의 정체성에 대한 방황을 그리거나, 「쿠베린」에서는 묘족이라는 특이한 종족이 인간에 대해 객관적인 시선으로 나타내는 철학적인 소재의 판타지소설도 있다. 단지 흥미위주의 소재에서 벗어나, 철학이나 종교, 또는 정치 등에 관한 깊이 있는 소재가 판타지 내용으로 편입되어야 할 것이다. 이러한 여러 가지 영역에서 판타지소설이 수정하고 보완하여 개선해 나간다면 대중이 원하는 판타지소설, 새로우면서도 웃음을 주는 판타지소설, 깊이 있으면서도 어렵지 않은 판타지소설, 세련된 문장력의 판타지소설이 만들어져 나갈 수 있을 것이다.

19

계임 속의 판타지

Fantasy Literature

1

컴퓨터 게임의 역사

컴퓨터 게임의 역사를 살펴보면 우리는 판타지문학이 게임에 얼마나 많은 영향을 끼쳤는지 알 수 있다. 컴퓨터 게임은 1960년대 MIT 인공생명연구소가 과학공상소설의 영향을 받아서 만든 아케이트 게임으로 시작되었는데, 1970년대에 들어서 스탠포드 대학의 인공생명연구소를 중심으로 어드벤처 게임이 나오게 된다. 이들은 영국 옥스퍼드 대학교수인 톨킨의 「반지의 제왕」에 감명을 받았기에 연구소 이름마저도 작품의 주 무대인 중간계에 나오는 지명을 따왔다. 어드벤처 게임은 발전을 거듭하여 하나의 판타지를 구현한 RPG(Role Playing Game)가 나타나게 된다. 이것은 일종의 역할게임으로 사건이 아닌 인물중심의 게임으로 체험을 거듭하면서 경험치를 얻게 되고 능력을 더하여 강해지는 다른 게임과 차별되는 특징이 있다. 1974년에 나온 롤플레잉 게임의 대표적인 명작 <던전 & 드래곤스>는 어윈 하워드의 '코난'과 톨킨의 '반지의 제왕'등을 좋아하는 판타지 매이나인 게일리 가이거스가 만들었다. 그는 게임에서 인간 이외의 캐릭터는 호비트, 드워프, 엘프, 고블린 등 '반지의 제왕'에서 빌려오고 투쟁적인 캐릭터는 '코난'에서

오리지널 던전 & 드래곤스
세트(1977)

빌려 검과 마법의 요소가 얽힌 세계를 구축하였다. 이 게임은 판타지 붐을 일으켰으며, 수많은 젊은이들의 머릿속에만 자리 잡고 있던 판타지 세계의 모험에 대한 동경을 현실의 것으로 만들어 주었다. 상상의 세계 속

에서 몬스터들과 전투를 해서 경험을 쌓고 경험치가 누적되면서 레벨이 올라가고 이전까지는 상대할 수 없었던 적들과 싸움을 하며 가상의 세계 속에 실재하는 사람들과의 대화를 통해서 그 세계의 문제를 해결해 나간 다는 것은 게이머들에게 매력적인 일이라 할 수 있다. 바로 롤플레잉 게임(RPG)의 모태가 되었다. D&D를 선두로 한 TRPG 게임들이 큰 호응을 얻으면서 RPG의 인기가 더해간다. 결국 이러한 TRPG인기는 컴퓨터의 보급과 함께 컴퓨터용 RPG로 파급되어 현재 RPG의 최고 걸작이라 손꼽히는 「위저드리(WIZARDRY)」 시리즈와 「울티마(ULTIMA)」 시리즈 등이 탄생하게 되었다. 그리고 이렇게 미국과 유럽을 휩쓴 컴퓨터용 RPG는 일본으로 건너가 일본의 비디오게임시장의 발달과 함께 전 세계로 뻗어나갔고, 현재 RPG는 컴퓨터와 비디오 게임을 통해 현재 최고의 인기 게임장르가 되었다. 이후에 1980년대 들어서 애플컴퓨터에서 구현되는 울티마와 일본에서 만들어진 비디오 게임용인 드래곤 퀘스트와 파이널 판타지 등의 등장으로 많은 인기를 얻는다.

　TRPG(Table-talk RPG)는 컴퓨터에 이식된 게임 장르인 롤플레잉의 본신이다. 게임의 진행은 게임마스터가 담당하게 된다. 게임마스터는 게임의 줄거리를 만들어놓고 플레이어들이 자신이 만든 게임의 세계를 최대한 즐길 수 있도록 이끌어주어야 한다. 새로운 적이 나타난다든지, 여행길에 무언가가 눈에 띈다든지 하는 내용을 모두 게임마스터가 플레이어들에게 설명해주어야 한다. 게임마스터가 등장시킨 몬스터와 플레이어들 사이에 전투가 벌어질 때는 주사위로 전투를 진행시킨다. D&D, Advanced D&D, 소드월드 등은 TRPG에서 사용되는 일종의 룰에 이름을 붙인 것이라 할 수 있다. 이 룰에 따라 게임 방법, 진행, 세계관 모두가 달라 질 수 있기 때문에 각각의 룰을 하나의 게임으로 보는 것이다. 또한, 이러한 TRPG가 온라인으로 확산되어 나타난 것을 ORPG라 이른다.

2

게임 속의 종족과 캐릭터 클래스

판타지소설에는 인간 이외에 전설이나 신화에서나 나오는 엘프, 드워프, 호비트, 오크, 놈, 트롤, 드래곤 등의 종족들이 등장한다. 이들이 게임 속에 등장하면 좀 더 신비한 느낌과 판타지 게임이라는 장르의 재미를 더해준다. 이 종족들의 특성이 게이머를 더욱 매료시킨다. 이 종족들이 게임에 등장하게 된 것은 보드용 RPG게임인 던전 & 드래곤이 처음이라고 할 수 있으며 그 배경에는 역시 톨킨의 소설이 자리하고 있다. 판타지 게임 내에서도 다양한 직업이 등장한다. 보통 중세 시대의 계층적, 직업적 성격을 빌려 사용하는 것이 통례이며, 대부분의 RPG에서 플레이어는 4개 클래스, 즉 전사, 성직자, 도둑 그리고 마법사를 기본으로 한다. 전사는 강한 육체적인 힘으로 동료와 약한 캐릭터들을 보호하고, 강력한 공격력과 방어력으로 누구보다도 최전방에서 활약한다. 가장 기초적인 캐릭터로 초심자들이 가장 편하게 사용할 수 있는 클래스이다. 파이터(Fighter), 혹은 워리어(Warrior)라고 불리는 전사는 싸움과 전투가 직업이다. 전사의 종류는 다양하여 성기사라 불리우는 팰러딘과 사냥꾼에 해당하는 레인저, 투사인 글라디에이터, 아마존, 용병, 삼총사의 개념을 따온 스워시 버클러나 일본의 대표적 무사인 사무라이, 광전사, 마검사(Magic Fighter), 기사 등이 있다.

일반적으로 성직자는 법과 질서, 신의 계율을 지키고 수호하며 헌신하는데 노력한다. 성직자의 마법은 신에 대한 믿음의 힘에서 나오는 것으로 명상과 기도를 통해서 마법주문을 익히고 사용한

다. 성직자의 마법은 대부분 치료, 보호 그리고 탐지에 관련된다. 성직자가 공격에 나설 때에는 계율에 따라 날이 없는 철퇴나 곤봉과 같은 무기를 사용한다.

도둑은 그리 추앙받을 만한 직업은 되지 못한다. 그 특성상 매우 민첩하지만 체력이 그다지 강하지 못하다. 이 클래스는 활이나 단검 등을 주로 사용하며 훔치기, 잠긴 문이나 상자 열기, 숨기 등의 스킬을 습득한다. 도둑은 체력이 전사계열에 비하여 약하므로 전투의 맨 앞에서 싸우는 것은 무리이다. 그보다는 몰래 뒤로 돌아가 기습하거나 전투의 뒤쪽에서 활을 쏘는 쪽이 적에게 더 큰 타격을 줄 수 있을 것이다.

마법사들은 평생 동안 고대에 대한 지식이나 새로운 힘의 근원에 대해 탐구하기 때문에 무기에 대한 지식이나 전투 기술은 다른 클래스에 비해 떨어진다. 마법사들은 주문이나 시약들을 통해서 힘을 얻으며, 마법지팡이와 마법 스크롤 을 사용하여 모험가들을 보호하며 방해물들을 제거한다. 마법이란 원래 마나를 움직여서 사용하는 힘으로, 마나란 판타지 세계에서 자연적 힘의 근원이라 볼 수 있다. 즉, 생물은 탄생과 함께 영혼을 얻는데, 이 영혼은 마나가 모여서 생긴 것이다. 탄생할 때 마나가 뭉쳐지면서 영혼이 생겼기 때문에, 죽음은 마나가 자연으로 다시 환원되는 것을 뜻한다. 즉, 마법이란 바로 이러한 마나의 힘을 의도에 따라 사용하는 것을 뜻한다. 마나가 자연의 근원적인 힘이라 하였으므로 그 구현에 따라 서클과 계열이 존재한다. 이 계열은 크게 흙, 물, 공기, 불을 대표하는 원소 마법과 영력을 기반으로 하는 신성마법과 흑마법이 있으며, 이와는 조금 다른 정령계 마법이 있다. 두터운 망토를 펄럭이며 길다란 지팡이를 들고 높은 곳에서 화려한 주문을 외워대는 마법사

의 모습은 그 어떤 직업의 캐릭터들보다 멋지고, 플레이 해보고 싶은 욕구를 자극한다. 게임이나 RPG를 모르는 사람이라고 해도 마법사란 존재를 모르는 사람은 아마 없을 것이다. 동화 속에 등장하는 마녀 또한 마법사이고, 판타지 속에서 늘 빠지지 않고 등장하는 인물들이 이 마법사들이기 때문이다. 그러나 일반적으로 마법사들은 단순히 마법을 쓰는 사람이라고 인식되고 있지만, 마법사의 종류는 매우 다양하다. 게임 속의 캐릭터들은 자신의 체질에 맞는 직업들을 적어도 하나 정도는 모두 갖고 있다. 순발력이 뛰어난 캐릭터들은 도둑으로, 힘이 강한 캐릭터들은 전사들로, 단순히 직업이라고 단정하기에는 참 모호하지만, 어쨌든 캐릭터들은 저마다의 장기를 가진다. 자신이 역할을 하는 캐릭터 직업에 대한 기본 정보를 알고 게임을 하면 더욱 몰입하게 된다. 다시 말해, 게임 속의 캐릭터가 '나의 캐릭터'라는 개념을 넘어서 '나'라는 존재로 다가와 실체감을 극대화한다.

3

게임의 종류

1) 울티마 시리즈

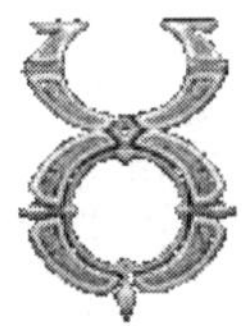

기술이 허용하는 범위에서 몰입도가 높고 '사실적인' 게임의 세계를 창조하는 것이 이 시리즈의 핵심적인 목표였다. 다른 많은 RPG들이 서사 전개에 필요한 최소한의 범위에서 살을 붙여

나갔던 것과는 달리 울티마 게임의 세계는 더욱 풍부하고 더욱 생동감 있게 변모해나갔다. 울티마 시리즈는 항상 그 게임플레이 만큼이나 흥미로운 서사구조를 갖추고 있었고, 내적으로 일관된 게임의 세계에서 서사를 펼쳐나갔다.

2) 위저드리 시리즈

진정한 의미로 RPG, D&D가 비로소 PC에 등장했다고 말할 수 있는 최초의 시기는 바로 위저드리가 PC로 등장했을 때이다. 위저드리는 마하리토(Mahalito, 기본적인 불공격)같은 낯선 이름의 주문들로 가득한 마법서, 놀라운 깊이를 갖춘 캐릭터-성장 시스템 그리고 계급들까지 구분되는 수많은 다양성과 캐릭터들을 갖추고 있었다. 게임에는 몬스터들도 가득했으며 작은 보조창에 3D 미로까지 표현해 낸 혁신적인 인터페이스도 있었다. 이동할 때마다 벽도 함께 움직였다. 몬스터와의 마주치면, 이를 나타내는 정적이면서 거친 선으로 구성된 그래픽이 화면에 튀어 나왔다. 이 게임은 오랜 시간 플레이할 수 있었고 이후의 거의 모든 CRPG(Computer RPG)게임에 영향을 주게 된다. 위저드리는 계속되었고, 1990년대로 들어서면서 상당히 많은 부분이 변화되었다. 이 게임은 파티 시스템이라는 기본을 만들었고 바즈 테일(Bard's Tale), 마이트 앤 매직(Might and Magic)에 큰 영향을 주었다.

3) 마이트엔 매직 시리즈

1987년에는 애플용의 <마이트 앤드 매직>이라는 게임이 발매되었는데, 그 당시 애플기종에서는 생각할 수 없었던 너무나도 화려한 그래픽으로 울티마의 아성에 정면으로 도전한 작품이었다. 이 게임으로 인해 뉴월드컴퓨팅사는 대단한 매출을 올리게 되었고, 현재 미국에서 <울티마>의 오리진과 더불어 롤플레잉의 양대 산맥으로 꼽히고 있다. 그러나 현재는 정통 일인칭 RPG보다는 전략시뮬레이션인 'Heros of Might and Magic' 시리즈가 더 인기를 모으고 있는 게임이다.

4) 디아블로

1997년에 블리자드사에서 만든 이 게임은 정통 RPG와 액션의 조합이라는 혁신적인 시스템을 최초로 도입한 게임으로 그 이후 RPG 게임에 있어서 절대적인 영향력을 지니고 있는 게임이다. 또한 베틀넷을 도입하여 거의 최초로 다수의 멀티플레이가 가능했던 게임이기도 하다. 게임 내부에서 주인공은 3개의 클래스 중 하나를 선택하여 역할을 수행할 수 있으며, 레벨업에 따라 주어지는 능력치를 체력, 민첩성, 마법 등 유저에 의해 분배되었으며, 화려한 그래픽을 보여주었다. 2편 확장판인 파괴의 군주에서는 7개의 클래스 중 하나를 택할 수 있었으며 캐릭터

가 착용하는 것에 따라 다른 그래픽을 보여주는 세밀함도 보인다. 현재
도 그 인기를 지속하고 있다.

5) 머드 & 머그 게임

머그 게임이란 컴퓨터 통신망을 통한 온라인 게임의 일종이다. 온라
인 게임은 크게 일대 일 식의 소수 인원이 참여하는 peer-to-peer 방식
과 한꺼번에 수천 명까지 참여해 즐길 수 있는 머드(MUD: Multiple
User Dungeon 또는 Multiple User Dialogue) 게임으로 나누어진다. 머드
게임은 텍스트기반의 온라인 멀티플레이 RPG라고 보면 될 것이다. 이
러한 머드 게임을 그래픽 기반으로 즐길 수 있도록 발전시킨 것이 머
그(MUG) 게임이다. 이러한 머그 게임 역시 D&D의 룰을 따르는 경우
가 대부분으로 대표적인 판타지 머그 게임으로는 '울티마 온라인', '리
니지' 등을 들 수 있다. 3D 그래픽을 사용한 '리니지 II'의 세계관에
대해 살펴보겠다.

태고에는 구가 하나 존재하고 있었으며, 이 구로부터 빛의 여신 아
인하사드와 암흑의 신 그랑카인이 생겨나게 되고 이 두 신에 의해 깨
어진 구의 조각이 하늘과 대지가 되어 세계를 이루게 된다. 또한, 이
두 신 사이에 다섯 자식들이 생기게 되었는데, 그 중 장녀 실렌은 물
을, 장남 파아그리오는 불을 다스리게 되었다. 차녀 마프르는 땅을 다
스리게 되었으며, 차남 사이 하는 바람을 다스리게 되었다. 마지막으로
막내딸 에바는 시와 음악을 만들어냈다. 또한 창조신 아인하사드에 의
해 거인, 엘프, 드워프, 오크, 아르테이아가 생겨나게 되었어며, 그랑카
인에 의해 무능한 인간이 생겨나게 된다. 후에 장녀 실렌이 신계에서
쫓겨나면서 마족을 만들고, 이때 그들의 우두머리 격인 용이 생겨나게

된다. 실렌이 신마전쟁에서 패하면서 죽음을 만들어 내고 죽음의 세계를 관장하게 된다. 이 후 신을 받드는 것에 회의를 느낀 거인 족에 의해 과학이 생겨나게 된다. 이처럼 리니지를 비롯한 대부분의 RPG 게임에서는 D&D를 기반으로 하는 고전적인 세계관을 그리고 있다.

6) 전략 시뮬레이션과 판타지

전략 시뮬레이션 게임 또한 RPG와 같이 보드게임에 그 근간을 두고 있다. 2차 세계대전 당시 보드 게임을 응용하여 가상으로 군사 작전을 실행해 보던 것에서 유래했다. 최초의 컴퓨터 전략시뮬레이션 게임으로 듄이 있으며 이를 시작으로 많은 게임이 만들어져왔다. 그 중에 블리자드사에서 만든 '워크래프트' 시리즈를 대표적으로 들 수 있다.

(1) 워크래프트

인간과 오크의 대립을 그리고 있는 게임 워크래프트는 D&D의 세계관을 따르고 있어서 그에 기초한 다양한 마법과 유닛이 등장하며, 최근에 발매된 '워크래프트3: 리전 오브 카오스'에서는 RPG 특유의 요소라 할 수 있는 영웅 시스템과 레벨 개념을 도입하고 있다. 또한 오크와 인간 이외에도 암흑을 상징하는 언데드와 자연을 상징하는 나이트 엘프를 새로운 종족으로 등장 시켜 보다 복잡한 구성을 띄고 있다. 현재는 인기를 몰아 요즘 한창 주류를 이루고 있는 Online 게임 장르로 개발 중에 있다.

(2) 어드벤쳐 게임

어드벤쳐 게임이란 주인공이 모험을 통해 일말의 사건을 해결해 나가는 게임을 일컫는데, 롤플레잉과 장르가 다른 만큼 D&D식의 규칙뿐만 아니라 다양한 형태의 판타지가 그려지고 있다. 슈퍼마리오 시리즈는 일본 닌텐도  사의 게임으로 D&D의 고전적 판타지 세계와는 판이하게 다른 판타지 세계를 그리고 있다. 초기작에서 피핀 공주를 납치한 악당 바우저를 쫓는 배관공의 이야기를 그리는 것으로 시작하여 현재는 다양한 게임으로 다양한 주제를 다룬다. 동화적인 판타지세계를 그리고 있으며, 세계관은 단순하지만, NITENDO-64 이후 보여주는 3D 가상 세계는 기존의 게임들이 핏빛 일색이었던 반면 동심을 자극하는 참으로 놀랄 만큼 아름답다. 게임에는 동물을 의인화한 캐릭터들이 많이 등장하고 있다.

(3) 어둠 속에 나홀로 시리즈(Alone in the dark)

'어둠 속에 나홀로'는 서바이벌 호러 어드벤처 게임이라는 새로운 장르를 개척해 냈다는 평을 받고 있다. 현재 큰 인기를 얻고 있는 '바이오 해저드' 또한 이를 모태로 제작되었다고 한다. 시리즈 4인 밤이야기(The nightmare)에서 플레이어는 탐정 '칸비'와 여성 고고학자 '얼린' 두 남녀 주인공을 주축으로 칸비의 친구에 대한 의문의 죽음에 대한 수수께끼를 풀어 나가게 된다. 게임 진행 중 좀비, 스켈레톤 등 고대 신화나 D&D에 기반을 둔 다양한 몬스터들이 등장한다. 그러나 주인

공과 일체가 되어 플레이를 하는 데 있어서 사운드 효과나 진행상의 스토리, 언제 어디서 뛰쳐나올지 모르는 몬스터들에 대한 불안감, 그리고 현실과는 단절된 공간은 호러 판타지에 걸맞는다.

(4) 아메리칸 맥기스 엘리스

아메리칸 맥기스 엘리스는 루이스 캐롤의 '이상한 나라의 엘리스'를 기반으로 만들어진 게임이다. 그러나 엽기가 유행하는 시대상을 반영하여 충분히 재구성된 모습을 보여주고 있다. 엘리스는 원작의 패러디가 아닌 원작의 후속 스토리를 그리고 있다. '아메리칸 맥기스 엘리스'의 엘리스는 원작 '이상한 나라의 엘리스'와 동일인물이며, 잠을 자고 있던 엘리스의 집에 검은 고양이 때문에 화제가 일어나 엘리스 목숨을 건지지만 부모님들을 모두 잃고 혼자 살아남아 정신병원에 입원하게 되는데. 그 후 정신붕괴를 일으켜 그녀의 정신세계에 존재하던 이상한 나라도 암울하고 어두운 곳이 되어버렸다는 설정으로 하트여왕을 물리쳐 괴기스럽게 변해버린 원더랜드(이상한 나라)를 다시금 아름답고 평화로운 곳으로 돌리는 것이 게이머의 임무이다.

(5) 그림판당고

루카스 아츠사에 의해 개발된 그림당고는 신선한 충격을 준 게임 중 하나이다. 그림판당고의 주된 스토리는 멕시코의 전통 이야기에서 뿌리를 찾을 수 있는데 사람이 죽은 뒤 편안한 안식처로 가기 전 반드시 거쳐야 하는 4년 간의 여행을 모티브로 삼고 있다. 그래픽 또한 멕시코의 전통 축제

인 "죽은 자의 날"에서 많은 영향을 받았다고 한다. 게임의 배경이 사후세계라 그런지 몰라도 그림판당고의 등장 인물들은 모두 뼈만 앙상한 "해골"들이다. 게임 화면은 상당히 신비하고 아름다운 모습을 보여주고 있으며 대화나 인물들의 모습들은 절로 웃음이 나오게 한다.

(6) Black & White

블랙 앤 화이트의 장르는 이제까지 우리가 흔히 접해보지 못한 독특한 장르다. 물론 표면적으로는 전략 시뮬레이션에 속하지만 좀더 깊이 들어가 보면 갓 모드(God Mode) 게임이라는 독특한 색채를 가진다. 갓 모드 게임이란 이름 그대로 게이머 자신이 신의 위치에서 플레이하는 게임을 말한다. 근간을 이루는 게임은 파퓰레이션(Population)으로 볼 수 있는데 이 게임은 고대 그리스 신화를 모태로 하며, 자신이 그리스의 신이 되어 도시를 발전시키고 인간을 돌보는 형태의 게임이다. 블랙 앤 화이트에서는 절대선도 절대악도 없고 다 플레이어가 하기 나름이다. 플레이어는 신이

되어 자신을 받드는 인간 종족을 보살펴 나가고 때로는 다른 신의 침범에 대응해 나가는 게임으로 '크리쳐'라는 수행자를 두고 게임을 진행해 나간다. '크리쳐'는 동물을 의인화한 것으로 양, 소, 원숭이, 호랑이 등이 있으며, 플레이어에 의해 육성되어진다. 이 크리쳐를 어떻게 육성시키고 인간의 요구를 어떻게 들어주느냐에 따라 선악이 달라진다.

7) SF을 기반한 게임

SF를 근간으로 하는 게임은 크게 Doom을 그 바탕으로 하는 게임과 'Star wars'를 그 기본 배경으로 하는 게임으로 나누어 볼 수 있다. Doom은 울펜슈타인과 아울러 3D 형식의 1인칭 슈팅게임의 모태가 된 게임으로, 총기 무기를 사용하여 몬스터를 물리쳐 나가는 형식의 게임이다. 현재 대부분의 3D 1인칭 슈팅 게임은 'Doom2'에서 '퀘이크'를 거쳐 발전해온 형태이다. Doom이나 퀘이크와 같은 게임은 스페이스 어딘가를 그 배경으로 하고 있으며, 현대적이고 과학적인 무기류를 사용하는 반면, 몬스터들은 '미노타우르스'나 '오우거'와 흡사한 모습을 지니는 등 여러 신화들과 'D&D'로부터 많은 영향을 받았음을 알 수 있다.

'루카스 아츠'사를 중심으로 연이어 나오고 있는 스타워즈 시나리오들을 기반으로 만든 게임들로 다양한 장르의 게임들이 계속 개발되고 있다. 스타워즈의 세계관은 수많은 SF 세계를 그리는 게임들의 모태가 되고 있으며, 현재 가장 큰 인기를 끌고 있는 '스타크래프트' 또한 스타워즈식 '워크래프트'라 할 만하다. 스타워즈의 시나리오는 그 내용 또한 상당히 광범위하다. 그 중 가장 크게 사랑받고 있

는 시리즈들은 주로 액션이나 슈팅게임들로, 슈팅게임으로는 '엑스윙' 시리즈와 '타이 파이터' 시리즈, 그리고 이를 한데 묶은 '엑스윙 대 타이 파이터' 시리즈가 있다. 또한 액션 게임으로는 '제다이 나이트' 시리즈가 있고 현재는 머그 게임으로도 제작 중에 있다.

4

게임과 판타지

게임은 현실 참여적인 판타지이다. 게임을 하면서 인간은 판타지세계 속에서 자기 역할을 실제로 담당하여 플레이하기 때문이다. 게임 속의 판타지는 '비현실적인' 그리고 '현실 참여적인' 두 가지 요소를 가지고 있다. 우선 게임은 재미있어야 한다. 게임에 참여해서 그 세계를 마음대로 변화할 수 있든지 아니면 게임의 이야기에 공감하게 하여 흥미를 유발시켜야한다. 다시 말해서 현실을 잊게 하거나 이야기에 감명을 받게 해야 한다. 이것에 가장 부합하는 것이 미국식 RPG와 일본식 RPG이다. 일단 미국식 RPG에서는 자기가 주인공이 되어 그곳의 이야기를 마음대로 짜 맞추어 간다. 말 그대로 그 세계를 가장 자유로운 방법으로 만들어 간다. 그들이 체험할 수 있는 가장 신기하고 기발하고 환상적인 체험을 해주게 하는 것이 이 게임의 목적이다. 발더스 게이트 같은 게임에서는 판타지소설의 세계관이 주어지는데, 대부분은 중세를 바탕으로 하고 있다. 군주, 기사, 마법사, 상인 등의 캐릭터는 특정한 역할을 가지고 있고, 이들은 그 역할대로 일을 수행한다. 세계관을 던져 주면서 바로 주어지는 것이 바로 이 상황을 해결하는 것이다. 이를 해결하는 방식은 다양하다. 일본의 RPG는 스토리자체에 더 중점을 둔다. 주인공의 그 세계 안의 어떤 인물이고 게이머는 그 주인공을 직접 조정하면서 그 주인공이 겪어 가는 이야기에 공감하게 되면서 재미를 얻는다. 물론 레벨업과 같이 주인공을 키우는 과정이 없는 건 아니지만 더 중요한 것은 스토리의 짜임새이다. 여기에서 중요한 것은 공감과 감동을 줄려면 그 스토리가 어느 정도 현실을 반영하고 있어야 한다는 것이다. PC게임은 아니지만 지금도 그 시리즈가 이어지고 있는 장수 판타지 게임인 '파이널 판타지'가 그 대표적인 것이라 할 수 있다. '파이널 판타지'에서는 스토리의 독창성이 더욱 돋보인다.

판타지와 게임은 서로 분리될 수 없는 관계를 가진다. 판타지 없이 게임이 존재할 수 없고 게임 없이 판타지의 미래를 보장할 수 없을지도 모른다. 게임의 현 상황과 미래 그리고 거기에 함께 하는 판타지를 바라볼 필요가 있다. 요즘은 수많은 매니아들이 국내 게임시장의 어두운 전망을 안타까워하고 있다. 패키지 게임과 온라인 게임, 비디오 게임 중에서 패키지 게임은 이윤이 없다는 이유로 개발이 중단되고 있는 추세이며, 한창 호황인 온라인 게임에서는 리니지를 제외하고는 작품성이 뛰어난 게임이 많지 않다. 게임 시장의 협소화나 불투명성은 판타지문학에도 커다란 영향을 미칠 수 있다. 애니메이션, 영화, 게임 등과 판타지문학은 그 매체만 다를 뿐 근본적으로 동일한 뿌리를 가지기 때문이다. 판타지는 문학으로 뿐만 아니라, 애니메이션, 영화 그리고 게임의 시나리오로서 그 쓰임새를 찾아야 할 것이다. 더욱이 차세대(interactive art media)로의 가능성이 아주 유력시되고 있는 게임은 사회 전반에 걸쳐 그 기능을 인정받고 발전할 것이다. 판타지나 게임은 소위 매니아들의 전유물이 아닌 것이다. 게임은 현실세계에서는 일어날 수 없는 상상의 것들을 눈앞에 현실화 시켜주는 것이다. 우리는 영화의 세계를 단순히 수동적으로 받아들이지 밖에 못하지만 게임은 자신이 주인공이 되어서 직접 참여를 할 수 있다. 다른 매체체계와 달리 게임은 사람과 매우 인터렉티브한 관계로 상호 발전을 해 왔다. 이러한 게임에서 사람들의 막연한 상상, 소설 속에서만 존재하는 것들을 가시화 하는 작동원리가 판타지인 것이다. 판타지문학들은 게임과 접목이 되어서 다양한 형태로 표출이 되었으며, 판타지문학과 게임, 더 나아가서는 애니메이션과 영화까지 서로 상호 보완적인 위치에서 많은 발전을 하였다. 게임의 발전과 시작에 있어서 판타지문학은 많은 소스를 제공하고 시나리오를 제공하여서 게이머들의 상상력을 자극하였다. 지금까지 오크족과 기사 같은 유럽의 문화적 코드의 판타지가 아닌, 일지매와 홍길동 같은 우리의 문화적 코드의 판타지로 발전시키는 것이 과제로 남아 있다.

R. Alewyn: Die Lust an der Angst. in : Ders., Das Schreckliche in Schauerroman und Detektivgeschichte, Düsseldorf 1974.

R.Caillois : Au cœur du fantastique, Paris 1965, Aus Images, images die Übersetzung des 1. Kapitels in Phaicon 1.

Lewis Carroll(üb.v. W.E.Richartz) : Die kleine Alice. Mit den Bildern von Tenniel.(1890) zürich 1977.

Ders.: Alice's Adventures in Wonderland(1865).

P.Cersowsky: Phantasische Literatur im ersten Viertel des 20.Jahrhunderts. München 1989.

Die Märchen der Brüder Grimm. Kinder-und Hausmärchen.(1857) München 1973

J.M.Fischer : Phantastischer Film und phantastische Literatur. Mit einem Exkurs über "Rosemary's Baby", in : LiLi(Zeitschrift für Literaturwissenschaft und Linguistik), H.29(1978)

W. Freund : Einführung in die phantastische Literatur, in : Ders.(hrsg.): Phantastische Geschichten. Arbeitstexte für den Unterricht. Stuttgart 1979.

Ders. : Von der Agression zur Angst. Zur Entstehung der phantastischen Novellistik in Deutschland, in: R. A. Zondergeld(hrsg.): Phaicon 3. Frankfurt am Main 1978.

S.Freud : Das Unheimliche. In : Psychologische Schriften, Studienausgabe Bd.IV. FfM 1970.

Ders. : Traumdeutung. Studienausgabe Bd. II. FfM 1972.

E.Gradmann : Phantastik und Komik. Bern 1957.

L.Gustafsson: Über das Phantastische in der Literatur, in : Kursbuch 15(1968)/ Ders., Utopien. München 1970.

E.T.A.Hoffmann: Nachtstücke. Werke Bd.II. FfM 1967.

H.Holländer, Das Bild in der Theorie des Phantastischen. in:Ch.Thomas/J.M.Fischer(hrsg.) : Phantastik in Literatur und Kunst. Darmstadt 1980.

S. Lem: Phantastik und Futurologie I. FfM 1977.

H.P.Lovekraft : Supernatural Horror in Literatur. NY 1945.

D.Penning : Die Ordnung der Unordnung. Eine Bilanz zur Theorie der Phantastik. in: Ch. Thomas/J.M.Fischer(hrsg.): Phantastik in Literatur und Kunst. Darmstadt 1980.

H.J.Piechotta: Vorformen des Phantastischen 'Tausendeinenacht'. Das wahre und das falsche Labyrinth oder Die vielen Hier und Jetzt. in: Ch.W.Thomsen(hrsg.):Phantastik in Literatur und Kunst. Darmstadt 1980.

E.Rappl : Wagner-Operführer. Regensburg 1967.

K.-H. Reßmeyer: Zum Phantastischen in Werk E.A.Poes. in: Ch.Thomas/J.M.Fischer(hrsg.): Phantastik in Literatur und Kunst. Darmstadt 1980.

G. u. I.Schweikle (hrgs.) : Metzler Literatur Lexikon. Begriffe und Definitionen. Zweite, überarbeitete Auflage. Stuttgart 1990.

Ch.Thomas/J.M.Fischer(Hrsg.): Phantastik in Literatur und Kunst. Darmstadt 1980.

T.Todorov(übs. v. K. Kersten): Einführung in die fantastische Literatur. FfM 1992.

토도로프(이기우역): 환상문학서설. 한국문화사 1996.

J.R.R.Tolkien: On Fairy-Stories (1936) London 1964.

L. Vax : L'art et la littèrature fantastiques, Paris 1963.

E.Verhofstadt : Ideologisierung des Phantastischen. Das Phantastische in der deutschen Literatur als Medium luzider inllektualität in: L.Forster(hrsg.), Akten des 5. internationalen Germanistik-Kongress, Cambridge1975.

P.Wapnewski : Der Ring des Nibelungen. Richard Wagners Weltdrama München 1995

R.A. Zondergeld : Zwei Versuche der Befreiung. Phantastische und erotische Literatur, 1975 in: Phaicon 2.

Ders. : Wege nach Sais. Gedanken zur phantastische und erotische Literatur. in: Phaicon 1.

R.A.Zondergeld(Hrsg.): Phaicon 1, 2, 3, 4. Almanach der phantastischen Literatur. FfM 1974-1980.

저 | 자 | 소 | 개

이유선(李惟仙)

1976년	서울대학교 인문대 독어독문학과 졸업(문학사)
1977-82년	독일 콘스탄츠대학교 독문학/독어학 석사(M.A.)
1982-87년	독일 콘스탄츠대학교 독문학박사(Dr.Phil.)
1988-현재	동덕여자대학교 외국어학부 독일어전공 교수
2000-2004	한국카프카학회 회장
2004-현재	동덕여자대학교 인문과학대학장
2005-현재	한국독어독문학회 부회장

▮ 주요저서 및 논문

논문:
프란츠카프카의 서술형상성
카프카와 두 도시
한국독문학연구에 있어서 카프카 수용
디지털 다매체시대의 글쓰기 전략

저서:
독서행위(번역)
빨랫줄 위의 비애(번역)
성(번역, 프란츠 카프카)
프로이트의 문학예술이론(공저)
독일문화의 이해
유럽 속의 독일

판타지 문학의 이해

인　쇄	2005년 9월 9일
발　행	2005년 9월 16일
저　자	이유선
펴낸이	이대현
책임편집	이태곤
편　집	권분옥 박윤정 김보라 김민희
제　작	안현진
펴낸곳	도서출판 **역락** / 서울 성동구 성수2가 3동 301-80
	(주)지시코 별관 3층(우133-835)
전　화	3409-2058(대표) 3409-2060(편집부) FAX 3409-2059
이메일	yk3888@kornet.net / youkrack@hanmail.net
홈페이지	www.youkrack.com
등　록	1999년 4월 19일 제2-2803호

정　가　13,000원
ISBN　89-5556-413-9-93810

＊ 잘못된 책은 교환해 드립니다.